Ernst von Wolzogen

Der Dichter in Dollarica

Ernst von Wolzogen

Der Dichter in Dollarica

ISBN/EAN: 9783337354305

Hergestellt in Europa, USA, Kanada, Australien, Japan

Cover: Foto ©Andreas Hilbeck / pixelio.de

Weitere Bücher finden Sie auf **www.hansebooks.com**

Der Dichter in Dollarica

Verlag von F. Fontane & Co., Berlin-Grunewald

Es erschien von

Ernst von Wolzogen

Romane

Ecce ego – Erst komme ich
Die Großherzogin a. D. | Die Entgleisten
Der Erzketzer. 2 Bde.

Novellen

Was Onkel Oskar mit seiner Schwiegermutter in Amerika
passierte
Die rote Franz | Fahnenflucht | Seltsame Geschichten
Der Topf der Danaiden und andere Geschichten aus der
deutschen Bohême
Da werden Weiber zu Hyänen | Heiteres und Weiteres
Erlebtes Erlauschtes Erlogenes
Das gute Krokodil und andere Geschichten aus Italien
Geschichten von lieben süßen Mädeln

Verse

Verse zu meinem Leben (Selbstbiographie mit einer
Heliogravüre Wolzogens)

Theater

Der unverstandene Mann (Komödie)

Daniela Weert (Schauspiel) | Unjamwewe (Komödie)
Lumpengesindel (Tragikomödie)
Die Maibraut
(Ein Weihespiel in drei Handlungen)

E s s a y s usw.

Des Schlesischen Ritters Hans von Schweinichen eigene
Lebensbeschreibung
(Neu herausgegeben von E. v o n W o l z o g e n)
Augurenbriefe. Bd. I. | Ansichten und Aussichten (Ein
Erntebuch)
Linksum kehrt schwenkt – Trab!

E h e l i c h e s A n d i c h t b ü c h l e i n

Herausgegeben von E r n s t L u d w i g und E l s a L a u r a
v o n W o l z o g e n
Buchschmuck von J. M a r t i n i

Der
Dichter in Dollarica

Blumen-, Frucht- und Dornenstücke
aus dem Märchenlande der unbedingten Gegenwart

von

Ernst von Wolzogen

Zweite Auflage

Berlin 1912, F. Fontane & Co.

Auf Grund des U.-G. vom 19. Mai 1909 gegen Nachdruck geschützt

Die erste und zweite Auflage dieses Buches ist in 2220 Exemplaren gedruckt
und wurde im Jahre 1912 herausgegeben.

Altenburg
Pierersche Hofbuchdruckerei
Stephan Geibel & Co.

The Germanistic Society of America

to whom I am deeply indebted for the
opportunity of seeing America, may
kindly accept this document of how I saw
America as a token of my sincere

gratitude, and may humour it as genially
as it was conceived.

Zur Verständigung.

Ich gehöre zu den Menschen, denen das vorwitzige
Aburteilen und nichtige Klugschwätzen eilfertiger Reisender
über fremde Länder, Völker, Einrichtungen und Sitten
durchaus zuwider ist. Wenn ich mich nun gleichwohl
verleiten ließ, nach einem Aufenthalt von nur drei Monaten,
dennoch meine Reiseeindrücke aus den Vereinigten Staaten
zu Papier zu bringen und sogar in Buchform
herauszugeben, so muß ich wohl meinem Unterfangen
selber einen Passierschein schreiben, damit ernsthafte Leute
ihm nicht von vornherein den Zutritt in den Bereich ihrer
Aufmerksamkeit verweigern.

Ich wurde als Gast der *Germanistic Society of America* zu einer
Reihe von Vorlesungen und Vorträgen an neunzehn
Universitäten und Colleges, sowie in zahlreichen deutschen
Vereinen eingeladen und hielt mich von Anfang November
1910 bis Mitte Februar 1911 in den östlichen, nördlichen
und mittelwestlichen Staaten auf. Die oft gerühmte
großartige und herzliche Gastfreundschaft nicht nur meiner
deutschen Landsleute, sondern auch der für deutsche
Kultur und insonderheit deutsche Dichtung interessierten
akademischen Kreise des Landes, sorgte in überaus

umsichtiger Weise dafür, daß wir – denn meine reizendere Hälfte begleitete mich samt ihrer tatbereiten Laute – in all den zahlreichen großen und kleinen Städten, die wir berührten, möglichst viel und möglichst Eigenartiges und Bedeutsames von dem wunderreichen Lande zu sehen bekamen. Nun ist man ja im allgemeinen, und zwar mit gutem Recht, geneigt, die programmäßigen Vorführungen, die liebenswürdige Komitees hastig vorbei sausenden Ehrengästen zuliebe von den [pg VIII]Sitten und Gebräuchen der Einwohner veranstalten, nicht gerade für die sichersten Quellen ernsthafter Belehrung zu halten und sich vergnüglich ins Fäustchen zu lachen, wenn der also Gefeierte hinterher dankbaren und kindlichen Gemüts all dies freundliche Geflunker für bare Münze nimmt und daraufhin mit wichtiger Kennermiene seinen begeisterten Bericht erstattet. Selbstverständlich wurde ich wie jeder andere prominente Reisende schon bei der Einfahrt in den Hafen von New York von den das Schiff enternden Reportern gefragt, wie mir Amerika gefiele; selbstverständlich begleitete mich diese unvermeidliche Frage von Station zu Station, und selbstverständlich machten die Herren Reporter, je nach ihrem Witz und ihrer stilistischen Begabung, aus meinen verlegenen, dürftigen Antworten in ihren Interviews, was ihnen gut dünkte. Ich wurde auch gleich in den ersten Tagen nach meiner Ankunft gefragt, ob ich gedächte, ein Buch über Amerika zu schreiben, und habe diese Zumutung damals mit ehrlichem Erschrecken weit von mir gewiesen. So lange ich unter dem verwirrenden Eindruck der täglich und stündlich in buntester Abwechslung am Auge vorüberhastenden, einander überstürzenden Erlebnisse und Begegnungen stand, erschien es mir auch wirklich ein unmögliches Unterfangen, diese Eindrücke auch nur beschreibend zu einem deutlichen Bilde zu gestalten, viel weniger darüber ein Urteil von einigem Wert zu formulieren. Daß ich nicht völlig die Tinte würde halten können, daß vielmehr unfehlbar aus meinen Betrachtungen durch das Fenster des Expreßzuges ein paar Feuilletons herausspringen würden, lag ja freilich bei meiner berufsmäßigen Zugehörigkeit zur Schreiberzunft nahe; aber den Mut und die Lust zu einer erschöpfenden Bearbeitung meiner Reisebeute gewann ich doch erst allmählich in der stillen [pg IX]Beschaulichkeit meines fruchtbaren Darmstädter Poetenwinkels. Ich schrieb erst einmal kunterbunt alles zusammen, was mein Gedächtnis und meine Notizen mir von Gehörtem und Geschautem bewahrten, und was mir schon drüben weiteren Nachdenkens wert erschienen war. Und dann schleppte ich mir einen Stoß guter Bücher über die Vereinigten Staaten zusammen, verglich die darin niedergelegten Anschauungen eingeborener und ausländischer Kenner des Landes und bewährter Beobachter mit den Eindrücken, die ich selbst empfangen, und erst nach Beendigung dieser klärenden Vorarbeit begann ich mich für berechtigt zu halten, dem großen Publikum, das bei einer gerechten Beurteilung der neuen Welt interessiert ist, meine Meinung aufzutischen.

Es versteht sich wohl von selbst, daß ich mir trotz dieser gewissenhaften Vorbereitung durchaus nicht einbilde, mein Urteil könnte neben dem eingeborener gründlicher Kenner des Landes oder ernsthafter wissenschaftlicher Forscher ausschlaggebend in Betracht kommen; darum habe ich schon im Titel meines Buches den Nachdruck auf den *Dichter* gelegt. Ein Dichter ist, wenn anders er ein wirklich berufener genannt werden darf, „zum Sehen geboren, zum Schauen bestellt". Sein Schauen ist freilich ein anderes als das des gelehrten Forschers: während dieser geradlinig rückwärts oder voraus sieht oder senkrecht in die Tiefe bohrt, schweift des Dichters Auge über den ganzen Horizont rund um und erfaßt dennoch im Vorübergleiten eine ganze Menge bedeutsamer Einzelheiten der nächsten

Umgebung. Sein Geist liebt es, Brücken zu schlagen vom Kleinsten zum Größten. Mögen diese Brücken oft auch luftig genug, mehr aus bunten Regenbogenfarben als aus soliden Balken zusammengezimmert sein, wertlos ist darum die dichterische [pg X]Betrachtungsweise gewiß nicht; denn oft ahnt er mit dem sicheren Instinkt des schöpferischen Geistes große, bedeutsame Zusammenhänge, die dem scharfen Auge des Forschers verborgen bleiben, weil dem sein Gewissen nicht erlaubt, bei seinen Feststellungen unbekannte Größen in Rechnung zu setzen. Den Vorzug der dichterischen Intuition und den guten Blick eines geschulten Beobachters nehme ich für mich in Anspruch, ohne jedoch Straflosigkeit für dichterische Freiheit zu beanspruchen. Ich gehöre nicht zu den Leuten, die sich durch glänzende Äußerlichkeiten leicht blenden lassen, auch nicht zu den mißtrauischen Duckmäusern und Leisetretern. Ich habe es mir ernstlich angelegen sein lassen, drüben in dem merkwürdigen Lande der unbedingten Gegenwart, wo es irgend anging, die Meinung gescheiter, mir zuverlässig erscheinender Menschen einzuholen, um meine eignen Beobachtungen zu vervollständigen, zu klären und zu berichtigen. Dabei ist es mir nun allerdings überaus häufig begegnet, daß der Sachverständige B., der, sagen wir 25 Jahre im Lande war, den Sachverständigen A., der 27 Jahre im Lande war, für einen ausgemachten Esel erklärte, und daß der Sachverständige C., der 50 Jahre im Lande war, zur Entscheidung aufgerufen, beiden als elenden Grünhörnern jede Berechtigung zum Urteilen absprach. Es ist nun eine alte Erfahrung, die jeder mit einem klaren Blick begabte gebildete Reisende schon bestätigt gefunden haben wird, daß sich der Eingeborene eines Landes oft gerade der auffallendsten Eigentümlichkeiten desselben nicht bewußt ist, weil ihm eben der Maßstab zur Vergleichung fehlt und weil ihm naturgemäß das Gewohnte als das Selbstverständliche erscheint. Ebenso verliert auch der

Einwanderer, je länger er in dem neuen Lande weilt, desto mehr den Blick für seine Besonderheit. Ihm [pg XI]dünkt vieles Neue bedeutsam, weil er es unter seinen Augen erst entstehen sah und nicht mehr weiß, daß man drüben in der alten Heimat vielleicht schon längst über den betreffenden Zustand hinaus gekommen ist, während ihm Dinge, die dem Fremden als höchst eigenartig auffallen, nicht mehr der Beobachtung wert erscheinen, weil sie für ihn Alltäglichkeiten geworden sind. Aus diesem Grunde können selbst des flüchtigen Besuchers erste Eindrücke von ganz erheblicher Bedeutung werden. Es ist auch ganz verkehrt, etwa nur Zahlen oder offizielle Dokumente als wissenschaftlich beweiskräftig anzunehmen, denn mit Hilfe der Statistik kann man bekanntlich ebenso wie mit Hilfe der Etymologie alles Beliebige beweisen, und daß behördliche Urkunden auch nicht immer direkt aus göttlicher Inspiration hervorgehen, dürfte wohl zugegeben werden. Es bleibt also unter allen Umständen für das dichterische Schauen ein weites Feld ersprießlicher Tätigkeit übrig. Und der *Forscher*, der den *Seher* verachtet, gleicht dem Querkopf, der bei Mondschein im Kalender die Laterne zu Hause läßt, auch wenn dicke Wolken das freundliche Gestirn dauernd verfinstern.

Ein wie schwieriges, unter Umständen sogar lebensgefährliches Unterfangen es sei, auch mit dem ernstlichsten Bemühen um Gerechtigkeit über Jung-Amerika zu schreiben, das sollte ich aber erst aus der Wirkung erfahren, die meine Zeitungsfeuilletons drüben taten. Ich habe, was wohl niemand einem Poeten verargen wird, ernsthafte Dinge ernst und minder bedeutsame Äußerlichkeiten lustig behandelt und mich auch selbstverständlich nicht geniert, in der humoristischen Betrachtungsweise der heiteren Wirkung zuliebe keck zu übertreiben und nötigenfalls sogar ein Weniges dazu zu lügen, in der sicheren Erwartung, daß der amerikanische Humor, der [pg XII]ja bekanntlich in der grotesken Übertreibung sich am besten gefällt, gerade an diesen heiteren Episoden Gefallen finden würde. Darin scheine ich mich jedoch gründlich getäuscht zu haben, und Henry F. Urban, der humoristische Entdecker Dollaricas und unzweifelhaft genaue Kenner seiner Bewohner, dürfte doch wohl recht haben mit seiner Behauptung, daß der richtige Dollaricaner keinen Sinn für Satire habe, wenigstens nicht sofern sie sich auf ihn selbst und sein Land bezieht. So erklärt sich auch die für uns merkwürdige Erscheinung, daß dieses so humorbegabte und zu derben Späßen aufgelegte Volk noch keine politischen Witzblätter besitzt. Der Dollaricaner sieht eben fortwährend vor seinen Augen die Wüstenei sich in üppiges Fruchtland verwandeln, Riesenstädte aus elenden Ansiedlungen sich quasi über Nacht entwickeln, eine luxuriöse Tipptopp-Kultur urplötzlich, wie den glänzenden Schmetterling aus der unscheinbaren Puppe, aus dem Chaos herausschlüpfen – da ist es freilich begreiflich, daß sein Herz von unbändigem Stolze auf sein Wunderland und auf die Tatkraft seiner Bewohner geschwellt ist. Dieser schöne Stolz geht nun aber so weit, daß er jeden für einen verleumderischen Schurken erklärt, der nicht alles und jedes für vollkommen und unvergleichlich hält, was die Vereinigten Staaten hervorbringen, und daß er nicht nur dem ausländischen Beobachter, sondern auch seinen eignen Landsleuten jede kritische Anwandlung fürchterlich übel nimmt. Die englischen Zeitungen haben sich vornehmlich an meine Späße und Übertreibungen gehalten und mich wie gänzlich humorblinde Pedanten auf kleine Unrichtigkeiten festgenagelt und darum ihrem Publikum als unwissenden, leichtfertigen Verleumder hingestellt; meine ehemaligen deutschen Landsleute aber haben sogar Entrüstungs[pg XIII]meetings abgehalten, weil ich mich der Feststellung der auffallenden Tatsache nicht enthalten konnte, daß sie im allgemeinen an körperlichen Vorzügen hinter den Yankees zurückstehen, und daß sie nicht verstanden haben, sich rechtzeitig den politischen und gesellschaftlichen Einfluß zu sichern, den sie nicht nur durch ihr zahlenmäßiges Übergewicht, sondern auch als hervorragendste Kulturträger rechtens zu beanspruchen gehabt hätten. Für diese Missetat haben mich zahlreiche deutsch-amerikanische Blätter, vornehmlich minder beträchtliche Provinzorgane, mit den liebenswürdigsten Schmeichelnamen bedacht, unter denen wohl ‚krummer Hund' noch der mildeste war, und zahlreiche Privatpersonen haben mich brieflich ihrer vorzüglichsten Tiefachtung versichert und mir sogar mit Mord und Totschlag gedroht, falls ich die Dreistigkeit haben sollte, abermals in Hoboken zu landen. Nun, ich darf mir wohl erlauben, diese seltsamen Blüten patriotischer Entrüstung nicht allzu tragisch zu nehmen, da außer solchen robusten Kundgebungen mir doch auch zahlreiche bedingte oder unbedingte Zustimmungen zugingen, welche im Gegensatz zu jener Knüppelpolemik durchweg aus den oberen geistigen Regionen herstammten. Ich habe übrigens die in jenem Aufsatz über die Yankeerasse, der so viel böses Blut gemacht hat, niedergelegten Ansichten in verschiedenen anderen Kapiteln dieses Buches begründet und erweitert. Es versteht sich von selbst, daß ich jedem dankbar sein werde, der mir beweist, daß ich da und dort derb daneben gehauen habe, und werde es mir zur Pflicht machen, Irrtümer zu berichtigen, soweit etwaige Neuauflagen die Gelegenheit dazu geben sollten.

Zusammenfassend betone ich also noch einmal, daß dies Buch weder wissenschaftlichen Wert beansprucht, noch etwa ein Führer für Reisende sein soll, dagegen [pg XIV]auch mehr als nur unterhaltendes Geplauder zu geben beabsichtigt. Es ist für uns Europäer von größter

Wichtigkeit, uns klare Vorstellungen von diesem Lande ohne Vergangenheit zu verschaffen, das für uns einen Spiegel unserer eignen Zukunft darstellt. Nach den Vereinigten Staaten zu reisen bedeutet für den wißbegierigen Europäer soviel, wie es für die Unschuld vom Lande bedeutet, zur Kartenschlägerin zu gehen, nur mit dem Unterschiede, daß das, was wir drüben über unsere Zukunft erfahren, kein plumper Schwindel, sondern unentrinnbare Wahrheit ist. Je mehr wir mit unserer Vergangenheit aufräumen, je rückhaltloser wir uns von dem reißenden Strome der modernen Entwicklung mit forttragen lassen, desto sicherer werden sich unsere Zustände und unser Charakter amerikanisieren; und darum ist es gut, wenn wir uns das Wunderland der Gegenwart so genau wie möglich betrachten, und darum hat jeder, dem eine gute Beobachtung und ein gesundes Urteil zu Gebote steht, das Recht und sogar die Pflicht, über Dollarica auszusagen, was irgend er davon zu wissen glaubt.

Ich kann dies Vorwort nicht beschließen, ohne meinen verehrten Gönnern und neugewonnenen lieben Freunden da drüben, vornehmlich der Germanistic Society, den örtlichen Veranstaltern meiner Vorträge, den leitenden Persönlichkeiten der deutschen Vereine, sowie den beiden so umsichtigen und eifrigen Managern meiner Rundreise, den Herren Professor Rudolf Tombo jun. und Paul C. Holter, meinen aufrichtigsten Dank auszusprechen für die herzliche Anteilnahme, die sie meiner Person und meinem Schaffen zuteil werden ließen, wie für die große Mühe, die sie so erfolgreich aufwendeten, um mir in der kurzen Zeit diese reiche Fülle von Eindrücken zu verschaffen.

D a r m s t a d t, im Oktober 1911.

Ernst Ludwig Freiherr von Wolzogen.

Inhaltsverzeichnis.

[pg 1]

Als Mauernweiler in Dollarica.

Ein rechtschaffener „teutscher Tichter" schlägt drei Kreuze vor dem Gedanken einer Auswanderung nach den Vereinigten Staaten. Nikolaus Lenau, der seinerzeit aus Begeisterung für die Freiheit und für die biederen Rothäute hinübersegelte, hat bekanntlich das nächste Retourschiff benutzt, und sein Entsetzen hat ihn das Wort prägen lassen von dem Lande, in welchem die Vögel keine Lieder und die Blumen keinen Duft hätten. (Eine Behauptung, die übrigens nicht einmal zutrifft.) Auch Detlev v. Liliencron mochte kein intimes Verhältnis mit der Dame Dollarica eingehen, weil sie gar keine Miene machte, ihm von ihrem Überfluß an Dollars etwas abzugeben. Ich vermute, daß sie ihn zunächst hat Flaschen spülen lassen, eine Prüfung auf die männliche Tüchtigkeit, die sie allen gestrandeten Offizieren und sonstigen mit Bildung oder hohen Lebensansprüchen beschwerten, zu grober Handarbeit jedoch untauglichen deutschen Gunstbewerbern zunächst einmal auferlegt. Wilhelm v. Polenz, der nicht mit den Hintergedanken eines galanten Räubers, sondern nur mit einem Scheckbuch bewaffnet einige Monate im Lande herumreiste, kehrte dagegen zufrieden und bereichert heim und bescherte uns, als Frucht seines fleißigen Studiums, sein schönes und gerechtes Buch „Das Land der Zukunft". Dafür war aber auch Polenz kein solch närrischer Lyriker, der in zornige Tränen ausbricht, wenn ihm ein fremder Weltteil nicht den Gefallen tut, Nachtigallen in Kaktushainen schlagen und Affen auf Lindenbäumen herumklettern zu lassen. Paul Lindau, der welt-, [pg 2]witz- und wortgewandte, ist durch das Land geflitzt und hat eine Masse von Eindrücken gleich bunten Schmetterlingen im Vorbeifliegen mit „gewandter Feder" feuilletonistisch aufgespießt; gelegentlich der großen Weltmessen von Chicago und St. Louis ist auch sonst wohl noch der und jener aus unserem Federvolke mit drüben gewesen, um mit mehr oder minder leichtsinniger Wichtigkeit den Maßstab seiner kleinen Person an die Ungeheuerlichkeit der Verhältnisse da drüben zu legen, und sie sind alle, durch starke Eindrücke bereichert, heimgekehrt. Erst seitdem einige hervorragende Deutsch-Amerikaner mit Hilfe der Professoren der germanistischen Fakultäten und Unterstützung etlicher für deutsche Kunst und Wissenschaft eingenommener amerikanischer Mäzene die *Germanistic Society of America* gegründet haben, ist es möglich geworden, richtigen deutschen Dichtern und Gelehrten, ohne Rücksicht auf Geldverdienst und etwaige lyrische Sentimentalitäten, die große Kinderstube im fernen Westen, das Märchenland der absoluten Gegenwärtigkeit, zu zeigen und andererseits diese seltsamen Tiere dem amerikanischen Volke lebend vorzuführen. Auf diese Weise sind Ludwig Fulda, Hermann Anders Krüger, Karl Hauptmann und zuletzt der Schreiber dieser Zeilen dazu gelangt, ihren deutschen Landsleuten drüben, sowie den für deutsche Geistesart interessierten Amerikanern lebendige Kunde vom deutschen Dichten der Gegenwart zu bringen.

Ich habe im Laufe von etwa acht Wochen an neunzehn Universitäten und Colleges, sowie fünfzehnmal in deutschen Vereinen gesprochen. Ich habe dabei teils aus meinen Werken rezitiert, teils die letzten dreißig Jahre deutscher Literaturgeschichte in skizzenhaften Schilderungen persönlicher Eindrücke und Begegnungen durchgenommen, oder [pg 3]mich über das Theater der deutschen Gegenwart verbreitet, oder endlich mit Unterstützung meiner Frau die Entwicklungsgeschichte des deutschen Volksliedes behandelt. Und daß ich diese kleine Singefrau mit hatte, war sehr gut. Denn wo immer sie in die Zupfgeige griff und ihre Volkslieder aus alten Zeiten erschallen ließ, da leuchteten die Augen, da war der Jubel groß, und die gewohnten Redensarten eines höflichen Dankes bekamen einen echten Herzensklang. Sie haben mir ja auch die Frau nicht wieder herausgegeben, als ich nach getaner Arbeit heimwärts strebte; sie haben sie mit sanfter Gewalt da behalten, weil sie von ihr noch lange nicht genug hatten. Das soll nun nicht etwa heißen, daß ich mich über eine laue Aufnahme oder über Unverständnis zu beklagen gehabt hätte. Ganz im Gegenteil: man muß bei uns schon bis nach Wien gehen, um eine solche Temperatur der dankbaren Begeisterung zu finden; aber ich merkte doch sehr bald, daß ich diesen lebhaften Beifall vornehmlich meiner rezitatorischen Leistung sowie dem Umstande zu verdanken hatte, daß ich einen wichtigen Teil meines Wesens vorsorglich unterschlug. Als praktischer Theatermann habe ich die Kunst gelernt, unterhaltende Programme zusammenzustellen, und auf die Psychologie der Massen verstehe ich mich auch einigermaßen; das ist der Grund, weshalb mir's drüben so gut gegangen ist. Ich wußte schon vorher genug über den Geschmack des amerikanischen Publikums, um ungefähr beurteilen zu können, welche meiner Werke und Anschauungen für drüben möglich wären und welche nicht. Und da mußte von vornherein vieles von dem als unmöglich ausgeschlossen werden, womit ich mir hier meine wertvollsten Erfolge geholt und meiner literarischen Persönlichkeit überhaupt erst feste Umrisse gegeben habe. Die Natürlichkeiten der [pg 4]Erotik sind bei den Angloamerikanern ebenso von der öffentlichen Besprechung und künstlerischen Gestaltung ausgeschlossen wie die heiligen Stoffe, und die Deutsch-Amerikaner, die lange genug drüben gelebt haben, sind immerhin von diesem Puritanertum soweit angesteckt, daß die Grenzen des künstlerisch Erlaubten bei ihnen nicht weiter gehen als etwa beim deutschen Familienblatt älteren Stils. Du lieber Himmel – und ich bin der Verfasser des „Dritten Geschlechts", der „Geschichten von lieben süßen Mädeln" und gar „des Erzketzers" und habe niemals einen Beitrag zur „Gartenlaube" oder zum „Daheim" geliefert! Selbstverständlich hatte ich wohl ausnahmslos an jedem meiner Vortragsabende ein paar literarisch gebildete, vorurteilslose Leute unter meinem Publikum, die sich gerne hätten stärker beschwören lassen; aber ich sollte mich doch der Mehrheit erfreulich und nützlich machen, den des Deutschen beflissenen Studenten englischer Zunge und besonders den aus allen Bildungsschichten zusammengewürfelten Deutsch-Amerikanern.

ische Lichter. Was sie alles komisch finden.

Mit den Versen gab's wenig Schwierigkeit. Meine Balladen und Hymnen auf die moderne Technik mußten ja in dem Lande der technischen Hochkultur zünden, und auch von den satirischen Scherzgedichten wurde das meiste verstanden; aber mit der Auswahl von Prosastücken hatte ich meine liebe Not, und bei meinen Streifzügen durch die deutsche Literatur der letzten dreißig Jahre bemerkte ich auch gar bald, wie wenig davon selbst dem gebildeten Publikum bekannt war. Sobald ich bei einer meiner Lieblingsfiguren etwas länger verweilte oder den Versuch machte, ein bißchen in die Tiefe zu bohren, bemerkte ich, wie sich alsbald ein suggestives Gähnen durch die Reihen fortpflanzte und die teilnahmsvoll ge[pg 5]spannten Züge zu erschlaffen begannen. Da mußte ich mich denn beeilen, mit einer scherzhaften Anekdote oder einer satirisch zugespitzten Bemerkung die entflatternde Aufmerksamkeit wieder einzufangen. Wie in so vieler anderer Beziehung, so sind die Amerikaner auch darin noch auf einem kindlichen Standpunkt, daß sie, und zwar nicht nur die Jungen, sondern auch die Alten, durchaus lachen wollen, wenn sie sich zu irgendwelchem Zwecke in Massen versammeln. Der Politiker muß so gut wie der Universitätsprofessor und sogar der Kanzelredner Witze machen, wenn er sein Publikum fesseln will. Kein Redner wird jemals in diesem Lande Erfolg haben, der nicht zum mindesten die Kunst versteht, selbst ernstesten Gegenständen humoristische Lichter aufzusetzen. Ich habe eine feierliche Universitätssitzung mitgemacht, bei welcher der Präsident der Universität eine ausgezeichnete Gedenkrede auf eine verstorbene Leuchte derselben hielt. Es war ein kalter, nebliger Morgen und man saß in Überziehern und Galoschen da, aber sobald der Vortragende eine drollige Wendung gebrauchte, einen freundlich heiteren Zug aus dem Leben des Gefeierten erzählte, oder gar eine witzige Nutzanwendung machte, erwärmte sich die frierende Gesellschaft an lautem Gelächter. In dem amerikanischen nationalen Drama, der *Blood and Thunder-Show*, muß die erbauliche Abwechslung zwischen Leichenaufhäufung unter Revolvergeknatter und sentimentaler Rührung über unmenschliche Edelmutsausbrüche (vom obligaten Tremolo der Geigen begleitet) in regelmäßigen Abständen von derben Clownspäßen unterbrochen werden, um dem guten Volke schmackhaft zu bleiben, und der bekannte kleine polnische Jude, der auf die Frage, wie ihm der „Tristan" gefallen habe, achselzuckend erwiderte: „Nu, mer lacht", könnte hier leicht manches Gegen[pg 6]stück finden. Das ist nun etwa nicht als besonderes Schandmal der amerikanischen Unkultur aufzufassen, denn der Banause hat in der ganzen Welt der Kunst gegenüber genau denselben Standpunkt: er schätzt sie bestenfalls als erheiternden Zeitvertreib. Die geistige Erhebung durch tragische Erschütterung vermag er ebensowenig zu genießen, wie die rein ästhetische Freude an der schönen Form; sein Interesse hängt rein am Stofflichen, am gröblich Sinnfälligen, an der handgreiflichen Moral oder Tendenz. Da in Amerika noch nicht viele Leute und auch diese erst seit kurzem Zeit gefunden haben, ihre etwaigen ästhetischen Veranlagungen zu pflegen, so ist es selbstverständlich, daß es dort im Verhältnis zur Einwohnerzahl sehr viel weniger ästhetisch interessierte Menschen gibt als bei uns, und unsere guten Landsleute können von dieser Regel um so weniger eine Ausnahme machen, als sie ja zum weitaus überwiegenden Teil von gänzlich amusischer Herkunft sind. Die deutschen Amerikaner, die heute vornehmlich sich eine Ehrenpflicht daraus machen, den Zusammenhang mit der deutschen Geisteskultur aufrecht zu erhalten, setzen sich zusammen aus den Überresten der achtundvierziger Emigranten und ihrer Nachkommen, aus den neuerdings Eingewanderten mit akademischer Bildung, die hier als Lehrer und Lehrerinnen, als Ärzte, Künstler usw. eine Lebensstellung gefunden haben, und endlich aus einigen nicht allzu zahlreichen Nachkommen von Leuten, die in Handel und Gewerbe hier ihr Glück gemacht haben und daher imstande waren, ihren Kindern eine höhere Schulbildung zuteil werden zu lassen. Die vielen deutschen Vereine sind folglich auch noch nicht imstande, sich rein künstlerischen und literarischen Bestrebungen zu widmen. Sie scheiden sich mehr nach Landsmannschaften oder [pg 7]Gesellschaftsschichten als nach geistigen Ansprüchen. Man darf also nicht erwarten, für irgend welche wissenschaftlichen oder künstlerischen Darbietungen in den Vereinigten Staaten ein so homogenes, wohlgezogenes und anspruchsvolles Publikum zu finden, wie etwa in unseren deutschen literarischen Gesellschaften, kaufmännischen oder auch selbst sozialdemokratischen Bildungsvereinen. Man kann aber sicher sein, überall unter seinen Zuhörern eine Anzahl fein gebildeter und verständnisvoller Menschen zu finden, wenn es auch nur eine kleine Minderheit sein mag. Für diese Minderheit wird man dann aber, wenn man seine Mission ernst nimmt, sein Bestes geben und die Kleinen und Armen im Geiste nach Möglichkeit durch Konzessionen an ihr Unterhaltungsbedürfnis mit zu ziehen suchen. Manchmal kann es einen freilich bei solchen überraschenden Ausbrüchen kindlicher Heiterkeit kalt überlaufen. Im Hörsaal der Universität zu Rochester wollten sich Studenten deutscher Abkunft halb tot lachen über die von mir berichtete traurige Tatsache, daß Liliencron im Feldzuge von 1870/71 diverse Kugeln in den Leib bekommen habe, von denen ihm alle paar Jahre eine im Operationssaal der Universitätsklinik zu Kiel herausgeholt wurde! Und in der *High School* von Youngstown (Ohio) kreischten die *Boys* und *Girls* vor Vergnügen, als ich ihnen die tief ergreifende Ballade von der Großmutter Schlangenköchin übersetzte. Über die Fischlein, die die böse Hexe mit einem Stock im Krautgärtlein fängt, und gar über *„The black and tan Doggie, that burst into a thousand pieces"* (das schwarzbraune Hündlein, das in tausend Stücke zersprang), bogen sie sich krumm vor Lachen, und meine Frau, die sie gerade durch diese Ballade zu Tränen zu rühren gedachte, war blaß vor Schrecken, – hat sie aber dann doch zu packen [pg

8]gekriegt, diese robusten Neuweltler, denen die lieb herzige Einfalt des deutschen Märchenstiles so siebenfach versiegelt ist.

ürdigkeiten und Gastfreundschaft. Nervös sind sie nicht.

Wenn man in den Vereinigten Staaten unter den Auspizien einer hochangesehenen Gesellschaft reist, so bekommt man eine deutliche Vorstellung davon, wie angenehm und erhebend es sein muß, als Fürstlichkeit durchs Dasein zu wallen. Genau so wie bei uns eine die Provinzen bereisende bessere Fürstlichkeit wird man nämlich in den Vereinigten Staaten behandelt, sobald man offiziell als großes Tier, als illustrer Gast gemanagt wird. Am Bahnhof Empfang durch ein Komitee, das einen in das erste Hotel der Stadt geleitet, wo man sich kaum des Reiseschmutzes entledigt hat, als einem auch schon die Reporter auf den Leib rücken. In der kurzen Zeit, die einem das Komitee zum Säubern und Ausruhen gönnt, (meistens ist man ja die Nacht durch gefahren, denn die einzelnen Vortragsstädte liegen nicht selten so weit auseinander wie etwa Berlin und Neapel!) muß man mehrere Interviews über sich ergehen lassen, bei denen einen der stete Zweifel nervös macht, wer von beiden der größere Esel sei, der Interviewer oder der Interviewte. Dann tritt das Komitee wieder an, um einem die Sehenswürdigkeiten der Stadt zu zeigen, wobei zu bemerken ist, daß im ganzen Osten bis zum Mittelwesten der Union, bis hinauf an die kanadische und hinunter an die virginische Grenze eine Stadt genau so reizlos und uninteressant ist wie die andere (mit vielleicht einziger Ausnahme von Boston und Washington), daß die Kriegerdenkmäler noch erheblich fürchterlicher sind als bei uns, und man die berühmtesten Bauten meistens schon im Original in Europa gesehen hat. Erfreulich werden diese

Besichtigungsfahrten nur, wenn sie aus den wüsten Steinhaufen der [pg 9]Citys hinaus ins Land führen und man einen schönen Tag erwischt. Architektonisch interessante Villenviertel mit reizenden Schmuckgärten wie bei uns gibt es freilich kaum irgendwo. Aber wenn die Sonne lacht, sind selbst die zum Gähnen einförmigen gemütlichen Holzhäuschen, mit denen auch sehr wohlhabende Amerikaner glücklich und zufrieden sind, eine Wohltat zu sehen. Nachdem der ästhetische Graus der Städte dergestalt überstanden ist, geht es zum Lunch, und der ist eigentlich immer erfreulich und gemütlich, gleichviel ob man in eine wildfremde Familie, in ein feines Restaurant oder in einen exklusiven Klub geladen ist. Denn die amerikanische Gastfreundschaft, mag sie von Yankees oder Deutschen ausgeübt werden, ist über alles Lob erhaben. Und wenn bei solchen Gelegenheiten das Menü nur nicht zu amerikanisch und die Gastgeber keine Teatotalers sind, so kann man sich seines Lebens freuen, ohne durch steife Förmlichkeit oder durch aufdringliche Protzerei geärgert zu werden. Nicht selten ist bereits mit dem Lunch eine kleine *reception* verbunden, d. h. nach dem Essen treten mehrere Dutzend Menschen, die ganze Fakultät, wenn der Gastgeber ein Professor ist, die ganze Freundschaft und Verwandtschaft, wenn der Empfang inoffiziell ist, in den zumeist winzig kleinen Stuben an, um Bekanntschaft zu machen. Das ist die mildeste Form der „reception". Man hört alle Namen, schüttelt alle Hände, schwätzt ein Stündchen herum und hat im Fluge einen oberflächlichen Eindruck von dem Verkehrskreis des Gastgebers gewonnen, vielleicht sogar eine wirklich interessante Persönlichkeit flüchtig angebohrt. Ist man an ein Komitee geraten, das bereits Erfahrungen mit europäischen Nerven gemacht hat, so darf man sich zu einem Ruhestündchen zurückziehen, andernfalls geht es ohne Gnade und Barm[pg 10]herzigkeit weiter im Programm. Man wird zur Besichtigung der

Universitätsinstitute, der Bibliotheken, der Laboratorien, Museen, bemerkenswerter Fabrikbetriebe oder was es auch immer sei, mit Vorliebe auch zu dem Gouverneur des Staates oder doch mindestens zum Bürgermeister der Stadt geschleppt. Wenn man bedenkt, daß so ein Gouverneur der konstitutionelle Regent eines Landes ist, das in den meisten Fällen größer als das Königreich Bayern, in einigen Fällen sogar größer als ganz Deutschland ist, so ist man erstaunt über die leichte Zugänglichkeit und jeder steifen Förmlichkeit abholde Art dieser großen Herren. Sie haben natürlich keine Ahnung davon, wer man ist, aber sie beteuern, über die Bekanntschaft entzückt zu sein, und stellen sich aufs Liebenswürdigste unseren Wünschen zur Verfügung. Mittlerweile wird es dann Zeit, sich zum *dinner* in *full dress* zu werfen. Dabei geht es ohne mehrere Toaste niemals ab, denn der Amerikaner redet gern und hervorragend gut, und man muß sein bißchen Witz gehörig zusammennehmen, um diesem nationalen Talente gegenüber mit seiner Antwort zu bestehen. Hat man den Abend frei, so ist solch ein *dinner* um 7 Uhr eine erquickliche Angelegenheit; denn nirgends existiert in Amerika die deutsche Unsitte, stundenlang bei Tische zu sitzen, eine unmögliche Masse von Speisen und ebenso viel verschiedene, in der Schwere sich steigernde Weinsorten eingepumpt zu bekommen. Große offizielle Festessen dehnen sich freilich auch sehr lang aus, aber nicht wegen der Länge des Menüs, sondern nur wegen der nationalen Sitte, die Schleusen der Beredsamkeit erst nach dem Dessert zu öffnen. *Toastmaster* und *Chairman* regulieren den Strom nach parlamentarischer Sitte, und wenn die Rednerliste erschöpft ist, beginnt erst der echt amerikanische [pg 11]Hauptspaß, indem der *Toastmaster* noch unter den besonders prominenten, durch ihre Eigenart berühmten oder berüchtigten Anwesenden eine ganze Anzahl zu Improvisationen reizt. Selten daß einer auf solche Reizung

nicht reagiert. Natürlich reitet bei dieser Gelegenheit jeder
sein Steckenpferd, wobei aber erst recht viel witziges oder
gedankenreiches Eigengut zutage gefördert wird. Schlimm
ist es, wenn man unmittelbar nach dem Essen seinen
Vortrag halten muß, wie das gar nicht selten vorkommt.
Und noch schlimmer, wenn einem, wie mir das auch
passiert ist, erst beim Besteigen der Rednertribüne vom
Vorsitzenden zugeraunt wird, daß man doch gefälligst nur
eine Stunde lang sprechen möge – über ein Thema, das in
dreien kaum halbwegs gründlich zu erledigen wäre! Diese
beneidenswert robusten Neuweltler nehmen eben als
selbstverständlich an, daß ein Mensch, der einen Beruf, ein
Geschäft daraus macht, öffentliche Vorträge zu halten,
jederzeit und unter allen Umständen bereit sein müßte, sie
aus der Pistole zu schießen. Daß wir schwächlichen Ostleute
zu jeder geistigen Leistung Sammlung und Stimmung
brauchen, das scheinen sie nicht zu verstehen. Dem
nervenlosen Amerikaner ist es auch ganz gleichgültig, wie
das Lokal ausschaut, in dem er seine Kunst genießt oder
seine Bildung bereichert; offene Türen, hin- und herlaufende
Menschen, pfeifende und klingelnde Lokomotiven vor den
Fenstern, polternde Kegel- unter und probende
Gesangvereine über dem Lokal genieren ihn nicht im
mindesten. Ich ging an einem Universitätshörsaal vorbei,
dessen Tür sperrangelweit offen stand; im Korridor trappten
laut schwatzende und lachende Studenten auf und ab, aber
weder der vortragende Professor noch die eifrig
nachschreibenden Hörer ließen sich dadurch auch nur im
geringsten stören. In St. Louis [pg 12]waren die Leute, die
mein Auditorium in Stand setzen sollten, ausgeblieben.
Infolgedessen war das Lokal so schmutzig von Kohlenruß,
daß ich einen weißen Handschuh, der mir entfiel, schwarz
wieder aufhob und das elektrische Licht versagte; wir saßen
also bei einigen Notlampen im Finstern, und ich trug eine
rührende Geschichte vom bitteren Leiden und Sterben eines

schwindsüchtigen Mädchens unter der rhythmischen Begleitung zweier melodisch knallender Heizkörper vor. Natürlich war ich nahe daran, aus der Haut zu fahren; mein Publikum aber schien durch diese stimmungsmordenden Umstände nicht im mindesten berührt zu werden. Der Vorsitzende bat für diese Übelstände um Entschuldigung, und damit war es gut. Der Amerikaner fügt sich in das Unvermeidliche mit bewundernswerter Ruhe und Geduld. Wenn er gekommen ist, um für sein Geld Kunst zu genießen oder Weisheit zu schlürfen, so führt er diesen Vorsatz auch unter den widrigsten Verhältnissen aus, denn er will auf seine Kosten kommen. Und seine Nerven parieren ihm so absolut, daß er imstande ist, durch einfachen Willensakt während des zartesten Pianissimos einer Sängerin den knallenden Heizkörper oder die läutende Lokomotive nicht zu hören.

rstellen! Great reception.

Die große *reception,* dieser Schrecken aller Schrecken für berühmte Mauernweiler, diese echt amerikanische „Hetz", pflegt nach dem Vortrag des zu feiernden Gastes in einem möglichst großen Saale stattzufinden. Der Amerikaner stellt sich bekanntlich nie selber vor. Man kann stundenlang im Eisenbahnwagen miteinander fahren und sich angeregt unterhalten, man kann sogar wochenlang auf einem Dampfer Tisch- und Kabinennachbar eines scharmanten Menschen sein, ohne daß es ihm einfallen wird, sich selber vorzustellen. Und wenn der wackere Deutsche in seiner angeborenen Höflichkeit sich bemüßigt [pg 13]fühlt, einer solch angenehmen Reise- oder Table d'hote-Bekanntschaft gegenüber die Hacken zusammenzuschlagen und mit kommentmäßig heruntergeklapptem Haupte zu schnarren: „Sie gestatten, mein Name ist Müller," so riskiert er, daß der

Angeredete, ohne sich von seinem Sitz zu erheben, ihn von unten herauf gelangweilt anschaut und mit gequetschtem Nasentone die impertinent zweifelnde Frage zurückgibt: *„Aoh, is that so?"* Der Amerikaner hat stets den Ehrgeiz, mit prominenten Leuten bekannt zu werden. Ausländische Berühmtheiten interessieren ihn brennend, und für Leute mit schönen Titeln und langen Namen aus Europa hat er eine besondere Schwäche, aber niemals würde er sich einfallen lassen, eine formlose Vorstellung zu provozieren. Man kann in der guten Gesellschaft nur miteinander bekannt werden, indem man von dem Gastgeber, bei dem man sich trifft, offiziell einander vorgestellt wird. Diesen Zweck erfüllen unter anderen Veranstaltungen auch die berüchtigten *receptions*. Jeder, der nur irgendwelche Berührungspunkte mit der gesellschaftlichen Sphäre oder mit dem Beruf des prominenten Gastes hat, bemüht sich, eine Einladung zu solcher *reception* zu bekommen. Der Vorgang bei dieser hochnotpeinlichen Prozedur, wie ich sie im Staate Wisconsin in musterhafter Form erlebt habe, ist folgender: Man stellte mich an eine Säule an der Schmalseite des großen Saales und meine Frau an eine andere Säule wenige Schritte davon entfernt. Mir zur Seite trat ein *Gentleman-Usher* und an die Seite meiner Frau eine *Lady-Usher* (Usher = Einführer). Von diesen wird vorausgesetzt, daß sie wie ein Hofmarschall alle eingeladenen Herrschaften nach Namen, Rang und Stand kennen. In langer Reihe, einzeln oder paarweise hintereinander nahen sich nun die Scharen derer, die unsere Bekanntschaft zu machen [pg 14]wünschen, und der Usher waltet seines Amtes. „Erlauben Sie mir, Ihnen Mister und Missis John Dubbleju Weber (sprich: Uebbäh) vorzustellen. Einer der prominentesten Bürger unserer Stadt, man kann sagen einer ihrer Begründer, denn er hat vor vierzig Jahren hier in dem Indianerdorf, das damals auf dieser Stelle stand, den ersten Laden für baumwollene Taschentücher, Whisky, Kautabak und Schießpulver eröffnet."

„How do you do, Mister Uolsogen?" gurgelt Mister John Dubbleju Uebbäh aus seiner respektablen Speckwampe heraus und beginnt mit meinem Arme wie mit einem Pumpenschwengel zu hantieren. „Komme Se mal zu mir, da wer' ich Se mal was Scheenes ßeigen; und bringen Se auch de Frau Uolsogen mit, wenn se Äntiquitis gleicht." (Antiquitäten gern hat).

Und Missis Uebbäh, eine umfangreiche Dame mit kolossalen Brillantboutons in den Ohrlappen, grinst mich mütterlich bewegt an und versichert, entzückt zu sein, mich zu treffen. Der Mann gibt meine Hand an sie weiter, und sie pumpt die Behauptung aus mir heraus, daß ich glücklich sei, Persönlichkeiten vor mir zu sehen, welche die ganze Geschichte dieser berühmten Stadt nicht nur mit erlebt, sondern sozusagen selber gemacht hätten.

„Move on, please!" sagt der Usher und schiebt das imposante Ehepaar sanft weiter, worauf er mich mit Mister und Missis Isaak O. Waddlepaddledaddle (oder so was ähnliches) bekannt macht. Mister Waddlepaddledaddle (oder so was ähnliches) ist mit sieben Cents in der Tasche vor fünfundzwanzig Jahren hier eingewandert und hat etwa ein Dutzend Mal seinen Beruf gewechselt, bis er sich auf Rattengift geworfen hat. Seit einigen Jahren steht er an der Spitze des Patent-Ungeziefervertilgungsmitteltrusts und ist elf Millionen Dollar wert. [pg 15]Seine Frau ist tief ausgeschnitten und bedeckt ihre wogende Blöße mit Brillanten für etliche Hunderttausende. Sie ist so schrecklich betrübt (*so awfully sorry!*), daß ihre Tochter mich nicht kennen lernen kann, denn die ist vergangenes Jahr in Deutschland gewesen und so eingenommen von der deutschen Literatur. Sie habe viele von meinen Büchern gelesen, darunter natürlich auch meinen entzückenden

„Herrgottsschnitzer von Oberammergau" und meinen reizenden „Hüttenbesitzer" und überhaupt beinahe alles. Leider habe das Mädchen die Mumps.

Beschämt und tief gerührt bekenne ich, daß diese genaue Kenntnis meines dichterischen Schaffens mich zum ersten Mal das Hochgefühl einer wahren Popularität auf zwei Hemisphären voll empfinden lasse.

Mister Waddlepaddledaddle (oder so was ähnliches) quetscht mir bewegt die Hand, und Missis Waddlepaddledaddle (oder so was ähnliches) hat noch eine Frage auf den üppigen Lippen, als mein Usher mir bereits einen ehrwürdigen Greis in weißem Lockenschmucke, das glattrasierte Antlitz scharf und geistvoll geschnitten, als den berühmten Professor der Ethik, Dr. James Cadwalleder B. Mapletree vorstellt. Der berühmte Gelehrte ist so steinalt, daß ich ihm aufs Wort geglaubt hätte, wenn er mir versichert hätte, daß bereits George Washington, Benjamin Franklin und Henry Clay (welch letzterer übrigens keineswegs Zigarrenfabrikant in Havanna, sondern ein 1852 verstorbener bedeutender Staatsmann ist) bei ihm Colleg gehört hätten. „Froh, Sie zu treffen, Baron", beginnt der große Gelehrte, mir kräftig die Hand drückend, und wissend, daß ihm nicht viel Zeit gegeben ist, knüpft er gleich eine Frage über den Stand der Ethik in Deutschland als wissenschaftliche Disziplin sowie als bewußte Ausdrucksform der Volks[pg 16]seele an. Ich erinnere mich zum Glück, daß ich jahrelang eifriges Mitglied des Ethischen Klubs im Kellerlokal des Hofbräu-Ausschankes in der Französischen Straße in Berlin gewesen bin und erkläre ihm, daß wir in der Ethik durchaus obenauf, *up to date* wären und überhaupt...

„Move on, please!" ruft der unerbittliche Usher, und der große Gelehrte bezähmt lächelnd seinen Wissensdurst und läßt sich ohne Murren weiter schieben.

Es kommen deutsche Mitglieder der Fakultät an die Reihe, mit denen ich im Fluge gemeinsame Beziehungen in der Heimat entdecke, es kommen Yankees, die wirklich im deutschen Geistesleben zu Hause sind und auch tatsächlich den „Kraft-Mayr" gelesen haben, es kommt die Vorsteherin einer Mädchenschule, die just meine „Gloriahose" in ihrer Klasse übersetzen läßt – lauter Menschen, mit denen man sich gern zum Warmwerden in ein Eckchen zurückziehen möchte – es hilft nichts: „*Move on, please!*" kommandiert die sanfte Stimme meines Ushers. Folgsam und wohlanständig schieben sich die Hunderte von Menschen, alte und junge, Zierden der Alma mater und feste Säulen der Bürgerschaft, prominente und unerhebliche Leute, Männlein und Weiblein langsam weiter, und alle, die mir mit größerer oder geringerer Ausgiebigkeit die Hand geschüttelt und versichert hatten, daß sie s o glücklich seien, mich zu treffen, fragen zwei Minuten später an der nächsten Säule meine Frau, wie es ihr gehe, und sind alle ausnahmslos so glücklich, sie zu treffen. Zuletzt kommt das junge Volk an die Reihe: lustige Studentinnen, die mit einem vergnügten Knall in die Hand einschlagen und die Affäre mit dem stereotypen „*How d'ye do?*" möglichst rasch erledigen, oder aber kichernd ihre deutschen Brocken anzubringen versuchen. Unter den letzten ist ein lang aufgeschossener Student [pg 17]mit sehr großen roten und kalten Händen, der mir sein deutsches Literaturgeschichtsbuch mit der Bitte überreicht, ihm da etwas hineinzuschreiben.

„Stehe ich drin in diesem Leitfaden?" frage ich den glatten Jüngling.

„Ich bin betrübt, nein zu sagen," lächelte er verlegen, und ich attestiere es ihm schriftlich in sein Buch hinein, daß das eine ganz miserable Literaturgeschichte sei.

nden!

Gott sei Dank, endlich ausgestanden! 170 Menschen sollen es gewesen sein. Man darf sich endlich setzen und bekommt ein Sandwich oder so etwas ähnliches und selbstverständlich das entsetzliche Eiswasser oder den unvermeidlichen Icecream angeboten. Man nimmt sich einige der Herrschaften beiseite und fragt sie auf Ehre und Gewissen, ob sie etwa durch diese „reception" glücklich geworden seien. Die sind mit uns völlig einig darüber, das solche Veranstaltungen der größte Blödsinn von der Welt seien, so ungeeignet wie möglich, den angeblichen Zweck des gegenseitigen Kennenlernens zu erfüllen. Aber trotzdem: wenn das nächste Mal zur Besichtigung eines importierten Dichters oder eines sonstigen seltenen Tieres eingeladen wird, so sind sie doch alle wieder da. Missis Waddlepaddledaddle (oder so was ähnliches) mit ihren sämtlichen Brillanten und mit der Tochter, die inzwischen vielleicht die Mumps überstanden haben wird, Mister und Missis John Dubbleju Uebbäh, der eigentliche Gründer des jetzt so blühenden Gemeinwesens, und die sämtlichen anderen Prominenten der Stadt, die Professoren mit ihren Damen, und auch der achtzigjährige James Cadwalleder B. Mapletree wird sich wieder geduldig in die Reihe stellen und wieder seine Frage nach dem Stand der Ethik in Europa nicht beantwortet kriegen. Es ist nun einmal eine Genugtuung für den richtigen Amerikaner, sagen zu [pg 18]dürfen: „Da und da traf ich den berühmten X. und schüttelte Hände mit ihm." Der Präsident der Vereinigten Staaten hat das Vergnügen, alljährlich bei der großen Neujahrsreception Tausenden von Menschen die Hände zu schütteln und jedem einzeln zu versichern, daß er s o froh sei, ihn zu treffen. Unser Prinz Heinrich soll sich nach Beendigung seiner Amerikatour in seine Kabine eingeschlossen und 48 Stunden hintereinander geschlafen haben. Ich glaub's gerne, daß er das nötig hatte, denn der mußte täglich Bankette und Receptions mitmachen, bei denen noch x-mal so viel Hände zu schütteln und Trinksprüche zu beantworten waren, abgesehen davon, daß er im Laufe des Tages auch noch sämtliche Kriegerdenkmäler, Bibliotheken, bedeutende Fabrikbetriebe, Preisbullen und Deckhengste besichtigen mußte. Auch mir, dem bescheidenen Dichter, wurde der berühmte arabische Deckhengst von Columbus mit seinen hochmütig starren Monokelaugen vorgeführt, auch vor mir tänzelte der kokette Racker, die x-fach preisgekrönte Jerseykuh, auch mir zu Ehren wurden Hekatomben von Schweinen in den Stockyards abgestochen; aber für mich gab es doch immerhin Ruhepausen, stille Tage in befreundeten Familien, zeitweises Untertauchen in Hausrock und Pantoffeln. Für unseren unglücklichen Repräsentationsprinzen gab es das alles nicht, er war von früh bis in die späte Nacht tagtäglich im Geschirr. Seine Nervenleistung war so enorm, daß sie schließlich sogar den Amerikanern imponiert hat.

Die erste Frage jedes Eingeborenen der Vereinigten Staaten an den Fremdling, und wäre er auch eben erst in Hoboken gelandet, ist: „Wie gefällt Ihnen Amerika?" Sie sollten eigentlich fragen: „Wie halten Sie Amerika aus?" Denn das ist, wenigstens für den offiziell herum[pg 19]gezeigten Mauernweiler, wirklich die Kardinalfrage da drüben. Mein Gott, es ist eben ein ganz junges Volk, und sie sind so ungeheuer stolz auf die riesigen Proportionen ihres Landes, auf die erstaunliche Größe, Neuheit, Kühnheit aller ihrer Unternehmungen, daß jeder Amerikaner den Kitzel in sich verspürt, jeden Fremden, der auf der Straße irgend etwas anstaunt, zu fragen: „Na, was sagen Sie dazu, elender Europäer, bartbewachsenes Blaßgesicht, kolossal, was? Habt Ihr drüben nicht!"

nde Reporterin.

In Philadelphia wurde ich von einer reizenden jungen Reporterin interviewt. Selbstverständlich: *„How do you like America"* usw., und dann kam die verfängliche Frage: „Und was denken Sie von unserer Kultur?" Da kratzte ich mir den Kopf und sagte: „Mein liebes Fräulein, in diese Mausefalle spaziere ich Ihnen nicht." Und nun schlug das süße Ding seine wunderschönen Augen mit einem so traurig enttäuschten, kindlich erschrockenen Blick zu mir empor – ich werde diesen rührenden Blick nie vergessen! Und um Ihrer schönen traurigen Augen willen, reizendes Fräulein von Philadelphia, gedenke ich nunmehr alle meine Eindrücke von meiner Amerikafahrt unter dem Gesichtspunkt zu revidieren, daß bei diesem großen Volke eben alles noch Jugend, holde, wilde, ungezogene, starke, unanständig gesunde Jugend ist.

[pg 20]

Die Yankeerasse.

hsen und Kelten. Rassestolz. Töchter im Tauschhandel.

Es ist ein weitverbreiteter europäischer Irrtum, daß sich in den Vereinigten Staaten Nordamerikas allmählich durch energisches Umrühren eines überaus buntscheckigen Völkergemisches die Bildung einer neuen Rasse vollziehe. Ich gestehe, daß ich mich, bevor ich selber drüben war, gleichfalls in diesem Irrtum befunden habe und mir von jenem zukünftigen form- und farblosen Völkerbrei nichts Gutes versprach. Wer aber mit offenen Augen und ohne vorgefaßte Meinung sich die Menschen in den Vereinigten Staaten anschaut und von verkeilten Theoretikern sich nichts weis machen läßt, der muß zu der Erkenntnis kommen, daß es drüben (mit Ausnahme der südlichsten Staaten) nur Yankees[1] und Fremdvölker gibt. Der Yankee aber ist ein reiner Großbritannier oder, wenn man will, eine Mischrasse aus Angelsachsen und Kelten, in welcher das keltische Blut stärker vertreten ist als im alten England. Durch die neuen, eigenartigen Lebensbedingungen, vor die seit drei Jahrhunderten die Auswanderer aus den britischen Inseln in dem neuen Weltteil gestellt wurden – drei Jahrhunderte voll harter Kämpfe, wilder Arbeit und glänzender Erfolge – haben sich die guten wie die schlechten Eigenschaften des angelsächsischen und des keltischen Blutes aufs heftigste herauskristallisieren und der neuen, gut durchgemischten [pg 21]Rasse dadurch auch einen neu erscheinenden Charakter aufzwingen müssen. Angelsächsisch im Wesen des Yankees ist sein Kolonisationstalent, seine Zähigkeit im Verfolgen des Zwecks, seine nüchterne Beschränkung auf das Nächstliegende, Nützliche, Erfolgversprechende; dagegen ist auf den keltischen Einschlag zurückzuführen sein leichtherziger Optimismus, sein wagemutiges Spielertemperament, seine Begeisterungsfähigkeit und seine leichte Zugänglichkeit für alle Arten von Korruption. Der als Spieler, Säufer und Raufbold einigermaßen berüchtigte

Irländer spielt in der Weltgeschichte gewiß keine besonders sympathische Rolle, aber der englische Puritaner aus Cromwells Zeiten war denn doch noch ein weit üblerer Geselle. Mit den argen Schwächen des Iren konnte seine katholisch gefärbte Phantastik, sein kindlich liebenswürdiger Frohsinn immerhin versöhnen, während die sittenstrenge Lebensführung und die ehrenhafte Geschäftstüchtigkeit des Puritaners doch noch lange nicht hinreichen, um uns mit seiner niedrigen, boshaften Feindschaft gegen die Natur, gegen alles Freie, Frohe, Schöne und mit seinem muffigen Tugendhochmut auszusöhnen. „Der Herr ist mit uns", war das Feldgeschrei der Pilgerväter – aber dieser Herr war eben ein grimmiger Spezialgott für die Rechtgläubigen, d. h. also für die blinden Anbeter des Bibelbuchstabens. Und dieser grimmige Spezialgott begeisterte sein auserwähltes Volk dazu, die Rothäute mit Feuerwasser und Feuerwaffen auszurotten und die Ketzer mit Skorpionen zu züchtigen. Wenn drüben nicht anfangs die Menschen so rar und die Hände so notwendig gewesen wären, hätten diese europäischen Berserker gerade so eifervoll wie die Dominikaner der Inquisition mit Folter und Scheiterhaufen gegen Papisten und protestantische Sektierer gewütet, so aber begnügten [pg 22]sie sich damit, alle denkenden Köpfe, alle freien Geister, alle vornehmen Menschen geschäftlich lahm zu legen und aus ihren Wohnorten hinauszuekeln. Ein amerikanischer Geschichtsschreiber sagt, daß bei den Puritanern außer Heiraten und Geldverdienen eigentlich alles verboten war. Bei schwerer Strafe im Nichtbeachtungsfalle war jedem Bürger vorgeschrieben, wie er sich zu kleiden und zu benehmen, was er zu essen und zu trinken, was er zu denken und wie er zu fühlen habe. Selbstverständlich wären diese Menschen niemals die Begründer des größten demokratischen Freistaates der Welt geworden, wenn nicht ihre geschäftlichen Interessen sie gezwungen hätten, allmählich einen nach dem anderen von ihren starren Grundsätzen fallen zu lassen. Die Kolonie Rhode-Island, von einem abtrünnigen, grimmig verfolgten Prediger, dem edlen Roger Williams, gegründet, war die erste, welche religiöse Toleranz und wahrhaft freiheitliche Grundsätze einführte, und gerade sie gedieh so sichtbarlich besser als die Puritanerkolonien, daß die frommen Väter am geschäftlichen Vorteil ihrer Strenge zu zweifeln begannen. Das war das Ausschlaggebende. Von jeher hat der angelsächsischen Rasse der praktische Nutzen über allen Idealen gestanden, und ihr klarer, nüchterner Wirklichkeitssinn hat sie noch immer davor bewahrt, sich trotz ihres Hanges zum Spleen in unfruchtbare Träumereien und eigensinnige Prinzipienreiterei zu verlieren. Das englische Denken ist durchaus *matter of fact*, und diese Eigenschaft hat die Engländer befähigt, die mustergültigsten Kolonisatoren der Neuzeit, Handelsherren großen Stiles und kaltblütige Geschäfts-Politiker zu werden. Für das Klima des nördlichen amerikanischen Kontinents waren darum auch die Angelsachsen die denkbar geeignetsten Besiedler. Die rote [pg 23]Urbevölkerung war trotz ihrer Kriegstüchtigkeit, trotz ihrer Klugheit und Noblesse ihnen gegenüber verloren, denn die Indianer waren fromm naturgläubig und darum hilflos abhängig von der Natur, die für die naturfeindlichen Puritaner nur ein Objekt zur Ausbeutung durch den Menschen bedeutete. Die starke Beimischung keltischen Blutes hat nun, wie gesagt, viel dazu beigetragen, die unsympathischen Charaktereigenschaften der angelsächsischen Rasse zu verwischen. Das feurige Temperament der Kelten besiegte die englische Steifheit und langweilige Ehrpußlichkeit und erzeugte in der Vereinigung jenes Geschlecht von waghalsigen Draufgängern, von willensstarken Optimisten, dem allein das große Werk gelingen konnte, durch die Steppe, durch die Wüste und über das wilde Hochgebirge hinweg bis zu den üppigen Gestaden des Stillen Ozeans vorzudringen und sich selbst zu einer Herrenrasse aufzuschwingen, der alle übrigen von Europa nachdringenden Völker sich ebenso bedingungslos unterwerfen mußten, wie die unglücklichen Eingeborenen. Die unwiderstehliche Kraft des Yankeetums liegt ohne Zweifel in seinem unbeugsamen Rassestolz. Dem Yankee ist es so heilig ernst damit, daß er sich nicht einmal im Spaß, d. h. im freien Verhältnis, viel weniger in der Ehe, mit den Angehörigen der zahlreichen anderen Rassen, die seinen riesigen Kontinent bevölkern, vermischt. Für die lateinischen Eroberer Südamerikas und auch der südlichen Länder des nördlichen Kontinents hat es immer einen, wie es scheint, besonderen Reiz gehabt, sich liebespielerisch mit Frauen anderer Hautfarbe abzugeben. Und was ist dabei herausgekommen? Kreolen, Mestizen, Quatronen usw. usw., ein schauderhaftes Gesindel, das für jede höhere Gesittung verloren ist, zuchtlos, widerstandsunfähig, in Leidenschaften verlottert [pg 24]oder in Trägheit versumpft. Solches Menschenmaterial ist kaum durch Schrecken zu regieren, viel weniger durch friedliche Mittel zu einer höheren Kultur emporzuführen, denn M i s c h m a s c h - M e n s c h e n n e h m e n e b e n k e i n e V e r n u n f t a n, das Beispiel so mancher südamerikanischen Republik beweist es. Der Yankee-Mann dagegen hat sich selbst in den Zeiten, als die Frauen der größte Luxusartikel im Lande waren, niemals mit Indianermädchen beholfen; seine Vernunft begeisterte ihn zu der Großtat edelster Gerechtigkeit, die Sklaverei aufzuheben in einer Zeit, als diese Sklaverei im Grunde doch noch die einzige Möglichkeit gewährte, die Plantagenwirtschaft der üppig fruchtbaren Länder des heißen Südens durchzuführen. Dennoch hält er es bis auf den heutigen Tag für die größte Schande, die ein Weißer auf sich laden kann, sich geschlechtlich mit den von ihm zu Menschen gemachten Schwarzen zu vermischen.

Aber er geht noch viel weiter, indem er auch die aus Europa herübergekommenen anderen weißen Rassen, die Romanen, die Slawen, die Juden, ja selbst die ihm nächst verwandten Deutschen und Franzosen als Menschen zweiter Klasse ansieht! Gewiß heißt er alle Völker der Erde vorläufig noch gastlich willkommen, weil eben noch recht viel Platz in seinem riesigen Lande ist und weil er die Arbeitskraft der Fremden, so lange sie sich bescheiden gebärden und mit Eifer nützlich machen, gut gebrauchen kann. Er gewährt diesen Fremden das Bürgerrecht, er läßt sie an allen Vorteilen seiner freien Einrichtungen teilnehmen, er hat nichts dawider, wenn sie sich von dem Reichtum seines Landes so viel aneignen, als ihnen irgend möglich ist, aber er weiß sie überaus geschickt von den einflußreichen Staatsämtern fernzuhalten und zeigt sich durch[pg 25]aus nicht übermäßig beflissen, um ihre schönen Töchter zu freien oder seine schönen Töchter ihnen ins Haus zu führen. Als im Februar dieses Jahres die Tochter des Milliardärs Jay Gould – nicht etwa einen herunter gekommenen deutschen oder polnischen Adeligen, sondern einen reichen und kerngesunden jungen englischen Lord heiraten wollte, empfingen sowohl die Braut wie deren Eltern aus allen Ländern der Union entrüstete Protestkundgebungen, ja sogar offene Drohungen, daß das Volk die Hochzeit durch Gewalt verhindern werde. Denn, wie es in einem solchen, in allen Zeitungen veröffentlichten Drohbriefe hieß: das gesunde Blut, der reine Leib und die starke Seele der freien Tochter Amerikas sei viel zu schade, um an die Sprößlinge entarteter Herrengeschlechter Europas verhandelt zu werden. Man sieht aus diesem Beispiel, daß der Hochmut der neuen Rasse sich bereits gegen das eigne Stammvolk zu kehren beginnt. Wie erbärmlich leicht werden bei uns in Deutschland Rassen- und Standesvorurteile vergessen, wenn sich eine Gelegenheit findet, den verblaßten Glanz eines alten Wappens durch die

Mitgift einer jüdischen Braut aufzufrischen! Wenn ein Yankee eine Jüdin heiratet – der Fall dürfte übrigens selten genug vorkommen – so tut er es sicher aus Liebe, wie denn überhaupt die Geldheiraten in unserem Sinne unter den Yankees äußerst selten sind, weil es durchaus nicht Sitte ist, den Töchtern bei Lebzeiten der Eltern einen Teil des Vermögens in Gestalt einer Mitgift auszuliefern. Die Leichtigkeit des Verdienens und das Zutrauen, das jeder junge Amerikaner zu seinen Fähigkeiten und zu seinem Glück hat, macht tatsächlich die Liebesheirat zu dem normalen Verfahren, und damit ist auch schon eine starke Gewähr für die Aufrechterhaltung einer kräftigen Rasse durch natürliche [pg 26]Zuchtwahl geboten. Die bevorzugte Stellung der Frau spielt selbstverständlich unter den günstigen Bedingungen für die Verbesserung der Rasse auch eine wichtige Rolle. Die Frau ist in dem neuen Weltteil Jahrhunderte hindurch von den rauhen Pionieren wie eine Halbgöttin verehrt, wie ein Kätzchen verhätschelt worden. Niemals wurde ihr harte körperliche Arbeit zugemutet, niemals wurde ihren Schwächen, Launen und Eitelkeiten mit Grobheit begegnet, immer sah es der Mann als eine gern geübte Pflicht an, seine Kräfte bis aufs äußerste anzustrengen, um es der Frau zu ermöglichen, sich gut zu nähren, schön zu kleiden und in Muße ihre geistigen Anlagen zu pflegen. Die Folge dieser Behandlung war die, daß sich die Yankee-Frau, wenigstens körperlich, zur schönsten der Welt entwickelte. Allerdings wird diese Schönheit, vornehmlich was die Gesichtsbildung betrifft, von den meisten Europäern als kalt empfunden, auch fehlt ihr die weiche, schmiegsame Üppigkeit z. B. der Wienerinnen zumeist; aber unbestreitbar verdient sie den Preis von allen Frauen der Welt in bezug auf die Schmalheit des Fußes und die edle, schlanke Form des Beins. In ihrem Sinn für Eleganz, in ihrem aparten Geschmack für Kleidung kommt sie sogar der Pariserin mindestens sehr nahe. Da sich

diese schöne und verwöhnte Frau nur äußerst selten zu
mehr als zwei Kindern bequemt, erhält sie sich lange jung
und frisch, und man sieht daher in den Vereinigten Staaten
mehr schlanke, bewegliche, muntere und hübsch
angezogene alte Damen, wie sonst irgendwo in der Welt.
Übrigens hat die Rasse von England den Sinn für
vernünftige Körperkultur, besonders für peinlichste
Reinlichkeit mitgebracht, und diese Erbschaft ist auch den
Männern zugute gekommen. Die Arbeit, die die ersten
Kolonisten zu leisten hatten, und in den neuen Staaten
heute noch [pg 27]leisten müssen, vollzog sich ja zumeist im
Freien, und der stete Kampf mit Hitze und Kälte, mit wilden
Tieren und Menschen, mit den bösen Fiebern der
Sumpfgegenden, mit Hunger und Durst in den Wüsteneien
raffte das widerstandsunfähige Menschenmaterial hinweg
und ließ nur die Stärksten mit dem Leben davon kommen.
Diese unerbittliche Auslese schuf ein Kapital von Muskel-
und Nervenkraft, wovon die Männlichkeit der Nation noch
auf eine gute Weile zu zehren haben wird. Außerdem ist es
durch Gesetz streng verboten, Kranke oder gar Krüppel aus
der alten Welt an den Gestaden der neuen landen zu lassen.

deutscher Mißgeburten.

Unmittelbar nach meiner Rückkehr aus Amerika besuchte
ich ein beliebtes Kaffeehaus in Berlin. Es war die erste
größere Versammlung deutscher Menschen, die mir nach
einer Abwesenheit von ungefähr vier Monaten wieder vor
Augen kam. Und ich muß gestehen, ich war entsetzt, nein,
geradezu erschüttert über den Anblick von so viel
Garstigkeit. Diese Speckwampen, diese Bierbäuche,
Kahlköpfe, X- und Säbelbeine, diese verpustelten und
verpickelten, grämlich grauen, brutalen oder schwächlichen,
gierigen oder ärgerlich verknitterten Gesichter gehörten also

meinen lieben Landsleuten! Und mit diesen in ihrem schwappenden Fett schwankend daher watschelnden, geschmacklos aufgedonnerten Madams, mit diesen käsbleichen, blaßäugig blöden, stumpfnasigen, schiefzähnigen, feuchthändigen und dickbeinigen Jungfrauen hatten sie bereits oder gedachten sie fürderhin ihren Nachwuchs zu erzeugen! Herzzerkrampfend schauderhaft! Gewiß war es ein tückischer Zufall, der mich gerade bei meinem ersten Ausgang auf diesen Kongreß von Mißgeburten stoßen ließ, aber daß unsere arg vermanschte Rasse immer noch von dem ganzen Jammer der deutschen Geschichte [pg 28]in ihrer körperlichen Erscheinung Zeugnis ablegt, und erst neuerdings in der kultiviertesten Oberschicht und in der Generation, die bereits die Segnungen einer nach englischem Muster betätigten Säuglingspflege und einer vernunft- und naturgemäßen Lebensweise genossen hat, sich deutlich zu verschönern beginnt, das scheint mir leider unbestreitbar. Drüben in den Vereinigten Staaten ist der Deutsche und besonders *die* Deutsche der ersten Generation meist auf den ersten Blick vom Yankee zu unterscheiden. Dem deutschen Einwanderer wird es, auch wenn er zu Wohlhabenheit und angesehener gesellschaftlicher Stellung gelangt, im allgemeinen doch recht schwer, sich die freie, selbstsichere Nonchalance der Haltung und die guten Manieren des gebildeten Yankees anzueignen. Und die deutsche Auswanderin lernt nur in sehr seltenen Fällen Toilette machen und scheint im höheren Lebensalter unrettbar zu verfetten. Die Kinder dieser Einwanderer sitzen aber in der Schule neben sehnig schlanken, körperlich glänzend gepflegten Yankeekindern. Der vornehmste Zweck dieser Schule ist, den Kindern die Überzeugung beizubringen, daß es ein unüberschätzbarer Vorzug sei, als amerikanischer Mensch auf die Welt zu kommen, daß sich alle übrigen Weltteile, alle übrigen Völker nicht im entferntesten mit der unerhörten Vorzüglichkeit der Vereinigten Staaten und der stolzen Yankeerasse messen könnten. Selbstverständlich lernt das Kind die englische Sprache sehr bald viel besser beherrschen, als es seinen Eltern jemals möglich wird. Es kommt dazu, daß das amerikanische Leben, die ganze Art der Erziehung die Beobachtungsgabe der Kinder außerordentlich schärft. Da können nun die deutschen Kinder nicht umhin, Vergleiche anzustellen und sich darüber ihre Gedanken zu machen; zudem lassen es die Yankeekinder an [pg 29]boshaften Sticheleien nicht fehlen. Ich habe selber gehört, wie ein Yankeebübchen einem deutschen Knaben, der bei irgendeinem Unternehmen mitzutun zauderte, weil sein Vater es ihm verboten hätte, verächtlich die Achsel zuckend entgegnete: „Ich würde mich doch nicht darum kümmern, was der olle Dutchman sagt." („*I would'nt care, what that old Dutchman says.*") So wird es selbstverständlich der Kinder größter Ehrgeiz, in ihrem Äußeren zunächst ihre Abstammung zu verleugnen und sich dem Wirtsvolk anzuähneln. Und dieser Ehrgeiz entwickelt sich naturgemäß bei den geistig beweglichsten Kindern am stärksten. Es ist erstaunlich, wie rasch durch solche Selbstzucht oft die deutschen Kinder ihren Eltern unähnlich werden. Die Söhne schießen um Kopfeslänge über ihren Vater hinaus, und wenn sie zum ersten Mal dem amerikanischen Barbier unter die Finger geraten sind, so ist der smarte Yankeejüngling mit der aristokratischen Sicherheit seines schlottrig flegelhaften Auftretens bald fertig. Zu Hause liegen seine langen Beine auf allen Möbeln herum, und er trifft mit tödlicher Sicherheit die messingene Spuckvase in der entferntesten Ecke des Zimmers. Das sechzehnjährige Töchterchen aber kann seiner Mutter aus dem Gesicht geschnitten sein und wird ihr doch so unähnlich wie ein geraubtes Grafenkind seiner zigeunerischen Ziehmutter. Die Yankee-Miß führt in ihrer kecken Selbständigkeit ein so beneidenswertes Dasein, daß jedes deutsche Mädchen, wenn anders es nicht völlig auf den Kopf gefallen ist, sich mit Händen und Füßen dagegen sträuben müßte, sich von einer törichten Mutter gewaltsam zu einem ängstlich daher stolpernden, unmotiviert kichernden und errötenden, Sittigkeit und Bescheidenheit markierenden Backfisch dressieren zu lassen.

[pg 30]

er der Einwanderer. Antisemitismus?

So spornt das Beispiel der stärkeren und gesunderen Rasse die körperlich und geistig bevorzugtesten unter den Kindern der fremden Einwanderer mächtig zur Anpassung an. Die zweite Generation, vornehmlich der deutschen Einwanderer, weist schon recht zahlreiche Exemplare auf, die von echten Yankees kaum oder gar nicht zu unterscheiden sind – und dennoch verhält sich der Yankee selbst diesen seinen talentvollsten Nachahmern gegenüber in bezug auf die Ehe immer noch ziemlich spröde. Er sieht die Deutschen sehr gern in seinem Lande, er schätzt sie hoch als ehrliche, anständige Menschen, die der politischen Korruption einen zähen Widerstand entgegensetzen, die mit ihren geschickten Händen, ihrem Fleiß, ihrer Geduld zu allen feineren Handwerken vorzüglich geeignet und mit ihrer Klugheit und Gewissenhaftigkeit für allerlei ruhige Ämter, die dem Yankee zu langweilig sind, und schließlich auch in der Kunst und Wissenschaft ganz hervorragend brauchbar sind – und dennoch gibt er ihnen seine Töchter nicht gern zur Ehe! Nicht anders ist es mit den Angehörigen der romanischen, slawischen, mongolischen und semitischen Völker. Sie hocken alle in gewissen Stadtvierteln oder Straßenzügen der Großstädte, oder in kleineren Ansiedlungen auf dem Lande dicht beieinander und bleiben, obwohl mit allen Rechten des freien Bürgers der Vereinigten Staaten ausgestattet, fremde Einsprengsel in dem gastlichen Lande. Die Juden z. B. haben es ebenso wie in Europa zum großen Teil zu bedeutendem Wohlstand gebracht. Sie entwickeln unter den freiheitlichen Grundsätzen der Gesetze und Anschauungen einen ungeheuren Ehrgeiz und Lerneifer. In der Presse, in der Literatur, im Theater, in der Rechtsanwaltschaft und im ärztlichen Beruf haben sie, geradeso wie in Europa, die Oberherrschaft erlangt. Einzelne [pg 31]ihrer Mitglieder sind als Inhaber großer Bankhäuser zu einem weltumspannenden Einfluß gelangt, und dennoch haust die große Masse derselben noch immer im Ghetto beisammen. Die meisten Yankees würden, wenn man ihnen den Vorwurf des Antisemitismus machen wollte, erstaunt die Brauen hochziehen und gar nicht wissen, was das sei; nichtsdestoweniger findet man auf den gesellschaftlichen Veranstaltungen auch schwer reicher Juden kaum irgend welche Yankees von Belang, und in den vornehmsten Badeorten und vielen Hotels ersten Ranges werden Juden überhaupt nicht zugelassen!

Wenn die Deutschen in der Zeit der großen Massenauswanderung, als auf dem nordamerikanischen Kontinent noch weite Gebiete herrenlos und unkultiviert waren, für sich ein solches Neuland erobert, zäh festgehalten, und alle neu zuströmenden Landsleute hätten zwingen können, sich dort gleichfalls anzusiedeln, dann hätten die Deutschen einen starken Staat im Staate bilden können und ihre Selbständigkeit zu wahren vermocht, auch wenn sie sich dem Staatenbund angeschlossen hätten. Diese Gelegenheit ist endgültig verpaßt. Aber damit sie in den anderen jungfräulichen Weltgegenden nicht abermals verpaßt werde, gehet hin, ihr lieben Landsleute, und lernt von den Yankees, was das unerschütterliche

Kraftbewußtsein einer starken, gesunden Rasse vermag und wie man seine Rasse rein erhält!

[pg 32]

Der Yankee als Erzieher.

lker und Kinder.

Die alte Erfahrung, daß junge Eltern sehr häufig bessere
Erzieher ihrer Kinder sind als ältere und reifere, findet im
Yankeelande eine auffallende Bestätigung. Die Yankees sind
eben als Rasse und die übrigen Bürger der Vereinigten
Staaten als Nation noch so kindhaft jung, noch so tief
befangen in dem glückseligen Taumel des Kraftüberschusses,
daß sie ihre klügsten wie ihre dümmsten Streiche mit der
gleichen schönen Begeisterung verüben und mit reizender
Naivität dem eigenen Verdienst gutschreiben, was sie oft
doch nur glücklichen Umständen zu verdanken haben. Der
leichte Erfolg, der den kraftvollen und rücksichtslosen
Ausbeutern jenes jungfräulichen Kontinents voll
ungehobener Naturschätze zu teil wurde, hat die ganze
Rasse eitel, prahlerisch und sorglos wie Kinder gemacht,
und diese Kindlichkeit ist bis auf den heutigen Tag die
liebenswürdigste Eigenschaft des neuen Volkes. Es lebt in
den Tag hinein, denkt kaum an morgen, grundsätzlich nicht
an übermorgen, kennt keine Gefahr, erschrickt vor keinem
Hindernis und tröstet sich über alle Schwierigkeiten hinweg
mit dem Gedanken: Es ist noch immer gegangen und wird
auch diesmal gehen! Weist ein Außenstehender auf offenbare

Schwächen hin, so erwidert der Yankee gut gelaunt: „Nun ja, Sie mögen recht haben; aber Sie sehen ja, wir leben auch so, und wir leben recht gut!" Man läßt sich alle Unbequemlichkeiten lachend gefallen und schickt sich in alles, da man an ein jähes Auf und Nieder von Überfluß und Mangel, von absoluter geistiger Öde und raffinierter Luxuskultur wie an die schroffen Übergänge von eisiger Kälte zu glü[pg 33]hender Hitze gewöhnt ist. Aus dieser Quelle entspringt der siegessichere Optimismus und die heiße Vaterlandsliebe des amerikanischen Volkes. Dem Yankee gilt ganz selbstverständlich alles Amerikanische als das Beste, das Größte, das Schönste in der Welt, und das jünglinghafte Renommieren mit all diesen Superlativen ist ebenso charakteristisch für die Nation, wie ihre Vorliebe für unsinnige Kraftproben, närrische Wetten, sensationelle Schaustellungen und lärmende Vergnügungen. Der Yankee bewahrt sich diese jugendlichen Eigenschaften bis in sein hohes Alter. Greise, die sich necken, puffen und balgen wie Buben, alte Damen, die sich wie Backfische anziehen, sind alltägliche Erscheinungen.

cht.

Es versteht sich von selbst, daß so geartete erwachsene Menschen für das Denken und Empfinden der Kindesseele weit mehr Verständnis haben müssen, als das gesetzte, bequemlich würdevolle Alter der Kulturvölker unserer alten Welt, welches aus der Erfahrung von Jahrtausenden die vorsichtige Kritik und damit sehr häufig auch den steten mißmutigen Zweifel gelernt hat. Die geistige Überlegenheit hört auf, ein glücklicher Erziehungsfaktor zu sein, sobald sie zum geistigen Hochmut ausartet, und in diese Gefahr gerät sie ja in unserer alten Welt leider nur zu leicht. Wenn es andererseits richtig ist, daß der Einfluß der Kameradschaft die Jugend besser zu erziehen vermöge, als das Beispiel des Alters, so sind zweifellos junge Völker uns als Erzieher überlegen. Der Yankee vergöttert sein Kind. Erstens einmal, weil es überhaupt ein rarer Artikel ist, und zweitens, weil es den ungeheuren Vorzug hat, als Amerikaner auf die Welt gekommen zu sein. Man sollte eigentlich meinen, daß eine so stolze, exklusive Rasse wie die der Yankees darauf aus sein müßte, die Reich[pg 34]tümer ihres Landes und die vielen glänzenden Lebensaussichten lieber ihrer eigenen zahlreichen Nachkommenschaft zuzuführen, als sie den einwandernden, ihrer Meinung nach doch unendlich minderwertigen Fremdlingen aus aller Welt zuteil werden zu lassen. Wenn der Yankee dieser nahe liegenden Erwägung zum Trotz Neumalthusianer ist und folglich selten mehr als zwei Kinder hat, so erklärt sich das aus der eigenartigen Stellung, die die Frau im nördlichen Amerika einnimmt. Sie war in den ersten Jahrhunderten der britischen Kolonisationsarbeit infolge ihrer Seltenheit ein Gegenstand des beneideten Luxus und der unterwürfigen Verehrung. Der glückliche Besitzer einer jungen Frau nahm freudig alle Last der Arbeit auf sich, um seiner Gefährtin die Möglichkeit zu gewähren, ihre Schönheit, ihre geistige und körperliche Beweglichkeit bis ins Alter zu pflegen. Die Ansicht, daß es für den Mann die denkbar größte Schande sei, der schwachen Frau harte Arbeit zuzumuten, brachten die Kolonisten ja schon aus der britischen Heimat mit, und es ist begreiflich, daß sie unter den besonderen Verhältnissen des abenteuerlichen Lebens im neuen Lande noch verstärkt und sogar unvernünftig übertrieben werden mußte. So wurde also auch das Wochenbett unter die schweren körperlichen Leistungen gerechnet, die ein Mann seiner Frau nicht öfters zumuten dürfe, als der Bestand und die Interessenpolitik der Familie es unbedingt erforderten. So ist es erklärlich, daß bis auf den heutigen Tag Anglo-Amerikanerinnen, die ihren Stolz darin suchten, viele

Kinder zu haben, äußerst selten sind. Die wenigen vorhandenen Kinder profitieren natürlich am meisten bei diesem Zustand. Bei der ungemein bevorzugten Stellung der Frau und bei den günstigen Lebensaussichten, welche nicht nur das begüterte, sondern auch das auf [pg 35]seine Arbeit angewiesene Mädchen in den Vereinigten Staaten hat, erklärt es sich, daß die Geburt eines Knaben durchaus nicht höher eingeschätzt wird, als die eines Mädchens. Eine vernünftige Säuglingskultur herrscht als gute englische Erbschaft über den ganzen Kontinent. Die Eltern sind von einer rührenden Geduld und Nachsicht den Kleinen gegenüber. Ein Kind zu schlagen gilt als unerhörte Roheit. Kinderzucht in unserem Sinne wird drüben wohl nur noch von manchen der eingewanderten Fremdvölker, vornehmlich in deutschen Familien versucht, aber meist vergeblich, denn schon die Kleinsten werden sehr bald durch den Vergleich belehrt, daß sie es nicht nötig haben, sich in dem freien Lande eine unwürdige Behandlung gefallen zu lassen. Deutschen Beobachtern erscheint das Yankeekind sehr oft als vorlaut, unziemlich respektlos und unerträglich ungezogen, wogegen die Yankee-Eltern das starke Hervorkehren des Eigenwillens in ihren Kindern als einen Vorzug ansehen und sich hüten, deren Selbständigkeit zu unterdrücken. Sie geben sich die erdenklichste Mühe, ihren Verkehr mit den Kindern auf den Ton der Kameradschaft zu stimmen und behandeln die unverschämten Gernegroße, sobald sie aus dem Alter der süßen Kindlichkeit heraus sind, in dem man mit ihnen wie mit Puppen spielen kann, wie Erwachsene. Infolgedessen emanzipieren sich die Kinder auch sehr frühe vom Elternhause, und zwar nicht nur in den untersten Ständen, wo die Notwendigkeit mit zu verdienen die lächerlichsten Knirpse oft schon zu selbständigen Unternehmern, zu fixen kleinen Handelsleuten macht.

nd Duckmäuser.

Die öffentliche Schule gliedert sich in Kindergarten (diese deutsche Bezeichnung hat man allgemein übernommen), sowie Volksschule (Popular-School), Grammar-School, High-School und Colleges oder Universitäten. [pg 36]Das Hauptziel, namentlich der niederen Schulen, ist Erziehung zum Patriotismus. Da auch die Kinder sämtlicher eingewanderter Fremdvölker sofort für die Schule eingefangen werden, so bekommen auch die jungen, frisch importierten Deutschen, Slowaken, Griechen, russischen Juden, Syrer und Chinesen zunächst einmal den Grundsatz eingetrichtert, daß alles Amerikanische von unzweifelhafter Vortrefflichkeit sei. Die Verfassung der Vereinigten Staaten wird als höchste Leistung idealen demokratischen Bürgersinnes auswendig gelernt. (Sie ist übrigens tatsächlich nach Form und Inhalt ein Muster von Klarheit, Sachlichkeit und edler, vernünftiger Menschlichkeit.) Die kurze, krause und an erziehlichen Heldenbeispielen nicht eben überreiche Geschichte des Staatenbundes gilt als wichtigster Gegenstand des Studiums, die Geschichte der übrigen Welt dagegen als unbeträchtlich. So vernünftig und so schön nun auch dieser heiße Eifer in der Förderung der Vaterlandsliebe ist, so verführt er doch naturgemäß leicht zu ebenso gröblichen Fälschungen und Unterschlagungen von Tatsachen, wie bei uns etwa die konfessionell gefärbten Darstellungen der Kulturgeschichte. In einem sehr verbreiteten und hochgeschätzten Schulbuch, *„History of the American Nation"* von Andrew C. Mc Laughlin, Geschichtsprofessor an der Universität von Michigan, das ich mir zu meiner eigenen Belehrung anschaffte, kommt zum Beispiel in dem 28 eng gedruckte Spalten umfassenden Index das Stichwort *„German"* gar nicht vor! Der große und rühmliche Anteil, den die eingewanderten Deutschen sowohl als Kämpfer in den nationalen Kriegen wie auch als Kulturpioniere auf den verschiedensten Gebieten geleistet haben, wird völlig mit Stillschweigen übergangen und nur der Baron Steuben flüchtig als nützlicher militärischer Drillmeister erwähnt! [pg 37]Das ist ein etwas starkes Stück und will gar nicht dazu stimmen, daß die Pflege der Wahrhaftigkeit und Aufrichtigkeit von dem Yankeevolke als vornehmster Grundsatz der häuslichen wie der öffentlichen Erziehungskunst laut verkündet wird. Man darf es wohl den Amerikanern glauben, auch wenn man nicht lange genug im Lande gewesen ist, um es durch die eigene Beobachtung genügend bestätigt gefunden zu haben, daß es ihrer Erziehung gelinge, feige Lüge und Heuchelei den Kindern schimpflicher erscheinen zu lassen, als selbst gefährliche Streiche des Übermuts und sogar Ausbrüche der Roheit. Der erwachsene Amerikaner lügt zwar, wenn es sein Vorteil erheischt, ärger als ein Gascogner und nimmt es, namentlich dem Staate gegenüber, auch mit seinem Eide durchaus nicht genau – seine Lügenkünste werden sogar, wenn er Geschäftsmann und Politiker ist, als *smartness* bewundert – aber das amerikanische Kind fühlt sich nicht so leicht zur Lüge veranlaßt, weil es nicht in steter Furcht vor Prügeln und sauertöpfischen Mienen aufwächst. Auch die Schule läßt keinerlei Duckmäuserei aufkommen und straft z. B. den Angeber mit Verachtung, anstatt ihn aufzumuntern. Die ganze Pädagogik geht darauf aus, das Ehrgefühl zu verfeinern und den Ehrgeiz anzureizen. Sie ist außerordentlich verschwenderisch mit Preisen und schmeichelhaften Belobigungen und sie straft vornehmlich durch Beschämung. Dadurch, daß sie die Leistungen körperlicher Tüchtigkeit kaum minder hoch einschätzt als die geistige Befähigung, schafft sie auch für die minder Begabten, aber wenigstens körperlich gewandten und mutigen Schüler eine Möglichkeit, ehrenvolle Auszeichnungen davonzutragen. Gute Schüler, die sowohl in den *Athletiks* wie in den Wissenschaften Hervorragendes leisten, kommen im Laufe der Schuljahre in [pg 38]den Besitz eines kleinen Museums von Ehrenflaggen und Wimpeln, silbernen Bechern, Medaillen, Diplomen, Bücherpreisen und dergl., und diese Trophäen aus der Schulzeit machen noch in höherem Alter den größten Stolz der Inhaber aus.

erbindungen.

Sehr schwer ist es begreiflicherweise, den jungen Republikanern Disziplin beizubringen, denn die Abneigung gegen jeden Zwang liegt ihnen im Blute. Dazu pflegen sie im Durchschnitt auch noch erheblich temperamentvoller und lebhafter, ungebärdiger und eigenwilliger zu sein, als die Kinder der meisten anderen Völker. Man stelle sich eine junge Lehrerin (die Lehrkräfte sind zum überwiegenden Teil weibliche) einer großen Klasse von tobsüchtigen Buben und ausgelassenen Mädels gegenüber vor. Schlagen darf sie nicht, auch wenn sie körperlich imstande wäre, diese wilden Rangen zu bewältigen. Wüstes Anschreien ist auch verpönt; wie soll sie also mit einer solchen Gesellschaft fertig werden? Georg v. Skal erzählt in seinem Buche „Das amerikanische Volk" ein hübsches Beispiel, wie solch eine schon fast verzweifelte junge Lehrerin ihrer besonders wilden Klasse Herr wurde. Sie erklärte nämlich der radaulustigen Gesellschaft, sie habe es satt, sich die Schwindsucht an den Hals zu ärgern, sie möchten sich gefälligst allein regieren; sie gebe ihnen anheim, sich einen Präsidenten, einen Vizepräsidenten und was sonst für Beamte notwendig seien, aus ihrer Mitte zu wählen und mache dann diese selbstgewählte Regierung für Aufrechterhaltung der Ordnung verantwortlich. Und siehe da, der angeborene *common sense*, d. h. der Instinkt für das Vernünftige, brachte diese schwierige Gesellschaft ohne irgend welche Beeinflussung von oben dazu, den besten und gesittetsten Schüler der Klasse zum Präsidenten und den stärksten und gewalt[pg 39]tätigsten zum Vizepräsidenten zu erwählen. Der erstere suchte durch vernünftige Überredung einzuwirken, und der Vizepräsident, als Haupt der Exekutive, verprügelte eigenhändig die unbotmäßigen Elemente dergestalt, daß sie es bald vorzogen, sich widerspruchslos zu fügen. Die junge Lehrerin durfte sich bald einer Musterklasse rühmen. Die Selbstverwaltung spielt überhaupt eine große Rolle im amerikanischen Schulwesen. Schülerverbindungen aller Art werden nicht wie bei uns unterdrückt, sondern im Gegenteil begünstigt. Die Lehrer unterweisen diese Verbindungen in der Handhabung der parlamentarischen Formen und wachen nur darüber, daß keine unziemlichen oder unsinnigen Ausschreitungen stattfinden. Der schlimme Anreiz zur frühzeitigen Nachahmung eines studentischen Saufkomments fehlt den Schülern der amerikanischen Mittelschulen vollständig, da ein solcher auf den Universitäten nicht existiert. Und so läuft die Haupttätigkeit aller Schülerverbindungen auf Sport und Spiel, vornehmlich auf die Nachäffung des politischen Lebens im kleinen, auf Übung im Redenhalten und Debattieren hinaus. Der Erfolg ist denn auch der, daß der junge Amerikaner des Durchschnitts zum mindesten die rhetorische Phrase außerordentlich geläufig beherrschen lernt und daß die hervorragenden Intelligenzen sich spielenderweise zu vorzüglichen Rednern und schlagfertigen Debattern heranbilden. Der Lehrplan ist in den Elementarschulen durchaus auf das Praktische gestellt; es wird scharf gedrillt, viel auswendig gelernt und viel examiniert. Was jeder Mensch an Elementarwissen zum Leben unbedingt notwendig braucht, wird zuverlässig den im allgemeinen äußerst hellen und lernbegierigen Köpfen eingetrichtert. Nebenbei verrichtet aber die Volksschule noch eine höchst wichtige Kulturarbeit, indem sie auch die erwachsenen [pg 40]Einwanderer durch deren Kinder erziehen läßt. Selbstverständlich erlernen diese die englische Sprache sehr viel rascher und gründlicher als die Eltern und werden dadurch zu deren Lehrern. Aber sie werden auch zu Lehrmeistern ihrer Eltern in bezug auf Körperkultur, Hygiene und Manieren. Jedes Kind, das nicht sauber gewaschen und in properem Anzug zur Schule kommt, wird seinen Eltern heimgeschickt mit dem Auftrag, das Nötige zur Behebung solcher Mängel sofort vorzunehmen. Die heimgeschickten Kinder fühlen sich so beschämt durch diese Maßnahme, daß sie es in den meisten Fällen auch bei Eltern, die einem Volke angehören, dem die Pflege des Drecks ein Gegenstand religiöser Überzeugung ist, durchsetzen werden, daß um der Schule willen Seife, Zahnbürste, Kamm usw. mit der der angelsächsischen Rasse angeborenen Energie angewendet werden. In besonders schwierigen Fällen begleiten wohl die Lehrerinnen die armen Kinder solcher Schmutzfanatiker heim und reinigen und beflicken sie selbst vor den Augen der Eltern; oder die Angehörigen besonderer sozialer Hilfsvereine unterziehen sich dieser menschenfreundlichen Aufgabe. So lernen sich unzivilisierte Eltern vor ihren Kindern schämen und bringen es noch auf ihre alten Tage über sich, dem Weidwerk auf den eigenen Köpfen nachzugehen und die ehrwürdige Patina des wärmenden Drecks, den sie aus Europa oder Asien über das Weltmeer mit hinüber gebracht haben, den ungemütlichen Idealen moderner Hygiene zu opfern.

[pg 41]

Das Universitätsleben in der Union.

ıverbindungen.

Wer sich über die tiefsten Wesensunterschiede der amerikanischen und der europäischen Kultur klar werden will, der möge sich nur ordentlich umsehen auf den Stätten, wo die geistigen Werte in gangbare Münze umgesetzt und die großen Wechsel auf die kulturelle Zukunft ausgestellt werden, nämlich – auf den Hochschulen. Wer in Deutschland akademischer Bürger gewesen ist, dem muß zunächst unfehlbar der große Unterschied zwischen hüben und drüben in der äußeren Erscheinung der Studenten und Studentinnen auffallen. Abgesehen davon, daß selbstverständlich der groteske Typus des Studiosus Süffel, des bemoosten Hauptes mit dem Bierbauch und den aufgeschwemmten, kreuz und quer zerhackten Backen, sowie auch die des hochmütig blasierten ultrapatenten Korpsstudenten fehlt, sieht man sich auch vergeblich nach dem Typus unseres heißbeflissenen Jüngers der Wissenschaft um, nach den stubenbleichen Brillenträgern, den verträumten oder frühzeitig zergrübelten Denkerköpfen, deren Alter schwer bestimmbar und deren ungeschicktes, weltfremdes Gebaren mit der Reife und dem Ernst ihres Denkens und Redens oft in so drolligem Widerspruch steht. Drüben sieht man nur frische, derbe Jungens und Mädels; die ersteren häufig noch bärenhaft tolpatschig, die letzteren mit der ruhigen Sicherheit der früheren Reife ihres Geschlechts auftretend. Die sozialen Unterschiede der

Herkunft machen sich nur in der Kleidung bemerkbar und in der größeren oder geringeren Zierlichkeit der Gliedmaßen und Verfeinerung der Manieren. Im Ausdruck der Gesichter herrscht aber eine erstaunliche Gleich[pg 42]artigkeit. Die Studierenden der beiden ersten Semester werden *Freshmen* genannt, der zweite Jahrgang *Sophomors*, der dritte Jahrgang *Juniors*, der vierte Jahrgang *Seniors*. Alle zusammen sind die *Undergraduates*, und was nach dem Graduieren, d. h. also nach dem Baccalaureats oder sonstigem Staatsexamen, noch weiter studiert, *Postgraduates*; als äußerliches Kennzeichen führen sie verschieden gefärbte Knöpfe auf ihren Oxfordbaretts oder gestrickten Wollkappen. Von der High-School kommen sie zwischen 17 und 19 Jahren zur Universität oder in die Colleges; aber nicht, wie bei uns, tut nun der junge Mensch einen gewaltigen Sprung aus der strengen Disziplin in die schrankenlose Freiheit, sondern nur einen bedächtigen Schritt vorwärts von einer strengeren zu einer freieren Schulgattung, denn auch auf der Universität und im College sind die jungen Leute einer Disziplin unterworfen, die ihre persönliche Freiheit immerhin beschränkt. Sie wohnen in sogenannten *Dormitories* (Schlafhäusern), wo sie, je nach ihren Mitteln, einzeln oder mit Kameraden zusammen hausen. Die Mahlzeiten nehmen sie gemeinsam in einer großen Halle ein, wo sie für billiges Geld eine einfache, nahrhafte Kost, aber nur Wasser zu trinken bekommen. An denjenigen Hochschulen, die beiden Geschlechtern gemeinsam dienen, sind für die Mädchen besondere Schlafhäuser und meist auch Speisesäle vorhanden. Ebenso auch besondere Gymnasien, d. h. Sporthallen, und besondere Spielplätze; dagegen häufig gemeinsame Klublokale, wo sie Tanzvergnügungen abhalten, Liebhabertheater spielen, Nachmittagstees oder Abendreceptions geben. Von jeder Aufsicht frei sind sie nur in ihren Vereinen und in ihren Bruder- oder Schwesterschaften (*Fraternities* und *Sororities*).

Diese letzteren nehmen die Stelle unserer Verbindungen ein. Sie be[pg 43]zeichnen sich aber nicht nach Landsmannschaften, sondern mit Buchstaben des griechischen Alphabets, welche die Anfangsbuchstaben eines Wahlspruchs sind, den sie meist mit drolligem Ernst als ein großes Geheimnis bewahren. Nur die wohlhabenden Studenten und Studentinnen können sich die Mitgliedschaft in einer solchen Bruder- oder Schwesternschaft leisten, denn diese Vereinigungen besitzen eigne Häuser, in denen sie, zum Teil sogar recht luxuriös, wie Gentlemen und Ladies der besten Gesellschaft zusammen leben, essen und arbeiten. Selbst die bescheidensten dieser Verbindungshäuser sind mit allen modernen Bequemlichkeiten behaglich und gediegen ausgestattet. Man sieht also auch aus dieser Erscheinung wieder, wie das demokratische Prinzip der Gleichmacherei immer wieder von dem natürlichen Drange des Menschen nach aristokratischer Absonderung durchbrochen wird; nur, daß es in der großen Republik ein selbstverständliches Gebot anständiger Gesinnung ist, Vorzüge der Geburt und des Besitzes nicht durch anmaßendes Wesen gegenüber den vom Glück weniger Begünstigten zum Ausdruck kommen zu lassen. Man wird schwerlich jemals beobachten können, daß arme Studenten und Studentinnen, die sich durch Stundengeben, Schreiber- oder gar Handlangerdienste mühsam durchschlagen müssen, vor den Mitgliedern der reichen Verbindungen unterwürfig kriechen, oder daß jene sich diesen gegenüber einen überheblichen, unkameradschaftlichen Ton herausnähmen. In allen gemeinsamen Angelegenheiten halten die Studenten fest zusammen, und der Stolz auf ihre Alma mater äußert sich bei allen festlichen Gelegenheiten, namentlich bei den sportlichen Wettkämpfen mit anderen Hochschulen, in einem erfrischend jugendlichen Enthusiasmus. Jede Hochschule hat einen besonderen *Cheer*, d. h. *Hochruf*, nach [pg 44]Rhythmus und Melodie verschieden. Und mit diesem

Cheer werden die beliebten Professoren und die sportlichen Siege gefeiert, bei den großen Wettkämpfen muß er gleich dem Kriegsruf wilder Völkerschaften zur Anspornung des Kampfeifers dienen. Wer einmal – etwa gar in dem berühmten *Stadion* der zwanzigtausend Menschen fassenden Arena von Cambridge bei Boston, einem Fußballmatch zwischen Harward und Yale beigewohnt hat, wird zeitlebens den Eindruck nicht vergessen. Jede der beiden Parteien hat ihr eignes Musikkorps, welches in den Spielpausen Studentenlieder und schmetternde Märsche zum besten gibt und während des Spiels jede bedeutsame Wendung, jede gute Augenblicksleistung des Einzelnen mit einem Tusch quittiert. Vor jedem der beiden Musikkorps sind Angehörige der betreffenden Parteien aufgestellt, welche, mit riesigen Sprachrohren bewaffnet, den *College-Cheer* intonieren und, wild mit den Armen fuchtelnd, meistens gänzlich unrhythmisch und unmusikalisch, den Tusch der Bläser dirigieren. Und dann fallen in diesen Heilruf nicht nur die Kommilitonen, sondern auch die anwesenden früheren Studierenden der betreffenden Universität und deren ganzer Anhang von Freunden und Verwandten im Publikum ein, und das mit einer Begeisterung und einem Kraftaufwand, daß dem unbeteiligten Fremdling darüber Hören und Sehen vergeht. Man springt auf die Bänke, man schwenkt Taschentücher und Kopfbedeckungen, wildfremde Menschen packen sich bei den Schultern und schütteln und stoßen sich, um einander aufmerksam zu machen auf spannende Momente oder sich zu größerer Begeisterung für die Sieger aufzurütteln. Und dabei sieht der Fremdling, der von dem Spiel nichts versteht, eigentlich nur einen in eine Staubwolke eingehüllten Knäuel grotesk bekleideter Jünglinge, [pg 45]der sich balgend auf dem Boden wälzt, wobei ein Individuum dem andern die Rippen eintritt, mit den Fäusten den Wind ausbläst (*to blow the wind out*) oder die

schweren Sportstiefel unter die Nase feuert, bis sich einer
mit dem eroberten Ball unterm Arm aus dem wüsten
Menschensalat herausarbeitet und in weiten Sprüngen, wie
ein junger Hirsch, unter dem betäubenden Jubel von
zwanzigtausend bis zur Tollheit begeisterten Landsleuten
über den Kampfplatz stürmt.

e Wettkämpfe.

In diesen Wettspielen der höchst kultivierten Jugend
Amerikas erlebt man staunend bei dem traditionslosesten
aller Gegenwartsvölker eine höchst eindrucksvolle
Auferstehung der Antike. Die Schönheit und Anmut der
nackten Griechen fehlt freilich völlig bei dieser unförmlich
wattierten, mit Lederkappen und Fausthandschuhen
ausgerüsteten Yankeemannschaft, aber die leidenschaftliche
Teilnahme des ganzen Volkes, die diese Kraft- und
Gewandtheitsspiele seiner Jugend zu einer nationalen
Angelegenheit macht, kann auch im alten Hellas und im
alten Rom nicht hinreißender gewesen sein. Die
amerikanische Mutter ist auf ihren Sohn, dem beim Ballspiel
das Nasenbein oder sonstige Extremitäten geknickt wurden,
so stolz wie die Spartanerin, deren Knabe, ohne mit der
Wimper zu zucken, sich mit Ruten bis aufs Blut peitschen
ließ.

e Schliff. Technik und Wissenschaft.

Diese hohe Wertschätzung der körperlichen Tüchtigkeit, die
übrigens keineswegs nur auf das männliche Geschlecht
beschränkt ist, trägt sehr viel dazu bei, dem amerikanischen
Studentenleben sein durchaus eigenartiges Gepräge zu
verleihen. Ich habe mir des öfteren erlaubt, amerikanischen

Studenten gegenüber meinem Zweifel Ausdruck zu geben, daß diese Helden der Arena, diese Champions der Ballschläger, Ruderer, Wettläufer und [pg 46]Boxer auch in geistiger Beziehung Zierden einer wissenschaftlichen Anstalt seien, habe aber fast regelmäßig die Antwort bekommen, daß meine Zweifel durchaus unbegründet, vielmehr unter den hervorragenden Athleten häufig auch die tüchtigsten wissenschaftlichen Begabungen, zum mindesten aber die fleißigsten Büffler zu finden seien. Weit weniger sichere und selbstbewußte Antworten dagegen erhielt ich, wenn ich amerikanische Studenten nach ihren wissenschaftlichen Zielen oder gar nach ihrer Weltanschauung auszuforschen versuchte. Da hieß es meist: „Ach, darüber zerbrechen wir uns vorläufig den Kopf nicht. Wenn wir unser Examen gemacht haben, schickt uns die Regierung nach Portorico oder nach Haiti oder sonst wohin, da haben wir schon eine gute Stellung in Aussicht." Ein anderer sagt: „O, ich trete einfach in das Geschäft meines Vaters ein, da brauche ich keine andere Weltanschauung als die eines Gentlemans." Da die englische Sprache keinen präzisen Ausdruck für Weltanschauung kennt, so ist es überhaupt sehr schwer, einem jungen Amerikaner begreiflich zu machen, was man damit meint. Der Optimismus des jungen erfolgreichen Volkes sitzt ihm so tief im Geblüt, daß er kaum begreift, wie man sich von Zweck und Wert des Lebens, von der Vortrefflichkeit der bestehenden Weltordnung verschiedenartige Vorstellungen machen könne. Er fühlt nicht den mindesten Drang oder Beruf in sich, an diesen Dingen Kritik zu üben, weil er in der Anschauung aufgewachsen ist und sie innerhalb seiner jungen Erfahrung überall bestätigt findet, daß für einen Bürger der Vereinigten Staaten überall Raum und Gelegenheit zur erfolgreichen Betätigung seiner Kräfte und Talente gegeben sei. Eine solche Anschauung ist unzweifelhaft gesund für Leib und Seele – aber für die wissenschaftliche Erkenntnis ist sie nichts weniger [pg 47]als förderlich. Innerhalb dieser Zufriedenheit mit dem Gegebenen bleibt eben kein Platz für den fruchtbaren Zweifel und für die Unersättlichkeit des Forschers. Den amerikanischen Studenten im allgemeinen interessiert nur jenes positive Wissen, dessen unmittelbare praktische Verwertbarkeit ihm einleuchtet. Und wie der Zuschnitt aller amerikanischen Erziehungsanstalten, von der Elementarschule an, darauf eingerichtet ist, dem jungen Nachwuchs zu geben, was er braucht, wonach seine natürlichen Instinkte sich freudig drängen, so sind auch die Universitäten keineswegs darauf aus, Gelehrte zu züchten, sondern ihre Absicht ist vielmehr nur, dem Schulwissen den letzten Schliff, das *refinement* der höheren Kultur und den Fachstudien jene Vertiefung zu geben, die sie im praktischen Leben erst nutzbar macht. Der amerikanische Student glaubt an sein Lehrbuch und schwört auf die Worte seines Lehrers. Er lernt fleißig, ohne sich von Zweifeln beirren zu lassen, und beschränkt sich auf die Fächer, die ihm für seinen künftigen Beruf als notwendig vorgeschrieben sind. Überflüssige Wissenschaften nimmt er nur eben so mit, sofern er die Eitelkeit besitzt, als Schöngeist zu glänzen, und um sich von den Damen seines Kreises nicht in bezug auf allgemeine Bildung in den Schatten stellen zu lassen. Seinen Professor plagt auch keineswegs der Ehrgeiz, den Prometheusfunken schöpferischen Instinktes, der etwa in den jungen Köpfen seiner Hörer schlummern mag, zur hellen Flamme aufzublasen und die Methoden selbständiger wissenschaftlicher Forschung diesen zukünftigen Bahnbrechern nahezubringen. Er begnügt sich meistens damit, sein Fachwissen der Jugend mitzuteilen, und sorgt durch Abfragen und Aufgabenstellen dafür, daß sie sich dies Fachwissen gründlich einprägen. Er ist daher in weitaus den meisten [pg 48]Fällen nach unseren Begriffen selber gar kein Gelehrter, sondern eben nur ein Reservoir von Kenntnissen, ein Experte, ein Korrepetitor. Unter den überaus zahlreichen Professoren deutscher Abstammung, die es drüben als Universitätslehrer zu großem Ansehen gebracht haben, finden wir daher so manchen, der sich niemals wissenschaftlich betätigt hat und als einfacher Töchterschul-, Real- oder Gymnasiallehrer ausgewandert ist. Erweisen sich solche bescheidene Handlanger der Wissenschaft drüben als gute Pädagogen, bei denen die Kinder gern und gut lernen, so haben sie es nicht schwer, zu Hochschullehrern aufzurücken. Anstandshalber pflegen sie dann einen Leitfaden, ein Kompendium oder eine populäre Darstellung ihres speziellen Wissensgebietes zu verfassen. Im Colleg ist der freie Vortrag von seiten der Professoren durchaus nicht die Regel, sondern eher die Ausnahme. Die meisten halten sich an ein Lehrbuch eigner oder fremder Erzeugung und pauken dies gewissenhaft den Schülern ein. Schüler bleiben die Studenten ja in der Tat, bis sie ihren akademischen Grad erreicht haben. Der *Freshman* birgt in seinem Schädel keineswegs jene beängstigende Masse verschiedenartigster Kenntnisse, deren Vorhandensein der deutsche Schüler im Abiturientenexamen nachweisen muß. In den philologischen Fächern, namentlich in den alten Sprachen, besitzt er kaum das Wissen eines deutschen Untersekundaners; in den modernen Sprachen, in Geschichte und Geographie weiß er vielleicht so viel, daß er bei uns das Einjährigenexamen bestehen könnte, und in den Realien etwas mehr. Wer also eine humanistische Bildung erstrebt, der arbeitet das Pensum unserer Obersekunda und Prima erst auf der Universität durch; die übrigen werfen sich von vornherein auf das Fach, aus dem sie später ihren Beruf zu machen gedenken. [pg 49]Es gibt besondere Drillanstalten für Juristen, für Mediziner, für Theologen – die letzteren werden von den einzelnen Denominationen (Sekten) auf eigne Kosten unterhalten. Am stärksten besucht und am glänzendsten ausgestattet sind die Institute für die technischen Berufe, die chemischen und physikalischen Laboratorien, die Maschinen-Ingenieurschulen, die Museen und Sammlungen für den Anschauungsunterricht der Geologen, Zoologen, Landwirte, Architekten usw. usw. Weitaus die meisten Universitäten sind im Grunde nichts anderes als technische Hochschulen, an welche eine philosophische Fakultät, eine juristische, medizinische oder theologische Fachschule angegliedert sind, ganz ähnlich wie ja auch bei unseren technischen Hochschulen Vorlesungen über Nationalökonomie, Literatur und Kunstgeschichte, über Philosophie und dergleichen, die allgemeine Bildung bereichernde Gegenstände gehalten werden. Es ist ja sehr begreiflich, daß vorläufig noch die weitaus überwiegende Mehrzahl der geistig regsamen jungen Leute in Amerika sich nach den Berufen drängt, welche noch auf lange Zeit hinaus die größte praktische Bedeutung haben werden. Für Hoch- und Tiefbauingenieure, Elektrotechniker, Maschinenkonstrukteure, Geologen, Schiffsbauer, Chemiker gibt es selbstverständlich in dem Riesenkontinent mit den großen, noch unerschöpften Möglichkeiten der Ausbeutung viel mehr zu tun, als für die Vertreter der reinen Geisteswissenschaften. Man hegt trotzdem eine an Ehrfurcht grenzende Hochachtung für die seltsamen Idealisten, welche, anstatt ihre Schöpfkellen unter die zurzeit noch üppig sprudelnden Goldquellen zu halten, den Durst ihrer Seelen mit transzendenten Betrachtungen stillen, und statt nach blanken Metalladern nach Regenwürmern graben. Es gibt auch in Amerika wunderliche Käuze, die imstande sind, sagen [pg 50]wir über das Alpha privativum im Griechischen dicke Wälzer zu schreiben, oder lange Jahre ihres Lebens der Erforschung irgendeines dunkeln Winkels der Geschichte zu opfern, an dessen Aufhellung keinem modernen Menschen das Geringste gelegen ist. Man bezahlt sogar solche Käuze – sie sind übrigens fast alle Deutsche – sehr gut und ist besonders stolz auf ihren Besitz – aus demselben Grunde, aus welchem man unerhörte Summen aufwendet, um allen möglichen alten Trödel aus Europa neben wirklichen Kostbarkeiten der Kunst in die privaten und öffentlichen Sammlungen Amerikas zu schleppen. Man will eben der Alten Welt beweisen, daß man sich in der Neuen den Luxus der Reliquienverehrung auch leisten könne und daß man keineswegs den übeln Ruf verdiene, ein Volk von Emporkömmlingen zu sein, das nur für materielle Dinge Achtung und Verständnis besitze.

ıates.

Es ist charakteristisch, daß es drüben Privatgelehrte wohl überhaupt nicht gibt. Wer wirklich gelehrte Studien treibt, seien es auch solche, deren praktischer Wert nicht ersichtlich ist, kann sicher sein, in einer Universitätsstellung seinen Lebensunterhalt zu finden, sei es auch nur als sorgfältig unter Glas verwahrte Rarität. Es gibt also auch kein gelehrtes Proletariat, und das scheint mir denn doch ein Vorzug zu sein, um welchen wir das junge Land nur beneiden können. Jeder akademische Bürger ist imstande, die Kenntnisse, die er sich auf der Hochschule erworben hat, später praktisch zu verwerten. Der Staatsbeamte braucht nicht seinen Eltern bis in seine 30er Jahre hinein auf der Tasche zu liegen, der Arzt, der Rechtsanwalt, der keine Praxis, der Geistliche, der keine Gemeinde findet, braucht deswegen immer noch nicht zu verzweifeln, sondern sich nur einen Stoß zu geben und die Annehmlichkeiten einer östlichen Großstadt mit der Langenweile eines wild[pg 51]westlichen Standquartiers zu vertauschen, so wird er auch seine Rechnung finden; wenn nicht, so wird er eben Geschäftsmann, Farmer oder sonst etwas Vernünftiges. Seine Bildung braucht ihm dabei nicht hinderlich zu sein. Handel,

Industrie und Landwirtschaft schicken ihre Söhne scharenweise auf die Universitäten, um sich dort allgemeine Bildung und nützliche Spezialkenntnisse zu erwerben. Das für die eigentliche wissenschaftliche Forschung in Betracht kommende Studentenmaterial bildet nur eine fast verschwindende Minderheit. Übrigens finden diese Leute, die sich dann wohl meist der akademischen Lehrtätigkeit widmen wollen, als *Postgraduates* auch in Amerika reichlich Gelegenheit, ihre Studien zu vertiefen und zu erweitern, denn es fehlt weder an hervorragenden Kapazitäten in fast allen wissenschaftlichen Fächern, noch an Lehrmitteln. Die Bibliotheken zumal sind überaus reich ausgestattet. Sollte aber ihr wissenschaftlicher Eifer sich auf Gebiete werfen, die in der Heimat noch zu wenig angebaut sind, so finden sie sicher Mäzene, die ihnen ein weiteres Studium im Auslande ermöglichen, wenn die eignen Mittel dazu nicht ausreichen sollten.

essor im öffentlichen Leben.

Es kann wohl keinem Zweifel unterliegen, daß die Frische und Freudigkeit, die uns bei der amerikanischen akademischen Jugend so vorteilhaft auffällt, die glückliche Folge der Klarheit und Sicherheit aller Verhältnisse drüben ist. Der junge Mensch kommt nicht als überfüttertes Geistesmastprodukt auf die hohe Schule; er hat nicht seine schönsten Jugendjahre an eine erzwungene Arbeit verloren, deren Nutzen er nicht einzusehen vermochte, und hat nicht seinen Charakter verdorben durch ohnmächtiges Zähneknirschen wider ein verhaßtes System und deren lebendige Vertreter; er kommt mit echt jugendlichem Vertrauen seinen Lehrern entgegen und braucht [pg 52]sich nicht vorzeitig mit der Schicksalsfrage zu quälen: wozu büffelst du nun eigentlich noch immer weiter? Wird dir dein

Wissen auch ein sicheres Auskommen gewähren, oder wird die einzige Vergeltung für dein höheres Streben darin bestehen, daß du einst als abgetriebener alter Karrengaul an der Staatskrippe ein dürftiges Gnadenbrot findest? Wenn schon jeder gewöhnliche Amerikaner durch das Bewußtsein, daß ihm alle Wege offen stehen, zur höchsten Anspannung seiner Kräfte angefeuert wird, so muß dieser Auftrieb natürlich noch viel stärker sein bei den jungen Auserwählten der Nation, die ja den Wettlauf um die höchst erreichbaren Ziele bereits um viele Stationen näher an diesem Ziele beginnen. Der nicht akademisch gebildete Amerikaner schaut mit stolzer Verehrung zu jedem jungen *Harvard-Yale-Columbia-Cornellman* wie zu einem höheren Wesen auf, denn er weiß, daß diese strammen Burschen einst die Richter, die Ärzte, die Gesetzgeber seiner Kinder sein und daß ohne Zweifel geniale Erfinder, Kulturförderer großen Stils, auch wohl Präsidenten der Vereinigten Staaten darunter sein werden. Die hohe Wertschätzung des akademischen Wissens findet vielleicht ihren schönsten Ausdruck in der Bereitwilligkeit, mit welcher zu Reichtum gelangte Leute aus einfachsten Verhältnissen fürstliche Stiftungen für wissenschaftliche Zwecke machen. Sobald eine Universität in Verlegenheit ist, woher sie das Geld beschaffen soll für notwendige Neubauten, zur Bereicherung ihrer Bibliotheken und sonstigen Sammlungen, so braucht der Herr Rektor, dort Präsident genannt, nur ein paar notorische Millionäre der Stadt oder des Staates aufzusuchen, und er kann sicher sein, binnen kurzem die nötige Summe zusammenzubringen. Unsere Großindustriellen spenden ihre Hunderttausende, um den Kommerzienratstitel und schöne [pg 53]Orden zu bekommen; drüben sind sie zufrieden, wenn ein Collegegebäude, ein Laboratorium, eine Klinik ihren Namen trägt. Der Holzhändler Cornell hat die nach ihm genannte, jetzt hoch berühmte Universität von Ithaka ganz und gar aus eignen Mitteln aufgebaut und ausgestattet. Und dieses Beispiel hat so eifrige Nachahmung gefunden, daß heute schon die wissensdurstigen jungen Leute selbst der unkultiviertesten Bundesstaaten nicht mehr die engere Heimat zu verlassen brauchen, um höheren Studien obzuliegen. Es gibt jetzt schon eher zu viel als zu wenig Universitäten und Colleges[2]. Die große Wertschätzung akademischer Bildung seitens des ganzen Volkes äußert sich manchmal auch in einer Weise, die uns einigermaßen naiv erscheint. Die Amerikaner haben alle Resultate der wissenschaftlichen Forschung der ganzen Welt fertig herüber genommen, und ihre eigne Arbeit lief fast ausschließlich auf deren praktische Verwertung hinaus; folglich erscheint dem gemeinen Mann jeder Professor als ein moderner Hexenmeister, dessen Zauberkünsten alles zuzutrauen sei, und darum spielt auch der akademische Lehrer in der Öffentlichkeit eine ganz andere Rolle, wie in Europa. Während z. B. in England der Gelehrte noch mehr wie bei uns in seinem Wirkungskreis als Lehrer und stiller Forscher eingeschlossen bleibt, wird er in den Vereinigten Staaten als sachverständiger Berater und tätiger Mitarbeiter zu allen öffentlichen Angelegenheiten heran[pg 54]gezogen. Er schreibt fleißig für die Tageszeitungen, er hält populäre Vorträge, er beteiligt sich an der Politik und wird gern von der Regierung zu wichtigen diplomatischen Betätigungen herangezogen. Der Cornell-Professor Andrew D. White ist nicht der einzige, der von seinem Lehrstuhl weg direkt auf einen Gesandtschaftsposten berufen wurde. Man sieht also nicht im Gelehrten einen weltfremden, in sich gekehrten Sonderling, sondern einen Mann der Tat, dessen reiches Wissen seinen Gesichtskreis notwendig erweitert haben muß.

sche Vergnügungen.

Eine schöne Gepflogenheit, die wohl auch ihr gutes Teil dazu beiträgt, die geistige und leibliche Gesundheit der studierenden Jugend zu fördern, ist die, daß man die Hochschulen mit Vorliebe in Kleinstädte mit landschaftlich schöner Umgebung verlegt. Mit Ausnahme der altberühmten Universitäten von Boston, New York, Philadelphia, Baltimore, Washington und Chicago sind alle Hochschulen auf dem Lande. Der *Campus*, d. h. das Gelände der Universität, befindet sich außerhalb der Ortschaften, mit Vorliebe auf Anhöhen, die die ganze Gegend beherrschen, und auf denen noch ein üppiger alter Baumwuchs der schändlichen Waldvernichtung der ersten Ansiedler entgangen ist. Die Baulichkeiten sind nicht eng aneinander gedrängt, sondern in den wohlgepflegten Parkanlagen weit zerstreut, so daß die Studierenden auf dem Wege von einem Colleg ins andere immer reichlich Bewegung und frische Luft haben. Gelegenheit zu aller Art Sport ist selbstverständlich überall reichlich gegeben, wie man sich denn überhaupt einen Studenten, der nicht rudert, Ball spielt, wettläuft usw. gar nicht vorstellen kann. Die kleinen Städte bieten so gut wie keine Ablenkung oder gar gefährliche Versuchung für die jungen Leute. Was sie brauchen an edler geistiger Zerstreuung, [pg 55]an künstlerischer Anregung, das schaffen sie sich selbst in ihren Vereinen für Musikpflege, ihren Liebhabertheatern und festlichen Veranstaltungen. Studentische Gesang- und Instrumentalvereinigungen ziehen in der Nachbarschaft der Universität herum und verdienen sich ein hübsches Geld mit Konzerten, das sie nicht selten dazu verwenden, hervorragende Sänger und Virtuosen kommen zu lassen und ihren Kommilitonen vorzuführen, ja wohl gar hauptstädtische Theatertruppen und Sinfonie-Orchester. So ziehen beispielsweise die Lehrer und bevorzugten Schüler der Berkley-University von Kalifornien alljährlich in den Sommerferien in den Urwald, leben dort wochenlang in

Zelten und Blockhütten, die zum Teil im Geäst der riesigen Mammutbäume (Sequoia gigantea) errichtet werden und betreiben während dieser Zeit die Einstudierung und Aufführung dramatischer Festspiele unter freiem Himmel. *Bohemian Jinks* nennen sie diese Freilichtspiele (etwa „zigeunerische Luftsprünge" zu übersetzen), für die sie aus eignen Kräften Dichtung, Musik, Kostüme und Darsteller liefern. Während dieser heiligen Zigeunerwochen ist das andere Geschlecht strengstens verbannt, und es werden daher nach antiker Weise bei den Spielen die Frauenrollen von jungen Männern dargestellt. Im übrigen sorgt die an den meisten Hochschulen bestehende *Coeducation* (kurz *Coed* genannt) dafür, daß die jungen Leute auch in den abgelegensten kleinen Nestern die guten Manieren im geselligen Verkehr nicht verlernen. Die Studentinnen pflegen ihr eignes Gesellschaftshaus mit Schwimmbassin, Turnhalle, Ballsaal und Drawingroom zu besitzen. Dorthin laden sie ihre Freunde ein, wie auch umgekehrt die jungen Herren die Studentinnen zu ihren Unterhaltungen heranziehen. Fast jeder Student hat wohl unter den Kommilitoninnen sein *best girl*, mit dem er [pg 56]„geht", wie man bei uns sagen würde. Diese Kameradschaften sind aber durchaus harmloser Natur, haben nicht die entfernteste Ähnlichkeit mit der *collage* des französischen Studenten und verpflichten auch keineswegs zu standesamtlichen Folgen. Amerikanische Professoren wissen nie etwas von sittlichen Gefahren dieses ungenierten Verkehrs zu berichten; dagegen schieben viele von ihnen die Schuld an dem niedrigen Niveau wissenschaftlichen Geistes der Rücksichtnahme auf die weiblichen Studenten zu.

Wo die Frauen unter sich sind, haben sie es noch viel besser als an den gemischten Universitäten. Ich wüßte nicht, wo ein junges Mädchen mit starkem Bildungsdrange in der Welt besser aufgehoben wäre, als z. B. in Wellesley-College bei

Boston. Wenn man den Studienplan dieser Frauenakademie durchblättert, erstaunt man über die schier fabelhaften Bildungsmöglichkeiten, die hier den Töchtern der Neuen Welt geboten werden. 17 männliche und 137 weibliche Professoren, Dozenten und Assistenten lehren an dieser überaus reich dotierten Hochschule. Um aufgenommen zu werden, muß die junge Dame im Englischen 3, in Geschichte 1, in Mathematik 3, Latein 4, einer zweiten Sprache 3, einer dritten Sprache 1 und in Botanik, Chemie oder Physik 1 Punkt nachweisen. Die Anzahl der Punkte bedeutet nämlich die Anzahl der Jahre, die der Schüler, bei durchschnittlich 5 wöchentlichen Stunden, auf den betreffenden Gegenstand verwendet haben muß, und durch ein Abgangszeugnis oder ein Examen muß er beweisen, daß er diese Zeit befriedigend ausgenutzt habe. Um einen Begriff von der Reichhaltigkeit der wissenschaftlichen Speisekarte zu geben, will ich hier nur die in der germanistischen Abteilung angekündigten Vorlesungen aufzählen:

[pg 57]

haftliche Speisekarte für Damen.

1.	Elementarkursus, Grammatik, Übungen im Sprechen, Lektüre, Auswendiglernen von Gedichten.
2-4.	Vorbereitungskurse für deutsche Literaturgeschichte.
5.	Repetitions- und Erweiterungskurs für Grammatik und Stil.
6.	Freie Reproduktion. Bühnendeutsch. Übungen im mündlichen und schriftlichen Ausdruck. Kritische Betrachtung deutscher, in Amerika erschienener Texte.

7.	Übungen im schriftlichen Ausdruck im Anschluß an die Literaturgeschichte.
8.	Geschichte der deutschen Sprache.
9.	Umrisse der deutschen Literaturgeschichte (Götter- und Heldensagen).
10.	Goethes Leben und Werke.
11.	Das Drama des 19. Jahrhunderts.
12.	Der deutsche Roman.
13.	Literaturgeschichte vom Hildebrandslied bis Hans Sachs.
14.	Literaturgeschichte bis Goethe.
15.	Mittelhochdeutsch.
16.	Die romantische Schule.
17.	Lessing als Dramatiker und Kritiker.
18.	Schiller als Philosoph und Ästhetiker.
19.	Goethes Faust.
20.	Schillers Leben und Werke.
21.	Stilübungen.
22.	Gotisch.
23.	Die deutsche Lyrik und Ballade.
24 u. 25.	Studien zur modernen deutschen Sprache.

[pg 58]

r Studentin.

Demgegenüber stehen 45 Vorlesungen über englische Sprache und Literatur, 21 über Geschichte, 29 über Hygiene und körperliche Ausbildung, wobei Tanzen, Schwimmen, Gymnastik, Massage und dergleichen inbegriffen sind. Ferner 18 Vorlesungen über lateinische Sprache und Literatur, 11 über reine und 5 über angewandte Mathematik, 18 über Musik, 29 über Philosophie und Psychologie, 19 über Soziologie und Nationalökonomie, 6 über Astronomie usw. usw. Die jungen Mädchen dürfen aber keineswegs nach ihrem Belieben an all diesen Herrlichkeiten naschen, sondern der Studiengang ist ihnen vorgeschrieben, und sie können nicht zu den höheren Offenbarungen vordringen, bevor sie nicht durch Examina bewiesen haben, daß ihnen die niederen Grade geläufig sind. Damit sie aber frisch und bei guter Laune bleiben, haben sie reichlich Gelegenheit, sich in Wald, Wiese und Wasser zu tummeln und sich mit Tanz, Mummenschanz, Theaterspiel im Freien und auf der eignen niedlichen Bühne des Shakespearehauses nach Herzenslust zu vergnügen, auch nach dem nahen Boston in Theater und Konzerte zu fahren, so oft ihr Geldbeutel und ihre Zeit es erlaubt. Die jungen Damen aus reichen Familien besitzen, sofern sie Sororities angehören, ihre eignen Häuser innerhalb des Campus, die als griechische Tempel oder als Cottages sich darbieten. Das Gebäude des Shakespearevereins ahmt sogar sehr hübsch das Geburtshaus des Dichters in Stradford nach. Die technischen Fächer sowie auch Medizin, Juristerei und Theologie existieren nicht an dieser Akademie, die sich also darauf beschränkt, den jungen Damen eine humanistische, expansiv wie intensiv gleich bedeutende Bildung zu vermitteln. Wenn die Qualität der Lehrenden auch nur einigermaßen der landschaftlichen Schönheit der Umgebung und der Vortrefflichkeit aller praktischen Ein[pg 59]richtungen entspricht, so ist in Wellesley-College das gegenwärtige Ideal wissenschaftlicher Frauenbildung verwirklicht. Und Wellesley ist nicht einmal die einzige Anstalt dieser Art, sondern es gibt deren noch mehrere, die nicht minder reich ausgestattet und stark besucht sein sollen. Unter den Studierenden sind Töchter fast aller Bevölkerungsschichten vertreten, vorwiegend ist aber der Typus der derb gesunden, ein bißchen starkknochigen, rundlichen Farmer- und Bürgertöchter der städtischen Mittelschicht vornehmlich in den Universitäten mit *Coed.*

Die reinen Frauenakademien werden dagegen von den
Töchtern der vornehmeren Kreise vorgezogen. Es ist
auffallend, wie selten selbst unter diesen letzteren die
spezifisch amerikanischen Schönheiten sind. Das kommt
daher, daß die Amerikanerin die Schönheit als einen Beruf
für sich betrachtet, als ein Kapital, das unter allen
Umständen sich reichlich verzinst. Die jungen Schönheiten
suchen ihre Erfolge ausschließlich auf dem Parkett des
Salons, und die nötige Fertigkeit zur Lieferung des seichten
Salongeschwätzes, mit dem sich drüben die elegante Welt
der Amüsierlinge begnügt, kann man sich allerdings ohne
die Kenntnis antiker Sprachen und ohne philosophische
Vorstudien erwerben. Es ist nicht zu leugnen, daß das
amerikanische Salongeschwätz kaum auf der geistigen Höhe
des englischen, dagegen noch beträchtlich unter der des
französischen und deutschen Konversationstones der
sogenannten guten Gesellschaft steht. Dagegen kann man
von den Frauen der Kreise, in denen Arbeitskameradschaft
zwischen Mann und Weib besteht, ohne weiteres
voraussetzen, daß man mit ihnen wie mit gebildeten
Menschen reden dürfe – und man wird sich selten
enttäuscht sehen. Wohlhabende deutsche Eltern, denen
daran liegt, ihren strebsamen Töchterchen, ohne sie gerade
[pg 60]zu Gelehrten zu machen, eine solide weltläufige
Bildung zu verschaffen, täten gut, sie auf die
amerikanischen Frauenhochschulen zu schicken. Selbst
wenn sie von dort nichts anderes mitbringen sollten, als
einen abgehärteten geschmeidigen Körper, vernünftige
Lebensanschauungen und eine Ahnung von allerlei
wissenswerten Dingen, so würde das immerhin wertvoller
für sie sein, als was die üblichen Pensionate der
französischen Schweiz oder die Klosterschulen für die
vornehme Welt ihnen zu bieten pflegen.

sche System. Bildungsdrang des Volkes.

Mir persönlich scheint überhaupt das ganze amerikanische Unterrichtssystem, und besonders das der Universitäten, gerade für uns sehr viel Nachahmenswertes zu enthalten. So will es mich ungemein vernünftig bedünken, daß die Zügellockerung der strengen Schuldisziplin zwischen dem 16. und 18. und nicht, wie bei uns, zwischen dem 18. und 20. Jahre erfolgt, und daß dann die überschäumende Kraft des ungebärdigen Jünglings bezw. des lebenshungrigen Mädchens nicht sofort in eine schrankenlose Freiheit hinausgelassen, sondern noch jahrelang mit echtem Wohlwollen und Verständnis für die Jugend geleitet wird. Es ist überaus bezeichnend, daß, wie die kürzlich von Dr. Alfred Graf veranstaltete Umfrage bei einer großen Anzahl bekannter führender Deutscher bewiesen hat, außer den späteren Philologen und einigen ganz wenigen Staatsmännern und Theologen, fast sämtliche Gefragten ihre Gymnasialzeit für die schrecklichste Erinnerung ihres Lebens erklärten; wogegen umgekehrt in Amerika schier ausnahmslos jeder gebildete Mensch auf seine Schüler- und Studentenzeit als auf die schönste seines Lebens zurückblickt. Mögen unsere höchsten Lehranstalten immerhin mit Fug und Recht sich für die besten Gelehrtenschulen der Welt halten, so darf doch nie außer [pg 61]acht gelassen werden, daß von den Tausenden und Abertausenden von Abiturienten, die alljährlich unseren Universitäten zustreben, doch nur eine verhältnismäßig kleine Anzahl den inneren Beruf zum Gelehrtentum in sich trägt. Diesen wenigen mag allerdings die deutsche Universität die denkbar beste Anleitung zum eignen Forschen geben; um dieser wenigen Auserwählten willen aber wird die gewaltige Überzahl mehr auf das Praktische gerichteter Geister, aus denen zwar keine schöpferischen Gedanken, wohl aber viel nützliche Lebensarbeit herauszuholen wäre, durch ein System vergewaltigt, das notwendig in ihren Augen ein zeitlebens verhaßtes

Schrecknis bleiben muß. Dieses System züchtet Nörgler und Hasser, es ist auch schuld daran, daß jener garstige Hochmut sich in den Köpfen der Auserwählten einnistet, der die herrschenden Klassen in eine dumme Volksfeindschaft hineintreibt und gänzlich schiefe Lebensanschauungen in ihnen groß zieht; es ist aber auch schuld daran, daß so viel hoffnungsvolle Jugend auf den Universitäten verbummelt. Sollte nicht schließlich ein junges Geschlecht von frohen, für die höchsten Berufe der Gegenwart gut ausgerüsteten Akademikern auch unserer Nation von größerem Werte sein, als die jetzige Überfülle an wirklichen und verunglückten Gelehrten? Ich bin überzeugt, daß wir durch eine teilweise Amerikanisierung unseres Systems von unseren alten Vorzügen nichts einbüßen würden. Methodik und Systematik der exakten Forschung werden, ebenso wie das künstlerische Element im wissenschaftlichen Betriebe, stets eine Besonderheit des deutschen Universitätslehrers und Studenten bleiben, einfach weil die Veranlagung hierzu altes Erbgut unserer Rasse ist. Die Amerikaner haben keineswegs darum bisher keine großen Philosophen, Dichter, schöpferischen Forscher hervor[pg 62]gebracht, weil ihr Schulsystem zu diesem Zweck nichts taugte, sondern weil sie bei ihrer Jugendlichkeit als Volk, bei der mangelhaften Mischung der verschiedenartigsten Rassenelemente, bei dem Fehlen einer kulturellen Tradition und bei der starken Inanspruchnahme aller geistigen Kräfte durch rein praktische Aufgaben überhaupt noch gar keine Möglichkeit gehabt haben, nach jener Richtung Begabung zu entwickeln. Eine selbständige Wissenschaft und eine nationale Kunst werden erst zu verlangen sein, wenn aus den verschiedenartigen Völkerschaften der Vereinigten Staaten wirklich eine neue Rasse geworden und die grobe Arbeit der Zivilisation soweit getan sein wird, daß alle feineren Geister für die Beschäftigung mit den vornehmsten Kulturaufgaben frei werden. Es wird alsdann viel Spreu hinweggefegt werden, aber an dem System des Hochschulbetriebes schwerlich viel geändert werden müssen. Die wissenschaftlichen Leistungen der Studierenden werden selbstverständlich gleichen Schritt halten mit denen der Lehrenden. Der einzige amerikanische Philosoph, dessen Ruf bisher durch die ganze Welt geklungen ist, Ralph Waldo Emerson, verdankt sein hohes Ansehen bei uns mehr der fein geschliffenen Form seiner vornehmen Weltweisheit, als dem Reichtum an neuen, fruchtbaren Gedanken; für Amerika ist Emersons Philosophie aber selbst heute noch zu hoch, weil sie die beliebten demokratischen Vorurteile lächelnd beiseite schiebt. Es wird aber sicher eine Zeit kommen, wo diese demokratischen Vorurteile nur noch bei der Masse zu finden sein werden, und wo die Freiheit der wissenschaftlichen Kritik sich überhaupt von keinem Vorurteil mehr Halt gebieten läßt, auch wenn es die Masse hinter sich hat. Dann erst können wir von dem amerikanischen Volke verlangen, daß es große Künstler und originale Denker hervorbringe. In [pg 63]den regsamsten Köpfen, in den tiefsten Gemütern dieses Volkes ist schon jetzt eine große Sehnsucht lebendig nach jener Zeit, in der seine Denker und Dichter nicht mehr nur die Resultate europäischer Arbeit nützlich verwenden, sondern selber Finder neuer Wege und Setzer neuer Ziele werden können. Das beweist der ungeheure Zulauf, welchen die öffentlichen Bibliotheken, die wissenschaftlichen Vorträge der Wanderredner und besonders gemeinnützige Institute, wie die Sommerschule in Chautauqua finden, wo zu Zehntausenden unter freiem Himmel wissensdurstige Menschen jedes Standes, Alters und Geschlechts andächtig den Vorträgen der besten Gelehrten ihres Landes lauschen. Wir Europäer werden vielleicht noch auf ein ganzes Jahrhundert oder noch länger unseren Vorrang des weisen Alters behalten und der mächtig emporstrebenden Neuen Welt die Leitsätze für ihre eigne wissenschaftliche

Fortentwicklung liefern. Aber wir wollen nicht vergessen, daß man von der Jugend immer lernen kann! Wenn wir das tun, wird die neue Rasse uns zwar einholen, aber schwerlich jemals überflügeln können. Wir werden an ihr alsdann keinen verhöhnten oder beneideten Feind, sondern vielmehr einen guten Kameraden besitzen, der uns in gleichem Schritt und Tritt zur Seite geht, denselben Höchstzielen wahrer Kultur nach.

[pg 64]

Öffentliche und private Moral.

Die deutschen Zeitungskorrespondenten in den Vereinigten Staaten beklagen sich allgemein darüber, daß sie gezwungen seien, ihre Berichte den Vorurteilen der deutschen Zeitungsleser zuliebe zu färben und so dazu beizutragen, daß diese Vorurteile in Deutschland nicht aussterben. Daß sie Unglücksfälle nur kabeln dürfen, wenn sich über zehn Tote ergeben haben, ist ja eine ganz weise Beschränkung, aber daß sie sich genötigt sehen, immer nur sensationelle Fälle von wüster Korruption in der Politik, in der Rechtsprechung, im Gebaren der großen Truste, offenbare Verrücktheiten und groteske Reklamemanöver auf den Gebieten des Erfindungswesens, des Handels und Verkehrs, ja selbst der Wissenschaft, sowie schließlich gröbste Familienskandale aus der Welt der Milliardäre zu berichten, das ist doch recht bedenklich. Selbstverständlich sind gerade die guten Bürger jeder Nation überzeugt, daß die allgemeine Ordnung der Dinge, die öffentliche wie die private Moral in ihrem Lande besser sei als in irgend einem anderen; aber es tut doch nicht gut, diese natürliche Neigung zur Ungerechtigkeit durch die Presse, als durch das berufene Organ der öffentlichen Aufklärung, zu unterstützen; denn die Unterschätzung fremder und noch dazu rasseverwandter Völker kann unter Umständen doch recht üble Folgen haben. Sei es mir als einem Amerikafahrer, der Augen und Ohren gut aufgemacht und aufmerksam zugehört hat, wenn er wohlunterrichtete Leute drüben die Verhältnisse besprechen hörte, gestattet, mein bescheidenes Teil zur [pg 65]Aufklärung über die wichtige Frage der öffentlichen und privaten Moral in den Vereinigten Staaten beizutragen.

spolitiker.
vor den Gesetzen?

Die Korruption in der Politik ist ein öffentliches Geheimnis und wird von niemandem geleugnet. Sie ist eine notwendige Folgeerscheinung nicht sowohl der republikanischen Staatsform, als der ungeheueren Ausdehnung des Landes und besonders des Umstandes, daß sich alle vier Jahre verfassungsgemäß ein Wechsel in den Personen der Machthaber vollziehen muß. Daß jeder neue Präsident, Gouverneur, Bürgermeister usw. seine guten Freunde und Verwandten in die einträglichsten und einflußreichsten Stellungen zu bringen versucht, ist menschlich begreiflich, und man braucht sich darüber nicht weiter zu entrüsten; aber die ebenso selbstverständliche Folge, daß der politische Ehrgeiz durch den dauernd tobenden Wahlkampf fortwährend in Atem gehalten wird, macht es dem vielbeschäftigten Staatsbürger natürlich unmöglich, den politischen Angelegenheiten seine kostbare Zeit zu opfern. Er muß notgedrungen diese Betätigung Leuten überlassen, die daraus einen Lebensberuf machen. Und so ergibt sich mit Notwendigkeit die Existenz der Geschäftspolitiker. Da selbstverständlich diese, die sogenannten Bosse, nicht vom Staat oder von der Gemeinde besoldet werden können, so schaffen sie sich ihre Einkünfte dadurch, daß sie sich für die Unterstützung bei Wahlen, für die Erlangung von öffentlichen Ämtern, von Privilegien und Konzessionen aller Art bezahlen lassen. Es leuchtet wohl ohne weiteres ein, daß sich nicht die Blüte der Nation, sondern nur machthungrige und geldgierige Streber zu diesem politischen Agenturgeschäft hergeben, und daß diese Leute nicht das geringste Interesse daran haben, dem intellektuell und moralisch hervorragendsten Kandidaten zum Siege zu verhelfen, sondern demjenigen, der [pg 66]am meisten zahlt. Da es nur zwei große politische Parteien, Demokraten und Republikaner, gibt, so ist alle vier Jahre die Chance eines völligen Systemwechsels durch den Sieg der Gegenpartei gegeben. Dann werden alle kommunalen Ämter, die ganze Beamtenschaft, vom Präsidenten bis zum Ofenheizer im Weißen Hause, an die Anhänger der siegreichen Partei vergeben. Wer den richtigen Boß am besten geschmiert hat, bekommt das Amt. Es ist klar, daß bei solchem System Staat und Gesellschaft niemals davor sicher sind, schlechte Beamte für noch schlechtere einzutauschen, und daß die öffentliche Moral dadurch schändlich verdorben wird. Trotz alledem wird auch bei uns niemand leugnen wollen, daß die Vereinigten Staaten bisher noch immer tüchtige, zum mindesten doch anständige Präsidenten gehabt haben, und daß in die obersten Stellungen wenigstens sehr selten oder nie ganz minderwertige Personen gelangt sind. Dieses scheinbare Wunder wird begreiflich, wenn man den hochentwickelten *common sens*, den gesunden Menschenverstand der führenden angelsächsischen Rasse in Betracht zieht. Der anständige Geschäftsmann und die höher gebildeten Klassen überhaupt kümmern sich um das schmutzige Gewerbe der Politik wenig oder gar nicht und ertragen mit dem glücklichen Gleichmut und dem guten Humor der Yankeerasse die tausenderlei offenbaren Ungerechtigkeiten und Widersinnigkeiten, die durch die Korruption entstehen. Sobald sie aber merken, daß die Bosse irgend etwas im Schilde führen, was gegen den guten Ruf des Staates, gegen die Sicherheit des Eigentums oder gegen den demokratischen Charakter der Verfassung geht, so tun sich ein paar einflußreiche Leute von tadellosem Leumund zusammen – die führenden Deutschen sind immer bei dieser Anstandspartei zu [pg 67]finden – und klären durch geeignete Maßnahmen die Massen der Wähler über den Unfug auf, der verübt werden soll. Und siehe da: immer gelingt es der Wucht der öffentlichen Meinung, wenigstens die gröbsten Schandtaten zu verhindern, die unmöglichsten Kandidaten beiseite zu schieben. Der Patriotismus ist dem Yankee angeboren und anerzogen; die Verfassung der Vereinigten Staaten wird als ein unübertreffliches Werk genialer Einsicht verehrt, und alle Gesetze, die das souveräne Volk durch seine Erwählten in den Einzelstaaten machen läßt, werden für vorzüglich gehalten. Das ewig verdrossene Nörgeln an den Gesetzen und öffentlichen Einrichtungen, jenes höchste Vergnügen des deutschen Bierbankpolitikers, kennt der Yankee nicht. Man respektiert die Gesetze und fügt sich sogar in Unannehmlichkeiten, wenn man einsieht, daß anders die Ordnung nicht aufrechterhalten werden kann. Im übrigen aber tut doch jeder, was ihm beliebt, und pfeift auf die Gesetze, wenn sie ihm nicht in seinen Kram passen. Man weiß, daß die Polizei nicht von ihrem Gehalt, sondern von den Schmiergeldern so rosig fett und robust wird; man weiß, daß sogar die Binde vor den Augen der Gerechtigkeit zuweilen aus lauter zusammengefalteten Dollarnoten besteht, aber man sieht selbst an den schreiendsten Mißständen schweigend vorbei, weil es sich so bequemer leben läßt, und weil der Gentleman sich nicht gerne die Hosenränder beschmutzt und daher den Pfützen lieber in weitem Bogen ausweicht. Solange sie seine persönliche Bewegungsfreiheit und seine geschäftlichen Unternehmungen nicht empfindlich stören, ist der Yankee mit den Gesetzen zufrieden und gönnt den zahlreichen Mitbürgern, die von den Mängeln dieser Gesetze leben, also den Politikern, Advokaten, smarten Geschäftsleuten und geistvollen Hochstaplern, [pg 68]ihr gutes Auskommen. Den gewaltigsten Machthabern der Industrie und des Verkehrswesens, den sogenannten Königen der Eisenbahn, des Silbers, des Stahls, des Petroleums können ja überhaupt die Gesetze nichts anhaben, wie es sich erst jüngst wieder in dem vorsichtig weitmaschig abgefaßten Urteil des obersten Gerichtshofes in Sachen des Öltrusts gezeigt hat. Mit jenen ganz großen Herren, in deren Macht es steht, die Bundesarmee gegen mißliebige Nachbarn mobil zu machen, oder in einer Anwandlung schlechter Launen unzählige Betriebe lahmzulegen, Hunderttausenden von Arbeitern ihr Brot vom Munde wegzureißen, mit denen hütet sich natürlich nicht nur der einzelne, sondern auch die Justiz der Einzelstaaten wie der Bundesregierung anzubinden. Machen sich aber die kleineren Machthaber irgendwie lästig, so versteht man ihnen selbst in dem Falle beizukommen, daß die Behörde gegen sie ihre Pflicht vernachlässigt.

he Selbsthilfe eines Damenklubs.

Ein hübsches Beispiel solcher demokratischen Selbsthilfe erlebten wir in St. Louis. Durch wochenlange Trockenheit war die Rauchplage daselbst unerträglich geworden. Im ganzen weiten Mississippi- und Missouritale herrschte herrliches klares Winterwetter. Die Sonne lachte frühlingsheiter vom wolkenlosen Himmel herab. Als der Zug aber in das Weichbild der Stadt einfuhr, verblaßte plötzlich die Sonne zu einem fahlgelben transparenten Fettfleck in einer Wand gleichmäßig grauen, schweflig riechenden Nebels, der selbst die nächsten Gegenstände nur in verschwommenen Umrissen erscheinen ließ. In den Häusern herrschte eine erstickende, verbrauchte Luft, weil man kein Fenster öffnen konnte, ohne daß sofort eine dichte

Rußschicht, wie von einer schwer blakenden Öllampe, sich auf alle Gegenstände im Zimmer legte. Wenn man über die Straße ging, waren Kragen [pg 69]und Manschetten geliefert, und wenn man sich morgens sein Bad einließ, so schwamm eine schwarze Rahmschicht auf dem Wasser. Die Zeitungen waren voll von Entrüstungsartikeln über diesen schmachvollen Zustand. Überall erschollen laut die Stimmen der Sachverständigen mit Vorschlägen zur Beseitigung des Übels. Man erinnerte sich plötzlich wieder, daß es im Staate Missouri, ebensogut wie anderswo, vorzügliche gesetzliche Vorschriften gebe, welche die auf die einheimische Weichkohle angewiesenen Industrien zur Anbringung von Rauchverzehrungsvorrichtungen und ähnlichen Maßnahmen von erprobter Wirkung verpflichteten. Die Herren Fabrikbesitzer hatten aber bisher keine Lust gehabt, sich in Unkosten zu stürzen wegen dieser ärgerlichen Gesetze, denn sie hatten ja ihre Villen weit vor der Stadt in erfreulich reiner Luft. Und wenn der Wind einigermaßen günstig wehte, und hin und wieder ein Niederschlag den in der Luft herumfliegenden Kohlenstaub band, so konnten ja selbst die Leute, die in der Stadt wohnen mußten, ihre Lungen genügend mit Sauerstoff füttern. Es mußte wohl immer noch billiger sein, den polizeilichen Aufsichtsorganen gelegentlich gute Trinkgelder zu verabfolgen, als die vorschriftsmäßigen Umbauten zu bestreiten. Da geschah es in den Tagen unserer Anwesenheit, daß ein vornehmer Damenverein, der Mittwochsklub, die Sache in die Hand nahm. Um ein möglichst großes Damenpublikum für ihre Zwecke herbeizuziehen, kündigten sie mit gehöriger Reklame ein Konzert meiner Frau an. Vierzehnhundert Frauen und Mädchen aus den besten Kreisen wurden hierzu zusammengetrommelt und nach Schluß der musikalischen Darbietungen ersuchte die Vorsitzende die ganze Gesellschaft, noch da zu bleiben, um sich über die Beseitigung der Rauchplage auszusprechen. [pg 70]Es war alles so gut vorbereitet, daß in kurzer Zeit ein leitendes Komitee und eine große Anzahl von Offizieren und Mannschaften aus der Mitte der Damen heraus gewählt und die notwendigen Mittel zur Ausführung des Planes gezeichnet waren. Diese kleine freiwillige weibliche Polizeimannschaft übernahm es nämlich, mit List oder Gewalt in alle industriellen Betriebe mit Weichkohlenfeuerung einzudringen und nötigenfalls Tag und Nacht Patrouille zu gehen und Posten zu stehen, so lange, bis alle Mißachter der Gesetze zur gerichtlichen Verantwortung gezogen, gebührend bestraft und die vorgeschriebenen Maßnahmen gegen den Rauch tatsächlich ausgeführt waren. Das Mittel soll einen durchgreifenden Erfolg gehabt haben, denn vor energischen Frauen kapituliert der Yankee immer.

im Straßenverkehr.

Die Zuversicht, daß aus allen Schwierigkeiten und Übelständen, wenn auch vielleicht erst im Moment der höchsten Gefahr, und wenn sie bis zur Unerträglichkeit gestiegen sind, ein Ausweg sich zeigen, von irgendwo die Rettung kommen muß, erhält dem Volke seinen optimistischen Gleichmut. Selbstverständlich erzeugt die Demokratie nichts weniger als Ehrfurcht vor Paragraphen oder Untertänigkeit vor Amtspersonen, ja, sie untergräbt sogar recht bedenklich die Disziplin, ohne die schließlich keine Ordnung irgendwelcher Art aufrecht zu erhalten ist. Die Warnungs- und Verbotstafeln, mit denen bei uns zu Lande unser ganzes Leben von der Wiege bis zum Grabe von den Behörden so rücksichtsvoll eingezäunt wird, kann man sich drüben fast völlig sparen, da sie doch keine Beachtung finden würden; aber wo der gesunde Menschenverstand einsieht, daß Vorsicht, Unterordnung,

Geduld und Rücksicht auf den Nebenmenschen am Platze sind, da übt er sie auch ohne Warnungstafeln [pg 71]und ohne Einschüchterung durch säbelfuchtelnde Schutzleute aus. Dem Europäer fällt z. B. die ausgezeichnete Disziplin im Straßenverkehr der Großstädte sehr angenehm auf; nie hört man wild aufeinander los fluchende Kutscher im Wagengedränge; nie werden Schutzmannsketten durchbrochen, wo eine Absperrung notwendig ist; mit einem Wink des Fingers dirigieren die Posten an den Straßenkreuzungen den kolossalen Verkehr. Ohne Murren findet sich alle Welt mit der Einrichtung ab, daß um 6 Uhr abends alle Geschäfte geschlossen werden. In den Straßen- und Untergrundbahnen, in überfüllten Lokalen jeder Art macht jedermann bereitwillig Platz, so gut es geht. Am Weihnachtsheiligabend fuhren wir in der Neuyorker Subway. Da es um die Zeit des Geschäftsschlusses war, so waren die Wagen mit sitzenden und stehenden Menschen so voll, daß der berühmte Apfel nicht mehr zur Erde fallen konnte. Da drängte sich auf einer Station im letzten Moment noch eine alte Frau mit einem riesigen Schaukelpferd herein. Die Männer auf der hinteren Plattform schufen der Frau mit kräftigen Ellenbogen Platz, die ganze Menschenmauer geriet ins Schwanken, man trampelte sich gegenseitig kräftig auf den Zehen herum, die hervorragenden Spitzen der Kufen des Schaukelpferdes stießen einigen Passagieren in die Bäuche oder gegen die Kniescheiben – und dennoch zeigte sich niemand gekränkt oder nervös gereizt. Mit ein paar gutmütigen Scherzen ging man über die Unannehmlichkeiten hinweg; bei uns wäre ein Sturm der Entrüstung losgebrochen. Auch der eiligste Geschäftsmann wartet geduldig bei Verkehrsschwierigkeiten, bis die Passage frei ist, und niemals wird ein höher Gestellter versuchen, für sich Ausnahmemaßregeln durchzusetzen. Auch die strengen Polizeivorschriften im Interesse der öffentlichen Hygiene [pg 72]werden bereitwillig befolgt, weil der Nutzen jedem vernünftigen Menschen klar ist.

itution.

Höchst merkwürdig ist die Art, wie der Yankee öffentliche Fragen löst, die anderwärts der Polizei die allergrößten Schwierigkeiten machen und über die sich Juristen, Verwaltungsbeamte, Geistliche und Laien vergeblich die Köpfe zerbrechen. Solche Schwierigkeiten beseitigt der Yankee nämlich einfach dadurch, daß er erklärt, sie existierten gar nicht. Der Prostitution z. B. ist im Gesetze überhaupt nicht Erwähnung getan, und in den Zeitungen wird nie davon gesprochen. Unter ernsten Männern nennt man die Prostitution verschämt „das soziale Übel" (*the social evel*), aber in der Öffentlichkeit erwähnt man diesen unsittlichen Gegenstand niemals, weil die jungen Mädchen nichts von seiner Existenz erfahren sollen, und weil man annimmt, daß der Amerikaner überhaupt viel zu anständig sei, um irgendwelcher heimlicher Notbehelfe für die Forderungen seines Trieblebens zu bedürfen. Dessenungeachtet weiß selbstverständlich jeder erwachsene Mensch, daß die Zahl der Prostituierten, der freien wie der kasernierten, auch in den Vereinigten Staaten ungeheuer groß ist. Die Polizei hat dafür zu sorgen, daß die Öffentlichkeit von diesen Damen nichts merkt; sie hat also nicht nur die öffentlichen Häuser, sondern auch jede einzeln flanierende Dirne wachsam im Auge zu behalten. Wenn die öffentlichen Gerichtshöfe sich sehr viel mit der Bestrafung von Prostituierten beschäftigen müßten, so könnte es nicht ausbleiben, daß das Publikum auf diese Dinge aufmerksam würde, selbst wenn die Zeitungen ihrem Grundsatze des Totschweigens unverbrüchlich treu blieben. Folglich duldet es die Behörde wissentlich, daß die Polizeiorgane sich von den Übeltäterinnen dafür bezahlen lassen, [pg 73]daß sie sie nicht vor den Kadi schleppen, und daß die Bordellwirtinnen hohe Steuern an die politischen Bosse dafür entrichten, daß sie sie vor Konflikten mit Behörden bewahren. Selbstverständlich erhalten solche Häuser keine polizeilichen Konzessionen, noch gibt es irgendwelche offizielle Kontrolle der freien Prostitution. In den Adreßbüchern figurieren jene Damen als Ladnerinnen, Näherinnen, Masseusen und dergleichen, und die zahlreichen Freudenhäuser werden von den erfindungsreichen Bossen mit fingierten Personen bevölkert, und zwar vornehmlich mit – wahlfähigen Männern! Man bedient sich zu diesem Zweck der Namen längst verzogener oder gar verstorbener Persönlichkeiten. Durch dieses schlaue Manöver wächst bei den Wahlen dem Boß für jede Gefangene einer solchen Lasterstätte ein Wahlzettel für seine Partei zu. Eine Folge dieser unerhörten Heuchelei ist auch die, daß die Bestrebungen des internationalen Vereins gegen den Mädchenhandel in den Vereinigten Staaten wirkungslos bleiben. Dieses schmachvollste aller Geschäfte, der weiße Sklavenhandel, blüht im Gegenteil in den nordamerikanischen großen Hafenplätzen wo möglich noch üppiger als in denen Südamerikas. Die dunkeln Ehrenmänner, die sich mit diesem schmutzigen Geschäft befassen, ausschließlich galizische, ungarische und rumänische Juden, führen der Parteikasse der Bosse, die ihnen durch die Finger sehen, ansehnliche Summen zu.

Es ist jüngst ein Roman über diese Zustände erschienen: *„The House of Bondage, by Reginald Wright Kaufmann"*. Es dürfte wohl das erstemal sein, daß in dem Lande der puritanischen Heuchelei ein solches Thema von der Dichtung erörtert wird. Freilich kann sich der Roman, was seine literarische Qualität anbetrifft, nicht entfernt mit Else [pg 74]Jerusalems „Der heilige Scarabäus" messen, und es ist bezeichnend, daß der mutige Verfasser selbst mit dem

größten Eifer betont, er habe in diesem Werke nichts
weniger als dichten, sondern nur nackte traurige Wahrheit
berichten wollen. Im Anhang des Buches sind all die
behördlichen Aktenstücke abgedruckt, welche die
Grundlage zu den Behauptungen des Verfassers gegeben
haben. Ich habe bis jetzt nicht gehört, ob die Zeitungen
angesichts der furchtbaren Anklagen dieses Buches aus
ihrer traditionellen heuchlerischen Reserve herausgegangen
sind, oder ob sich gar die Behörden zu einem energischen
Eingreifen entschlossen haben. Da die Bosse und die
niederen Polizeiorgane dadurch eine empfindliche Einbuße
an ihren Einkünften erleiden würden, so ist das auch kaum
anzunehmen. Aber einen schönen Erfolg hat der Verfasser
trotzdem dadurch erreicht, daß der junge Herr Rockefeller
sein Werk in alle unter den nordamerikanischen
Einwanderern vertretenen Sprachen übersetzen und in
vielen Tausenden von Exemplaren unter den unteren
Volksschichten, deren Töchter ja hauptsächlich gefährdet
sind, verteilen ließ. So kann wenigstens nicht mehr
Ahnungslosigkeit der Eltern und der Mädchen dafür
verantwortlich gemacht werden, wenn sie in die Schlingen
der gewissenlosen Vogelsteller geraten.

Für uns Europäer ist es schwer begreiflich, daß in demselben
Lande, in welchem jeder gesellschaftliche Skandal, jede
pikante Scheidungsgeschichte in den Zeitungen
breitgetreten wird, in dem kaum das Schlafzimmer vor den
Reportern sicher ist, aus Anstandsrücksichten in der
gesamten Tagespresse kein Wort über ein so unendlich
wichtiges Ereignis wie die Entdeckung des berühmten
Heilmittels von Ehrlich-Hata geschrieben werden darf. Wir

haben hier den für uns überaus seltsamen [pg 75]Fall, daß selbst der indiskreteste und von Amts wegen quasi zur Plauderhaftigkeit verpflichtete Stand der Journalisten aus Patriotismus eine verblüffende Selbstverleugnung übt. Die verehrten Pilgerväter schon haben das Dogma aufgestellt, daß in den Vereinigten Staaten die Sicherheit der weiblichen Ehre absolut garantiert sei. Und diesem Dogma aus den Zeiten des fanatischen Puritanertums zuliebe wird noch heute der Yankee als ein untadelhafter Gentleman hingestellt, der mit einer jungen Dame zusammen baden, nachts in einem Zelt schlafen oder auf einer einsamen Insel wohnen könne, ohne menschliche Begierden zu verspüren. Der Yankee steckt es lachend ein, wenn man ihm ins Gesicht sagt, daß seine smarten Geschäftsleute die größten Gauner der Welt seien; aber selbst seine eigenen bedeutendsten Schriftsteller dürfen es nicht wagen, einen Yankee als Verführer der Unschuld hinzustellen. Die schärfsten Sozialkritiker, die realistischen Romanschriftsteller, müssen dieses nationale Dogma respektieren, wenn sie sich nicht in ihrem Heimatlande unmöglich machen wollen. Eine segensreiche Wirkung dieses starr festgehaltenen Vorurteils ist unzweifelhaft die, daß es im Yankeelande eine pornographische Literatur überhaupt nicht gibt, daß die schlüpfrigen französischen Schwänke der Bühne ferngehalten und der Import von pikanter Lektüre, Bildern und dergleichen höchstens auf ganz versteckten Schleichwegen stattfindet. Es muß auch unbedingt zugegeben werden, daß der zwanglose Verkehr der Geschlechter und die allgemeine starke körperliche Betätigung im Sport, verbunden mit dem Fehlen ungesunder Reizungen durch schlechte Lektüre dem jungen Mann, zumal der gebildeten Oberschicht, eine Reinheit der Gesinnung in erotischen Dingen bewahrt, die in Europa kaum irgendwo in gleichem Maße [pg 76]vorhanden sein dürfte. Es ist richtig, daß kein Yankee sich durch gewandtes

Erzählen von Mikoschwitzen gesellschaftlichen Ruhm erwerben kann, und daß man selbst in intimer Herrengesellschaft und unter dem Einfluß des Alkohols schwerlich jemals die Sauglocke läuten hört. Es ist auch richtig, daß ein junger Mann von guter Familie, der ein junges Mädchen aus seinem Gesellschaftskreise kompromittiert und sitzen läßt, der Ächtung seiner Standesgenossen verfällt – aber dennoch kann man nicht aus ehrlicher Überzeugung das Verhalten des Amerikaners der Erotik gegenüber unbedingt zur Nachahmung empfehlen; denn es ist nur zu geeignet, eine Art von Heuchelei zu fördern, die den weniger vom Glück begünstigten Mitmenschen teuer zu stehen kommt, und außerdem die Poesie der Liebe schwer schädigt. Wie in allen gesellschaftlichen Fragen, so wird nämlich auch in bezug auf die Erotik das demokratische Prinzip nur allzu gern vergessen. Der starke Schutzwall der weiblichen Ehre wird im Grunde genommen doch nur um die Angehörigen der eignen Kaste errichtet. Derselbe wohlerzogene begüterte junge Mann, der die größte Freiheit im unbeaufsichtigten Verkehr mit jungen Damen seines Kreises auch bei stärkster Versuchung nicht mißbrauchen würde, macht sich doch schwerlich ein Gewissen daraus, sich ein Chorusgirl, eine fesche Maniküre, Typewriterin oder sonst eine hübsche Angestellte aus dem Geschäft des Herrn Papa als Geliebte auszuhalten, und das wird ihm in seinem Kreise auch keineswegs übelgenommen, wenn er nur von seiner Liebschaft kein großes Gerede macht und nicht versucht, etwa gar so ein Mädchen unter falscher Flagge in seine Gesellschaftskreise einzuschmuggeln. Es herrscht also im Grunde in derjenigen Gesellschaft, die sich die beste zu nennen beliebt, [pg 77]dieselbe niederträchtige Doppelmoral wie in der alten Welt, wo die chevaleresken Brüder mit geschliffenen Säbeln und gespannten Pistolen vor der Ehre ihrer Schwestern Wache halten, aber vielleicht selber auf das schmachvollste mit dem Glück und der Ehre anderer Mädchen umspringen. Der Unterschied zugunsten der Yankeeanschauung ist vielleicht nur der, daß drüben der Ruf des verfluchten Schwerenöters dem Manne nicht so wie bei uns zum Vorteil gereicht, und daß ein Mädchen aus den unteren Kreisen, sobald es von einem Mann aus den höheren geheiratet wird, es nicht so schwer hat, von der höheren Gesellschaft aufgenommen zu werden, falls es sich nur *ladylike* zu benehmen versteht; dagegen fällt der Vergleich zu ungunsten des Yankee aus, wenn man die Gefühlsroheit in Anschlag bringt, die in der Beurteilung des freien Liebesverhältnisses drüben herrscht. Der Yankee hat für die illegitime Freudenspenderin nur die rohesten Worte seiner Sprache übrig. Selbst der Ausdruck *Sweetheart* hat einen verächtlichen Nebenklang bekommen. Die amerikanische Moral bekreuzt sich entrüstet vor dem „Verhältnis" des Deutschen oder vor der „Collage" des französischen Studenten. Die amerikanische junge Dame würde die selbstlose Hingabe des leidenschaftlich liebenden deutschen „Gretchens" oder der französischen Grisette nicht nur für *shocking*, sondern besonders für entsetzlich dumm halten; denn sie ist gewohnt, möglichst viel zu fordern und möglichst wenig dafür zu gewähren. In einem amerikanischen Roman oder Theaterstück ist folglich die poetische Verklärung eines freien Liebesverhältnisses völlig unmöglich. Ein Autor, der dergleichen wagen würde, und sei er selbst ein Mann von anerkannter Bedeutung, würde nicht nur den Absatz seines Buches schwer schädigen, sondern sich auch gesellschaftlich un[pg 78]möglich machen. Ob bei dieser Anschauung die Heiligkeit der Ehe viel gewinnt, wage ich nicht zu entscheiden, sicher nur dünkt es mich, daß die Heiligkeit der Liebe viel dabei verliert. Manche Äußerungen dieser einseitigen christlich-pfäffischen Moralauffassung erscheinen uns Europäern ja geradezu komisch. So kann z. B. ein Bankdefraudant, wenn

91

er Glück hat, sein geraubtes Schäfchen ganz gut drüben ins Trockene bringen und unter Umständen sogar sich wieder zu allen bürgerlichen Ehren emporarbeiten; landet er aber gleichzeitig sein Liebchen in Hoboken, so muß er gewärtig sein, daß er sofort vor die Wahl gestellt wird, entweder umgehend zu heiraten, oder umgehend nach Europa zurückzukehren. Auf jedem Ozeandampfer wachen scharfe Yankeeaugen über dem Benehmen der paarweise Reisenden, und wer da nicht einen unzweifelhaft verheirateten Eindruck macht, der kann sicher sein, bei der Landung um Vorlage seiner Ehebescheinigung ersucht zu werden. Sollte es der Yankeerasse gelingen, die puritanischen Unmenschlichkeiten aus ihren Moralbegriffen auszumerzen und sich trotzdem die Reinlichkeit des Empfindens den geschlechtlichen Dingen gegenüber zu bewahren, die den größten Teil ihrer Jugend jetzt schon als Begleiterscheinung der körperlichen Reinlichkeit und der vernünftigen Erziehung auszeichnet, so dürfte sie vielleicht wirklich einmal den Rassen der alten Welt als moralisches Vorbild gelten. Bis dahin aber müssen wir uns doch erlauben, diese gern betonte moralische Überlegenheit mit einem großen Fragezeichen zu versehen.

[pg 79]

Liebe und Ehe.

onsheiraten.

ung der Erziehungskosten.

dliche Kurmacherei.

: in der Öffentlichkeit.

So viele Kabel auch zwischen Alt-Europa und der neuen Welt gelegt sind, so viele Geschäfts- und Familienbeziehungen die Völker diesseits und jenseits des Ozeans miteinander verbinden, so herrschen gerade über manche wichtige grundlegende Verhältnisse die gröbsten Mißverständnisse. Was wissen wir Deutsche z. B. vom Familienleben, von Liebe und Ehe der Yankees? Wir lesen in unseren Zeitungen alle Augenblicke von sensationellen Heiraten zwischen Milliardärstöchtern und europäischen Aristokraten, von Millionenerbinnen oder Gattinnen von Industriekönigen, die mit Chauffeuren, Friseuren oder Klavierlehrern durchgehen; wir lesen mit moralischen Schauder die ungeheuerlich hohen Ziffern, welche die Statistik über die Scheidungen in den Vereinigten Staaten nennt, und wir glauben, aus allen diesen Erscheinungen schließen zu dürfen, daß die Yankees über die Heiligkeit der Ehe äußerst frivol denken und ihre Töchter nur als Ware, als Tauschobjekt für gute gesellschaftliche und geschäftliche Beziehungen betrachten müßten. Zum mindesten kommt wohl jeder gute Deutsche mit einem starken Vorurteil gegen die koketten, herzlosen und anspruchsvollen Yankeemädchen nach Dollarica; wem es aber gestattet ist, unvoreingenommen und aus nächster Nähe die Frage der Liebe und der Ehe im Yankeelande zu studieren, der dürfte doch bald zu einer anderen Meinung gelangen. Vor allen Dingen wird ein guter Beobachter sehr bald lernen, zwischen den Sitten und Gewohnheiten der paar Hundert Multimillio[pg 80]näre und denen der überwältigenden Mehrheit des übrigen Volkes zu unterscheiden. Es brauchte nicht erst der gute und kluge Carnegie zu kommen, um uns die Weisheit zu offenbaren, daß Frauen desto unglücklicher, unzufriedener und zu törichten Streichen geneigter sind, je reicher sie werden; das ist eine uralte Weisheit, die wir bei uns zu Lande ebenso oft bestätigt finden können, wie irgendwo sonst auf der Erde. Die Frau des Multimillionärs, die ganz in gesellschaftlichen Interessen aufgeht, ihre Nerven in einer sinnlosen Hetze von Vergnügen zu Vergnügen, von Gesellschaft zu Gesellschaft, von bloß spielerischer bis zu wirklich angreifender Tätigkeit aufreibt, dabei drei- bis viermal täglich die Toilette wechselt, unsinnigen Moden zuliebe ihre Gesundheit aufs Spiel setzt und jede ihrer Launen rücksichtslos befriedigen kann, die muß natürlich, falls sie nicht einen unverwüstlich guten Kern besitzt, ihre Nervenüberreizung irgendwie büßen. Die tollen Streiche ihrer Laune, ihre frivolen Geschmacksverirrungen sind dann nur Folgeerscheinungen eines seelischen Schadens, der aus der zerrütteten körperlichen Grundlage erwuchs wie der Schwamm aus einem faulen Balken. Ebenso begreiflich ist es, daß die Männer jenes Kreises, sobald der aufgehäufte Dollarberg ihnen bis über die Nase steigt und sie zu ersticken droht, bedenkliche Kongestionen nach dem Kopfe bekommen, die zunächst dazu zu führen pflegen, daß sie ihre anerzogenen demokratischen Grundsätze vergessen und mit ihrem Überfluß das einzige zu erreichen trachten, was drüben für kein Geld zu haben ist, nämlich einen Abglanz feudaler Herrlichkeit. Da sie nun bei sich zu Hause nicht mit Fürsten- und Grafenkronen auf dem Kopfe herumlaufen können, ohne sich lächerlich zu machen, so kaufen sie diese schönen Dinge [pg 81]ihren ehrgeizigen Töchtern und füttern ihre Eitelkeit mit dem Bewußtsein, mit dem ältesten Adel Europas wenigstens verschwägert zu sein und als Großpapas Prinzlein und Komteßlein auf ihren Knien schaukeln zu dürfen. Und dennoch ist gerade für die Vereinigten Staaten nichts weniger kennzeichnend als der

Mädchenschacher. Man darf getrost behaupten, daß in keinem Lande der Welt den Töchtern eine größere Freiheit der Wahl gelassen werde, als gerade in den Vereinigten Staaten, und daß auch nirgends das Spekulieren der jungen Männer mit einer fetten Mitgift weniger im Schwang sei. Es ist nämlich durchaus nicht Sitte, den Töchtern eine Mitgift zu geben; nur die ganz reichen Leute machen hiervon eine Ausnahme. In der überwältigenden Mehrzahl der Yankeefamilien, von den untersten bis zu den obersten Gesellschaftsschichten, denkt der Erwerber ebensowenig daran, sich selber als Rentier zur Ruhe zu setzen, so lange er noch imstande ist, einen Brief zu diktieren und ein Telephon zur Hand zu nehmen, als dem Erwählten seiner Tochter in den Jahren seiner besten Kraft in Gestalt eines Kapitals eine faule Haut zu unterbreiten, auf der Schwiegersohn und Tochter sich behaglich räkeln dürften. Die jungen Leute mögen sich im stillen auf die fette Erbschaft freuen, so viel sie wollen, inzwischen aber sich gefälligst selber regen und sich den Zuschnitt ihres Lebens nach ihrem eignen Verdienst gestalten. Dieser höchst vernünftige und gesunde Grundsatz führt zu der selbstverständlichen Folge, daß drüben viel mehr aus Liebe geheiratet wird, als bei uns. Außerdem wird aber auch viel früher geheiratet, weil schon die Kindererziehung darauf ausgeht, eine frühe Selbständigkeit der Charaktere zu erzielen, und weil die Lebensverhältnisse heute wenigstens noch so sind, daß ein junger Mensch, der etwas [pg 82]gelernt hat, sei es Mann oder Weib, viel früher als bei uns zu einem leidlich anständigen Einkommen gelangen kann. Ein junger Mann am Anfange der Zwanziger, der von seinem Berufseinkommen noch keine Frau ernähren kann, braucht deshalb noch nicht auf die Freuden der Ehe und der Häuslichkeit zu verzichten, denn er kann sich ja ein Mädchen suchen, das auch in einem praktischen Beruf tätig ist und ein selbständiges Einkommen daraus bezieht. Wer in der teuren Großstadt noch nicht imstande wäre, von seinem Einkommen eine dürftige Etagenwohnung zu bestreiten, der findet weit draußen in den weniger besiedelten Staaten doch vielleicht einen Platz, wo er mit demselben Einkommen ein ganzes Haus nebst Dienerschaft sich leisten kann. Die vernünftige Erziehung, bei der die beiden Geschlechter stets auf dem Fuße der Gleichberechtigung und der guten Kameradschaft miteinander verkehren, und auch wohl ein wenig Vererbung aus den Zeiten puritanischer Sittenstrenge erhalten den jungen Mann gesund und keusch in seinen Anschauungen und lassen ihn die Ehe als das normale und schönste Ziel seiner Sehnsucht erscheinen in einem Alter, in dem der junge Europäer sich auf seine frivole Weiberverachtung besonders viel einzubilden pflegt. Es kommt auch wohl noch dazu, daß, wie gesagt, ein sehr großer Teil aller jungen Leute in gottverlassenen Gegenden seine Existenz zu begründen beginnt, wo er keinen menschenwürdigen Ersatz für die eheliche Gemeinschaft zu finden hoffen darf. Und schließlich gibt es in Amerika noch eine ganz besonders gute Vorbereitung auf den heiligen Ehestand durch eine bei uns kaum in den untersten Volksschichten allgemein eingeführte Sitte. Es gilt nämlich in der Yankeefamilie als ganz selbstverständlich, daß der Sohn sowohl wie die Tochter, sobald sie selb[pg 83]ständig zu verdienen beginnen, zu den Kosten des elterlichen Hausstandes beitragen. Da man bei den Yankees so vernünftig ist, die geschäftliche Behandlung praktischer Fragen auch in den intimsten Beziehungen zwischen Eltern und Kindern, zwischen Mann und Frau nicht für gefühlsroh zu halten, so erwägt man im Familienrate in aller Gemütsruhe, wie viel jedes einzelne Kind im Verhältnis zu den Aufwendungen, die für seine Erziehung gemacht wurden, von seinem Einkommen billigerweise den Eltern zurück zu erstatten habe. Man hört selten davon, daß sich ein übel geratenes Kind dieser Zahlungspflicht gegen die

Eltern entzieht, noch viel weniger davon, daß die Herzlichkeit der Beziehungen zwischen Eltern und erwachsenen Kindern unter solcher Geschäftspraxis leide. Die Eltern spannen vielmehr ihre Kräfte aufs äußerste an, um ihren Kindern eine möglichst gute Ausbildung zu geben, weil sie wissen, daß sich das aufgewendete Kapital nicht nur ideal verzinsen wird. Und die Kinder werden durch diese geheiligte Sitte von früh an in ihrem Pflichtbewußtsein und in ihrer selbstlosen Schätzung des Familienlebens gestärkt. Während also unsere Sitten den jungen Mann zu einem heillos eingebildeten Selbstsüchtling erziehen, der sich kein Gewissen daraus macht, den Eltern noch Jahre auf der Tasche zu liegen, und der seine edle Freiheit nur um den Preis einer stattlichen Mitgift und auch erst dann nur zu verkaufen geneigt ist, wenn ihn der Suff und die Weiber an Leib und Seele schon bedenklich mürbe gemacht haben, kann sich die amerikanische Sitte und Erziehungskunst etwas darauf einbilden, das denkbar beste Männermaterial für den heiligen Ehestand stets frisch und in reichlicher Quantität auf Lager zu haben. Von nicht zu unterschätzender Bedeutung dünkt mich auch der [pg 84]Umstand, daß die englische Sprache keinen Unterschied von Du und Sie kennt, indem nämlich das Fürwort *thou*, also das eigentliche du, nur noch in der Poesie und im Gebet angewendet wird, während *you* – gleich Ihr – schon seit Jahrhunderten ausschließlich als Anrede bei Hoch und Niedrig in den intimsten wie in den fremdesten Beziehungen verwandt wird. Es fällt also auch im Verkehr der Geschlechter die Scheidewand fort, welche das förmliche Sie bei uns errichtet, und der Übergang zwischen einer bloßen guten Bekanntschaft in höflichen Formen zur Freundschaft oder Liebe markiert sich äußerlich gar nicht. Die jungen Männer und Mädchen, die durch gemeinsamen Schulbesuch oder durch den gesellschaftlichen Verkehr der Eltern schon in der Kindheit auf kameradschaftlichen Fuß gekommen sind, behalten übrigens auch die Gewohnheit, sich beim Vornamen zu nennen, bis ins heiratsfähige Alter bei. Ein junger Mann kann mit Dutzenden von jungen Mädchen seines Kreises auf diesem kameradschaftlichen Fuße stehen; ein junges Mädchen kann sich heute von ihrem Freunde Jack ins Theater, morgen von ihrem Freunde Jimmy zu einer Bootfahrt, übermorgen von ihrem Freunde Tom zum Baden abholen lassen, ohne daß die ganze Freundschaft, Verwandtschaft und Nachbarschaft, wie bei uns, darüber die Köpfe zusammensteckt und ein eifriges Getuschel beginnt. Die Verkehrsformen zwischen den jungen Leuten sind allerdings nach den Begriffen einer ehrsamen deutschen Tantenschaft sehr frei, und selbst der nicht allzu leicht moralinsauer reagierende Beobachter wird von der besonderen Art, wie die junge Amerikanerin ihre Lieblingsbeschäftigung, den Flirt, ausübt, wenig erbaut sein. Deutsche junge Mädchen, die schon als Erwachsene hinüber kommen, finden auch meist diesen Ton und diese [pg 85]Verhältnisse wenig nach ihrem Geschmack. Selbst wenn sie Talent zur Koketterie haben und darin rasche Fortschritte machen, so ärgert es sie doch, daß sie nie wissen, wie sie mit den amerikanischen jungen Männern eigentlich daran sind, weil sich der Unterschied zwischen einem frivolen Kurmacher und einem Anbeter mit ernsten Absichten viel weniger leicht bemerkbar macht, als bei uns. Der junge Amerikaner der höheren Schichten kann jahrelang ohne irgendwelche Konsequenzen Freundschaften mit Töchtern seines Kreises unterhalten, und dennoch steht es ihm frei, seine Gattin ganz überraschend irgendwo anders her zu holen. Er wird sich auch nicht groß darüber wundern, wenn eine seiner Freundinnen seiner Bedenklichkeit zuvorkommt und ihn urplötzlich mit der Frage überrascht: „Was meinst du, Jim, wir könnten doch eigentlich Verlobungskarten herumschicken?“ Der jungen Amerikanerin geht auch ganz die heimliche Angst deutscher junger Mädchen ab, als ob der freie Verkehr mit jungen Männern zu einer Überrumpelung in einer schwülen Stunde führen könnte, denn sie weiß ganz genau, daß der junge Mann, der einen solchen Vertrauensbruch begehen würde, der lebenslangen Ächtung in seinem Kreise verfallen würde. Sie weiß ebenso genau, daß ihr Freund, falls sein Temperament ihm keine Ruhe läßt, außereheliche Freuden bei den leichten Mädchen geringeren Standes sucht, und wird ihm das wohl meistens auch nicht besonders übel nehmen. Aus solchen Anschauungen und Gewohnheiten erklärt es sich, daß in den Vereinigten Staaten der Typus Don Juan, der kecke Herzensbrecher, gefährliche Schwerenöter und verfluchte Kerl, durchaus kein romantisches Ideal von Männlichkeit darstellt, weder dem Geschmack der Männer, noch dem der Frauen nach, sondern daß dieses Ideal viel[pg 86]mehr gefunden wird in dem ritterlichen Beschützer weiblicher Tugend, in dem getreulich ausharrenden, alle Launen seiner Schönen lächelnd erduldenden und stets dienstbeflissenen Liebhaber. Von der Poesie der Liebe, wie wir sie aufzufassen gewohnt sind, fällt durch solche Anschauungen allerdings sehr viel weg. Die Lieblingsgestalt der deutschen Dichtung, das unbedenklich dem Zuge seines Herzens folgende, bedingungslos sich hingebende und schwärmerisch sich aufopfernde junge Mädchen würde nach amerikanischer Auffassung nur eine leichtsinnige Person oder eine dumme Gans sein. Und dem männischen Mann, dem rücksichtslosen Eroberer, dem Schrecken und der süßen Sehnsucht deutscher Frauenherzen, würde einfach der Charakter als Gentleman abgesprochen werden. Bezeichnenderweise kommen diese Typen in der amerikanischen Literatur auch gar nicht vor. „Das süße Mädel", wie Schnitzler und ich es novellistisch verherrlicht haben, findet auch durch die Hintertür der Übersetzung keinen Einlaß in die amerikanische Poesie. Von meinem

Roman „Das dritte Geschlecht" liegt seit Jahren eine ausgezeichnete amerikanische Übersetzung vor; sie findet aber keinen Verleger, weil die darin gepredigte Philosophie der Liebe *shocking* ist. Überaus lehrreich war für mich die Bekanntschaft mit einem modernen Thesendrama *„The easiest way"* (der leichteste Weg) von einem sehr talentvollen jungen Dramatiker Walter, der drüben als ein kühner Pfadfinder gilt. Das freie Verhältnis eines reichen Geschäftsmannes mit einer kleinen Choristin steht im Mittelpunkt der Handlung. Das Mädchen hat eine tiefe Sehnsucht nach der bürgerlichen Anständigkeit und dem behördlich approbierten heiligen Ehestand. Der Verfasser jedoch scheint es als selbstverständlich anzusehen, daß [pg 87]solche gefallenen Mädchen niemals die Kraft finden können, einem faulen, eiteln Genußleben zu entsagen. Er läßt ihren Aushälter mit seiner trotz aller Großmut doch etwas brutalen Vernunft recht behalten und das Mädchen im Sumpf zu Grunde gehen. Für amerikanische Begriffe war es, wie gesagt, schon eine ungeheure Kühnheit, solch ein illegitimes Verhältnis überhaupt auf die Bühne zu bringen. Erträglich wurde diese Kühnheit für das Theaterpublikum drüben nur durch den moralischen Standpunkt, den der Verfasser einnahm. Sein grausamer Schluß entsetzte freilich die zarten Gemüter nicht wenig; aber lieber solche Grausamkeit, lieber auch die verlogene Sentimentalität einer Kameliendame, als der aus Mitleid und tiefem Verständnis für alles Menschliche geborene ehrliche Realismus der modernen europäischen Dichtung. Wie im Theater und in der Literatur, so spähen wir Deutsche auch in der Öffentlichkeit vergebens nach den uns vertrauten Äußerungen der Verliebtheit. Liebespärchen, welche in dunkeln Ecken von Biergärten Hand in Hand sitzen, sich anschmachten, aus einem Glase trinken, von einem Butterbrot abbeißen, oder etwa gar im Eisenbahncoupé wie angeleimt dicht nebeneinander hocken und sich

fortwährend zärtlich tätscheln und heimlich drücken,
dürften wohl drüben zu den Unmöglichkeiten gehören.
Kaum daß man einmal auf den Bahnhöfen Abschied
nehmende Ehe- oder Brautpaare sich küssen sieht. Ob
deswegen die Amerikanerin weniger zärtlich oder gar feurig
sei, als europäische Frauen, wage ich nicht zu entscheiden,
denn ich war weder mit einer Amerikanerin verheiratet,
noch habe ich bedauerlicherweise jemals ein Verhältnis mit
einer solchen gehabt.

idung.
frau und die Dame der Gesellschaft.

Der Sinn für Romantik in der Liebe geht jedoch den
Amerikanern keineswegs gänzlich ab, was man daraus [pg
88]erkennen kann, daß abenteuerliche Entführungen viel
mehr an der Tagesordnung sind, als vermutlich irgendwo
sonst. Aber freilich, was will eine Entführung in dem Lande
der Freiheit groß bedeuten! Die Eltern lassen ja ihren
erwachsenen Kindern fast durchweg freie Wahl; ihrer
Erlaubnis zur Heirat bedürfen die Töchter in den meisten
Staaten nur in ganz jugendlichem Alter, und auch dann ist
es sehr leicht, einen gesetzlichen Dispens zu erwirken. Ich
glaube, viele sehr junge Mädchen heiraten bloß, weil ihnen
das Entführtwerden so viel Spaß macht. Es kann ja auch in
allen Ehren geschehen, da man mittags durchbrennen und
sich abends schon als Ehepaar den erstaunten Eltern
präsentieren kann. Man braucht bekanntlich drüben nicht
drei Wochen zu hängen oder in der Kirche aufgeboten zu
werden, sondern man holt sich einfach von der zuständigen
Magistratsperson einen Heiratsschein, den man anstandslos
bekommt, sobald man beschwört, daß keine gesetzlichen
Hinderungsgründe vorliegen. Mit diesem Schein geht man
zum nächsten besten Pastor und läßt sich auf der Stelle

trauen, bezw. von dem Zivilstandsbeamten zusammen geben. Glücklicherweise kann man fast ebenso leicht wieder auseinander kommen. Zwar sind in betreff der Scheidung die Gesetze in den einzelnen Staaten sehr viel verschiedener als in bezug auf das Heiraten, aber wer in seinem Staate auf Schwierigkeiten stößt, der verfügt sich eben in einen weitherzigeren und bequemeren Staat und riskiert höchstens, daß er sich dort einige Zeit aufhalten muß, bevor er die Wohltat seiner Spezialgesetze genießen darf. Es könnte wunder nehmen, daß dieselben Yankees, die vielfach noch sehr puritanisch streng über die Ehe denken, die Scheidung so überaus erleichtern; der praktische Erfolg hat aber gelehrt, daß hier, wie so [pg 89]oft, ihr gesunder Menschenverstand ihnen den rechten Weg gewiesen hat. Religion, Gesellschaftsmoral und die besonderen Verhältnisse des jungen Landes begünstigen das frühe Heiraten; da nun aber ein despotisches Eingreifen des elterlichen Willens durch die demokratischen Grundsätze ausgeschlossen erscheint, so kommen die Ehen fast allein durch die Leidenschaft mehr oder minder unreifer Menschen zustande, welche durchaus noch nicht fähig sind, sich über ihre eigenen sittlichen Kräfte, noch über die Kämpfe und Hemmungen, denen sie in ihren besonderen Lebensverhältnissen entgegengehen, ein Urteil zu bilden. Es werden sich folglich sehr viele dieser jugendlichen Wahlen als verfehlt erweisen. Wäre nun diesen unglücklich Gepaarten ein Loskommen voneinander unmöglich gemacht oder auch nur beträchtlich erschwert, so würde bald das ganze Land überschwemmt sein von verärgerten, zähneknirschenden, entmutigten Menschen, welche ebenso viele fanatische Prediger gegen die Ehe bedeuten würden. So aber weiß jeder beim Eingehen seiner Ehe: Habe ich mich gröblich getäuscht, nun dann ist's auch weiter nicht schlimm; eine Scheidung kostet nicht den Kopf, und das nächste Mal kann ich es ja besser treffen. Selbstverständlich wird die leichte Scheidungsmöglichkeit aus bloßer Veränderungssucht viel mißbraucht werden, aber sicherlich nicht so viel, wie ängstliche Gemüter sich vorstellen mögen, denn die liebe Gewohnheit vermag auch den brutalsten Sinnenmenschen zu bändigen. Das Anstands- und Gerechtigkeitsgefühl des Mannes, besonders bei einer allgemein ritterlich veranlagten Rasse, und die Liebe zu den Kindern und zur Häuslichkeit bei der Frau richten unter allen Umständen einen starken Schutzwall wider den rücksichtslosen Leichtsinn auf. Übrigens ist die Gefahr der unglücklichen Ehen [pg 90]auch schon dadurch herabgemindert, daß die ganze Yankeerasse nüchterner denkt als wir und sich daher über Liebe und Ehe auch weniger Illusionen macht. Das Denken ist überhaupt dieses Volkes Sache nicht, es wird daher um so stärker von der Tradition beherrscht, ist auch von den Einflüssen der Erziehung, der Schule abhängiger und darum in seiner Masse viel gleichartiger an Charakter und Gemüt als wir. Durch diese Gleichartigkeit fällt von vornherein der bei uns häufigste Grund der Ehestörung fort. Hyperästhetische, dekadente Männer oder verzwickte Ibsensche Frauennaturen, wie sie bei uns als schreckhafte Beispiele schwierigster Ehegesponse herumlaufen, dürfte man drüben nur sehr selten antreffen. Ganz ohne Zweifel ist aber der amerikanische Ehemann für die Frau bequemer als der deutsche. Er fühlt sich durch ihre nach unseren Begriffen oft unverschämten Ansprüche nicht weiter gekränkt, weil ihm die Verehrung für das zartere Geschlecht noch fest im Blute sitzt. Es dünkt ihm ganz in der Ordnung, daß einer für das Vergnügen, mit einer hübschen und eleganten Frau prahlen zu dürfen, einen gehörigen Preis zahlen, d. h. bis an sein Lebensende sich mächtig anstrengen muß. Wie der Mann das viele Geld verdient, ist der teuren Gattin ziemlich gleichgültig, denn für ihr gesellschaftliches Ansehen macht es wenig aus, ob er mit Schuhwichse oder mit Juwelen handelt, ob er ein wilder Spekulant oder ein solider Industriekapitän, Beamter, Anwalt, Arzt oder Künstler ist. Der gesellschaftliche Rang des Gatten hängt vielmehr davon ab, ob er einer mehr oder minder alten Familie angehört, die schon lange Wohlstand und Ansehen genießt, oder ob er ein Emporkömmling ist, von dem man in der guten Gesellschaft noch nichts Genaues weiß. Eine gescheite und reizvolle Frau kann die gesellschaftliche [pg 91]Stellung ihres Mannes wesentlich verbessern, indem sie mit Kreisen in Fühlung kommt, die über denen stehen, aus denen der Mann hervorgegangen ist. Sie hält es darum auch für ihre vornehmste Pflicht, sich ihre Schönheit zu erhalten, ein elegantes Haus zu machen und feinere Leute in ihren Verkehr zu ziehen. Wenn solche gesellschaftlich geschickten Frauen gemütlos und geistig beschränkt sind, dann können sie natürlich auch den geduldigsten Mann durch ihre törichten Ansprüche zur Verzweiflung bringen; meistens sind sie aber doch klug genug, sich gerade dann, wenn sie die ärgsten Zumutungen an seinen Geldbeutel und seine Geduld stellen, die größte Mühe zu geben, ihn bei guter Laune zu erhalten. Die kleinlich eifersüchtige, keifende, den Hausschlüssel verweigernde deutsche Philisterfrau aus den „Fliegenden Blättern" wird man drüben nicht oft finden; dagegen ist die putzsüchtige, mit dem Scheckbuch des Gatten täglich die Warenhäuser heimsuchende und ihre Zeit in nichtigen Vergnügungen und spielerischer Vereinstätigkeit verzettelnde Hausfrau sicher noch häufiger zu finden als bei uns. Es wäre aber doch wohl ungerecht, deswegen der Amerikanerin im allgemeinen die Fähigkeit zu entsagender Hingabe an strengere Pflichten abzusprechen. Man hört sogar nicht selten von jungen Mädchen aus wohlhabenden Familien, die mit ihrem Erwählten in die halbe oder ganze Wildnis ziehen und sich unter rauhen Lebensbedingungen tapfer mit durchschlagen. Auch versteht es die Amerikanerin in beschränkten Verhältnissen beinahe so gut wie die Französin, ihr Haus stets nett und freundlich zu halten, sich gut anzuziehen und ihren Körper trotz der Arbeitslast frisch zu erhalten. Die Frau, die nur unter furchtbarem Getöse die Haushaltungsmaschine in Gang zu halten [pg 92]versteht, immer seufzt und stöhnt, nie angezogen ist, und, sobald sie den Mann sicher eingefangen hat, ihr Äußeres, ihre kleinen Talente und ihren Bildungstrieb vernachlässigt, die soll drüben angeblich nicht existieren – auch nicht unter den Bauern; denn die Gattin des Farmers ist eine Lady, der niemals der Mann schwere Feldarbeit zumuten würde, und ihre Töchter spielen Klavier und besuchen die höheren Schulen. Die arbeitende Frau des Mittelstandes mag zwar nüchtern und uninteressant sein, aber sie teilt doch meistens die glücklichste Eigenschaft ihrer Rasse, nämlich die leichte Anpassungsfähigkeit an die verschiedenen Glücksumstände. Es wird nicht oft vorkommen, daß eine Frau ihren Mann, wenn er plötzlich zu großem Reichtum gelangt, in einer vornehmeren Gesellschaftsschicht durch schlechte Manieren, schlechte Sprache und geschmacklosen Anzug blamieren sollte. Das Talent zur Lady scheint wirklich der Weiblichkeit der ganzen Rasse eigen zu sein, und es macht sich selbst bei jenen armen Geschöpfen noch angenehm bemerkbar, welche die Gesellschaft deklassiert und zu Freiwild für die illegitimen Begierden der Männer bestimmt hat. Einige gefällige Amerikaner veranstalteten zum Vergnügen des Gefolges unseres Prinzen Heinrich seinerzeit in New York eine kleine, ganz intime Abendgesellschaft – für jeden der Herren war ein gefälliges Chorusgirl eingeladen worden. Und das Benehmen dieser leichten Mädchen war so anmutig, der Ton der Unterhaltung so gesittet, daß die Herren glaubten, einer Einladung in ein feines Töchterpensionat gefolgt zu sein und gar nicht genug Rühmens von dieser liebenswürdig kaschierten Frivolität machen konnten.

st ein Gesundheitszeugnis.

Man mag diese unzweifelhaften Vorzüge als Äußerlichkeiten gering einschätzen und ihnen gegenüber die [pg 93]Gemütstiefe, die Pflichttreue, die enthusiastische Opferfreudigkeit und edle Mütterlichkeit der deutschen Frau als das Größere und Ausschlaggebende hinstellen, man mag sogar die Liebesfähigkeit des Yankees in Zweifel ziehen, aber man darf nicht leugnen, daß durch Gesetz, Sitte und Herkommen für den heiligen Ehestand drüben besser gesorgt ist. Und ich glaube, es kann schwerlich einem Zweifel unterliegen, daß die allgemeine Heiratslust der Jugend einem Volke das sicherste Gesundheitszeugnis ausstellt.

[pg 94]

Die Dienstbotenfrage.

arze Fensterputzer.
emonstrationen.

Es war in Philadelphia. Mir gegenüber im zweiten Stockwerk eines netten, epheuumrankten Familienhauses war ein junger Nigger mit Fensterputzen beschäftigt. Bekanntlich gibt es in Amerika keine Flügelfenster, sondern ausschließlich jene greulichen englischen Schiebefenster, welche ein behagliches Hinausschauen, ein geschwindes Kopfherausstrecken nach einer rasch vorüber brausenden Straßensensation fast unmöglich machen. Denn die Fenster sind fast durchweg so niedrig über dem Fußboden angebracht, daß die bewegliche untere Hälfte einem ausgewachsenen Menschen kaum bis zur Brusthöhe reicht. Wenn man also hinausschauen will, so muß man, um nicht etwa das Übergewicht zu verlieren und kopfüber hinauszupurzeln, schon auf den Boden hinknien und seinen Hals, auf die Gefahr hin, bei etwaigem schlechten Funktionieren der Sperrfedern geköpft zu werden, unter die gläserne Guillotine stecken. Mein Nigger hatte es sich im Reitsitz auf dem Fensterbrett gemütlich gemacht; das eine Bein hing auf die Straße hinaus, obwohl es empfindlich kalt an diesem sonnigen Januartage war. Während er sein

Handwerkszeug, Schwamm, Trockentuch und Lederlappen, bedächtig auf dem Fensterbrett zurecht legte, pfiff er sich eins, blickte die schmale Seitenstraße hinunter und die breite Avenue hinauf (denn es war ein Eckhaus). Da doch vorläufig nichts Besonderes zu sehen war, so stellte er sein Pfeifen ein und schaute mit sorgenvoll gerunzelter Stirn aufwärts. Er dachte offenbar angestrengt über das [pg 95]Problem nach, wie er wohl, ohne sein kostbares Leben zu gefährden, d. h. auf dem Fensterbrett stehend, mit dem Oberkörper rückwärts hinausgelehnt und nur mit einer Hand am Fensterrahmen in der Mitte sich festklammernd, die obere Scheibe von außen reinigen könnte. Da er zu diesem waghalsigen Turnerstückchen sich nicht aufgelegt fühlte, so schüttelte er seinen dicken Wollkopf und versuchte, wie weit er mit ausgestreckter Hand über sich emporreichen könnte. Die Fingerspitzen langten nur gerade ein weniges über die mittlere Rahmenleiste hinaus; das genügte ihm aber vorläufig. Er ergriff seinen Lappen und wischte am äußeren unteren Rande der Mittelleiste ein wenig Staub hinweg. Darauf erhob er sich und befummelte im Stehen die innere Seite des hinaufgeschobenen Fensters. Er ließ sich sehr reichlich Zeit hierzu, ohne deswegen jedoch die Sache gar zu ernst zu nehmen. Als die innere obere Scheibe seiner Meinung nach genügend sauber war, nahm er wieder auf dem Fensterbrett Platz und ließ sein linkes Bein, dessen zierliches Plattfüßchen mit einem riesigen Footballstiefel bekleidet war, wieder ins Freie baumeln. Nachdem er eine ganze Weile untätig vor sich hingeträumt hatte, unternahm er den Versuch, die innere Fensterhälfte herunterzuziehen, um nunmehr das Glas von außen zu bearbeiten. Es dauerte sehr lange, bis es ihm gelang, das Fenster aus seiner Ruhelage zu bringen, und als er es endlich glücklich los hatte und nun versuchte, die schwere Glasscheibe auf seinem rechten Knie so zu stützen, daß ein genügend großer Spalt offen blieb, um ihm das Hantieren im Sitzen zu gestatten, fand er alsbald, daß er sich dadurch in eine höchst unbequeme Lage begeben und besonders seinem zarten Kniechen zu viel zugemutet habe. Er schob also stöhnend und schnaufend die Scheibe wieder hinauf, wischte sich [pg 96]mit dem Ärmel über den Schädel und fletschte zornig sein anmutiges „G'frieß" gegen die Scheibe hinauf – gerade wie es die Kinder machen, wenn sie mit der Kommode böse sind, an der sie sich gestoßen haben. Plötzlich verklärte sich seine intelligente Schimpansenphysiognomie. In der Ferne ließ sich Militärmusik vernehmen. Bum, bum, tschindara! Master Kinkywoolly wurde ganz Ohr und ganz Seligkeit. Er beugte sich so weit hinaus wie möglich und spähte die breite Hauptstraße hinunter. Etwas ganz besonders Herzerhebendes mußte da los sein, denn mein Nigger klatschte begeistert in die Hände und zeigte, seine zierliche Fresse weit aufreißend, die lachenden Zähne im Leckermaul. Ich schob nun gleichfalls mein Fenster hoch, kniete auf den Boden nieder und reckte den Hals hinaus, um mir den seltenen Anblick eines militärischen Aufzuges nicht entgehen zu lassen. Aber es war ganz etwas anderes, was ich zu sehen bekam, etwas ganz spezifisch Amerikanisches. Gassenbuben und Strolche vorweg, dann eine uniformierte Kapelle und dann in Rotten zu vieren ein schlotteriger Parademarsch, inszeniert von einem politischen Boß und ausgeführt von einer Elitetruppe seiner Parteifreunde. Lauter freie Republikaner gesetzten Alters, wohl genährt, sauber und glatt rasiert, alle mit den gleichen gelben Gamaschen, denselben Schlipsen, denselben Hüten und denselben Bambusstöcken mit vernickelten Griffen, die sie wie die Gewehre aufrecht an die Schulter gedrückt trugen, wie ehemals unser Militär bei dem Griff „faßt das Gewehr an". Ein gerade zu Besuch anwesender Eingeborener erklärte mir, daß die Parteikasse die Ausrüstung an Gamaschen, Schlipsen, Hüten und Spazierstöcken stelle und diese öffentlichen Umzüge ansehnlicher, sichtbarlich satter und zufriedener Mitbürger von Zeit zu Zeit ver[pg 97]anstalte, um dem Publikum zu beweisen, wie gut es sich unter den Fittichen ihrer Partei leben lasse. Ein unerhört fetter schwarzer Schutzmann, der an der Straßenkreuzung postiert war, führte vor Vergnügen über diesen gelungenen Aufzug einen veritablen Cakewalk nach dem munteren Rhythmus der Musik aus, und mein Fenster putzendes Niggerlein jauchzte vor Vergnügen über solchen grotesken Anblick und bewegte sich im Takte der Musik, als ob er ein tanzendes Zirkuspferd zwischen den Schenkeln hätte. Offenbar gehörten der cancanierende Schutzmann und der reitende Fensterputzer gleichfalls der Partei der Demonstranten an und fühlten sich durch den erhebenden Parademarsch ihrer Vertrauensmänner in ihren patriotischen Gefühlen angenehm gekitzelt. – Bis der letzte Hauch der Blechmusik verklungen war, dachte selbstverständlich der farbige Jüngling gegenüber nicht daran, sein Fenster wieder vorzunehmen. Dann aber griff er tief aufseufzend wieder zum Wischtuch und hielt es nachdenklich in der Hand, während seine schwarzen Sammetaugen sich bekümmert an den dummen Fensterrahmen hefteten, der so gar keine Miene machte, von selber zu ihm herunter zu kommen. Plötzlich kam wieder Leben in die schier erstarrte Gestalt. Master Kinkywoolly drehte den Kopf über die Schulter und äugte höchst gespannt die Avenue hinauf. – Wahrhaftig, noch eine Parade! Mehrere Dutzend Geistliche der Stadt, paarweise nebeneinander in schwarzen Talaren. Und statt der Bambusrohre mit Nickelknöpfen schulterten sie ihre Regenschirme. Die schwarzen Herren waren auf dem Wege zum Oberbürgermeister, um feierlich bei ihm vorstellig zu werden, daß er die fromme Quäkerstadt beschützen möge vor dem Satansgreuel der Salome von Richard Strauß, deren Aufführung in Philadelphia eine [pg 98]fremde Operntruppe angekündigt hatte. Es wäre eigentlich passend gewesen, daß der fette schwarze Schutzmann an der Straßenkreuzung bei dieser Gelegenheit den Tanz der sieben Schleier aufgeführt hätte. Aber er schien zu Richard Strauß und seiner Kunst noch nicht Stellung genommen zu haben, denn er ließ die Parade ohne sichtliche Gemütsbewegung vorüberziehen und sorgte nur dafür, den Wagenverkehr derweil zu bändigen. – Mein Fensterputzer stierte blöd der schwarzen Prozession nach, bis sie um die Ecke verschwunden war; dann führte er mit seinem kalt gewordenen Spielbein einige Freiübungen aus und war eben dabei, tatsächlich seinen Schwamm ins Wasserbecken zu tauchen, um vielleicht doch den Versuch einer flüchtigen Wäsche von außen zu wagen, als es vom nächsten Kirchturm zwölf schlug. Der Schwamm flog ins Becken, das Bein über das Fensterbrett und der schwarze Jüngling davon zum schwer verdienten Lunch. Ich vermute, daß er am nächsten Ersten um eine Lohnerhöhung eingekommen ist.

und Rechte des Dienstpersonals.

Das Beispiel dieses schwarzen Fensterputzers dürfte einigermaßen typisch sein für den Eifer, mit dem häusliche Dienstleistungen in den Vereinigten Staaten verrichtet werden. Gewiß arbeitet ein frisch von Europa eingewandertes Hausmädchen fleißiger und gründlicher, dafür ist es aber auch sehr viel anmaßender und sehr viel schwieriger zu behandeln als der Niggerboy, der doch wenigstens freundlich grinst und danke sagt, wenn er ein Trinkgeld kriegt. Ja, die Dienstbotennot ist wirklich die Frage aller Fragen, nicht nur für die Hausfrau des amerikanischen Mittelstandes. Die ganz reichen Leute freilich leisten sich einen englischen *Butler* (Haushofmeister), einen französischen *Valet de chambre*, einen italienischen

Koch, einige griechische Lakaien von klassi[pg 99]scher Gesichtsbildung und unbezahlbarer Frechheit und etliche appetitliche irische Mädchen. Für Geld, d. h. für sehr viel Geld ist natürlich auch eine aristokratisch luxuriöse, gut gedrillte Dienerschaft in den Vereinigten Staaten zu haben; aber die Leute von mittlerem und kleinem Vermögen, also von einem Einkommen, wie es hier unsere armen Schlucker von Regierungspräsidenten, Generalmajoren, Oberpostdirektoren und beliebten Schriftsteller besitzen, können sich eine perfekte Köchin und noch ein tüchtiges Stubenmädchen dabei schwerlich leisten. Denn eine Köchin, die etwas Eßbares zu kochen imstande ist, dürfte unter 100 Mk. Monatslohn nicht zu haben sein, und 10 Dollars muß man sogar für einen frisch importierten, unerprobten Besen schon anlegen. Sind diese Damen bereits ein paar Monate im Lande, so daß sie sowohl von der Sprache wie von dem Wesen ihrer staatsbürgerlichen Rechte einigen Begriff haben, so machen sie mit ihrer Herrschaft einen Vertrag mit zahlreichen Paragraphen, welche genau ihre Pflichten und Rechte festlegen. Darin ist bestimmt, daß sie außer dem Sonntag, an welchem sie nur morgens die Schlafzimmer aufzuräumen haben, noch an einem Wochentag ausgehen, ferner das *Parlor* (Wohnzimmer) bei Besuchen ihrer Freunde und Verwandte mitbenutzen und selbstverständlich ohne Kündigung abziehen dürfen, sobald es ihnen beliebt. Irgendwelche schwere oder schmutzige Arbeit verrichten diese Damen grundsätzlich nicht, dazu müssen extra Nigger, Chinesen, Polacken oder dergleichen Kroppzeug gehalten werden. Verlangt die Hausfrau irgendwelchen Dienst von ihnen, der nicht kontraktlich stipuliert oder landesüblich einbegriffen ist, so entgegnet ihr das Fräulein achselzuckend: *„That's not my business, Ma'm"* – und fertig. Ein Mädchen, das für die Küche [pg 100]angestellt ist, wird beispielsweise um keinen Preis dem Hausherrn einen Knopf annähen; und ein Hausmädchen wird sich auch im Falle der

höchsten Not schwerlich herbei lassen, ein Kind aufs
Töpfchen zu setzen. Einer geborenen Amerikanerin
zumuten zu wollen, die Stiefel zu putzen, wäre ungefähr
gleichbedeutend mit schwerer körperlicher Mißhandlung.
Eine junge deutsche Dame, die einen amerikanischen
Landsmann geheiratet hatte, erzählte mir, daß sie, um den
Schwierigkeiten der Dienstbotenwirtschaft zu entgehen,
sich eine alte, treu anhängliche Dienerin mitgebracht habe,
die schon 14 Jahre in der Familie gewesen war. Nach drei
Wochen bereits habe sie ihr die Stiefelbürste vor die Füße
geworfen und erklärt, daß sie sofort heimreisen werde,
wenn ihr solche entwürdigende Zumutung noch länger
gestellt würde. An einer Frauenuniversität, an der ich eine
Vorlesung gehalten hatte, wurde mir das einzige für
männliche Gäste reservierte Zimmer zum Übernachten
angewiesen, in welchem der Herr Bischof untergebracht zu
werden pflegte, wenn er zur Kirchenvisitation kam. Ich
entdeckte im Badezimmer ein schön poliertes
Mahagonikästchen, und als ich es neugierig öffnete, fand ich
darin ein komplettes Wichszeug vor. Der Herr Bischof
mußte sich also auch höchst eigenhändig seine Stiefel
putzen, da es im Gebiete der Damenuniversität natürlich
keinen öffentlichen Wichsier gab. Daß gerade gegen die
ehrenhafte Betätigung des Stiefelputzens ein solches
Vorurteil besteht, ist um so merkwürdiger, als der freie
Amerikaner niederen Standes es sonst durchaus nicht für
unter seiner Würde hält, seine Karriere als Inhaber eines
Straßenwichsstandes zu beginnen und als nicht wenige der
heutigen Multimillionäre in diesem Geschäft den
Grundstock ihres Vermögens legten!

[pg 101]

ᵇesserer Dienstmädchen.

Deutsche Dienstmädchen gibt es schon lange kaum mehr;
die meisten der Damen, die so anfingen, fahren heute in
ihrem eignen Auto spazieren. Denn wenn sie auch nur eine
Ahnung von der edlen Kochkunst hatten und einigermaßen
nett anzusehen waren, wurden sie mit Wonne von besser
situierten Landsleuten geheiratet. Auch die einstmals als
Hausmädchen besonders beliebten Irinnen trifft man heute
höchstens noch in sehr vornehmen Hotels in dieser Stellung
an. Im Westen soll es noch schlimmer sein als im Osten. In
San Franzisco verdient ein Maurer 7 $, also gegen 30 Mk.
pro Tag! Selbstverständlich denken seine Töchter nicht
daran, in Dienst zu gehen, auch nicht in die Fabrik. Sie
spielen lieber Klavier und gehen in echten Ponypelzen
spazieren. Gegenwärtig sind Ungarinnen besonders gefragt,
und wer eine solche dralle, hochgestiefelte Pußtadirne nicht
erschwingen kann, der nimmt mit einer Kroatin, Slowakin,
Ruthenin oder dergleichen vorlieb. Wer aber dem ewigen
Ärger und der ewigen Angst, ob er morgen noch auf die
Unterstützung seiner Perle zu rechnen oder abermals den
Gang aufs Mietsbureau anzutreten haben werde, seiner
Konstitution nicht zutraut, oder als echter Demokrat zu
feinfühlig ist, um Menschen seinesgleichen, freie Mitbürger
in unwürdiger Abhängigkeit zu erhalten, der verzichtet
überhaupt auf häusliche Dienstboten. Und zu diesen
vernünftigen Leuten gehören fast alle Männer, die das Glück
hatten, eine Frau zu erwischen, die von Küche und
Haushalt etwas versteht, und der eine rege Betätigung im
eignen Heim mehr Freude macht, als das fade
Gesellschaftsleben und die Hetze von Verein zu Verein, von
Vergnügen zu Vergnügen.

essor als Mädchen für Alles.

An einem sonnigen Sonntagvormittag traf ich beim

Spaziergang durch eine der reizenden ländlichen Uni[pg 102]versitäten des Nordens eine meiner neuen Bekanntschaften von einem Diner am vorhergehenden Abend. Es war ein hochgewachsener, schlanker junger Herr in den Dreißigern, der in einen höchst eleganten Sealskinpelz gehüllt, einen glänzend gebügelten Zylinderhut auf dem Kopf und eine edle Havanna mit goldfunkelnder Leibbinde zwischen den kostbar plombierten Zähnen – einen eleganten Kinderwagen mit Inhalt vor sich herschob! Lebhaftes Interesse für seinen glücklicherweise schlummernden Sprößling heuchelnd, begrüßte ich den Herrn Professor. Er mochte mir wohl anmerken, daß mir begriffsstutzigen Europäer seine väterliche Betätigung in diesem Aufzuge etwas sonderbar vorkomme und erklärte mir aus freien Stücken den Zusammenhang. *„Look here"*, sagte er, „wir sind jung verheiratet, wir haben nur ein kleines Haus und ein kleines Einkommen; wir können uns keine Dienstboten halten – außerdem ziehen wir es vor, in unserer zärtlichen jungen Ehe unbeaufsichtigt zu bleiben und wollen uns nicht den halben Tag den Kopf darüber zerbrechen, wie wir aus unserer Mary oder Jane die größtmögliche Arbeitsleistung herausziehen könnten, ohne ihrer Empfindlichkeit als Mitbürgerin zu nahe zu treten. Wir haben nur eine alte Negerin zur Hilfe, die vormittags zwei Stunden die gröblichere Arbeit verrichtet, und einen Mann, der alle Wochen einmal die Asche aus dem Zentralfeuerloch im Keller ausräumt und die Müllkasten vor die Tür stellt; alles andere besorgen wir selbst. Sehen Sie, heute früh z. B. habe ich zunächst, wie alle Tage, das Feuer in der Zentralheizung geschürt und Kohlen nachgefüllt, dann habe ich Kaffee gekocht, da meine Frau nicht ganz wohl ist, und das Frühstück für uns beide hergerichtet. Dann habe ich, weil es in der Nacht lustig geschneit hat, vor unserer [pg 103]Haustür und auf dem Trottoir Schnee geschippt und darauf mich wieder in einen Gentleman verwandelt. Da es darüber für die Kirche zu spät geworden war, habe ich vorgezogen, meine Sonntagsandacht in Gesellschaft meines vorläufig einzigen Sohnes durch ein edles Rauchopfer im Sonnenschein zu verrichten. Zum Luncheon behelfen wir uns mit kalter Küche, und wenn meiner Frau bis abends nicht besser wird, so nehme ich mein Dinner im Klub, nachdem ich ihr eine Suppe gekocht und eine Konservenbüchse gewärmt habe. Vor dem Schlafengehen schütte ich dann noch einmal im Keller Kohlen auf die Heizung, und damit habe ich alles getan, was die Haushaltungsmaschine braucht, um regelrecht zu funktionieren.“

„Sehr schön,“ sagte ich in ehrlicher Anerkennung. „Aber das nimmt Ihnen doch sehr viel Zeit weg. Und wenn Sie nun früh morgens eine Vorlesung haben, was machen Sie dann?“

„*Well*, dann stehe ich eben eine Stunde früher auf,“ lachte er vergnügt, „und gehe abends eine Stunde früher ins Bett. Das ist sehr gesund. Ich habe immer acht Stunden guten Schlaf, und wenn die Frau wohlauf ist, kostet mich mein Anteil an der Hausarbeit kaum mehr als eine Stunde am Tag. Wir haben es noch nie bereut, die Wirtschaft mit den Dienstboten überhaupt erst gar nicht probiert zu haben. Und dabei brauchen wir noch nicht einmal auf Geselligkeit im Hause zu verzichten. Wie haben schon einmal 50 Leute eingeladen gehabt.“

„Nicht möglich! Wie haben Sie denn das angestellt?“

„O, sehr einfach. Wir besitzen Service für 12 Personen, also waren wir 12 Personen zum Lunch. Natürlich haben wir kein Eßzimmer, in dem 12 Personen bei Tische sitzen könnten, es mußte sich also jeder setzen, [pg 104]wo er gerade Platz fand. Dann kriegte jeder einen Teller, eine

Serviette und ein Besteck, und darauf wurden die Schüsseln, eine nach der anderen, herumgereicht – alles auf denselben Teller. Bei einigem guten Willen geht es schon, und meine Frau kann wirklich kochen. Natürlich hatten wir dabei Hilfe, aber nicht etwa bezahlte Mädchen, sondern zwei meiner Studentinnen; die machen das viel intelligenter und netter. Nach dem Essen kamen dann die übrigen 38 Personen – die wurden aber nur mit geistigen Genüssen traktiert. Ich las ihnen etwas vor, und eine meiner akademischen Aushilfskellnerinnen spielte, von meiner Frau begleitet, einige Flötensolos. Außerdem konnten wir sogar noch mit der berühmtesten Schönheit von Pawtucket, Connecticut, die sich gerade auf der Durchreise befand, aufwarten!" – –

Und so wie dieser junge Professor halten es die meisten vernünftigen Amerikaner von ähnlicher gesellschaftlicher Position und Vermögenslage. Wir waren einmal bei der Dekanin einer Frauenuniversität zu einem intimen Diner geladen. Während des Essens stieß mich meine Frau unter dem Tisch mit dem Fuße und richtete meine Aufmerksamkeit durch ihre Blicke auf die bedienende Maid, die in ihrem weißen Kleid, mit dem weißen getollten Häubchen auf dem üppigen Blondhaar allerdings eine Sehenswürdigkeit darstellte. Wir drückten der Gastgeberin erst auf Deutsch, und als dies durch warnendes Räuspern abgelehnt wurde, auf Französisch, dann auf Italienisch unsere Bewunderung für dieses nicht nur ungewöhnlich hübsche, sondern auch ungewöhnlich intelligent aussehende Hausmädchen aus. Da aber fing die ganze Gesellschaft zu kichern an, und die schöne Blondine bekam einen roten Kopf und hastete in größter Verlegenheit hinaus. Und nun wurde uns anvertraut, daß [pg 105]dieses reizende Servierfräulein eine junge akademische Kollegin von Fräulein Professor sei, nämlich – die Privatdozentin für Sanskrit!

Das Merkwürdige an diesem kleinen Erlebnis soll nun nicht so sehr der Umstand sein, daß es in der neuen Welt bereits Privatdozentinnen für Sanskrit gibt, welche obendrein auch noch sehr hübsch sind, als vielmehr, daß in diesem angeblich so freien und vorurteilslosen Lande zwar die gebildeten Menschen keinerlei notwendige Arbeit scheuen und sich in der liebenswürdigsten Weise gegenseitig in ihren häuslichen Schwierigkeiten aushelfen, während gerade die untersten, auf körperliche Arbeit angewiesenen Stände die Lohnarbeit im Hause geradezu als eine Schande anzusehen scheinen. Obwohl es in dem Lande, wo die Dienstboten so hoch entlohnt werden wie nirgends in der Welt und mit zarter Rücksicht wie die rohen Eier behandelt werden müssen, damit sie nicht gleich wieder fortlaufen, keifende Hausdrachen und grob anschnauzende Hausherrn wie bei uns wohl überhaupt nicht geben dürfte, ziehen doch die Mädchen die unangenehmste Arbeit in der Fabrik, den anstrengenden Laden- und Bureaudienst dem bequemen Schlaraffenleben als Haushaltsangestellte vor. Gehorchen zu sollen ist eben für den Amerikaner die furchtbarste Zumutung, die man ihm stellen kann. Er dient nur so lange, wie er es absolut nötig hat. Sobald er sich ein paar Dollar zurückgelegt hat, sucht er sich selbständig zu machen. Bei dem elenden Dasein eines kleinen Handelsmannes, der auf der Straße Ansichtspostkarten, Popcorn oder Kaugummi verkauft, fühlt er sich zehnmal stolzer und zufriedener, als in der bequemsten häuslichen Stellung, in der er sich einem fremden Willen unterzuordnen hat. Es kommt noch dazu, daß dem Bürger der Neuen Welt [pg 106]nicht nur jedes Gefühl für die Schönheit und Würde des sich Einfügens in ein patriarchalisches Abhängigkeitsverhältnis von Herr und

Knecht, von Meister und Geselle, sondern auch jeglicher Zunftstolz abgeht, jegliche Liebe zu dem Handwerk etwa, in das einer hinein geboren oder für das einer bei uns erzogen wird. Im Grunde genommen sind die Menschen drüben alle Spieler und Glücksritter. Sie ergreifen ohne langes Besinnen, was sich ihnen gerade bietet, und treiben es nur so lange – *until a better job turns up* –, bis sich eine bessere Sache bietet. Jeder junge Mensch drüben fühlt sich einfach zu allem berufen. Wenn er heute aus Hunger zugreifen und sich in den weißen Anzug eines New Yorker Straßenkehrers stecken lassen müßte, so zweifelte er darum doch keinen Augenblick daran, daß er berufen sein könnte, übers Jahr bereits Teilhaber einer Minenausbeutungsgesellschaft in Oklahama zu sein und auf der Höhe seines Lebens in den Senatspalast von Washington einzuziehen. Es ist eigentlich niemand etwas Gewisses in diesem Lande; selbst bei meinem Kollegen, dem erfolgreichen Dramatiker, bin ich nicht sicher, ob er nicht übers Jahr Flugmaschinen fabriziert oder Truthähne en gros züchtet. Daher kommt es, daß auf dem Gebiete der persönlichen Dienstleistungen und des handwerklichen Betriebs keine fachmännische Tüchtigkeit und Zuverlässigkeit existiert. In Madison (Wisconsin) ließ ich mir einen zerbrochenen Zeiger an meiner Uhr durch einen neuen ersetzen. Als ich nach Hause kam, stellte sich heraus, daß der neue Zeiger sich absolut nicht bewegte. Der angebliche Uhrmacher, der ihn eingesetzt hatte, war vermutlich vorgestern noch Verkäufer in einer geräucherten Fischwarenhandlung gewesen. In New York wollte ich mir eine Kleinigkeit an einem silbernen Stockgriff löten lassen. [pg 107]Man schickte mich von Pontius zu Pilatus über fünf Instanzen hinweg; endlich, in einer Silberwarenfabrik, erbot sich der Besitzer nach vielen Bedenklichkeiten und Hin- und Herreden über Wetter und Politik, einen seiner Arbeiter zu ersuchen, die Kleinigkeit zu besorgen. Ich bekam auch wirklich schon nach ein paar Minuten meinen Stock zurück. Der äußerst geschickte Silberarbeiter hatte das losgelöste Monogramm allerdings mit dem Lötrohr befestigt, dabei aber den oberen Rand des Stockes zu Kohle verbrannt. Und als ich mit dem reparierten Gegenstand daheim anlangte, mußte ich die Entdeckung machen, daß das Monogramm endgültig verloren war, nachdem es 14 Tage lang doch wenigstens noch an einem Faden gehangen hatte. Man gibt sich eben in diesem großen Lande nicht gerne mit Kleinigkeiten ab. Was mit der Maschine nicht gemacht werden kann, das wird schlecht oder gar nicht gemacht, weil der Amerikaner seine Menschenwürde so überaus hoch einschätzt, daß er die Handarbeit und gar das persönliche Dienstverhältnis verachtet. Darum strengt er auch seinen hellen Verstand auf das äußerste an, um immer mehr notwendige Verrichtungen durch die Maschine besorgen zu lassen und die unumgänglichen Handarbeiten tunlichst zu vereinfachen. Weil die Dienstboten so rar, so teuer und so überaus bequem sind, lieben sie z. B. das Messerputzen durchaus nicht, folglich hat man fast ausschließlich Messer von Bronze in Gebrauch genommen, mit denen man zwar nicht schneiden kann, die dafür aber auch durch einfaches Durchziehen durch heißes Wasser und Abtrocknen zu säubern sind. Da es nun aber Messer mit einer scharfen Schneide nicht gibt, so kann es selbstverständlich auch keinen Braten geben. Das Roastbeef und das Geflügel macht man durch Zerreißen [pg 108]zwischen Gabel und Messer einigermaßen mundgerecht. Im allgemeinen aber richtet man die Speisen lieber gleich in einer breiförmigen Gestalt her, sodaß sie nur einfach in den aufgesperrten Rachen hineingeschaufelt zu werden brauchen; man spart damit auch viel kostbare Zeit.

Vorläufig findet ja noch ein starker Zustrom von slawischen, südeuropäischen und westasiatischen Völkerschaften statt. So lange diesen noch nicht der Knopf aufgegangen ist, d. h. so lange sie sich ihrer Bedeutung als selbstherrliche Bürger der glorreichsten Republik der Welt nicht bewußt sind, geben sie sich ja noch teils aus Hunger, teils aus angeborener Knechtseligkeit zu Kellnern, Hausmädchen und dergl. her. Aber, wie gesagt, immer nur bis der bessere „Job" auftaucht, dann gesellen sie sich alsbald der stolzen Klasse der selbständigen Unternehmer zu. Wenn nun aber einmal das Land voll ist, so daß es seine Tore vor den Einwanderern zusperren muß – wer soll dann all die häusliche und sonstige, niemals völlig aus der Welt zu schaffende Handarbeit verrichten? Ich legte diese kniffliche Frage auch meinem hochverehrten Gastfreunde in Ithaka, Andrew D. White, dem früheren Botschafter in Berlin, vor. Er wiegte bedenklich seinen schönen weißen Gelehrtenkopf, und dann gab er mir verschmitzt lächelnd zur Antwort: „Ja, sehen Sie, wir Amerikaner sind eben Optimisten. Wir sagen: es ist noch immer gegangen, und dies wird auch gehen, so oder so. Warum sollen wir uns die Köpfe unserer Enkel zerbrechen?"

ʒe Frage an die Zukunft.

Hm! allerdings – man hat schon Bronzemesser eingeführt und auf Braten verzichtet; man kann sich ja das Bett, das man jetzt schon allgemein abends selber aufdecken muß, auch morgens selber machen; man kann auch seine Frau hinten zuknöpfen, ohne an seiner Mannes[pg 109]ehre Schaden zu leiden, aber man kann schließlich doch nicht auf Wohnen, Schlafen, Essen, Kinderkriegen und Sterben im eignen Heim gänzlich und unter allen Umständen verzichten. Und alle diese Notwendigkeiten setzen doch wenigstens unter gewissen Verhältnissen die Hilfe von Leuten voraus, die nicht gerade akademische Bildung oder ein Scheckkonto auf der Bank zu besitzen brauchen. Wo sollen die herkommen, wenn alle Amerikaner erst einmal selbständige Unternehmer geworden sind?

Ich muß gestehen, mein beschränktes Europäergehirn ist, so oft es über diese Frage nachgedacht hat, schließlich immer wieder zu demselben Schluß gekommen: Die selbstlosen Idealisten der Vereinigten Staaten haben die Sklaverei mindestens 100 Jahre zu früh aufgehoben!

[pg 110]

Die Kochkunst der Yankees.

Da ich mich in meinem vorigen Kapitel mit Köchinnen beschäftigt habe, dürfte es angebracht sein, im Anschluß ein wenig in die amerikanische Küche hineinzuleuchten. Nach dem unzweifelhaften Wahrwort, daß der Weg zum Herzen des Mannes durch den Magen führe, dürfte es noch sehr lange dauern, bevor Dame Dollarica sich in der kulinarisch gebildeten Männerwelt einer auch nur annähernd ähnlichen Beliebtheit erfreut wie Madame Marianne oder die Commare Italia oder die nahrhafte Tante Austria. In Dingen des guten Geschmacks tut es eben der Reichtum allein nicht, sondern die große Vergangenheit einer aristokratischen Kultur, und innerhalb dreier lumpiger Jahrhunderte entwickelt sich keine neue Rasse von Fressern zu Speisern. Wie lange ist es denn überhaupt her, daß sich die Besiedler der neuen Welt des Segens sicherer behaglicher Häuslichkeit erfreuen? Viele der jetzt üppig blühenden Großstädte sind ja erst ein paar Jahrzehnte und nur ganz wenige über ein Jahrhundert alt. Der wüsten Raubbau treibende angelsächsische Kolonist, der meist unbeweibt in selbstgezimmertem Blockhause hauste, briet sich über dem offenen Feuer am Spieß seinen Fetzen Fleisch und manschte sich aus den ihm zugewachsenen Zerealien irgend etwas zurecht, was einer genießbaren Speise vielleicht entfernt ähnlich sah. Als dann im 18. und 19. Jahrhundert die weibliche Zuwanderung sich hob, fanden die mit der Kochkunst einigermaßen vertrauen Frauen – unter den Britinnen sind sie nicht besonders häufig – eine Männerwelt vor, [pg 111]die einfach mit allem zufrieden war, was ihr vorgesetzt wurde. Erst in neuester Zeit, als die Vereinigten Staaten willige und splendid zahlende Abnehmer für alle Luxusprodukte der alten Welt wurden, begannen auch bewährte Meister der Kochkunst über den Ozean zu ziehen; aber die traten selbstverständlich nur in den Dienst der vornehmsten Hotels, der teuersten Restaurants und der Milliardäre ein und konnten folglich nicht für die breite Masse des mäßig begüterten Bürgertums erziehlich wirken. Die amerikanischen Esser sind die dankbarsten der Welt, weil ihnen im Vergleich zu ihrer barbarischen Küche natürlich die Speisekarte der Kulturvölker lauter überraschende Offenbarungen bietet.

es sein!

Die unkultivierte Kindlichkeit des Geschmacks offenbart sich denn auch in Amerika nirgends deutlicher als auf dem Gebiete der Küche. Das Haupterfordernis der Eßbarkeit ist für den Yankee die Süße. Alles, was süß ist, schmeckt ihm ausgezeichnet. Bezeichnenderweise ist es mir trotz größter Mühe nicht gelungen, irgendwo in den Vereinigten Staaten ein Mundwasser aufzutreiben, das nicht schauderhaft verzuckert gewesen wäre. So ist Süßigkeit das erste, was der Yankee, sobald er sich dem Schlaf entwunden, in den Mund bekommt. Seinem ersten Frühstück geht der Genuß von Früchten: Orangen, Grapefruit oder Melonen voran, die unter einem Berge von Streuzucker mit dem Löffel hervorgegraben werden. (Nebenbei gesagt: das Fruchtessen vor dem Frühstück ist die einzige nationale Speisesitte, die ich Europäern zur Nachahmung empfehlen möchte. Die wundervoll saftige Grapefruit mit ihrem Chiningehalt besonders ist höchst erfrischend und bekömmlich.) In einem üppigeren Haushalt ist schon der Frühstückstisch reicher gedeckt als bei uns manche Mittagstafel. Beefsteak, Hammel[pg 112]kotelette, Fischgerichte, kalter Aufschnitt verschiedenster Art werden von den Männern bevorzugt, während die Frauen und Kinder eine große Auswahl der zum Teil wunderlichsten Eier- und Mehlspeisen zur Verfügung haben. Weizen, Korn, Gerste, Mais, Hirse, Buchweizen, Hafer, Reis, kurz: alle erdenklichen Getreidearten erscheinen in der Form von Grütze, Graupen, Flocken, Fäden oder papierdünnen Schnipfeln, roh, gekocht oder geröstet und werden größtenteils mit Rahm und sehr viel Zucker angerührt. Dünne Eierkuchen werden mit übersüßen Fruchtsäften übergossen, und der Toast sowie die meist gleichfalls süßen Semmeln mit Fruchtgelees und Marmeladen bestrichen. Diese Vorliebe für den Genuß von Süßigkeiten von Tagesanbruch ab ist aber durchaus nicht etwa auf die Frauen und Kinder oder auf die wohlhabenden Klassen beschränkt, sondern sie ist ganz offenbar eine nationale Raserei.

Es gibt in den Vereinigten Staaten keine Cafés im

Wienerischen Sinne. Als ich daher einmal auf dem Broadway ein Wirtshausschild mit der Aufschrift „Coffeehouse" erblickte, stürmte ich begeistert in das Lokal. Es war eine große reinliche Halle, die Diele mit Sand bestreut, ohne Tische und Stühle, nur den Wänden entlang zogen sich Holzbänke, die durch Zwischenwände in einzelne Sitze eingeteilt waren, und auf diesen trennenden Seitenwänden waren genügend breite, rund geschnittene Bretter angebracht, um eine Tasse und einen Teller daraufstellen zu können. Am Kopfende der Halle befand sich ein riesiges Buffet, auf dem die herrlichsten Kuchen und Torten aufgebaut waren, sowie zwei blitzblanke vernickelte Samovars für Tee und Kaffee. Das Publikum dieses eigenartigen Kaffeehauses bestand aber ausschließlich aus Droschkenkutschern, Chauffeuren, [pg 113]Messenger Boys, Policemen und Arbeitern. Keine Frau betrat das Lokal. Kaffee gab es reichlich und anständig, und den ganz vorzüglichen und für New-Yorker Verhältnisse sehr billigen Schaum- und Fruchttorten, Apfelkuchen mit Schlagrahm und Minced Pie sprach dieses robuste Mannsvolk mit dem Behagen schleckermäuliger Schuljungens zu.

und Zahnarzt.

Die eigentliche Nationalspeise ist keineswegs das Roastbeef oder der hochfestliche *Turkey* (Puter), sondern der *Icecream*, das Gefrorene. Icecream wird Winters und Sommers von mittags bis Mitternacht verzehrt von Alt und Jung, von Hoch und Niedrig; Icecream besänftigt die ungebärdigen Säuglinge; Icecream gilt als Vorspeise, als Dessert, als Kompott sogar; er kehrt bei großen Diners mehrmals im Laufe der Speisenfolge als Zwischenaktsmusik wieder, er ersetzt den verpönten Alkohol und bewirkt, daß die Amerikaner sich der besten Zahnärzte der Welt erfreuen –

denn das schroffe Durchsetzen siedheißer Suppen und glühender Breie mit Eiswasser und Icecream können selbst die besten Gebisse nicht vertragen. Der Schmelz springt ab, und die vom ewigen Zuckerschleimstrom umspülten, schutzlosen Zähne sind der Karies rettungslos preisgegeben. Infolgedessen hat jedermann fortwährend den Zahnarzt nötig, und man braucht sich nicht zu wundern, Kanalausräumer und schmierige Nigger mit so viel Gold im Munde zu sehen wie die köstlichste Maimorgenstunde.

len im Pensionat.

Ich habe bereits im vorigen Kapitel darauf hingewiesen, wie durch den Mangel an Dienstpersonal die Küche und die Tafelgewohnheiten beeinflußt werden. Ich bemerkte, daß durch den Mangel an scharfen Messern mit schwer zu putzenden Stahlklingen ein Braten zu einer schwer zu bewältigenden Speise geworden sei. [pg 114]Folglich kommen gekochtes Rindfleisch, Schmorbraten, Sauerbraten, Kalbs- und Hammelsrücken oder Schlegel so gut wie gar nicht auf den Tisch. Das nationale angelsächsische blutrünstige Roastbeef, drüben jedoch nicht so, sondern *Prime rib of Beef* genannt, muß man von der Gabel mittels des stumpfen Bronzemessers abzustemmen versuchen, wenn man nicht vorzieht, den ganzen Fladen in den Mund zu nehmen und mittels der Gabel oder der Finger durch die Zähne zu ziehen. Übrigens sind diese Ochsenrippenstücke neben den sehr üppigen und teuren Rinds- und Hammelsteaks das einzige gebratene Fleisch, welches wirklich schmackhaft zubereitet zu sein pflegt, während Kalbskoteletten und Schnitzel meistens ungenießbar sind. Als niedliches Kuriosum möchte ich erwähnen, daß ich einmal bei einem Sonntagsdiner Honig als Kompott zum Roastbeef angeboten bekam! Geflügel wird sehr viel mehr als bei uns gegessen. Es wird zu unwahrscheinlichen Dimensionen herangezüchtet. Ich habe Hennen gesehen, die so hoch waren wie ein Storch und so fett wie ein Mops; aber das Fleisch dieser abnorm großen Tiere ist dafür auch wenig zart, und die Keulen besonders bekommen einen ganz anderen Charakter als das Brustfleisch; es wird beim Braten braun und mürbe, während das weiße Fleisch trocken und charakterlos bleibt. Meistens wird einem aber der Genuß selbst eines wohlgeratenen jungen Hahns durch eine pappige, süßliche Mehltunke verkümmert. Da das Tellerabwaschen die Geduld des feinnervigen Küchenpersonals auf eine zu harte Probe stellen würde, so muß man sich, wenigstens in Haushaltungen bescheideren Stils, die ganze Mittags- oder Abendmahlzeit einschließlich des Kompotts auf ein und denselben Teller packen. In dem Boardinghouse bester Art, in dem wir in New-York wochenlang lebten, [pg 115]bestand die sonderbare Sitte, daß nach der Suppe warme Teller mit einem Kleckschen Fisch, etwa von Daumendicke und -länge, verabfolgt wurden, selbstverständlich in einer seimig-süßen Sauce versteckt. (Übrigens sind die Fische des Atlantischen Ozeans auf der amerikanischen Seite wenig schmackhaft; wirkliche Delikatessen findet man nur unter den Fluß- und Süßseefischen.) Nachdem der Fischbissen verschluckt, beziehungsweise mißtrauisch auf den hohen Rand geschoben war, wurde der ganze Tisch voll kleiner Platten gestellt: verschiedene Fleischsorten verwischten Charakters, unseren Klopsen, falschen Hasen, Bouletten, Rouladen und dergleichen ähnlich, in irgendeiner mehlweißen oder kapuzinerbraunen Schmiere halb versunken, das unvermeidliche Chicken, dazu verschiedene Gemüse, unter denen grüne Erbsen, Lima-Bohnen und Blumenkohl die genießbarsten, sowie Kartoffeln in mehrerlei Aufmachung, in der Schale im ganzen gebacken – man bricht sie auf und schält sie mit dem Teelöffel heraus; recht empfehlenswert –

oder als Brei, oder kloßartig, oder gebraten. Niemals fehlen auf dem Tische die beliebten *Sweet Potatoes*, Gebilde von Gurkenausdehnung, vor denen ich Fremdlinge eindringlichst warnen möchte, denn sie sehen wie gezuckerte Glyzerinseife aus und schmecken leider auch so ähnlich.

All diese Genußmittel, noch um diverse eingekochte Früchte vermehrt, arrangiert man sich nun nach Geschmack und Talent auf seinem Fischteller, und man kann von Glück sagen, wenn einem die Gräten nicht in die grünen Erbsen, das Kompott nicht in die ausgehöhlte Kartoffelpelle und die Hühnerknochen nicht in den falschen Hasen geraten. Echte Hasen gibt es überhaupt nicht. Der Ersatz dafür, und überhaupt das einzige einheimische Wild, ist das hasenfarbige *Rabbit* (Kaninchen), das die [pg 116]Natur da drüben aus Kautschuk verfertigt zu haben scheint – möglicherweise wird es aber auch aus Abfällen der Schuhfabrikation künstlich hergestellt. Alles übrige Wild haben die begeisterten Freischützen in den kultivierteren Staaten schon längst abgeschossen – bis auf die Ratten und die Klapperschlangen. Hat man die eßbaren Bestandteile der wüsten Speisenaufhäufung auf seinem Universalteller herausgefuttert, so bilden die Überbleibsel ein ästhetisch reizvolles Stilleben. Sind sie endlich entfernt, so erscheint als eiserner Bestand jedes amerikanischen Menüs sowohl im Hotel ersten Ranges, wie auf dem einfachsten bürgerlichen Mittagstisch der Salat, der niemals in einer Schüssel herumgereicht, sondern immer fertig auf winzigen flachen Tellerchen einem vorgesetzt wird. Mich wundert, daß noch kein Yankeedichter diesen Salat besungen hat, denn in ihm feiert die Phantasie des amerikanischen Kochkünstlers orgiastische Triumphe.

uischer Salat.

Ich glaube, es gibt in den drei Naturreichen nichts, was nicht in solch einem amerikanischen Salat zu finden wäre. Den Grundstock bilden ein bis drei große grüne Blätter, die nicht unbedingt der Salatstaude zu entstammen brauchen. Darauf werden einige Tropfen Essig und Öl geschüttet und auf dieser Unterlage ein mehr oder minder kühner Aufbau von allem möglichen und unmöglichen Süßem, Sauerem, Salzigem, Bitterem, Hartem, Weichem, Flüssigem, Genießbarem und Ungenießbarem vollzogen. In einem feinen Hause, in dem sich die Hausfrau selbst auf ihre Kochkunst viel zugute tat, wurde beispielsweise eine solche Salatdichtung mit außerordentlichem Beifall beehrt, deren Komposition ich dem Augenschein und der Zunge nach ungefähr folgendermaßen analysieren möchte: zwei Blätter Salat mit je fünf Tropfen Essig und Öl, darauf eine Scheibe frische Tomate, eine [pg 117]viertel Scheibe Ananas, etwas weißes Hühnerfleisch, einige Scheiben Radieschen, einige gepickelte Erbsen und Karotten, ein Klecks Butter, mit Streuzucker durchgerührt, ein Teelöffel Schokoladencream und eine Rumkirsche als Turmknopf oben drauf. Totaleindruck auf Zunge und Gaumen zauberhaft; schmeckt – wie mein Freund, der Rechtsanwalt in Landau, sagen würde – wie Öl und Werg! Diese kulinarische Offenbarung erfolgte aber, wie gesagt, in einem Hause, dessen Herrin ihren Xenophon in der Ursprache zu lesen vermochte. In minder gebildeten Familien ist man natürlich weniger wählerisch und verwendet zur Salatbereitung die nächstliegenden Gegenstände, also in erster Reihe die mehr oder minder traurigen Überreste früherer Mahlzeiten, soweit sie eßbaren Naturprodukten einigermaßen noch ähnlich sehen. Fehlt es aber zum Beispiel an gepickelten Spargelspitzen, so kann man dazu auch einen klein geschnittenen Spazierstock verwenden, da die Spazierstöcke drüben außer Mode gekommen sind, und statt der Fleischbeigaben die Reste in Gedanken stehen gebliebener

Gummigaloschen, die die Trüffel täuschend ersetzen, zumal, wenn sie vorher in sauren Rahm eingelegt und dann mit braunem Zucker kandiert werden. Salat von Fischgräten, Kalmus und Bananen, mit roten Pfefferschoten und Knallerbsen garniert, soll auch sehr gut sein; ich habe ihn aber nicht gegessen, sondern nur nach einer besonders anregenden Mahlzeit – erträumt!

Den Fruchttorten, die man an Stelle der Mehlspeisen zum Nachtisch reicht, wird regelmäßig ein derbes Stück Käse beigefügt; zu welchem Zwecke, weiß ich nicht. Als ich zum erstenmal diese Zusammenstellung erblickte, steckte ich den Käse instinktiv in die Westentasche; ich hielt ihn für ein Stück Radiergummi, den ich in meinem [pg 118]Geschäft immer brauchen kann. Befindet sich Obst auf dem Tische, so nehme man sich davon beizeiten und reichlich, fülle auch womöglich seinen Pompadour damit an, denn alles Obst ist in Amerika von ganz vorzüglicher Qualität – und man weiß ja nie, wie's kommen mag! Was meine Person betrifft, so muß ich gestehen, daß ich mich während der ganzen Boardinghouse-Periode kümmerlich von Austern und Hummern genährt habe, denn die sind von unvergleichlicher Güte, Größe und Nahrhaftigkeit und nebenbei auch das einzige amerikanische Produkt, das man – neben Stiefeln – als billig bezeichnen kann. Europäer von noch nicht genügend fortgeschrittener Perversität möchte ich jedoch vor den *Clams* warnen, einer kleinen, lachsfarbenen Muschelart, deren penetranter Nachgeschmack einen besseren Neurastheniker zum Selbstmord verführen könnte.

Die raffinierten Schlemmer unter den Yankees sind übrigens sehr selten, und ihre Begierde wandelt andere Pfade wie die des europäischen Genießers. Im vornehmsten Hotel in Buffalo „Zum Irokesen" sollte ich zum erstenmal die

Bestimmung eines geheimnisvollen Utensils kennen lernen, das mir schon in vielen Hotels und Restaurants aufgefallen war: ein massives, etwa einen halben Meter hohes, zylindrisches Silbergerät mit einer oben herausragenden, durch einen derben Querbalken betätigten Schraube. Ein einsamer Speiser ließ sich an einem Nebentisch nieder, dessen Bestellung sogleich eine Menge Kellner in aufgeregte Bewegung versetzte. Offenbar war dieser wuchtige Geselle mit dem römischen Imperatorenkopf ein Genießer höherer Grade. Nach längerer Zeit brachte man eine große verdeckte silberne Schüssel, die auf ein Spiritusrechaud gestellt wurde. Zwei Kellner trugen dann jenen rätselhaften schweren Silbergegenstand herbei und schraubten dessen [pg 119]obere Hälfte ab. Darauf hob der Oberkellner mit feierlicher Miene den Deckel der Silberschüssel auf und spießte von den beiden darunter befindlichen, leicht angebratenen Vögeln (Enten waren es meiner Meinung nach) einen auf und pfropfte ihn mit Mühe in jenen Zylinder hinein, worauf das Oberteil wieder aufgesetzt und nunmehr die Schraube mit Anstrengung beider Hände betätigt wurde. Aus einer Ausflußöffnung am Boden des Gefäßes rann dickes, schwärzliches Blut in eine vorgehaltene Schale. Dieses Blut wurde mit allerlei Gewürzen angerührt und schließlich als Sauce über den anderen halb rohen Vogel gegossen. Dieses kannibalische Gericht verzehrte der Einsame mit dem Gleichmut eines Lukull. Ich erinnere mich nicht, ob er Tee dazu getrunken hat. Zu verwundern wäre es weiter nicht gewesen, da der Yankee auch die opulentesten Mahlzeiten mit Eiswasser, Tee oder Kaffee hinunter zu spülen pflegt.

eisehäuser.

Der Fremde, dessen Mittel nicht ausreichen, in erstklassigen

Hotels und Restaurants zu speisen, und der sich mit der Yankeeküche gewöhnlichen Schlages nicht zu befreunden vermag, fährt am besten, wenn er sich in eines der zahlreichen, meist billigen und einfach gehaltene Speisehäuser begibt, die seine heimische Küche pflegen. Man kann in dem teuren New York, und wohl auch in den meisten der ganz großen Städte, französisch, deutsch, italienisch, griechisch, polnisch, ungarisch, chinesisch und koscher essen. Namentlich an guten, sehr billigen italienischen Lokalen, in denen es noch einen trinkbaren Wein gratis gibt, ist in New York wenigstens kein Mangel. Dagegen habe ich wienerische Speiserestaurants ebenso schmerzlich wie Wiener Cafés vermißt. Ich meine, hier wäre noch eine Kulturmission für die Einwanderer der österreichischen Kronländer zu erfüllen. Wenn ich [pg 120]drüben irgendwo ein Stück Rindfleisch mit Beilage, wie bei Meisl & Schaden, vorgesetzt bekommen hätte, ich hätte es knieend verzehrt und hernach stehend die österreichische Nationalhymne gesungen. Und die Einführung des Berliner Systems Kempinski, nämlich eine große Auswahl von Gerichten in tadelloser Qualität zu einem sehr billigen Einheitspreis zu geben, könnte eine Revolution des Ernährungswesens drüben hervorbringen. Bis dahin muß der deutsche andachtsvolle Genießer mit heißer Liebe seine wohlhabenden Landsleute umbuhlen, denn es sind drüben fast allein die Deutschen, die den Schwerpunkt ihres gesellschaftlichen Ehrgeizes auf eine gute Tafel im heimatlichen Stil verlegen.

der Kauer.

Beim richtigen Yankee scheinen es übrigens nicht die Geschmackswarzen zu sein, welche ihm den Genuß beim Essen vermitteln, sondern vielmehr die Kinnbacken und die

Speicheldrüsen. Das Kauen und das Schlucken an sich macht diese einfachen Naturkinder glücklich. Wer zum erstenmal nach den Vereinigten Staaten kommt, kann sich nicht genug darüber wundern, hier einem Volke von Wiederkäuern zu begegnen. In der Straßenbahn, in den Geschäften, in den Vergnügungslokalen wie auf der Straße sind die Kauwerkzeuge dieser seltsamen Nation in unausgesetzter Bewegung, und ein Widerschein von Zufriedenheit überstrahlt von dieser Kinnbackenbetätigung aus die Gesichter. Junge hübsche Ladnerinnen kauen, wenn sie mittags zum Lunch gehen und wenn sie vom Lunch ins Geschäft zurückkehren. Die Soldaten kauen beim Exerzieren; sie würden sicher auch kauend ihre Schlachten schlagen. Der gesetzte junge Mann mit ernsten Absichten kaut, wenn er seine Liebeserklärung macht, und seine Erwählte erwidert errötend: „Mum mum mum – tschap tschap, sprechen Sie mit Mama." Und der [pg 121]gewaltige, 125 Kilo schwere Schutzmann rennt kauend dem Dieb nach und packt ihn beim Kragen mit dem Ausruf: „Dscham dscham – ich verhafte Sie – mum mum – im Namen des Gesetzes!" Ein Stückchen gezuckerter Gummi (*Chewing Gum*) zwischen die Backzähne geschoben, beglückt alle diese Leute wie den Seemann sein Priemchen und wiegt sie in die freundliche Täuschung ein, in der besten aller Welten zu leben. Wäre Cartesius als Yankee zur Welt gekommen, er hätte sicher sein berühmtes „cogito ergo sum" abgewandelt in: „Ich kaue, folglich bin ich."

[pg 122]

Künstlerische Kultur.

Mit Ausnahme einer kleinen Schar hochkultivierter Geister hat das neue Volk in der Neuen Welt, wie es scheint, noch keine Zeit gehabt, seinen Schönheitssinn zu entwickeln. Was durch seine Dimensionen, seine Masse imponiert, was viel gekostet hat, das muß nach den Begriffen des Durchschnittsamerikaners auch schön sein.

Durcheinander.

Es ist mir als höchst bezeichnend aufgefallen, daß selbst hochgebildete Leute enttäuschte Gesichter machen, wenn der Fremde, der zum erstenmal durch New York geführt wird, sich weder durch die berühmten Wolkenkratzer, noch durch die Verschwendung herrlichen echten Materials an öffentlichen Prachtbauten, noch etwa durch die glänzende elektrische Lichtreklame für ästhetisch besiegt erklärt. Allerdings vermögen diese himmelhohen Kasten mit den unzähligen Fensterlöchern unter Umständen schön zu wirken. Wenn man zum Beispiel vom Hafen her ihre gigantische Silhouette aus der Dämmerung oder aus leichtem Nebel aufsteigen sieht, so können sie einen traumhaft phantastischen Reiz entwickeln, der einen Maler toll und einen Dichter selig zu machen vermag. Einige von diesen Ungeheuern, wie vornehmlich das Gebäude der Manhattan-Lebensversicherungsgesellschaft, sind auch an sich hervorragende Kunstwerke, und kein Mensch von Geschmack wird die ideale Schönheit der neuen Staatsbibliothek in weißem Marmor oder die Genialität des neuen Empfangsgebäudes der Pennsylvaniabahn bestreiten. Auch die lustigen Spielereien der beweglichen Lichtreklamen sind nicht nur als mechanische [pg 123]Kunststücke, sondern auch als witzige Erfindungen und farbiger Augenschmaus höchst amüsant. Aber all diese Schönheit, Größe und künstlerisch idealisierte Zweckmäßigkeit ist nicht einem vorbedachten Plan organisch eingeordnet, sondern wie aus des Zufalls Hand zwischen lauter Banalität und entschiedene Garstigkeit hingestreut. Die Umgebung ist es, die in weitaus den meisten Fällen die Wirkung der Schönheit des einzelnen zerstört. Selbst in New York, das doch von vornherein nach einem durch die geographische Lage bedingten überaus vernünftigen und klaren Plane angeordnet wurde, und immerhin der puritanischen Schönheitsfeindlichkeit der Neuenglandstaaten weniger unterworfen war, scheint doch der künstlerische Instinkt gefehlt zu haben. Paläste stehen neben öden Magazinen, neben Wolkenkratzern halbverfallene niedrige Baracken; entzückende, grünbewachsene gotische Kirchen findet man eingeklemmt zwischen Metzger- und Grünkramläden, öffentliche Gebäude von edlen Proportionen und mit prächtigen Fassaden neben wüsten Kasten für Bureau- und Werkstattzwecke, an deren Straßenfronten scheußliche rotgestrichene Feuertreppen im Zickzack hin und her laufen.

Selbst in der Fünften Avenue, der Straße der prunkvollsten Läden und der Residenz der Milliardäre, finden sich noch genug solcher barbarischen Scheußlichkeiten unter der nagelneuen Pracht verstreut. Und die Nebenstraßen, wo die kleinen Einfamilienhäuser stehen, zeigen selbst in den besseren Gegenden ein höchst langweiliges Einerlei. Auch die nüchternsten modernen Städte Deutschlands, wie Mannheim und Karlsruhe, fallen den amerikanischen gegenüber immerhin noch angenehm auf durch ihre strenge Symmetrie und musterhafte Ordnung, während die enorm reiche Kommune New York bis heute noch [pg 124]nicht einmal eine anständige Pflasterung und Straßenreinigung durchzuführen vermochte. Der Fahrdamm der Fünften Avenue besteht aus Löchern, zwischen denen hier und da aus Versehen ein Stück Asphalt liegen geblieben ist. Oberflächliche Reparaturen werden in der Weise ausgeführt, daß man mitten auf der Straße zur Freude der Gassenbuben in diesen Löchern Feuer anzündet; dann schmilzt der Asphalt ringsherum, und das Loch bekommt wenigstens abgerundete Ränder. Wem der Arzt eine Vibrationsmassage gegen Trägheit der Unterleibsorgane verordnet hat, der braucht nur auf dieser Fünften Avenue – oder besser noch auf den gepflasterten Hauptstraßen des nordöstlichen Teiles von Philadelphia – eine halbe Stunde spazieren zu fahren, dann kann er seinen Blinddarm bei der Zirbeldrüse und seine Milz unter dem Mastdarm suchen.

Es ist merkwürdig, daß derselbe Amerikaner, den das wüste Durcheinander in der Außenseite seiner Städte so wenig zu genieren scheint, doch fast durchweg einen so guten Geschmack in seiner Kleidung und Wohnungseinrichtung zeigt. Allerdings ist für die Herrenkleidung England, für die Frauenkleidung Paris richtunggebend, allein die dortigen Muster werden doch für den amerikanischen Geschmack einigermaßen abgeändert, und was dabei herauskommt, ist meist zweckmäßig und apart. In der Wohnungseinrichtung zeigt sich der Yankee außerordentlich konservativ, und der Kolonialstil ist immer noch maßgebend. Das moderne deutsche Kunstgewerbe hat kaum noch irgendwo Einfluß ausgeübt; dafür sieht man auch nirgends in Amerika, selbst im bescheidenen Mittelstande, so stillos zusammengewürfelte Einrichtungen wie in der Wohnung des zurückgebliebenen deutschen Spießbürgers. Man hält zäh fest an der guten englischen Tradition und verdankt ihr sowohl die praktische Anordnung [pg 125]der Wohnräume als auch die unaufdringliche Schlichtheit der Formen, Harmonie der Farben, die zusammen den Eindruck der Behaglichkeit hervorrufen.

:r mit Schaukelstühlen.

Spezifisch amerikanisch ist die Vorliebe für Schaukelstühle. Ich habe Zimmer angetroffen, in denen überhaupt kein einziger Stuhl fest auf seinen vier Beinen stand, und wo eine besondere equilibristische Begabung dazu gehörte, um beispielsweise seine Stiefel zu schnüren oder seinen Koffer zu packen; denn wenn man seinen Fuß auf solch ein ungemein niedriges Möbel setzt, so kippt es nach vorn und rutscht gleichzeitig nach hinten, so daß man also auf einem Bein dem flüchtigen Stuhl nachhüpfen muß, bis er an der Wand einen Stützpunkt gefunden hat. Oder man placiert seinen aufgeschlagenen Koffer auf die Lehnen zweier gegeneinander geschobener Rockingchairs und beginnt vergnügt das Packgeschäft. Sobald der sich füllende Koffer eine gewisse Gewichtsgrenze überschreitet, neigen sich die stützenden Stühle nach innen, der Koffer klappt zu und rutscht zwischen den Lehnen durch; es ist sehr amüsant, unter solchen Umständen seinen Koffer zu packen. Hin und wieder habe ich auch die Bekanntschaft mit einladend aussehenden Sitzmöbeln gemacht, die nicht nur vor- und rückwärts, sondern auch seitwärts schaukelten. Auf diesen heimtückischen Mokierstühlen kann man sich ebenso famos für das Kamelreiten trainieren, wie auf den einfachen

Rockers für die Seefahrt. Vermutlich haben die immer praktischen Amerikaner auch diesen Nebenzweck im Auge.

So nett und gemütlich nun auch eine solche amerikanische Durchschnittswohnung anmutet, so wird sie doch uns deutschen Erzindividualisten recht bald langweilig, weil sie eben überall dieselbe ist. Ich spazierte einmal mit einem jungen deutschen Gelehrten die *Common* [pg 126]*Wealth Avenue* in Boston hinunter – nebenbei bemerkt eine der schönsten Straßen, die mir überhaupt in Amerika aufgefallen sind. Es befinden sich hier nur vornehme Familienhäuser, die als besondere Eigentümlichkeit große Spiegelscheiben im Erdgeschoß aufweisen. Man kann also von der Straße aus in das Treppenhaus und das Parlor hineinsehen. Ich freute mich des schönen schmiedeeisernen Gitterwerks, das diese wohlhabenden *Homes* von der Straße abschloß, der prächtigen Türen und anderer reizvoller Einzelheiten. Da unterbrach mein Begleiter meine Lobeshymne mit den Worten: „Was wollen Sie wetten? Unter den zwölf nächsten Häusern von hier aus finden wir mindestens sechs, in denen wir durch die Fenster genau dieselbe innere Einrichtung konstatieren können." Und richtig, so war es auch. Aber nicht nur in sechs, sondern in neun von diesen Häusern stand überall in derselben Ecke am Parlorfenster dieselbe Säule mit demselben Blumenkübel darauf und derselben Palme darin, genau an derselben Stelle derselben Wand befand sich in allen diesen neun Zimmern das Ehrfurcht gebietende Sofa mit den Porträts der Eltern oder Großeltern darüber usw. usw. Immerhin kann man sich diese ermüdende Uniformität gefallen lassen, da sie doch wenigstens einen guten Durchschnitt von solider Behaglichkeit verbürgt. Groteske Geschmacklosigkeiten begegnen einem eigentlich nur in den Palästen ungebührlich rasch reich gewordener Emporkömmlinge – gerade wie bei uns.

Merkwürdig ist auch, wie dasselbe Volk, das sich in den meisten seiner Vergnügungen und künstlerischen Betätigungen doch noch recht unkultiviert zeigt, in anderer Beziehung wieder Leistungen von feinem Geschmack und hoher Vollendung hervorbringt, zum Beispiel in der Malerei, in der Photographie, im Buchgewerbe. Während [pg 127]die amerikanischen Museen zum weitaus größten Teile noch das sehr zweifelhafte Kunstverständnis ihrer freigebigen Stifter verraten und ein stilloses Durcheinander von Kitsch und Kunst bieten, begegnet man in den Ausstellungen moderner Künstler einer sehr respektablen Durchschnittsleistung. Von einer bedeutenden Entwicklung der Plastik kann selbstverständlich in einem Lande, das die Scheu vor der Nacktheit in der Kunst längst noch nicht überwunden hat, keine Rede sein. Ich habe mir sagen lassen, daß auf der Weltausstellung in Chicago zum erstenmal in den Vereinigten Staaten nackte Frauenkörper als Karyatiden zu sehen gewesen seien! Ein biederer Farmer war von diesem völlig neuen Anblick dermaßen gefangen, daß er überhaupt für nichts anderes in der ganzen Weltausstellung Interesse zeigte, sondern, die Augen starr in die Höhe gerichtet, von Saal zu Saal schritt und dabei kopfschüttelnd vor sich hinseufzte: *„Oh good Lord, what tits, what tits!"*

Selbst heute noch hat jede wenig bekleidete allegorische Figur, die sich in der Öffentlichkeit zu zeigen wagt, einen heftigen Kampf mit der Geistlichkeit und den Tanten zu bestehen. Kann es da wundernehmen, wenn außer etlichen anständigen Porträtstatuen, naturalistischen Kriegergruppen und Reitermonumenten von bedeutender Plastik in den Vereinigten Staaten nichts zu finden ist? Das Ulkigste von Kitschplastik, was mir persönlich in den Weg gekommen ist, war das Kriegerdenkmal in Easton

(Pennsylvania): auf einer sehr hohen schlanken Säule ein moderner Militärtrompeter; und im Schalltrichter seines Instrumentes erglühte nachts eine elektrische Birne!

Musikpioniere.

Allerdings haben die amerikanischen Künstler ihre Techniken vom Auslande gelernt und stark eigenartige [pg 128]Glanzleistungen auch nur in den bildenden Künsten sowie in der Literatur hervorgebracht. Ihre Musik ist ihnen bis jetzt fix und fertig vom Auslande geliefert worden. Und selbst die einzige musikalische Spezialität, die sich zurzeit als echt amerikanisch ansprechen läßt, nämlich das Volkslied der Neger und der *Ragtime* (eigenartig verschobener synkopierter Rhythmus für Tänze und derbe Couplets), ist doch auf schottischen und irischen Ursprung zurückzuführen. Es läßt sich aber nicht leugnen, daß für gute Musik heute schon ein recht großes und verständnisvolles Publikum vorhanden ist. Wenn man bedenkt, daß an der Geschmackserziehung des amerikanischen Hörers erst seit wenigen Jahrzehnten von europäischen Künstlern planvoll gearbeitet wird, so ist es doch wohl ein erstaunliches Ergebnis zu nennen, daß man heute schon den „Parsival" vor einer andachtsvoll ergriffenen Zuhörerschaft geben kann, und daß Konzertprogramme, die ausschließlich aus Beethoven, Brahms, Hugo Wolf und ähnlichen anspruchsvollen Namen bestehen, große Scharen anziehen und begeistern. Allerdings finden bei einer großen Masse selbst der höheren Schichten auch stillose Programme, in denen ärgste Banalitäten mit echten Meisterwerken abwechseln, jubelnden Beifall – aber können wir das in Deutschland nicht auch erleben? Der Unterschied ist wohl nur der, daß bei uns kein Künstler von Bedeutung sich so leicht dazu herablassen würde, dem schlechten Geschmack des Publikums solche Konzessionen zu machen. Wir Deutschen dürfen uns rühmen, auf musikalischem Gebiet uns die Meistbegünstigung für unseren Import von Kunstwerken, Künstlern und Lehrern erstritten zu haben. Wie haben diese prachtvollen deutschen Musikanten aber auch arbeiten müssen, in welchen harten steinigen Boden haben sie oft ihre Pflug[pg 129]schar drücken müssen, um überhaupt erst den Boden für ihre Saat zu bereiten.

Ich habe in der Person des Sängers Max Friedrich einen solchen Veteranen von einem deutschen Musikpionier kennen gelernt. Als er vor 20–30 Jahren hinauszog, um den Leuten des kunstversimpelten Ostens, wie den lebenshungrigen Abenteurern des wilden Westens Schubert und Schumann, Löwe und Franz vorzusingen, da gähnte und höhnte man ihn aus. Aber er ließ nicht locker, er ließ sich als echt deutscher Starrkopf kein Titelchen von seiner heiligen Überzeugung wegdisputieren. Ihm und einigen Wenigen seinesgleichen ist es zu verdanken, wenn heute ein ernster Künstler mit einem vornehmen Programm sich überall in der ganzen Union hören lassen kann, ohne fürchten zu müssen, von entrüsteten Cowboys mit dem Schießeisen vom Podium gejagt zu werden.

Talent und Liebe zur Kunst wuchsen bisher nur recht spärlich aus amerikanischem Boden hervor. Weder die Zuchthäusler und Abenteurer in der Zeit der Flegeljahre der neuen Welt, noch die frommen Pilgerväter haben irgendwelche Keime zur künstlerischen Entwicklung mit herübergebracht. Und bis die großen Kriege durchgekämpft, die Naturschätze erschlossen, das ungeheure Land bebaut und durch Eisenbahnen in Zusammenhang gebracht worden war, hatte jeder Mensch mit dem Kampf ums Dasein viel zu viel zu tun, um Muße zu künstlerischer Betätigung zu finden. Gegenwärtig ist diese Muße freilich schon für viele vorhanden, aber die Kunst hat dort noch keinen rechten Boden, weil in der Masse des Volkes noch kein wirkliches Bedürfnis nach ihr lebt. Eine Ahnung von der Wichtigkeit der Kunst als Kulturfaktor ist bisher nur einer kleinen Auslese von Höchstgebildeten aufgegangen, die große Masse jedoch sieht in ihr nur einen [pg 130]schmückenden Luxus, einen angenehmen Zeitvertreib. In der alten Welt entfaltete sich alle Kunst auf dem Boden uralten, oft umgeackerten und gedüngten Kulturlandes. Sie wurzelt in der frühesten Vergangenheit der Völker, in deren untersten Schichten, und ihr Wachstum stärkte sich an den Hemmungen, die sie zu überwinden hatte. Außerdem kann Kunst unmöglich von einem Volke hervorgebracht werden, das nicht zum mindesten eine aristokratische Vergangenheit gehabt hat. Jeder wahre Künstler ist ein geborener Aristokrat, der zwischen sich und den Viel zu Vielen, den Banausen und Philistern, eine hochmütige Scheidewand errichtet.

Die demokratische Anschauung von der Gleichheit der Menschen ist dem Instinkt des Künstlers ein Greuel. Und selbst jene naivste Betätigung schaffender Phantasie, die wir heute Volkslied nennen, bezieht ihre Gesetze, ihre Stoffe, ihre seelische Wesensart von Mustern, die in uralten Zeiten königliche Sänger aufstellten. In der Neuen Welt aber, in der eine historische Entwicklung in unserem Sinne kaum vorhanden ist, sondern wo immer gegenwärtige Resultate eines langsamen Werdegangs aus der Alten Welt fertig übernommen wurden, ist das Entstehen einer originalen Kunst vernünftigerweise auch noch gar nicht zu erwarten. Die Yankees, als Abkömmlinge der britischen Einwanderer, haben selbstverständlich eine angeborene Vorliebe für die englische Kunst und werden die von dort empfangenen Anregungen ausbauen; ebenso wie die Nachkommen der deutschen Einwanderer sich instinktmäßig an die deutschen Vorbilder klammern werden. Die Besonderheit der amerikanischen Landschaft wird natürlich ihren Einfluß auf die Malerei, die eigenartigen Lebensbedingungen der Neuen Welt auf die Architektur einen bestimmenden Einfluß ausüben. Darum [pg 131]ist es selbstverständlich, daß in diesen beiden Künsten zunächst eigenartige Leistungen zu erwarten und ja auch gegenwärtig schon vorhanden sind. Dagegen kann man von einem Volke, das gar keine eigene Sprache besitzt, auch keine originale Poesie verlangen, und die Musik ist, zum mindesten mit ihrem Rhythmus, so fest an die Sprache gebunden, daß allein schon aus diesem Umstande der bisherige Mangel einer amerikanischen Musik sich ohne weiteres begreifen läßt. Das schließt natürlich nicht aus, daß geborene Amerikaner ganz hervorragende Leistungen auf Kunstgebieten vollbringen können, deren ausländische Muster sie mit besonderer Liebe studiert haben und deren inneres Wesen ihnen besonders nahe liegt. Erst wenn die Völkerwanderung nach der Neuen Welt einmal aufgehört und eine wirkliche chemische Durchdringung der verschiedenen Rassenelemente stattgefunden haben wird, kann sich so etwas wie eine allamerikanische Seele entwickeln, aus der dann folgerichtig auch eine originale amerikanische Kunst hervorgehen müßte.

veltliche Poet.

Wie die Dinge heute noch liegen, wäre aber beispielsweise ein jugendlicher Yankee, der sich freiwillig dazu hergeben möchte, das Hungerleiderdasein eines deutschen oder französischen Poeten zu führen, eine undenkbare komische Figur. Der poetisch begabte Jüngling fängt drüben mit der Journalistik an, oder er betreibt das Dichten neben seinem soliden Broterwerb. Hat er mit einem Genre keinen Erfolg, so probiert er es eben mit einem anderen. Schwerlich wird es ihm einfallen, sich trotzig wider den Geschmack der Zeit und der großen Masse aufzulehnen. Auch wenn er Neues, Eigenartiges zu sagen hat, wird er sein Publikum nicht rücksichtslos damit erschrecken, sondern es allmählich vorzubereiten suchen. Die Beschäftigung mit Literatur, Kunst und anderen rein idealen [pg 132]Dingen ist eben drüben ein vornehmer Zeitvertreib für Ausnahmemenschen, besonders also für solche, die keine Sorge um das tägliche Brot mehr drückt. Man setzt auch voraus, daß der Mann, der einen Beruf aus dem Dichten, Musizieren, Malen usw. macht, vor allen Dingen ein Gentleman sei, also ein gut angezogenes Mitglied der auserwählten Gesellschaft mit normalen Manieren und auch einigermaßen normalen Gesinnungen. Es ist bezeichnend, daß der Name *Bohemiens*, der für Künstler- und Literatenklubs besonders beliebt ist, mit Vorliebe von Vereinigungen recht wohlhabender Männer gewählt wird, die es sich leisten können, ihre festlichen Sitzungen in den vornehmsten Hotels abzuhalten und dazu nichts als französischen Sekt zu trinken. Der richtige Bohemien kann schon deshalb drüben unmöglich gedeihen, weil es keine Kaffeehäuser gibt. Es kommt vorläufig auch noch selten vor, daß künstlerische, besonders literarische Talente aus den untersten Volksschichten hervorgehen, weil in denen noch alles Sinnen und Trachten auf materiellen Erwerb gerichtet ist. In New York gibt es allerdings einen hervorragenden Dichter, der Sattler und Tapezierer ist – Hugo Bertsch heißt er – aber der schreibt Deutsch und ist aus Reichelsheim i. O. gebürtig.

Bemerkenswert ist, daß einer der wenigen jungen Dramatiker, die damit begonnen haben, sich von der herrschenden Prüderie und Konvention freizumachen und die amerikanische Bühne für moderne Probleme zu erobern, nämlich der anderwärts von mir schon erwähnte Walter von unten heraufgekommen ist, gehörig gehungert und im Zentralpark gepennt hat, bevor er bekannt wurde. Auch der ausgezeichnete Romanschreiber Jack London, der sich durch starke Eigenart spezifisch amerikanischer Färbung auszeichnet, hat als Goldgräber angefangen, [pg 133]obwohl er eine gute wissenschaftliche Bildung genossen hatte. Bret Hart begann seine Laufbahn gleichfalls als Goldgräber und betätigte sich nacheinander als Lehrer, Postbote und Schriftsetzer, bevor er Professor der Literatur wurde. Auch Mark Twain begann als Setzer und wurde dann bekanntlich Lotse auf dem Mississippi. Edgar Allan Poe war zwar reicher Eltern Kind, wurde aber wegen schlechter Aufführung von der Universität und der Militärakademie relegiert und desertierte aus der Armee, bevor er sich zu dem berühmten Dichter entwickelte. Walt Whitman, ursprünglich gleichfalls Buchdrucker, gewann seinen Lebensunterhalt als Subalternbeamter im Ministerium. Einzig Longfellow von den bekannteren Dichtern stammte aus höheren Kreisen und erwarb regelrechte akademische Grade, aber auch er betätigte sich zunächst als Rechtsanwalt.

les Massengeschmacks.

Es scheint also, daß auch im neuen Lande das alte Gesetz, daß die künstlerischen Kräfte am Widerstand erstarken, Geltung besitze. In dem Paradiese der absoluten Gegenwart, dessen glückliche Bewohner so gern alles, was ist, gut finden, wie der liebe Gott sein Schöpfungswerk, haben natürlich nur die Narren Lust, wider den Strom zu schwimmen. Die vernünftigen Kunstbeflissenen trachten aber, nur marktgängige Ware zu liefern, und marktgängig ist, was dem Unterhaltungs- und Sensationsbedürfnis entspricht. Es wird ungeheuer viel gelesen in Amerika, folglich ist mit der Anfertigung von Literatur ein gutes Geschäft zu machen für diejenigen, die sich auf den Geschmack des Publikums verstehen. Dieser Geschmack heißt aber immer noch: Hintertreppengeschehnisse im Gartenlaubenstil vorgetragen. Verbrecher und Detektivs sind nicht nur bei den ganz kleinen Leuten die beliebtesten Helden. Es müssen daher auch ernste Schriftsteller, z. B. [pg 134]solche, die ihr soziales Gewissen auf das Gebiet des Anklageromans verlockt, auf sensationelle Erfindung und auf strenge Wahrung einer stubenreinen Reputierlichkeit bedacht sein. Sicherlich würde die Entwicklung des künstlerischen Geschmacks bei dem amerikanischen Volk, das doch wahrhaftig weder ängstlich noch begriffsstutzig ist, viel raschere Fortschritte machen, wenn nicht die Tagespresse die mehr als kindliche Oberflächlichkeit des Urteils in unverantwortlicher Weise nährte. Aber das ist ein Kapital für sich.

[pg 135]

Vom Theater im Yankeelande.

Wer das englische Theater kennt, der kennt auch das amerikanische. Die Yankees haben es mit all seinen Licht- und Schattenseiten herübergenommen, nur daß die Qualität ihrer besten darstellerischen Leistungen doch wohl noch um einiges hinter den besten englischen zurückbleibt, was bei dem Fehlen einer guten alten Tradition nicht zu verwundern ist. Hüben wie drüben ist für das Drama hohen Stiles kein großes Publikum vorhanden, und darum suchen Bühnen, die diese vornehmste Dichtungsgattung pflegen, die große Masse durch raffinierte szenische Wirkungen, durch Pomp und Massenentfaltung anzulocken. Für das moderne Gesellschaftsdrama und das feinere Lustspiel sind schauspielerische Begabungen besonders häufig vorhanden, und da die Dichtung noch in keinem Lande englischer Zunge – mit verschwindend wenigen Ausnahmen – vom Konventionellen zum Individuellen aufgerückt ist, so sind diesseits wie jenseits des Ozeans die besten Schauspieler, ebenso wie die unbedeutendsten, Spezialisten für das Rollenfach, in welches äußere Erscheinung, Stimmklang und Temperament sie verweisen. Sie alle spielen also im Grunde genommen nicht nur solange ein Stück läuft, sondern ihr ganzes Leben lang ein und dieselbe Rolle. Es ist wohl allgemein bekannt, daß man drüben Theater mit wechselndem Repertoir bisher noch nicht kennt. Für jedes neue Stück wird eine Truppe zusammengestellt, und wenn das in der Hauptstadt abgespielt ist, wandert die Truppe damit in die Provinz, um sich aufzulösen, sobald seine Zugkraft erschöpft ist. Wer also drüben die Schauspielerei zum Beruf erwählt, der muß schon über [pg 136]recht beträchtliche Reserven an Körper- und Geisteskraft verfügen, wenn er nicht der sicheren Verblödung und der unheilbaren Fettsucht verfallen will. Der erste Versuch, in den Vereinigten Staaten ein vornehmes Schauspielhaus mit wechselndem Repertoir nach künstlerischen Grundsätzen ins Leben zu rufen, wurde im vergangenen Jahre in New York von einer Anzahl reicher Theaterfreunde gemacht durch die Gründung des *New Theatre*. Und dieser Versuch ist gescheitert, obwohl fast unbeschränkte Mittel und eine auserlesene Schar feingebildeter, sehr tüchtiger Schauspieler zur Verfügung stand, auch die Leitung in keineswegs ungeschickten Händen lag. Ich habe in diesem Theater eine Aufführung von Maeterlinks „Der blaue Vogel" gesehen, die in bezug auf die darstellerischen Leistungen sehr gut und in bezug auf künstlerische Inszenesetzung sogar ganz hervorragend geschmackvoll war, und dennoch gaben die Unternehmer den Versuch schon nach Beendigung der ersten Spielzeit als vorläufig aussichtslos auf! Es wurden allerlei Gründe für dieses seltsame Fiasko ins Feld geführt; mir scheint der erheblichste und zugleich auch betrüblichste der zu sein, daß für das Schauspiel die Anzahl der künstlerisch wohlerzogenen New Yorker noch zu klein ist, um ein solches Unternehmen geschäftlich halten zu können. Man ist es einfach noch nicht gewöhnt in jenen Gesellschaftskreisen, die für den Besuch eines den Ansprüchen verfeinerten Geschmacks gewidmeten Theaters in Frage kommen, täglich nach dem Theaterzettel zu sehen und sich womöglich gar wegen einer Vorstellung, die vielleicht bald wieder vom Spielplan verschwindet, in seinen häuslichen Gewohnheiten und gesellschaftlichen Pflichten stören zu lassen. Wenn es die große Oper gilt, nimmt man freilich alle möglichen Unbequemlichkeiten mit in den Kauf; aber das ist eben die große Oper, die *muß* wechselndes Repertoir [pg 137]haben, weil dieselben Sänger nicht alle Tage große Partien singen können; und außerdem gehört die große Oper auch mehr zu den gesellschaftlichen Veranstaltungen, denen man seiner Stellung wegen Opfer bringen muß, als zu den bloßen künstlerischen Unterhaltungen. Ein vornehmes Schauspielhaus mit wechselndem Repertoir würde ohne Zweifel ebensogut möglich sein wie das Millionen verschlingende *Metropolitan Opera House*, sobald es bei dem hohen Adel und den Großwürdenträgern der demokratischen Gesellschaft *de rigueur* wäre, auch in diesem Schauspielhaus eine Loge zu besitzen und sich dort mit seinen Freunden zu treffen. Bis dahin aber und bis ein mächtig aufblühendes nationales Drama des Yankeetums nach einer nationalen Bühne schreit, wird noch viel Wasser den Hudson hinunterlaufen.

e Oper.

Mit der Oper steht es trotz der Starwirtschaft ganz erheblich besser als mit dem Schauspiel, weil die Oper ein internationales Unternehmen ist, dem es vorläufig ganz gleichgültig sein kann, ob ihm einheimische Kräfte als Komponisten und als Sänger zuwachsen oder nicht; denn sie kann ihren Bedarf durch die Meisterwerke und Gesangssterne Europas vollkommen decken. Im übrigen wird die beste Oper immer da vorhanden sein, wo das meiste Geld zur Verfügung ist, vorausgesetzt daß die Leitung nicht gänzlich unfähig ist. Mit dem nötigen Geld kann man sich nicht nur die besten Sänger und Sängerinnen der Welt, sondern auch die genialsten Kapellmeister und Regisseure der Welt kaufen. Wo anders als in dem Lande, wo die *Greenbacks* (Dollarscheine) so leicht das Fliegen lernen, wäre es möglich, ein genügend zahlreiches Personal von Sängern und Sängerinnen, darunter die berühmtesten Künstlernamen der Welt, zusammenzubringen, um damit die deutschen Meisterwerke der Opernliteratur deutsch, die französischen französisch und die italienischen ita[pg 138]lienisch darzustellen?! Trotzdem das Riesenhaus immer voll und die Eintrittspreise für unsere Begriffe sehr hoch sind, ist doch immer ein Defizit vorhanden, das jedoch durch die Freigebigkeit der milliardenschweren Logenbesitzer immer gedeckt wird. Es ist also selbstverständlich, daß keine Opernbühne Europas an Großartigkeit des Betriebes mit der New Yorker Oper wetteifern kann. Es versteht sich also auch ganz von selbst, daß man in diesem Theater Vorstellungen erleben kann, die nicht nur an äußerem Glanz, sondern auch an echter künstlerischer Qualität alles übertreffen, was selbst Wien, Berlin, München, Dresden, Paris, Mailand, Petersburg und London zu bieten vermögen. Andererseits treten aber freilich auch die großen Gefahren dieses amerikanischen Systems, bei dem die starke Triebfeder eines hingebenden künstlerischen Idealismus durch eitle Prahlsucht und Geldprotzentum ersetzt werden, sofort grell zutage, sobald in der Wahl der leitenden Kräfte ein Mißgriff erfolgt ist oder diese Kräfte die Lust verlieren, für das viele Geld, das sie bekommen, wirklich ihr Bestes zu tun. Aber schließlich wird überall mit Wasser gekocht, und eine ununterbrochene Reihe wirklicher Weihefestspiele kann es eben nur unter Bedingungen geben, wie sie Bayreuth sich geschaffen hat. Es ist jedenfalls ungerecht und töricht von uns Europäern, die glänzenden Veranstaltungen der Metropolitan-Oper geringschätzig als eitel Blendwerk abzutun. Die Herren Milliardäre bekommen für ihr gutes Geld wirklich gute Opernkunst geliefert.

ßlers jiddisches Theater.

Das Beste, was ich in den Vereinigten Staaten von Komödienspiel erlebt habe, fand ich in einem der fünf jiddischen Theater an der Bowery, dem New Yorker Ghetto, wo die frisch eingewanderten russischen Juden noch zu Tausenden beieinander hocken. „*The Miners*" (die Bergleute) hieß das Theater, unansehnlich von außen, eng, [pg 139]schmutzig und in allen Einrichtungen veraltet von innen. Es wird nur zwei, höchstens dreimal die Woche gespielt an diesen kleinen Dialektbühnen; aber obwohl es nicht Schabbes, war das Haus gesteckt voll. Ganze Familien

mit Kind und Kegel im Parterre, die besseren Leute im ersten
Rang, die großen Glaubensgenossen, die schon ihr Ziel
erreicht, in den Protzszeniumslogen, und auf der Galerie die
Arbeiter und kleinen Gewerbetreibenden, ärmlich und
schäbig anzuschauen, mit steifen kleinen Hüten oder
schmutzigen russischen Mützen auf dem Kopf. Sie sind
gekommen, um den derzeit vortrefflichsten Schauspieler
ihrer Zunge, *David Keßler*, zu sehen, der zugleich der
künstlerische und geschäftliche Leiter des Unternehmens ist.
Das Stück hieß: „Jankel, der Schmied", von *David Pinsky*,
einem jüdischen Autor, der schon einmal bei Reinhardt
durchgefallen ist, eine naturalistische Kleinmalerei aus dem
Leben der jüdischen Kleinbürger in Rußland, ein bis zum
Ekel unerquickliches Stück Wahrheit von einer
Erbarmungslosigkeit, wie sie auf der deutschen Bühne seit
Hauptmanns „Vor Sonnenaufgang" kaum mehr dagewesen
ist. Und diese heimatlosen Weltwanderer, diese schwitzenden
und keuchenden Arbeitstiere mit dem starken Drange nach
Ruhe, Behaglichkeit, Schönheit, Licht und Glanz im
Herzen, die in den Zwischenakten ein so wildes,
mauschelndes Geschnatter vollführen, daß einem die Ohren
gellen, sie lauschen andachtsvoll gebannt, sobald der
Vorhang hochgeht, als ob diese ihre nationale Kunst, die
ihnen kaum etwas anderes bietet, als den tiefen Einblick in
unsäglich traurige Familienverhältnisse und widrige
Menschenseelen, sie nehmen all dies Häßliche mit
gelassenem Ernst hin und begrüßen die derben Späße oder
auch die wenigen idyllisch gemütvollen Lichtblicke in dieser
trostlosen Öde mit dankbarem [pg 140]Gelächter und
begeistertem Beifall. Was aber wirklich an dieser seltsamen
dramatischen Kunst auch für den rassenfremden Zuschauer
des begeisterten Beifalls würdig ist, das ist neben der
scharfen, treffsicheren Zeichenkunst des Dichters die
wirklich vollendete Leistung sämtlicher Darsteller; denn
nicht nur das Haupt der Gesellschaft, dieser David Keßler,

ist ein wirklich großer Charakterdarsteller, der ganz und gar in dem vom Dichter geschaffenen Menschen aufzugehen versteht, sondern alle seine Schauspieler und Schauspielerinnen erscheinen mit ihren Aufgaben derartig verwachsen, als ob sie einfach sich selber ohne jede Rücksicht auf die Optik der Bühne und die Sinne der Zuschauer darzustellen hätten. Im Zwischenakt machte ich die Bekanntschaft David Keßlers und war nicht wenig erstaunt aus seinem Munde zu hören, daß außer ihm gar keine Berufsschauspieler in seiner Truppe vorhanden seien, sondern daß er sich die Leute von überallher zusammengelesen und zum Theaterspielen gedrillt habe. Dieser vorzügliche komische Episodenspieler handelt tagsüber mit alten Hosen, diese schlichte sentimentale Liebhaberin, die so ergreifende Gemütstöne findet, ist vielleicht Dienstmädchen in einer besseren jüdischen Familie, und diese ausgezeichnete komische Alte mit dem ewig verrutschten schwarzen Scheitel auf ihrem ehrwürdigen grauen Haar zieht uns beiseite und erzählt uns mit stolz aufleuchtenden Augen, daß sie mit ihrer Hände Arbeit ihren einzigen Sohn so weit gebracht habe, daß er nun schon als Advokat in dem fremden Lande eine geachtete Stellung einnehme und einer glänzenden Zukunft entgegengehe. Am Schluß des Stückes bricht ein tobender Beifall los, der sich sonderbarerweise außer in Klatschen und wildem Trampeln auch in gellenden Pfiffen äußert, und sobald David Keßler auf der Bühne erscheint, rufen ihm Hunderte von Stimmen zu: [pg 141]„*Speech, speech!*" Der derbe vierschrötige Gesell steht unschlüssig mit niedergeschlagenen Augen da, und dann stammelt er im Jargon ein paar Worte des Dankes. Wie er sich aber zum Abgehen wendet, wird von der Galerie her der Ruf nach Musik laut. Da macht er kehrt, stampft bis an die Rampe vor und hebt fast drohend den Arm in der Richtung, von wo der Ruf kam. „Wer Musik haben will," ruft er in kaum

unterdrückter Entrüstung, „der mag ins Tingeltangel
gehen, hier ist nicht der Ort für trivialen Ohrenschmaus,
hier wird unsere dramatische Kunst mit heißem Bemühen
für unsere Leute gepflegt. Hier stehe ich seit einer Reihe von
Jahren und tue mein Äußerstes, um euch, meinen armen
Landsleuten und Glaubensgenossen, eine nationale Kunst
zu geben, wie ihr sie braucht, und wie ihr sie versteht.
Schritt für Schritt habe ich versucht, euch zum
Kunstbedürfnis und Kunstverständnis zu erziehen, mit dem
Einfachsten und Verständlichsten habe ich angefangen, um
euch vorzubereiten auf das Tiefere, das Ernstere, auf das
Hohe und Heilige, und jetzt schreit ihr nach Musik! Dankt
ihr mir so?!"

ovisierte Standrede.

Es dürfte selbst für den abendländischen Juden schwer sein,
das russisch-jiddische Idiom zu verstehen, aber man hört
sich allmählich hinein. Ich wenigstens vermochte vom
dritten Akt ab schon ganz leidlich zu folgen, und so glaube
ich, daß ich auch den Gedankengang dieser aus echter
Leidenschaft heraus improvisierten Rede ziemlich richtig
verstanden habe. Ganz still und beschämt saßen die
Zuschauer da, und die jüngeren Leute besonders hingen mit
Ergriffenheit an den Lippen des Schauspielers, den das Feuer
seines Zornes immer beredter machte. Er sprach von der
Sehnsucht seines Volkes nach Kunst, nach tätiger
Beteiligung an den höheren Kulturaufgaben der
Menschheit, er wies voller Stolz auf die großen Erfolge hin,
die [pg 142]jüdische Dramatiker, jüdische Darsteller
vornehmlich auf der deutschen Bühne gefunden hätten. Er
nannte mit Begeisterung den Namen *Max Reinhardts*, der
einen der ihrigen, Schalom Asch, aus dem Dunkel
hervorgezogen und zahlreichen anderen jüdischen

Künstlern Gelegenheit gegeben habe, ihre große Begabung von dem anspruchsvollsten und kritischsten Publikum Europas anerkannt zu sehen. Er leitete aus diesen ersten großen Erfolgen die Pflicht des gesamten Judentums ab, sich mit seinen besten Kräften immer eifriger an der Aufwärtsentwicklung der modernen Kunst zu beteiligen. Und dann verbeugte er sich stolz-bescheiden und verließ unter donnernden Cheers die Bühne.

Nachdem ich gesehen habe, was beliebige Dilettanten, auf gut Glück herausgegriffen aus den unteren Schichten dieser in die westlichste aller Kulturen verschlagenen Orientalen, für ein starkes Talent zur Menschendarstellung, d. h. also zur künstlerischen Selbstentäußerung besitzen, habe ich begriffen, woher es kommt, daß in allen Kulturländern gerade das Theater von Angehörigen dieser Rasse überschwemmt wird. Geldgier und Ruhmsucht sind in diesem Falle sicher nicht die Triebkräfte; denn es gibt genug jüdische Schauspieler, die nicht im hellen Sonnenlichte des Glückes sitzen, und die ebenso wie ihre arischen Kollegen aus reiner Begeisterung für die Kunst frieren und darben. Denn gleichwie diese Rasse eine Neigung zur Spitzfindigkeit des Denkens, zum knifflichen Problem stellen, eine besondere Geschicklichkeit im Rätselraten und in raschen Kombinationen des Witzes ihr eigen nennt, die sie für die Juristerei besonders geeignet erscheinen läßt und ihren Handelsunternehmungen und Geldspekulationen so oft einen kühn-fantastischen Anstrich verleiht, so mag, im Verein mit solcher geistigen Disposition, auch der jahrhundertelange Druck, der auf dem Gemüt [pg 143]dieses Volkes lastete, die naive Lust am Mummenschanz zu der starken Sehnsucht hinauf gesteigert haben, wenigstens gelegentlich durch das Mittel des künstlerischen Selbstbetruges über das gedrückte Ich der Wirklichkeit hinauszukommen und im Rampenlichte Könige, Helden

155

und glückliche Liebhaber vorzustellen. Es ist überhaupt charakteristisch, daß gerade diejenigen Völker, deren Einwanderer sich in der Neuen Welt noch am fremdesten, am wenigsten von der Sympathie der dort herrschenden Rassen gestützt fühlen, am eifrigsten und mit dem größten Erfolg ihr nationales Theater pflegen. Neben den Juden sind dies die Chinesen, die gleichfalls in New York und San Franzisco stehende Bühnen unterhalten. Die Italiener und die Franzosen sehen ja an der großen Oper ihre nationale Kunst glänzend vertreten, aber auch sie werden vermutlich ebenso wie die Griechen und die zahlreichen Angehörigen der verschiedenen slawischen Volksstämme eifrig Liebhabertheater spielen. Ich habe leider davon nichts zu Gesicht bekommen.

ng des deutschen Theaters.
schwierigkeiten der deutschen Bühne.
: der Retter.

Aber seltsam muß es uns Deutsche berühren, daß dies ungeheure Neuland, als welches Deutschland es in musikalischer Beziehung überhaupt erst urbar gemacht und vollständig mit der Saat bestellt hat, die in Gestalt der großen Oper und eines blühenden Konzertlebens glänzend aufgegangen ist, doch kein deutsches Schauspielhaus von einiger Bedeutung mehr am Leben zu erhalten vermag. Wenn man bedenkt, daß der herrschenden Yankeerasse mit ihren 20 400 000 Köpfen 18 400 000 Amerikaner deutscher Abstammung gegenüberstehen, daß New York dem Prozentsatz der Einwohner deutscher Abstammung nach die zweitgrößte deutsche Stadt der Welt ist, so muß man sich baß verwundern, daß die wenigen stehenden deutschen Bühnen in den Vereinigten Staaten [pg 144]nicht nur künstlerisch immer mehr zurückgehen, sondern auch meistens mit schweren Existenzsorgen zu kämpfen haben. Bei längerem Hinschauen und ruhiger Überlegung wird diese traurige Tatsache allerdings verständlich. Die Nachkommen der Einwanderer beherrschen fast ausnahmslos das Englische schon besser als ihre Muttersprache, in der zweiten Generation haben es die meisten wohl schon ganz vergessen. Ferner ist zu bedenken, daß die weitaus überwiegende Zahl der Einwanderer den wenig gebildeten Ständen entstammt, bei denen naturgemäß von einem starken Pflichtbewußtsein als deutsche Kulturträger nicht die Rede sein kann. Wenn nun schon die Väter der fremden Sprache und damit der fremden künstlerischen Kultur kaum irgendwelchen Widerstand entgegensetzen, so wird dies bei ihren Kindern und Kindeskindern erst recht nicht der Fall sein. Es bleibt also von den 18 Millionen als befähigte Genießer und berufene Förderer des deutschen Dramas nur ein verhältnismäßig kleiner Bruchteil übrig, dessen Mitglieder zudem über den ganzen weiten Kontinent verstreut sind. Nun wird freilich in sehr vielen der zahllosen deutschen Vereine nicht nur das deutsche Lied, sondern auch die deutsche Poesie mit schönem Eifer gepflegt; es gibt auch reiche Deutsche genug, die nicht nur zugunsten eines Liebhabertheaters, an dem ihre Töchter und Söhne mitspielen, sondern auch zugunsten einer öffentlichen Bühne tief in ihre Taschen zu greifen bereit sind; aber nun taucht die andere große Schwierigkeit auf: Für welche Gattung deutscher Dramatik soll dies Geld gespendet, dieser rührende Eifer aufgewendet werden? Außer den paar akademischen Lehrern deutscher Literatur und einigen auf der Höhe der Bildung stehenden berufsmäßigen Kritikern haben doch nur verschwindend wenige Deutsch-Amerikaner ein [pg 145]so starkes Interesse an der Entwicklung speziell des Theaters, daß sie dem wunderlich sprunghaften Werdegang unseres Dramas in den letzten vier Jahrzehnten zu folgen imstande gewesen wären. Die internationale Mode hat lediglich das Musikdrama Wagners und seiner Nachfolger gestützt. Die Schulen Ibsens und der Naturalisten, der Neuromantiker, der Symbolisten, Satanisten, und wie sie sonst noch heißen mögen, deren Modeglanz oft schon verblaßt war, bevor ernsthafte Leute sich noch über ihren inneren Wert klar geworden waren, sie konnten zwar das deutsche Theaterleben stark anregen, besaßen aber nicht die Kraft, zumeist auch nicht einmal die Zeit, fruchtbar in die Ferne zu wirken. Die stärkste Auswanderung gebildeter Deutscher erfolgte aber in den Sturmjahren um 48 herum und in den ersten Jahren nach 1870. Die Begriffe vom deutschen Drama, die also unsere wichtigsten Kulturträger mit herüberbrachten, stammen noch aus der Zeit, als auf unserem Theater ein blasses Epigonentum herrschte. Von den aufregenden Kämpfen, die in den letzten vier Jahrzehnten unsere dramatischen Dichter nicht zur Ruhe kommen ließen und unseren Geschmack revolutionierten, hat das Deutschtum überm Ozean kaum einen Hauch verspürt. Was ist begreiflicher, als daß der Leiter eines deutschen Theaters in Amerika in der Aufstellung seines Repertoirs möglichst sicher gehen will? Da er mit gutem Grunde befürchten muß, sein Stammpublikum durch allzuviel Ibsen und Hauptmann zu langweilen, durch Ernst Hardt und Herbert Eulenberg vor den Kopf zu stoßen und durch Frank Wedekind zu entrüsten, weil die angelsächsische Geistesenge und Prüderie bei langem Aufenthalt im Lande schließlich doch auch auf die kecksten Deutschen abfärbt, so wird er sich darauf beschränken, neben den Klassikern das harmlose Familien[pg 146]lustspiel und das gesinnungstüchtige Thesenstück zu geben. Diese dramatische Kost wird nun allerdings auch den ganz anspruchslos und lammfromm gewordenen Deutsch-Amerikaner nicht zum entrüsteten Widerspruch reizen; sie wird ihm aber auch nichts zu geben vermögen, was sein

Gemüt in gesunde Wallung bringen und seinem Kopf zu denken geben könnte. Die sozialen Verhältnisse, auf denen das deutsche Familienstück beruht, die Konflikte, die durch Standesvorurteile oder durch spießbürgerliche Beschränktheit entstehen, auch manche Lieblingsfiguren dieser Gattung, der Schwerenöter in Uniform, der Backfisch, der schüchterne Kandidat usw. usw., sind ihm gänzlich fremd geworden. Wie sollten ihn Menschen und Verhältnisse auf der Bühne interessieren, die er in seiner Umwelt niemals gesehen hat? Neuerdings sind einzelne deutsche Theaterleiter auf den Ausweg verfallen, auch die deutsche Operette in ihren Spielplan aufzunehmen. Eine unglücklichere Idee konnten sie wohl nicht gut auftreiben; denn was gibt es auf theatralischem Gebiete Abschreckenderes und Jämmerlicheres als eine Operette, mit unzulänglichen Mitteln dargestellt? Zudem ist in den Vereinigten Staaten an Operettenbühnen wahrlich kein Mangel, und was Wien an Schlagern produziert, wird unfehlbar auf diesen Bühnen mit allem Pomp inszeniert und von den zugkräftigsten Spezialisten dieser Gattung dargestellt. Die Besonderheit der amerikanischen Operettendarstellung besteht darin, daß in ihr keiner der Darsteller auch nur eine Minute lang seine Gliedmaßen ruhig halten kann; jede Note schier wird mit einer Geste begleitet, und sobald ein flotter Rhythmus einsetzt, beginnen Chor und Solisten mit allen verfügbaren Extremitäten zu zucken, zu schlenkern, zu stoßen und zu schleudern – kurz, es ist ein wirbelndes Durcheinander taktmäßig [pg 147]in Schwung gebrachter Beine und Arme, von verzweifelten Anstrengungen ausgepumpter Lungen und heiser geschrier Stimmritzen begleitet. Wie arg nun auch dieser Stil einem gebildeten Geschmack auf die Nerven gehen mag, er ist einmal der herrschende geworden, und kein seßhafter amerikanischer Bürger wird sich eine Operette anders vorstellen können, denn als eine solche prunkvoll inszenierte, herrlich gewandete Universalzappelei mit Musikbegleitung. Was soll ihm unter solchen Umständen eine deutsche Operette bieten, die für den Mangel an kostspieliger Inszenierung und geschmackvoller Kostümierung keineswegs durch glänzende Leistungen des Orchesters und der Sänger zu entschädigen vermag? Sie kann nur dazu beitragen, seine Achtung vor dem deutschen Theaterwesen noch mehr herabzusetzen, als es Klassikervorstellungen mit dürftiger Ausstattung und mittelmäßigen Schauspielern schon zu Wege gebracht haben. Das Interesse für deutsches Theater und die Hochachtung vor der Leistungsfähigkeit der deutschen dramatischen Kunst kann meines Erachtens da drüben nur dadurch wieder erweckt werden, daß v o n D e u t s c h l a n d a u s große Mittel aufgewendet werden, um Gastspiele ganz hervorragender Truppen mit allerersten Schauspielern, bedeutenden Regisseuren und glänzender Ausstattung in den deutschen Hauptstädten der Union zu ermöglichen. Mit zweiter Garnitur und mit abgeblaßten Sternen in Dollarica zu arbeiten, hat gar keinen Sinn. Wenn M a x R e i n h a r d t seinen Plan verwirklicht, seinen „Ödipus", „Faust" und andere geniale Inszenierungen nach Amerika zu bringen, so wird er ganz sicher nicht nur gute Geschäfte machen und persönlich einen großartigen Erfolg erzielen, sondern er wird auch die Ehre der deutschen theatralischen Kunst wiederherstellen und [pg 148]für die Zukunft eine neue Möglichkeit schaffen, ein gutes deutsches Theater ständig drüben zu erhalten. Die Amerikaner wollen zunächst einmal verblüfft sein; es muß ihnen etwas noch nicht Dagewesenes gebracht werden. Eine Bombenreklame muß auch das ganze gebildete Publikum e n g l i s c h e r Z u n g e in dies Unternehmen locken, und dies gesamte Publikum englischer Zunge muß vor Neid bersten und zu dem Geständnis gezwungen werden, daß es dergleichen in seinem Theater noch nicht erlebt habe. Und der Stolz auf diesen Neid der Yankees wird das Solidaritätsgefühl der Deutsch-Amerikaner aufstacheln. Die Schecks für einen deutschen Theaterfonds werden sich zu einem Berge aufhäufen, und so gut, wie die jetzigen italienischen Leiter der großen Oper sich unsere ersten Sänger, Sängerinnen und Kapellmeister herüberkommen lassen, werden in Zukunft Unternehmer großen Stils die Mittel besitzen, sich unsere hervorragendsten Regisseure und Schauspieler zu kaufen. Und wenngleich die große Sensation, die das deutsche Theater in Mode bringt, von Sophokles und Goethe ausging, so wird sie in der Folge doch sogar die Denkfaulheit und die Prüderie des amerikanischen Durchschnittsmenschen besiegen und auch kühnere Neutöner unter den lebenden Dramatikern zu Worte kommen lassen. Wenn dann gegen den Geist des deutschen Dramas in den Zeitungen ein ebenso lauter Kampf entbrennt und ebenso heftig von den Kanzeln gedonnert wird, wie es gegen Richard Strauß' letzte Opernwerke geschah, so wird manch ein geplagter deutscher Theaterdirektor seinen Kahn schmunzelnd wieder flott werden sehen, und es wird sogar – was schließlich doch wohl das Beste dabei ist – wieder ein tüchtiges Stück Arbeit in der Richtung der kulturellen Germanisierung Amerikas geleistet werden können.

[pg 149]

Die amerikanische Presse.

In einer Ansprache, die Professor Henry Fairfield Osborn
von der Columbia Universität zum Beginn des
Wintersemesters 1910 an seine Studenten richtete, fand ich
folgende höchst bezeichnende Worte über die amerikanische
Presse, die ich hier in Übersetzung geben will: „Einen guten
Maßstab für die Kultur Ihrer Umwelt bildet der Tiefstand,
bis zu welchem Ihre Morgen-Zeitung sich dem Dollar
zuliebe prostituiert, ihre Schattierungen von Gelbheit, ihre
Frivolität, ihre Skrupellosigkeit. Mir scheint es manchmal
wirklich besser, überhaupt keine Zeitungen zu lesen, selbst
wenn sie gewissenhaft sind, und zwar wegen ihres Mangels
an Verständnis für die relative Wichtigkeit der
Haupterscheinungen des amerikanischen Lebens. Das
Abendblatt, welches am ernsthaftesten über unser
Studentenleben und Treiben berichtet, widmet einem
Fußballspiel sechs Spalten und einer großen
wissenschaftlichen Kontroverse zwischen zwei Hochschulen
sechs Zeilen! Das ist der Unterschied zwischen dem, was sein
sollte und dem, was praktisch *ist*. Amerikanische Lorbeeren
grünen für die gigantischen Industriehäuptlinge: wenn das
Leben eines solchen bedroht oder gar ausgelöscht ist, so
müssen ganze Morgen herrlichen Waldes fallen, um das
Material zu liefern für das Papier, das notwendig ist, um

seine Verdienste in das gehörige Licht zu setzen,
wohingegen unser größter Astronom und Mathematiker
dahingehen kann und vielleicht die Schale eines einzigen
Baumes genügt für die paar kurzen, unauffälligen Sätzchen,
die über seine Krankheit und seinen Tod berichten. Ver[pg
150]gleichen Sie einmal die Ausführungen der britischen
und der amerikanischen Presse über einen solch leicht
wiegenden Gegenstand, wie ein internationales Polo: die
ersteren allein sind lesenswert, weil sie von Fachleuten
geschrieben sind und unser Wissen von dem Wesen des
Spieles bereichern können. Über einen noch viel moderneren
Gegenstand, die Aviatik, suchen wir in unserer Presse
vergeblich nach irgendeiner soliden Belehrung über die
Konstruktion der Apparate. Oder nehmen wir das Thema
der praktischen Politik: der britische Student findet jede
bedeutungsvolle Rede, die in irgendeinem Teil des Reiches
gehalten wurde, in voller Ausführlichkeit in seinem
Morgenblatt; er bekommt also in seiner Eigenschaft als
Wähler sein Material aus erster Hand und nicht, wie wir, in
der subjektiven Darstellung des Redakteurs."

r für Kinder und Unmündige.

Diese Stichprobe aus dem Munde eines hochgebildeten
Amerikaners möge mir als Schild dienen gegen die empörten
Anfeindungen amerikanischer Patrioten, die sonst sicherlich
meine geringe Meinung von ihrer Presse als einen Ausfluß
bornierten europäischen Neides hinstellen würden. Jeder
ehrliche und geschmackvolle Mensch wird mir in der
Behauptung beistimmen müssen, daß wir Europäer ein
gutes Recht haben, über das kulturelle Niveau der Bürger
der Vereinigten Staaten bedauernd die Achseln zu zucken,
so lange sie sich eine solche Presse gefallen lassen. Professor
Osborns Meinung ist selbstverständlich auch die aller fein

empfindenden und für den guten Ruf ihrer Geisteshöhe besorgten Amerikaner; aber der Umstand, daß der Geschmack dieser Elite bisher noch nicht imstande gewesen ist, eine Wendung zum Besseren zu erzwingen, beweist leider, daß der schlechte Geschmack bei der erdrückenden Mehrheit zu finden sei. So lange der Stand der Zeitungsverleger noch nicht ausschließlich aus [pg 151]reinen Idealisten besteht, denen kein Geldopfer groß genug ist zur Hebung des geistigen Niveaus der Leserwelt, so lange wird selbstverständlich die Zeitung nach dem Geschmack ihrer Käufer zugeschnitten bleiben. Es gibt ohne Zweifel in den Vereinigten Staaten reichlich Journalisten, die sowohl Bildung als stilistisches Geschick genug besäßen, um auch einem erheblich anspruchsvolleren Publikum zu genügen. Es dünkt mich sogar nicht unwahrscheinlich, daß in dem Lande der glänzenden Redner, der scharfen, witzigen Beobachter und schlagfertigen Debatter mehr gute geborene Journalisten vorhanden sein dürften, als in manchen Ländern der Alten Welt; wie aber gegenwärtig die Dinge in der amerikanischen Presse liegen, haben die skrupellosen fixen Reporter das Übergewicht, und die besten Köpfe und Federn halten sich entweder der Tagespresse fern, oder schrauben, dem Zwange der Verhältnisse gehorchend, ihr Geistesniveau absichtlich herunter. Wie die amerikanische Presse nun einmal ist, erscheint sie in den Augen ernsthafter gebildeter Menschen als für Kinder und Unmündige zugeschnitten. Selbstverständlich ist drüben, wie schließlich auch überall in der Alten Welt, ein erheblicher Unterschied zwischen den solid fundierten, hochangesehenen alten Blättern und der gelben Sensationspresse modernster Aufmachung zu bemerken; aber das Betrübliche dabei ist eben, daß das Modernste auch das Schlechteste bedeutet, und daß die gebieterische Stimme des Publikums auch die besseren älteren Blätter zwingt, wenigstens in der äußeren Aufmachung sich immer mehr in jenem schlechten Sinn zu modernisieren.

Das sicherste Mittel, eine Tageszeitung herunterzubringen, besteht darin, sie mit Illustrationen zu versehen. Selbst unsere außerordentlich fortgeschrittene [pg 152]Technik ist noch nicht imstande, für den Rotationsdruck auf Zeitungspapier in Massenauflagen künstlerisch wirkende Bilder herzustellen, abgesehen davon, daß es auch nur in sehr seltenen Ausnahmefällen möglich sein wird, von Tagesereignissen im Laufe weniger Stunden flotte künstlerische Handzeichnungen zu erhalten. Es wird sich also für den Bedarf der Tagespresse immer nur um Photographien handeln können, die durch irgend ein billiges Verfahren wiedergegeben werden. Was dabei für den guten Geschmack herauskommt, wenn man den Tagesereignissen mit dem Kodak nachläuft, jedes Festessen mit Magnesiumblitzen auffängt und die berühmten Zeitgenossen tückisch im Vorübergehen knipst, das erleben wir ja seit einer Reihe von Jahren bereits an unseren Wochenschriften. Immerhin geht es da noch mit einem gelinden Schauder ab, denn die verfügen wenigstens über ein besseres Papier und mehr Zeit für sorgfältige technische Wiedergabe; im Hurrdiburr des täglichen Rotationsbetriebes wird aber aus einer festlich bewegten Volksmenge ein Chaos von Klecksen und aus der geistvollen Physiognomie eines erstklassigen Gentleman die Karikatur eines Raubmörders. Mit vollem Rechte sehen wir, wenigstens in Deutschland, gottlob noch jede illustrierte Tageszeitung für ein Kutscherblatt an, und der bessere Mensch schämt sich, damit einen geräucherten Hering einzuwickeln.

In der Neuen Welt aber gibt es, so viel mir bewußt, überhaupt keine unillustrierten Tageszeitungen mehr; selbst die ernsthaftesten Blätter, die noch auf ihren guten alten Ruf etwas halten, glauben es ihren Lesern schuldig zu sein, wenigstens Porträts vom Tage und humoristische Beigaben zu bringen. In den ausdrücklich für den Geschmack der großen Masse bestimmten Blättern [pg 153]aber sieht man vor lauter Illustrationen bald keinen Text mehr. Die eigentliche Sensationspresse, drüben die gelbe genannt, läßt auf ihrer ersten Seite unter lauter schreienden Aufschriften und Bildern sogar ihren eignen Titelkopf verschwinden! Am oberen Rand der Zeitung lese ich in Riesenbuchstaben: *„287 Menschen verkohlt"*, oder *„Rabenmutter läßt sieben Kinder verhungern"*, oder *„Das Arnoldmädchen mit Liebhaber in Neapel gesehen"* – wobei zu bemerken ist, daß „das Arnoldmädchen" die durchgebrannte Tochter einer hochachtbaren bekannten Familie ist, die sich durch solch rohes Ausbrüllen ihres Herzeleides wie öffentlich geohrfeigt vorkommen muß! Dann folgen große Porträts der Rabenmutter mit den sieben Kindsleichen, wüst hingekleckste Darstellungen der großen Brandkatastrophe, Aufnahmen des Arnoldmädchens als Baby, als Schulmädel, als junge Dame, ihrer Eltern und ihres Entführers. Falls der letztere nicht wirklich von einem Detektiv oder Reporter geknipst werden konnte, tut es das Bild eines beliebigen anderen jungen Mannes natürlich auch. Reporternachrichten, wahre und unwahre, Telegramme über das gerade vorliegende Hauptereignis des Tages aus dem Bereich der Unglücks-, Verbrechens- oder Skandalchronik füllen die erste und vielleicht auch noch die zweite Seite aus; nötigenfalls schließen sich hier die Schauer- und Trauerfälle aus den anderen Teilen der Union und den anderen Weltteilen an. Jedenfalls bleibt als blamable Tatsache bestehen, daß alle die Nachrichten, die bei uns unter der Rubrik „Unglücksfälle und Verbrechen" in möglichst knappen Notizen abgetan und nur von den Armen im

Geiste mit lebhaftem Interesse gelesen werden, drüben an erster Stelle stehen und den meisten Raum beanspruchen, selbst in Blättern, die für anständig gelten. Den Sportereignissen werden tagtäglich, winters [pg 154]und sommers, viele, viele Spalten und massenhafte Illustrationen gewidmet. Auf diese Weise gelangt schließlich jeder amerikanische Junge, der sich auf dem grünen Felde in irgendeinem Sport eifrig betätigt, einmal dazu, seine interessanten Züge in der Zeitung festgehalten zu sehen, und daß das der jugendlichen Eitelkeit schmeichelt, ist ja begreiflich – weniger begreiflich jedoch, daß die Nation es nicht müde wird, jahraus, jahrein seine Bills, Bobs, Dicks, Johns und Jacks zum Frühstück serviert zu kriegen. Alle prominenten Persönlichkeiten, die gerade irgendwie von sich reden machen, werden fleißig interviewt und selbstverständlich abgebildet. Mehr oder minder harmlose Indiskretionen aus dem Leben der gerade im Brennpunkt des Tagesinteresses stehenden Personen füllen zahlreiche Spalten, und Big Bill (der Präsident Taft) muß sich's gefallen lassen, ebenso burschikos angeulkt zu werden, wie irgendein Brettlstern. Um auch das meist trockene Gebiet der Politik nicht ganz ohne den Reiz der Illustration zu lassen, verfällt man auf die seltsamsten Auskunftsmittel. So war um die Weihnachtszeit 1910 unter den Nachrichten aus dem Weißen Hause *The Spinster Aunt* Big Bills, d. h. die Altjungferntante des Präsidenten, im Bilde zu sehen, welche ihrem lieben Neffen eigenhändig Lebkuchen und andere Gutseln gebacken hatte; das Paket und einzelne Gutseln waren gleichfalls abgebildet! Die Politik nimmt in den Sensationsblättern nur in Zeiten der Wahlkämpfe einen großen Raum ein, und die Sprache, die sie dann führt, zeichnet sich durch hahnebüchene Derbheit aus; jedes Mittel ist ihr recht, um den Parteigegner zu verunglimpfen. Sachlich gehaltene, gedankenvolle Leitartikel findet man nur in den besten Zeitungen. Einen breiten Raum beansprucht ferner die Rubrik, die bei uns „Hof und Gesellschaft" überschrieben zu sein [pg 155]pflegt. Während aber bei uns nur die regierenden Häuser, der höchste Adel und ganz wenige große Persönlichkeiten der offiziellen Welt in dem Glashause der Öffentlichkeit sitzen, berichtet die amerikanische Presse tagtäglich von dem Leben und Treiben nicht nur ihrer höchsten Beamtenschaft, ihrer Multimillionäre und Modeberühmtheiten, sondern über alle ihre besser gestellten Mitbürger, soweit sie ein Haus ausmachen. „Mister und Missis Habakuk J. Flips von 132. Straße W. 385 hatten gestern abend zu Ehren ihrer Tochter Margaret Blossom, die ihr sechzehntes Lebensjahr erreichte, Gäste eingeladen. Unter den prominenten Persönlichkeiten bemerkte man ... usw." So geht es spaltenlang fort während der ganzen Saison. Wenn Damen aus der Gesellschaft für die Wohltätigkeit irgendeine Unterhaltung veranstalten, so bringt die Presse die Portraits sämtlicher Patronessen und ausführliche Berichte; ebenso wenn ein bekannter Bürger der Stadt eine große Reise unternimmt, wenn seine Tochter als Schönheit in der Gesellschaft Aufsehen erregt, oder sein Sohn beim Fußballspiel einige Rippen eingetreten kriegt, oder sein zu drei Viertel verkalkter Großvater achtzig Jahre alt wird – kurz und gut, der Markt der lieben Eitelkeit wird reich beschickt und trägt zu der fürchterlichen Papiervergeudung, als welche sich das ganze Preßunwesen darstellt, am meisten bei. Über Theater und Musik kann man unmittelbar neben den brillant geschriebenen Artikeln feiner Kenner in weit größerer Ausdehnung das alberne Gewäsch der Reporter finden, ebenso wie sich auch zwischen allen anderen Spalten unmittelbar neben dem sachverständigen Urteil des gereiften Fachmannes die zum Urteilen gänzlich unqualifizierte Volksstimme, das Gänsegeschnatter des Salons und der blödeste Tratsch der Hintertreppe breit macht. Hat man in dem Wirrsal von Nichtigkeiten [pg 156]doch einmal einen wirklich fesselnden, bedeutsamen Artikel erwischt, so wird man wieder des Genusses nicht froh durch die abscheuliche Gepflogenheit, den Text durch Geschäftsreklamen zu unterbrechen. Schreibt da ein feiner Kopf über irgendeine brennende, sagen wir sozialpolitische Frage. Ich folge gespannt den geistvollen Ausführungen, bis plötzlich in der Mitte der Spalte meine Augen vor einem Hindernis stutzen, denn da schiebt sich, dick und schwarz umrändert, die Reklame eines Apothekers für sein neues Abführmittel hinein; oder ich erbaue mich eben mit innerlichem Schmunzeln an den philosophischen Aphorismen zur Lebenskunst, die ein witziger Kopf in fein geschliffener Form zum besten gibt (eine Rubrik hierfür befindet sich in allen besseren Zeitungen und scheint sehr beliebt zu sein). Plötzlich wird eine reizende Bosheit über die Liebe durch das sich breit hereindrängende Inserat einer Bestattungsgesellschaft unterbrochen mit der fett gedruckten Überschrift: „Wähle dir nie dein Leichenbestattungsgeschäft aus persönlicher Freundschaft, denn wenn du das tust," geht es nun in kleinem Druck weiter, „so schädigst du erstens den Toten, weil du ihm nicht die erste Qualität Leichenbestattung zukommen läßt, und lädst zweitens den Hinterbliebenen eine Schuldenlast auf, für die sie keine Valuta empfangen haben, weil ein kleines Unternehmen, das jährlich nur wenige Begräbnisse zu liefern hat, selbstverständlich nicht so reich ausgestattet sein kann, wie ein großes von unserem Rang, und dennoch viel höhere Preise berechnen muß, weil es ja auch davon leben will. Unser Institut dagegen liefert ihnen zu billigerem Preise als irgendein anderes alles, was nur ein liebendes Herz zur Erweisung der letzten Ehre für seine teuren Verblichenen sich wünschen kann. Jedermann kann sich bei uns nach seinen eignen Ideen [pg 157]begraben lassen, wir haben Leute von allen Rassen, Glaubensbekenntnissen und Bruderschaften zu unserer Verfügung." Doppelstrich, – und

dann geht es weiter im Text. So muß ich unglücklicher
Zeitungsleser mir meine Reflexionen über die Liebe durch
den unangemeldeten Besuch der Leichenwäscherin stören
lassen; kann keinen Leitartikel bewältigen, ohne peinlichst
an meine angeschoppte Leber, meine verdickte Galle oder
mangelhafte Darmtätigkeit erinnert zu werden, und selbst
wenn ich den harmlosen Roman in der Beilage schmökern
will, halten mir die eifrigen Verkäufer aller möglichen Waren
fortwährend ihre Muster mit lautem Geschrei unter die
Nase.

eller Schlangenfraß.

Ich kann die aufreizende Wirkung dieser ewigen
geschmacklosen Unterbrechungen nur mit den Gefühlen
vergleichen, die das Telephon im Busen des modernen
Menschen auslöst, wenn es ihm rücksichtslos in seinen
Schlaf, in seine Andacht, in sein Nachdenken und seine
Liebesfeier hineinklingelt. Man merkt auch aus dieser
Aufmachung der Zeitung, daß der Durchschnittsamerikaner
keinen Anspruch auf Schonung seiner Nerven erhebt. Er
scheint seine Zeitung zu lieben, so wie sie ist, denn er
widmet ihr alle seine freien Augenblicke, selbst während der
Geschäftsstunden, und es ist für den denkenden Europäer
höchst verwunderlich zu beobachten, wie Leute der
verschiedensten geistigen Rangklassen, ohne Unterschied
des Alters und Geschlechts, den nämlichen intellektuellen
Schlangenfraß geduldig und sogar wohlig hinunterwürgen.
Man traut seinen Augen nicht, wenn man einen
ehrwürdigen Greis, dessen hohe, ausgearbeitete Stirn
beträchtlichen Verstand bezeugt, mit verhaltenem Gekicher
die sogenannte humoristische Ecke seiner Zeitung studieren
sieht. In dieser Abteilung erscheint nämlich, ich weiß [pg
158]nicht seit wieviel Jahrzehnten bereits, tagtäglich eine

Bilderserie von absichtlich unbeholfenen Karikaturen im Stile unseres „kleinen Moritz". Die scheußlichen Fratzen, welche sich die amerikanischen Exzentrikkomiker des Varietés anzuschminken pflegen, fanden vielleicht ihre ersten Vorbilder in den tonangebenden Karikaturenzeichnungen der Tagesblätter, und diesen Fratzen hängen Zettel aus dem Munde, auf denen ihre erschütternd witzigen Aussprüche verzeichnet stehen. Gewiß können auch solche grotesken Kindereien zur Abwechslung einmal einen anspruchsvolleren Menschen belustigen – die goldig harmlosen Dollarikaner aber lassen sich in fast all ihren Blättern tagtäglich diesen Infantilismus gefallen; Sonntags kriegen sie sogar ganze Seiten davon in Buntdruck!

Ein wenig begreiflicher wird einem ja allerdings diese kindliche Anspruchslosigkeit des Geschmacks, wenn man das unbegrenzte Vertrauen, das der amerikanische Leser in die Allwissenheit seiner Zeitung setzt, beobachtet. Wer kein Konversationslexikon im Hause hat, telephoniert an eine beliebige Redaktion und setzt voraus, daß er da eine prompte Auskunft auf alle erdenklichen Fragen erhält. Die Naivität der guten Leute geht soweit, daß sie dem Mister Editor sogar ihre Herzensgeheimnisse anvertrauen und ihn um guten Rat bitten. Manche Zeitungen haben eine eigne Abteilung für solche vertraulichen Auskünfte, die manchmal in ganz ernsthaftem Ton gegeben, oft aber auch von dem spaßhaften Redakteur zur ironischen Verulkung der Einfalt benutzt werden. Ich schlage eine angesehene Chicagoer Zeitung auf und finde unter der Rubrik „Die Frau und ihre Interessen" folgende Anfrage aus dem Leserkreise: „Liebes Fräulein Libbey!" – das ist die Redaktrice dieser Abteilung – „Schreiber dieses ist ein junger Mann, welcher in einer [pg 159]Landstadt lebt und keine Erfahrungen mit dem schönen Geschlecht hat. Letzte Woche begegnete mir eine junge Dame, und ich verliebte mich ganz verzweifelt in sie, sie machte mir aber nicht die geringsten Avancen. Mein Vater ist Besitzer einer Lohnkutscherei in der Stadt, und ich fahre den Omnibus vom Bahnhof. Wenn diese junge Dame von mir vom Bahnhof nach ihrer Wohnung gefahren zu werden wünschen sollte, würden Sie mir raten, sie gratis mitzunehmen? C. A."

Antwort: „Ja, das könnte Ihnen schon vorwärts helfen."

Ist das nicht rührend niedlich?

:n.

Eine allbekannte Eigentümlichkeit der amerikanischen Tageszeitung sind die *Head lines* (Kopfzeilen). Die Redaktionen haben einen eignen Mann, welcher nichts zu tun hat, als die vorliegenden Manuskripte mit solchen auffallenden, kurz orientierenden Überschriften zu versehen, und dieser Mann wird gut bezahlt. Der europäische Leser läuft anfangs blau an vor Wut über diese gräßlichen *Head lines*; er fühlt sich zum Idioten erniedrigt, weil man durch diese Überschriften, die jeden Artikel alle Nase lang zusammenfassend unterbrechen, im Grunde genommen doch nur ausdrücken will, daß man ihn für zu stumpfsinnig halte, als daß er imstande sei, sich selber über den Hauptinhalt des Gelesenen klar zu werden. Er ärgert sich noch ganz besonders über die Gepflogenheit der Herren Headliner, bei Berichten über Äußerungen hervorragender Persönlichkeiten zu Tagesfragen den Namen des Sprechers weg zu lassen. Da steht also z. B. fett und gesperrt gedruckt: *„Sagt, Kalifrage nicht schuld"*, und erst in dem in Diamant- oder gar Perlschrift ohne Durchschuß gesetzten Text erfährt man, daß es sich um den amerikanischen Botschafter in Berlin [pg 160]handele, der die Mutmaßung zurückweise, daß seine Haltung in der Kalifrage die Ursache seiner Abberufung gebildet habe. – Ein Bericht über mein und meiner Frau Auftreten in einem Universitätshörsaal war beispielsweise überschrieben: *„Tituliertes Paar produziert sich vor erlesener Hörerschaft"*. Oder ein Mordbericht ist überschrieben: *„Pfeift Signal aus Liebestagen, tötet sodann Frau"*. Genug der Beispiele. Aber derselbe Europäer, der anfangs mit knapper Not dem Schlagfluß entging vor Ärger über so viel Kinderei und grobe Geschmacklosigkeit, kommt schon nach acht Tagen sicherlich dazu, die Einrichtung der Headlines zu segnen, denn sie bedeuten tatsächlich den Ariadnefaden, der allein einen durch das Labyrinth der zu wüsten Haufen aufgetürmten Tagesneuigkeiten sicher hindurchgeleiten kann. Mit Hilfe der Headlines ist man nämlich imstande, die umfänglichste Tageszeitung in fünf Minuten zu erledigen, während man reichlich fünf Stunden brauchen würde, wenn man den ganzen klein gedruckten Text lesen wollte. Sie sind also im Grunde eine ungemein menschenfreundliche Einrichtung.

er Reporter.

Es sei mir gestattet, aus meiner eignen Erfahrung ein kleines Beispiel dafür anzuführen, was der Amerikaner unter journalistischer *Smartness* versteht. In St. Louis wurde uns unmittelbar nach unserer Ankunft früh morgens ein Reporter gemeldet, der uns zu interviewen wünschte. Ich merkte sehr bald, daß der sympathische, bescheidene junge Mann keinen blassen Schimmer hatte, wer wir waren, und er gestand auch lächelnd ein, daß ihn nur der „Baron" veranlaßt habe, uns so rücksichtslos zu überfallen, ehe wir uns noch den Schmutz der Nachtfahrt abgespült hatten. Da in jenen Tagen die Aufführung von Richard Strauß' „Salome" in Chicago viel Staub auf[pg 161]wirbelte, und die

Leute von St. Louis mit Spannung darauf warteten, ob ihr Stadtoberhaupt die Aufführung dieses gotteslästerlichen Werkes gestatten werde, so brachte ich den netten jungen Mann auf die Idee, mich über meine Beziehungen zu Strauß und meine Ansicht über „Salome" auszufragen. Er stenographierte fleißig, und wir brachten, wie mir schien, ein ganz nettes Feuilleton zustande. Höchst vergnügt zog er mit seiner Beute ab. Bereits eine Stunde später wurden wir von seiner Redaktion angeklingelt: da habe ihnen einer ihrer jungen Leute ein ganz blödsinniges Gewäsch abgeliefert, wir sollten doch die überflüssige Belästigung entschuldigen und den Besuch eines anderen jungen Herrn ihrer Redaktion freundlichst empfangen. Bereits nach zehn Minuten erschien dieser Ins-Reine-Interviewer. Nachdem der schneidige, elegante junge Mann seinen Kollegen für einen Trottel erklärt hatte, ließ er sich ein Bild von meiner Frau geben und fragte sie, wie ihr die amerikanischen Männer gefielen, ob ihr die glattrasierten Gesichter lieber seien als die Schnurrbärte, was sie von den Humpelröcken halte, ob sie nach dem Westen zu gehen beabsichtige, ob sie sich nicht vor den Cowboys dort fürchtete – und dergleichen weltbewegende Wichtigkeiten mehr. In der Nachmittagsausgabe seines höchst gelben Blattes erschienen bereits Bild und Interview, und es wurde uns nachher von vielen Leuten bestätigt, daß das Publikum tatsächlich dergleichen platte Nichtigkeiten sehr gerne lese. Einige Tage später waren wir zu Gast bei dem Besitzer jener Zeitung. Wir fanden ein reizendes Heim und eine aus belangreichen Männern und interessanten Frauen anmutig gemischte Gesellschaft und in der Gattin des Hausherrn eine hochgebildete, geschmackvolle und fein empfindende Dame.

ṣglichkeiten für die Zeitung.

Ich glaube, aus dieser und manchen ähnlichen Erfahrung [pg 162]schließen zu dürfen, daß der Tiefstand der amerikanischen Presse durchaus nicht immer einen Rückschluß zulasse auf mangelhafte Befähigung der amerikanischen Journalisten. Im Gegenteil: diese Damen und Herren verfügen nicht selten über eine sehr gute Bildung, über eine höchst gewandte Feder, einen schlagfertigen Witz, und es wäre sehr wohl möglich, mit denselben Mitarbeitern auch eine nach unserem Geschmack gute Zeitung herzustellen. In allem Technischen ist uns die amerikanische Presse sogar vielfach überlegen. Die Schnelligkeit der Berichterstattung und besonders die Schnelligkeit in der Herstellung dieser, an Umfang unsere Tagesblätter meist weit übertreffenden Zeitungen sind ganz erstaunlich, und die Art und Weise, wie die Zeitung oft tatkräftig in öffentliche Angelegenheiten von Bedeutung eingreift, und wie sich bei solchen Gelegenheiten der Journalist zum Volksmanne großen Stiles, zum erfolgreichen Anwalt der Verkannten und Unterdrückten entwickelt, kann uns nur mit aufrichtiger Hochachtung erfüllen. Ich brauche wohl nur die Namen *New-York Herald* und *Henry M. Stanley* zu nennen! Es betätigen sich eben im Journalismus nicht nur Leute, „die ihren Beruf verfehlt haben," nicht nur Klugschwätzer und Geistprotzen, sondern auch Tatmenschen, Willensgenies – weil sie wissen, daß aus einem Journalisten alles werden kann: ein Nordpol-Entdecker, ein Sherlok-Holmes, ein Theatertrustmagnat, ein Präsident der Republik! Unserer deutschen Eitelkeit ist es besonders schmeichelhaft, daß unter den hervorragendsten Journalisten englischer Feder sich auch zahlreiche deutsche Einwanderer befinden. Der anerkannt beste Musikkritiker New Yorks ist ein Deutscher; in dem am *Boston Transcript*, einer in geistigen Dingen führenden Tageszeitung, angestellten Redakteur für literarische Angelegenheiten entdeckte ich einen [pg 163]ehemaligen Wiener

Feuilletonisten; er schreibt jetzt, wie viele seiner Landsleute im Journalismus und im Lehrfache, ein vorbildliches Englisch. Wenn solchen reichen Möglichkeiten zum Trotz dennoch das allgemeine Niveau der Tagespresse so erschreckend niedrig ist, so sind daran in der Hauptsache doch wohl nur die Verleger schuld, die sich an das gefährliche Goethewort halten: „Wer vieles bringt, wird manchem etwas bringen.“

Eine Zeitung für jedermann aus dem Volke kann es aber vernünftigerweise überhaupt nicht geben; denn was das Herz eines Waschweibes erfreut, bedeutet für einen denkenden Menschen eine schwere Beleidigung, was eine weltkluge Frau von reifem Verstande lebhaft interessiert, langweilt vielleicht einen aufgeweckten Ladenschwung zum Gähnen usw. usw. Eine Zeitung kann ungemein erziehlich wirken nicht nur für den Geschmack, sondern auch für die guten Sitten und sogar für das Denkvermögen ihrer Leser, indem sie allgemein verständlich schreibt, ohne sich jedoch zu dem Geschmack und dem beschränkten Begriffsvermögen der geistig Minderwertigen herabzulassen, indem sie den niedrigen Instinkten der Masse keine Konzessionen macht und den Erbärmlichkeiten gegenüber, die die Wogen des Lebens tagtäglich ans Ufer der Öffentlichkeit schleudern, gewissermaßen die Funktionen der Gesundheitspolizei ausübt, dadurch daß sie alle übel riechenden Materien diskret entfernt oder wenigstens desinfiziert und zum Nutzen der allgemeinen Moral chemisch verarbeitet. Die jämmerliche Liebedienerei, welche fast die gesamte amerikanische Tagespresse der Masse gegenüber betreibt, wirkt jedoch als schweres Kulturhemmnis, geschmacksverderbend und sogar demoralisierend. Daß sie, wie ich in den Ausführungen über öffentliche und private Moral bereits hervorhob, trotz ihrer [pg 164]indiskreten Zudringlichkeit, vor der selbst die zartesten Geheimnisse des

Familienlebens nicht sicher sind, geschlechtlichen Dingen gegenüber eine geradezu ängstlich prüde Zurückhaltung ausübt, verringert die moralischen Gefahren, die sie heraufbeschwört, nicht im geringsten, wenn anders man zugibt, daß Moral keineswegs im Nichtswissen um die Natürlichkeiten des Geschlechtslebens besteht, sondern darin, daß man seinen Mitmenschen gegenüber eine anständige Gesinnung betätigt und seine schlechten Triebe in strenge Zucht nimmt. Wer den Instinkt der Masse zum obersten Richter über die Moral und den gesunden Menschenverstand zum Minister der geistigen Angelegenheiten einsetzt, der trägt notwendig zur Verflachung der Kultur bei. Und wer einmal vor dem Mob eine etwas zu tiefe Verbeugung gemacht hat, dem setzt er sich leicht auf den Nacken und reitet ihn in den Sumpf der tödlichsten Trivialität hinein. Es ist sehr schwer, sich da wieder herauszurappeln.

ısartikel ernster Zeitschriften.

Auch dafür liefert uns die amerikanische Presse ein warnendes Beispiel; anstatt daß nämlich, um die Geringwertigkeit des täglichen Massenfutters auszugleichen, die Wochen- und Monatsschriften nun erst recht auf nahrhafte Qualität der von ihnen aufgetischten Geistesspeise ausgingen, sehen wir sie vielmehr fast samt und sonders von dem bösen Beispiel der Tagespresse angesteckt. Auch ihr Feldgeschrei lautet: Sensation um jeden Preis! Ich weiß nicht, ob es ein einziges Blatt in Amerika gibt, das absichtlich den Kreis seiner Leser einschränkte, um zwanglos zu einer Gemeinde von Auserwählten sprechen zu dürfen. Weil der Hunger nach Sensation, durch die schlechte Presse geflissentlich genährt, nunmehr bereits eine Charaktereigenschaft des ganzen Volkes geworden ist, so glauben ihm heute auch die guten, alten Wochen- [pg 165]und Monatsschriften Rechnung tragen zu müssen, wenn es auch nur mit einem einzigen Artikel wäre. Wenn man den Herausgebern daraus einen Vorwurf macht, so erwidern sie einem achselzuckend: „Ja, dieses einen Artikels wegen wird aber unsere Zeitschrift gekauft; bringen wir ihn nicht, so schnappt uns die Konkurrenz die Leser weg." Dieser eine Sensationsartikel, der zum Ärger geschmackvoller Menschen die Physiognomie einer sonst vornehmen Zeitschrift verschandelt wie eine behaarte Warze das Antlitz einer feinen, liebenswürdigen Matrone, wird bezogen aus dem Reiche des Schwindels, der literarischen Hochstapelei, er wird eingegeben vom Neid, von der Rachsucht, vom Cynismus derer, die nichts mehr zu verlieren haben. Während meiner Anwesenheit in den Vereinigten Staaten brachte so eine angesehene Zeitschrift einen Artikel, in welchem behauptet wurde, daß in New York täglich etliche hunderttausend Stück faule Eier importiert würden, und daß sämtliche Zuckerbäcker ihre appetitlichen Süßigkeiten grundsätzlich nur aus faulen Eiern herstellten! Und eine Monatsschrift von noch älterem Rufe entwarf ein schaudererregendes Bild von der lebensgefährlichen Ignoranz der amerikanischen Ärzte, insonderheit der Chirurgen. Da wurde als Beispiel erzählt, daß ein Chirurg mit großer Praxis eine Reise ins Ausland unternehmen wollte und seine Patienten einem älteren, angesehenen Kollegen empfahl; darunter eine Dame, an der er eine Blinddarmoperation ausgeführt hatte, die aber neuerdings wieder über Schmerzen klagte. Der ältere Kollege habe die Dame untersucht und beim besten Willen keine andere Diagnose als Blinddarmentzündung stellen können. Schließlich sei der Zustand der Dame so besorgniserregend geworden, daß sie selber auf eine nochmalige Operation bestanden habe. Dabei zeigte sich, [pg 166]daß der Blinddarm, und zwar in scheußlicher Verfassung, noch vorhanden war. Als der jüngere Kollege dann zurückkehrte und von dem sonderbaren Ergebnis der Operation erfuhr, habe er totenblaß ausgerufen: „Mein Gott, was habe *ich* dann da der Dame herausgeschnitten!?" Ich müßte mich sehr täuschen, wenn ich diesen Scherz nicht schon vor dreißig Jahren in Deutschland gehört hätte; aber er genügte, gehörig aufgefrischt, um die sämtlichen medizinischen Fakultäten, die ganze Ärzteschaft der Vereinigten Staaten mobil zu machen und einen erbitterten Kampf der Meinungen zu entfachen, von dem jene tüchtige alte Monatsschrift schmunzelnd den Profit einstrich. Man sieht aus diesen Beispielen, daß sich der Sensationsgier zuliebe selbst die für die geistige Oberschicht arbeitende Presse kein Gewissen daraus macht, mit der Ehre des Einzelnen, eines ganzen Standes, eines Berufs oder gar der ganzen Nation ein frivoles Spiel zu treiben. Die Entschuldigung dafür klingt freilich plausibel genug: „Was wollen Sie?" sagen einem die Herausgeber, „die Wissenden täuschen wir ja doch nicht mit solchem Bluff, die amüsieren sich nur darüber, und im übrigen wird so unendlich viel gedruckt und gelesen, daß das Publikum es ja doch nicht alles behalten kann. Wenn also die ärgsten Lügen wirklich einmal nicht einwandfrei dementiert werden sollten, so vergißt sie das Publikum doch sicher über der nächsten Sensation. Wo bleibt also der große Schaden, den wir stiften sollen?"

Es muß allerdings zugegeben werden, daß unter den besonderen amerikanischen Verhältnissen der Schaden vielleicht geringer ist, als er bei uns in Deutschland sein würde, weil dort verhältnismäßig nur wenige Menschen auf ein Blatt abonniert sind. Der Großstädter zumal kauft sich seine Zeitung und selbst seine Wochen- und [pg 167]Monatsschrift auf der Straße, und zwar heute die und morgen jene, wie es der Zufall will. Er lernt also die politischen Tagesfragen heute in republikanischer, morgen in demokratischer Betrachtung kennen; er sieht heute rot, morgen blau und übermorgen gelb – wenn er noch seinen eignen grünen Optimismus hinzutut, ergibt die Mischung nach dem Newtonschen Gesetz schließlich doch das Weiß der reinen Wahrheit! Die Gefahr der Verblödung durch die Presse ist also schließlich doch nicht so groß, wenigstens für den an sich schon freieren Geist. Gesetzt aber selbst den Fall, daß unter den etlichen 90 Millionen Menschen, welche die Vereinigten Staaten bevölkern, nur wenige Tausend noch auf dem kindlichen Standpunkt stehen sollten, alles, was gedruckt ist, für wahr zu halten, so bliebe noch immer die ungeheure Blamage vor der übrigen gebildeten Welt, welche doch nicht gut umhin kann, die Intelligenz und den Geschmack der ganzen Nation nach der Presse zu beurteilen, die sie sich gefallen läßt.

che Presse.

Es sei übrigens nachdrücklich betont, daß wenigstens ein Teil der deutschen Presse Amerikas, und besonders der führenden Blätter New Yorks, sich die redlichste Mühe gibt, sich über den Standard der englischen Presse zu erheben. In den großen deutschen Zeitungen findet man, besonders über das Ausland, eine bei weitem ausführlichere und zuverlässigere Berichterstattung, als selbst in der guten englischen Presse. Und was beispielsweise die New Yorker Staatszeitung in ihrem Sonntagsblatt an Belehrungs- und Unterhaltungsstoff bietet, wird an Qualität und Quantität von keiner unserer Zeitungen erreicht. Aber freilich: die große Mehrzahl der deutschen Einwanderer amerikanisiert sich überraschend schnell in Dingen des Ungeschmacks und der oberflächlichen Neu[pg 168]gier, und so zwingt der Selbsterhaltungstrieb auch die deutschen Blätter, manchen betrüblichen Unfug mitzumachen. Die Frage ist nun die: ist es überhaupt möglich, diesem rapiden Herabsinken Einhalt zu gebieten in einem großen demokratischen Freistaat, in dem die Masse sich zum allmächtigen Tyrannen aufgeschwungen hat? Ich habe an anderer Stelle ausgeführt, daß es die natürliche Tendenz jeder menschlichen Gemeinschaft sei, eine Aristokratie aus sich heraus zu entwickeln. Nun, ich sehe auch die Vereinigten Staaten auf dem besten Wege dazu. Die Zeit muß kommen, wo diese Aristokratie zahlreich und stark genug ist, um die geistige Führung an sich zu reißen. Eine aristokratische Kultur aber läßt sich eine kulturlose Presse nicht gefallen. Die gebildete Welt wird die Amerikaner erst dann unter die Kulturvölker rechnen, wenn sie eine Presse besitzen, die es sich zur heiligen Aufgabe macht, den Geschmack der Masse zu vergewaltigen.

[pg 169]

Von der demokratischen Gesellschaft.

›kratische Freiheit.

Deutsche Auswanderer, die in den Vereinigten Staaten zu

Wohlstand gelangt sind, und es sich leisten können, von Zeit zu Zeit die alte Heimat zu besuchen, versichern einen in weitaus den meisten Fällen, daß sie mit staunender Genugtuung den großen Aufschwung des Vaterlandes in wirtschaftlicher, verkehrstechnischer, wissenschaftlicher und künstlerischer Beziehung wahrgenommen, daß sie mit stiller Rührung so manche treu behütete Wahrzeichen der Vergangenheit, liebenswürdige alte Sitten und Gebräuche, feuchtfröhliche Kneipwinkel und traute Gemütlichkeit im Familienheim wieder gefunden und ihre Heimatliebe dadurch gestärkt hätten. Wenn man sie aber dann fragt, ob sie denn das alles nicht in der Neuen Welt schmerzlich vermißten und ihr Leben nicht lieber mehr oder minder bescheiden, jedenfalls aber in der ruhigen Behaglichkeit des Rentners in der alten Heimat beschließen wollten, da bekommt man fast immer zur Antwort: „Nein, Wurzel fassen könnte ich auch in dem üppigen modernen Deutschland nicht mehr. So sehr ihr auch fortgeschritten seid, so habt ihr doch noch keine Ahnung von der wahren demokratischen Freiheit. Ihr fühlt euch immer noch als Untertanen, und es scheint euch vollständig in der Ordnung, euch euer ganzes Leben lang von euren großen und kleinen Fürsten, von Adel und Geistlichkeit, von euren geschwollenen Beamten und aufdringlich neugierigen Polizeiorganen grob oder sanft stupfen, gängeln und behüten zu lassen. Euer Dasein ist nach wie vor umzäunt von Warnungs- und Verordnungstafeln, der freie Entschluß [pg 170]und die freie Meinung trauen sich immer noch nicht recht heraus, ihr wartet immer noch auf Erlaubnis oder Befehl von oben, anstatt auf Biegen oder Brechen dem Unheil Trotz zu bieten. Die Disziplin und Ordnung bei euch ist ja eine ganz schöne Sache, aber die behagliche Ruhe, die sie bieten, muß doch mit zu viel Demütigungen des Selbstbewußtseins erkauft werden. Eure gesellschaftlichen Einrichtungen erscheinen uns Republikanern nun vollends lächerlich und unerträglich, denn ihr habt ja noch kaum angefangen, mit den unmöglichsten Standesvorurteilen und dem engherzigsten alten Kastengeist aufzuräumen. Das sind die Gründe, weshalb ein Mensch, der etliche Jahrzehnte lang die Luft echter demokratischer Freiheit geatmet hat, im alten Vaterlande nicht mehr heimisch werden kann." Und dann werden einem allerlei blamabel komische Reiseerlebnisse aufgetischt, die dieses Urteil über unsere Unfreiheit erhärten sollen: polizeiliche Meldeformulare, welche nicht nur Namen, Stand und Herkunft, sondern auch Alter, Religion und Zweck des Aufenthalts des Reisenden zu wissen begehren, das Zusammenknicken schnauzender Beamten vor einer Leutnantsuniform, die aufgeregte Wichtigtuerei des Mannes mit der roten Mütze, der mit Papieren in der Hand auf dem Bahnsteig hin und her rennt und seine Lunge anstrengt wie ein Brigadegeneral, um einen harmlosen Personenzug abzufertigen; die komische Angst der Gastgeber vor Verstößen gegen die Rangordnung bei Einladungen in ihr Haus, die Einbeziehung der Frauen in diese Rangordnung, die umständlichen Höflichkeitsbezeigungen wildfremder Menschen gegeneinander – und was dergleichen niedliche Reliquien aus jammervoller deutscher Vorzeit mehr sind.

Das stimmt alles, und wir haben kein Recht, es dem Ausländer zu verübeln, wenn er diese Dinge bei uns mit [pg 171]ironischer Heiterkeit oder gar mit bitterem Zorn bemerkt. Die Frage ist für uns nur die: lebt man in der demokratischen Gesellschaft der größten amerikanischen Republik wirklich so sehr viel freier? Und ist es überhaupt möglich, ein friedliches Nebeneinanderleben von Menschen, eine öffentliche Ordnung, Sicherung des Lebens und Eigentums, eine Entwicklung von Gesittung zu schaffen ohne Gesetze, welche die absolute Freiheit des einzelnen beschränken und ohne Gewaltmittel, durch welche diesen

Gesetzen Achtung verschafft wird? Die republikanische Regierung der Vereinigten Staaten hat diese Frage sehr energisch verneint. Ich wüßte nicht, wo in der Welt mehr und eifriger Gesetze fabriziert würden, als gerade in der Union, wo nicht nur im Senatspalast von Washington, sondern in den Kapitalen sämtlicher 44 Bundesstaaten, jahrein, jahraus Paragraphen geschmiedet werden, die wiederum durch die lokalen Verordnungen der einzelnen Gemeinwesen weitgehende Ergänzungen erfahren. Gewiß, unsere Verordnungswut, unsere kleinliche Polizeischikane verderben uns manche schöne Stunde und reizen die Galle öfter als das Zwerchfell – aber ist das drüben so sehr viel besser? Wenn der Zug die Grenze eines Prohibitionsstaates passiert, reißt mir der Schwarze im Speisewagen das Bierglas vom Munde weg; in Wisconsin mache ich mich strafbar, wenn ich jemandem eine Zigarette anbiete; in Boston werde ich in den Kerker geworfen, wenn ich auf der Straße ausspucke, auf der New-Yorker Untergrundbahn mit schwerer Geldstrafe belegt, wenn ich mich auf dem Bahnsteig mit einer glimmenden Zigarre sehen lasse; wenn ich ein schönes Mädchen bewundernd anblicke, riskiere ich, durchgeprügelt zu werden, und wenn ich das Opernhaus anders als im Frack und weißer Weste betrete, werde ich durch verächtliche Blicke in den Boden gebohrt. [pg 172]In der demokratischen Gesellschaft gibt es angeblich keinen Unterschied der Stände, und diese allgemeine Gleichheit soll ihren deutlichsten Ausdruck darin finden, daß auf der Eisenbahn nur eine einzige Wagenklasse für alle vorhanden ist. Dieser Grundsatz ist aber in Wahrheit nur bei langsamen Lokalzügen durchgeführt, die der „bessere Mensch" ja doch selten benutzt, weil er sein eignes Auto hat. Sobald ich aber weite Strecken fahren will, denke ich nicht im Traume daran, mich mit Arbeitern, Chinesen, Negern, gummikauenden Ladenmädchen und Viehtreibern in die Car mit den gräßlich engen Sitzen aus schmutzigem

Strohgeflecht zu setzen, sondern ich bezahle meinen Zuschlag am Schalter der Pullman-Gesellschaft und erwerbe mir damit das Anrecht, in einem großen luftigen, schön ausgestatteten Salonwagen einen bequemen drehbaren Polstersessel zu benutzen und an den besonderen Luxuseinrichtungen, wie Wasch- und Rauchkabinett, Speisewagen, Büfettwagen mit Schreibgelegenheit und reichhaltige Journalauswahl nach Belieben teilzunehmen. Hier kann ich sicher sein, mich in Gesellschaft reinlicher, gut gekleideter, manierlicher und wohlhabender Menschen zu bewegen, gerade so gut oder besser, als wenn ich in Deutschland zweiter Klasse führe. Fühle ich mich aber so außerordentlich p r o m i n e n t, daß mir auch diese Gesellschaft noch zu ordinär ist, gehöre ich also nach deutschen Begriffen zu den e r s t k l a s s i g e n Menschen, so lege ich noch ein paar Dollar zu und kaufe mir dafür ein *Compartement*, d. h. einen abgeschlossenen, bequemen Raum innerhalb des großen Pullman-Wagens, in dem ich über üppige Salonmöbel verfüge und nachts auch allein schlafen kann, während die Leute zweiter Klasse, Männlein und Weiblein pêle-mêle, der Länge nach hinter einem grünen Vorhang übereinander geschichtet und sorgfältig von der frischen [pg 173]Luft abgeschlossen werden. Selbstverständlich kann man es, ebenso wie bei uns, einem Protzenbauer in dreckigen Schmierstiefeln nicht verwehren, wenn es ihm Spaß macht, für sein Geld erster Klasse zu fahren. Wenn aber drüben etwa ein Cowboy in verwegenem Räuberaufzug sich für seine zerknitterten Greenbacks (Dollarscheine) einen Platz im Pullman-Wagen leistet, so wird er sich in der manierlichen Gesellschaft, in der er weder rauchen noch spucken darf, bald genug ungemütlich fühlen und ganz bescheiden in den Rauchwagen abschieben, wo die Sitten freier sind. Ist das nun etwas anderes wie unser Dreiklassensystem? Wir mit unserer dünkelhaften Verachtung des Proletariers schufen sogar noch eine vierte

Klasse für die Leute mit der ganz schmalen Börse – die Eisenbahnkönige im Lande der Freiheit und Gleichheit denken aber natürlich nicht daran, diesem Bettelpack zuliebe ganz billige Fahrgelegenheiten einzuführen. Daß – in den Südstaaten wenigstens – Neger in der Eisen- und selbst in der Straßenbahn im besonderen Wagen fahren müssen, ist ja eine weltbekannte, echt demokratische Einrichtung.

`ante.

Man sieht aus diesen wenigen Beispielen, daß auch in der großen Republik dafür gesorgt ist, daß der freie Kulturmensch sich hie und da an Gesetzestafeln Beulen stößt und wegen lächerlicher Bevormundung gerade so schön die Kränke kriegen kann, wie bei uns. Wenn wir näher zusehen, welchen Mächten es denn zu danken sei, daß wir drüben nicht vor lauter Freiheit allzu übermütig werden, so stoßen wir in den meisten Fällen auf – d i e a l t e   T a n t é Ich für meinen Teil muß gestehen, daß mir diese alte Tante, welche, mit einer Axt und mit einer Bibel bewaffnet, Türen einschlägt, Schnapsflaschen demoliert, gesetzgebenden Körperschaften die Fenster des Sitzungssaales einschmeißt und am liebsten alle freie Fröhlichkeit durch ihr sauer[pg 174]töpfisches Geplärr ersticken möchte, bei weitem unsympathischer ist, als unsere grimmigsten Polizeigewaltigen. Das ist überhaupt die üble Kehrseite der ritterlichen Frauenverehrung bei den Amerikanern, daß sie so leicht vor den verrücktesten Anschlägen boshafter und beschränkter alter Weiber zu Kreuze kriecht, sobald sie im Namen der Religion oder der Sittlichkeit unternommen werden. Denn es ist dieselbe bösartige alte Tante, welche mich zwingt, mein gutes Diner in einem erstklassigen Hotel wie das liebe Vieh mit Wasser hinunter zu spülen, oder mir ein harmloses Glas Bier durch eine Lüge zu erschleichen[3], dieselbe auch, welche mir an meinen freien Sonntagen die Theater vor der Nase zusperrt, mir jede schöne künstlerische Nacktheit mit Feigenblättern verschandelt und sogar meine Lektüre kontrolliert, indem sie die Tore des Freistaates gegen die Einfuhr „freier" Bücher verschließt und dem einheimischen Schriftsteller nicht gestattet, seine Feder Dinge und Gedankenkreise berühren zu lassen, die s i e für anstößig erklärt! Daß diese biedere Tante mit ihrem frommen Eifer weder die Trunk- noch die Vergnügungssucht, noch gar Kunst und Wissenschaft gänzlich auszurotten vermag, versteht sich von selbst; ihr Erfolg besteht darin, daß sie eine scheußliche und lächerliche Heuchelei züchtet und auf künstlerischem und wissenschaftlichem Gebiete die freie Entwicklung immerhin beträchtlich hemmt. Da es dem Bürger der Vereinigten Staaten an so vielen Plätzen verboten ist, seinen Durst mit alkoholischem Naß zu löschen, so verlernt er die guten Sitten im Umgang mit geistigen Getränken und berauscht [pg 175]sich bei verschlossenen Türen an konzentrierten Giften. Da ihm Sonntags der Genuß des Schauspiels wie der Oper versagt ist, die Gesetzgeber aber doch nicht so unmenschlich sein wollen, um Leute, die nur Sonntags Zeit haben, ganz und gar von dieser unter Umständen sogar bildenden Unterhaltung auszuschließen, verfielen sie auf den Ausweg, theatralische Vorstellungen unter dem Namen *Sacred Concert* zu gestatten, wobei aber Kostüm und Tanz fortfallen müssen. Zu meiner Zeit wurde im deutschen Theater in New York am Sonntag nachmittag „Madame Bonivard", der französische Schwank von der alten Balletteuse, als g e i s t l i c h e s   K o n z e r t gegeben!

· hüben und drüben.

Und wenn die Amerikaner behaupten, daß es einen

188

Kastengeist oder überhaupt gesellschaftliche Vorurteile bei ihnen nicht gebe, so muß ich mir erlauben, auch dahinter ein großes Fragezeichen zu machen. Die Abkommen der Knickerbockers, der True Virginians oder gar der biederen Londoner Handwerker, die 1620 mit der „Mayflower" landeten, entwickeln einen Adelstick, der unsere blaublütigsten ostelbischen Junker neidisch machen könnte. Ganz natürlich: denn ein Amerikaner, der seine Großeltern noch kennt, ist schon ein leidlich vornehmer Mensch, da es ja ihrer viele gibt, die kaum wissen, wes Standes und Landes ihre Eltern waren. Folglich rechnen sich Leute, deren Ureltern schon Amerikaner waren, schon zum hohen Adel, selbst wenn diese Herrschaften Viehräuber gewesen sein und am Galgen geendet haben sollten. Die Nachkommen namhafter Kolonisatoren und Pioniere genießen ganz folgerichtig eine Verehrung, wie bei uns kaum die Sprossen königlicher Häuser. Da aber dieser Adel nicht durch Titel äußerlich erkennbar ist, so sorgt er durch strengste Absperrung seines gesellschaftlichen Kreises dafür, daß er nicht mit der Krapüle verwechselt werden [pg 176]kann. Es ist schwerer in die Gesellschaft der sogenannten Vierhundert hineinzukommen, als an den Höfen europäischer Kaiser und Könige Zutritt erhalten. Und geradeso wie unsere Potentaten von den Hofgeschichtsschreibern Fälschungen und Unterschlagungen begehen lassen, um unangenehme Eigenschaften ihrer Vorfahren vergessen zu machen, so scheuen die Vanderbilts, Jay Goulds, Astors usw. keine Kosten, um unangenehme Veröffentlichungen über ihre Ahnen zu hintertreiben. Nachschlagewerke wie „Wer ist wer?" spielen drüben eine Rolle wie bei uns der „Gotha". Die guten alten Familien schütteln ihre Bekanntschaften durch sieben Siebe, bevor sie sie ihres näheren Umganges würdigen, und die Emporkömmlinge, mögen sie auch Millionen schwer sein, kennen kein höheres Ziel ihres Ehrgeizes, als eine Einladung in eines dieser erlauchten

Häuser zu erreichen oder wenigstens irgend einen ihrer jüngeren Prinzen oder Prinzessinnen bei sich zu sehen. Orden und Titel gibt es drüben offiziell nicht, dafür recken sich aber die guten Leute in den Theater- und Konzertsälen die Hälse aus, um die funkelnden Dekorationen der Herren Diplomaten zu bestaunen und schmücken ihre Knopflöcher mit Vereinszeichen in Gestalt blitzender Sternchen und Kreuzchen, die unseren Miniaturorden von weitem wenigstens sehr ähnlich sehen. Und jeder Bürger, der durch sein geschäftliches Glück oder durch eine gute Karriere unter die Prominenten geraten ist, trägt eifrig dafür Sorge, so oft wie irgend möglich in den Zeitungen erwähnt, abgebildet und interviewt zu werden, weil das seine gesellschaftliche Stellung ungemein erhöht. Die guten Republikaner scheinen ein vortreffliches Gedächtnis sowohl für die Zeitungsberühmtheiten wie für die Familienverhältnisse aller ihrer großen Tiere zu haben, denn in den besseren Kreisen wissen sie alle und besonders die Damen [pg 177]ganz genau, mit wem man anstandshalber verkehren kann und mit wem nicht. Sie haben ihre Liste der m ö g l i c h e n Menschen so sicher im Kopfe wie bei uns nur die Damen der exklusivsten Kreise, deren Evangelium die Rangliste und das Gothaische Taschenbuch ist. Der Unterschied von hüben und drüben ist also nicht gar so groß – nur daß die europäischen Raubritter doch wenigstens ursprünglich Sprossen erlesensten Blutes waren und nur durch die Not, die Rauheit der Zeiten zur Räuberei verführt wurden. Drüben war aber doch meistens der Raubinstinkt das Primäre und wurde durch den Besitz eher gesteigert als vermindert. Zum Erwerben von ungeheuren Vermögen gehört neben hervorragender Klugheit, Beharrlichkeit, Phantasie und Wagemut noch immer eine große Portion Rücksichts- und Gewissenlosigkeit. In einer Gesellschaft von Abenteurern, Spielern und Gewaltmenschen wurde das Diebsgenie begreiflicherweise mehr bewundert als jedes andere. *Pluckyness* ist heute noch ein höchstes Lob für einen Amerikaner, und wer die Dummheit anderer nicht ausnutzt, der gilt ihm für einen Schwachkopf. Wer diese Seite der amerikanischen Lebensauffassung mit Hochgenuß studieren will, der lese die kürzlich erschienenen Memoiren des alten Gauners Drew[4]. Darin kommt eine köstliche Anekdote vor, wie er einstens den alten ehrlichen Jakob Astor hineinlegte. Drew hatte eine gute Gelegenheit benutzt und für ein Spottgeld eine ganze Herde höchst minderwertigen Rindviehs gekauft. Er trieb sie selbst bis nahe vor New York und ließ die armen Tiere in den letzten zwei Tagen Salz lecken und erbärmlich Durst leiden. Dann ersuchte er Jakob Astor, hinauszukommen und sich seine kapitalen Tiere anzusehen. Eine Stunde vor Ankunft des mißtrauischen alten Geschäftsfreundes ließ [pg 178]er seine Herde saufen, saufen, saufen, bis sie mit ihren prallen Wasserbäuchen eine unerhört strotzende Gesundheit vortäuschte. Astor fiel darauf herein und bezahlte ihm einen glänzenden Preis. Dieses Schwindelmanöver hat eine sozusagen klassische Berühmtheit erlangt, und man nennt seither den Trick, Aktien durch Vortäuschung großer Rentabilität bei gesundem finanziellem Fundament in die Höhe zu treiben „*Watering the stock*" die Herde wässern – denn das Wort *stock* bedeutet sowohl Aktie wie Herde. – Natürlich fällt es mir gar nicht ein, den Yankees aus ihren undemokratischen Gelüsten einen Vorwurf machen zu wollen; ich sehe vielmehr darin nur eine Bestätigung meiner Überzeugung, daß das Streben nach Züchtung einer Aristokratie ein Naturgesetz sei. Der gesunde Ehrgeiz, der zum Vorwärts- und Hochkommen anspornt, saugt seine Nahrung aus dem Naturtriebe aller stärkeren, wertvolleren Menschen, sich von den minderwertigen Schwächlingen abzusondern.

werbung.

Es war mir sehr interessant, die Klage eines New Yorker Führers der Sozialdemokratie zu vernehmen, daß es in den Vereinigten Staaten so außerordentlich schwer sei, die Partei hoch zu bringen, weil die Leute keine Disziplin halten wollten. Da liegt der Hase im Pfeffer. Bei uns bekämpft die Sozialdemokratie den Militarismus aufs grimmigste – und dennoch verdankt sie einzig und allein diesem Militarismus ihren gewaltigen Erfolg in der Gegenwart. Der militärische Drill sitzt seit etwa fünf Generationen unserem Volke im Blut und hat es zum Disziplinhalten erzogen; dem freien Bürger der Vereinigten Staaten aber ist nichts auf der Welt so verhaßt als wie Disziplin. Obwohl drüben die Herdeninstinkte noch viel stärker wirken als bei uns, weil erst eine alte Kultur zu weitgehender Differenzierung der Persönlichkeit führt, so ist doch jeder [pg 179]Einzelne als Republikaner viel eifersüchtiger auf seine persönliche Freiheit als bei uns. Schon im Kapitel über die Dienstbotenfrage habe ich diesen Punkt berührt. Fast noch deutlicher tritt diese republikanische Eitelkeit, wie ich es nennen möchte, in der Frage der Rekrutierung des stehenden Heeres zutage. Die Armee wird vom amerikanischen Patriotismus naiv glorifiziert und liebenswürdig verhätschelt. Es braucht nur ein Bataillon mit klingendem Spiel durch die Straßen zu ziehen, und alles ist tief gerührt vor nationaler Begeisterung – aber dienen will niemand, und die allgemeine Wehrpflicht scheint undurchführbar. Die Regierung sieht sich gezwungen, an dem alten Werbesystem festzuhalten. Riesige Plakate müssen mit schreienden Farben die Söhne des Vaterlandes zum Heeresdienst verlocken. Da sieht man unter azurblauem Himmel, im Schatten von Palmen und Sykomoren, ein lustiges Zeltlager aufgeschlagen und liebestrahlende Offiziere, den Arm in väterlichem Wohlwollen um die

Schultern gemeiner Soldaten gelegt, in freundschaftlich belehrendem Gespräch einherwandeln; und auf den Schmuckplätzen großer Städte etablieren sich Feldwebel und harren unter ähnlichen vielversprechenden Plakaten der jungen Leute, die es gelüstet, dem Vaterlande als Soldat zu dienen. Diese Werber müssen reden können wie die Versicherungsagenten und Weinreisenden. Sie stecken voll lustiger Schwänke und sind nicht so leicht unter den Tisch zu trinken – denn Freund Alkohol muß meistens ein übriges tun, um den schwankenden Heldenjüngling soweit zu bringen, daß er Handgeld annimmt. Übrigens versprechen die Werber kaum zu viel, denn so gut wie der amerikanische dürfte es schwerlich ein anderer Soldat der Welt haben. Auf Manneszucht wird freilich streng gehalten, und im Dienst werden die Kräfte gehörig angespannt, aber dafür [pg 180]wird auch der gemeine Mann wie ein anständiger Mensch behandelt und durch ausgezeichnete Verpflegung, musterhafte hygienische Einrichtungen und Vorkehrungen für Unterhaltung und Erholung dafür gesorgt, daß er nicht von Kräften komme und bei guter Laune bleibe. Die Liebenswürdigkeit eines prächtigen, fein gebildeten Kavallerieobersten in Columbus (Ohio) ließ mich einen Einblick in das Kasernenleben tun. Jeder Mann hat ein blitzsauberes, behagliches Bett, jeder seine eigne Waschgelegenheit, sein Wannen- oder Brausebad, so oft er will, und wenn er krank ist in dem mit allen modernen Errungenschaften ausgestatteten Hospital die denkbar sorgfältigste Pflege. Sein Dinner nimmt er abends um 6 Uhr in einer eigens dafür bestimmten großen Halle mit den Kameraden ein und sitzt dabei ordentlich am Tisch, wird von hierzu kommandierten Kameraden bedient und bekommt bei jedem Gang Geschirr und Besteck gewechselt. Ich nahm an einem solchen Dinner teil, und da gab es eine vorzügliche Reissuppe, Hamburger Beefsteaks mit Bohnengemüse und hinterher anständigen Kaffee mit delikatem Weißbrot. Selbstverständlich haben sie auch ihr eignes Feld zum Football- und Baseball-Spiel. Mit ihrem Griffeklopfen und ihrem Parademarsch ist es allerdings nach altpreußischen Begriffen nicht weit her, dafür wird aber die Entschlußfähigkeit des einzelnen Mannes, die Gewandtheit und Ausdauer im Felddienst mit bestem Erfolge anerzogen. Daß die Löhnung eine ungleich viel bessere ist als bei uns, ist wohl selbstverständlich. Der amerikanische Soldat könnte also den unsrigen höchstens in dem einen Punkte beneiden, daß er keine so bunte und blitzende Uniform zur Schau tragen darf. Dafür ist die seinige aber auch viel bequemer als die unsrige und außerdem ein sichererer Schutz als der festeste Küraß, denn ihre staubgraue Farbe macht [pg 181]den Mann schon in einer Entfernung von etwa 300 Meter völlig dem Erdboden gleich. Die Frau Oberst erzählte mir, daß sie eines schönen Tages ihren Gatten vom Reitplatz habe abholen wollen und nicht wenig erschrocken gewesen sei, als sie, auf etwa 350 Meter herangekommen, das Pferd, das der Herr Oberst an jenem Morgen bestiegen hatte, reiterlos im Karriere durch die Bahn jagen sah. Von Angst beflügelt, sei sie vorwärts gestürzt und – nach ein paar Minuten sei der schmerzlich Vermißte erst schattengleich, dann immer deutlicher und kompakter wieder auf dem Rücken seines Pferdes erschienen. Es würde also aus der Höhe eines beobachtenden Flugzeuges zum Beispiel von einer amerikanischen Armee unter Umständen überhaupt nichts zu sehen sein. Doch dies nur nebenbei.

dnerheere.

Die Frage, ob eine noch so wohl gehaltene und gut ausgebildete Söldnertruppe einem großen, intelligent geleiteten Volksheer gegenüber standzuhalten vermöge, wird über kurz oder lang doch einmal zur Entscheidung kommen, denn es ist allgemein bekannt, daß die Japs ein äußerst begehrliches Auge auf Kalifornien gerichtet halten. Als die amerikanische Flotte im Jahre 1910 ihre Demonstrationsfahrt um das Kap Horn nach Japan unternahm, erkannte der amerikanische Admiral unter den ihm zur Begrüßung entgegengeschickten hohen Würdenträgern des japanischen Marineministeriums zu seinem nicht geringen Schreck das harmlos freundliche Gesicht eines Mannes, der längere Zeit bei ihm als Gärtner angestellt gewesen war! Sie sind die verteufeltsten Spione der Welt, sie wissen tatsächlich alles und verstehen es vortrefflich, ihre Pläne von langer Hand vorzubereiten und ganz versteckt zu intrigieren. Eingeweihte behaupten, daß die pacifischen Republiken Südamerikas schon alle durch die Versprechungen der Japaner für deren Zwecke eingefangen und bereit seien, [pg 182]beim ersten Versuch der Japaner sich der pacifischen Küste zu bemächtigen, dem großen Bruder in den Rücken und in die Flanke zu fallen. Gelingt es aber den Gelben wirklich, sich in Kalifornien festzusetzen, dann würde es eine überaus schwierige Aufgabe sein, sie wieder hinaus zu jagen. Denn es gibt über die Rocky Mountains nur fünf einigermaßen gangbare Pässe, die militärisch leicht zuzuschließen sind. Nur angesichts eines solchen nationalen Unglücks würde die glühende Vaterlandsliebe der Amerikaner sich zur Einführung der allgemeinen Wehrpflicht hinreißen lassen. Ich glaube, sie wäre ein Segen für das Volk; denn der Mangel an Disziplin, an persönlicher Opferwilligkeit macht sich überall als Hemmnis für den Fortschritt wahrer Zivilisation bemerkbar. Eine Disziplin aber, die im Blute sitzt, und nicht etwa, wie in Rußland, durch Angst und Schrecken mühsam aufrecht erhalten werden muß, schafft überhaupt erst die Vorbedingungen für das segensreiche Wirken freiheitlicher Ideen und Einrichtungen.

Die Freiheit, welche die Bürger der Vereinigten Staaten tatsächlich vor uns voraus haben, und um die wir sie heute noch beneiden müssen, besteht also keineswegs in der verlockenden Disziplinlosigkeit, in der frivolen Verhöhnung der Gesetze und in der geringen Empfindung für die Wichtigkeit einer ängstlich gewissenhaften Aufrechterhaltung der Standes- und Berufsehre, als vielmehr darin, daß drüben tatsächlich jede Energie, jedes Talent freie Bahn zum Auswirken besitzt. Wer etwas kann und etwas weiß, wer Arbeitskraft und Eifer an den Tag legt, wer etwas Neues zu sagen hat, der kann sicher sein, ein Feld für Betätigung seiner Kräfte zu finden, Ohren, die auf ihn hören und Hände, die ihm vorwärts helfen. Gute Zeugnisse, gute Familienbeziehungen, einflußreiche Gönner [pg 183]und ererbtes Betriebskapital sind selbstverständlich auch drüben eine wertvolle Vorbedingung; aber der wirklich Tüchtige kann auch ohne all das sicher sein, vorwärts zu kommen. Bei uns hat sich die offizielle Welt mit dünkelhafter Ängstlichkeit einen hohen Zaun um ihren geheiligten Bezirk errichtet und sieht es schadenfroh mit an, wie so mancher temperamentvoll Einlaßheischende sich an diesem Zaun seinen guten Kopf einrennt und gewandte Kletterer sich wenigstens die Hosen daran zerreißen; das Beste an der demokratischen Freiheit ist es, daß sie einen solchen Bretterzaun zwischen Regierung und „Untertan", zwischen Behörde und Publikum nicht duldet. Bei uns stecken die Regierenden immer noch in der Anschauung fest, daß nicht sie des Volkes wegen, sondern im Gegenteil das Volk ihretwegen da sei; dagegen entspringt aus dem Bewußtsein des freien Bürgers, daß nicht er regiert werde, sondern vielmehr sich für sein Geld eine Regierung nach seinem Geschmack leisten könne, jenes Herrenbewußtsein, das die wahre Menschenwürde erst zur rechten Blüte bringt. Dieses Herrenbewußtsein ist aber auch der grimmigste Feind aller Duckmäuserei, Neidhammelei, Nörgelsucht und aller sonstigen Laster geborener Philisterseelen. Jene beiden, bei uns leider immer noch recht zahlreichen Typen des Spießertums, nämlich einerseits der untertänigst vor jeder Art Obrigkeit ersterbende und wunschlos zufriedene und andererseits der noch viel häufigere, auf alles schimpfende und doch nie zur Selbsthülfe greifende Spießer dürften in den Vereinigten Staaten nicht einmal in den ödesten Kleinstädten zu finden sein. In der Luft der Freiheit gedeihen die Tugenden der wahren Noblesse: Wagemut, Hochherzigkeit, Freigebigkeit, Zutrauen zum guten Willen des Nebenmenschen. Man begegnet diesen Herrentugenden überall in der Öffentlichkeit, nicht nur [pg 184]in den großartigen Organisationen der Wohltätigkeit, der Erziehung, der Fürsorge für die physisch und moralisch Kranken, in den königlichen Stiftungen der Milliardäre, sondern in vielen kleinen Zügen, die beweisen, daß auch der ärmste dieser freien Bürger an jenen Tugenden teil hat. So wird beispielsweise in dem Lande, das für die genialen Diebe großen Stils so viel lächelndes Verständnis übrig hat, das auf der Straße liegende Eigentum des Nächsten auffallend respektiert. Wenn der Zeitungsjunge austreten oder seinen Lunch einnehmen will, so legt er seinen Packen ruhig auf das Trottoir. Wer unterdessen eine Zeitung kaufen will, nimmt sich eine von dem Haufen und legt seine zwei Cent oben drauf. Man hört nie davon, daß sich jemand an dem angesammelten Kleingeld vergriff; wenn der Briefkasten voll ist oder der Spalt für Drucksachen und dergleichen zu eng, so legt man einfach seine Postsachen oben drauf, und keinem kommt der Gedanke, daß sie da fortgenommen werden könnten; ja noch mehr: man sieht in den Straßen massenhaft herrenlose Automobile herumstehen, denn bei der Kostspieligkeit der Dienstboten können sich nur sehr reiche Leute einen Chauffeur leisten; im Winter sind die Vergaser der Maschinen oft mit wertvollen Decken und Teppichen vor der Kälte geschützt – und man hört selten oder nie davon, daß ein Auto oder auch nur eine solche Decke von der Straße weg gestohlen worden wäre. Bei hellichtem Tage bandenweise in einen Laden oder in einen *Saloon* einfallen und Inhaber wie Kunden ausplündern, das ist guter Sport, das ist fesch, würde der Wiener sagen; aber von der Straße etwas fortnehmen, das ist gemeiner Vertrauensmißbrauch, das tut nicht einmal der Lumpenproletarier. Der Kleine, der sich von dem Großen geschädigt und schlecht behandelt fühlt, setzt sich energisch zur Wehr. Der Arbeiter [pg 185]ist leicht mit dem Streik bei der Hand, wenn er die großen Geldsäcke allzu zugeknöpft findet. Aber es fällt ihm nicht ein, den Arbeitgeber zu hassen und grimmig zu beneiden um seinen Überfluß. Weiß er doch von so vielen dieser schwer reichen Herren, daß sie ganz klein angefangen haben; folglich nimmt er an, daß die Kerle eben einen guten Kopf, Fleiß, Energie und Glück gehabt haben – ihm selber oder seinen Kindern mag es ja ebenfalls gelingen, es so weit zu bringen. Warum nicht? Die Bahn ist ja frei! Das ist auch ein Grund, weshalb der Weizen des Sozialismus drüben nicht blühen will.

Ob man wohl unsere Regierung dazu bewegen könnte, einige Schiffsladungen voll Philister, Spießer, Paragraphenreiter, Schulfüchse, Bureaukratsbürsten und Einfaltspinsel hinüber zu schaffen, um bei Bruder Jonathan einen mehrjährigen Kursus zwecks Charakterverbesserung durchzumachen?

[pg 186]

Wie der Yankee seine Rechnung mit dem Himmel macht.

Es war eine der klügsten Maßnahmen der Unionsbegründer, daß sie in ihrer Verfassung die Trennung von Kirche und Staat aussprachen. Wie überall in der Welt, so hatte auch in den ersten Jahrhunderten der Besiedelung Nordamerikas die Verquickung des religiösen Elements mit der Politik die übelsten Folgen gehabt. Die bischöfliche Kirche Englands, die papistische wie die protestantische, hatte natürlich versucht, ihre Herrschaft auch auf die amerikanischen Kolonisten auszudehnen und dadurch den unseligen Religionshader in die neue Welt verpflanzt. Die Pilgerväter, das heißt jene fanatischen Puritaner, die in der ersten Hälfte des siebzehnten Jahrhunderts die sogenannten Neuenglandstaaten besiedelten, hatten sich weit unduldsamer erwiesen als selbst die römische Pfaffenherrschaft in den spanischen Südstaaten. Sie wären am liebsten mit Inquisition und Scheiterhaufen gegen alles, was ihnen ketzerisch erschien, vorgegangen. Aber wie diese Pilgerväter über dem Psalmsingen und Ketzerriechen doch niemals vergaßen, ihre weltlichen Geschäfte als geriebene Kaufleute intensiv zu fördern, so ließ sich auch der vielgerühmte *Common sence* ihrer angelsächsischen Rasse selbst durch religiöse Inbrunst nicht völlig unterdrücken. Die stupiden Glaubensverfolgungen hatten tiefgehende Spaltungen, verbitterte Feindschaften zwischen den in dem jungen Kolonialreich doch so sehr auf gegenseitige Hilfsbereitschaft und festen Zusammenhalt angewiesenen Bürgern erzeugt. Neugegründete Städte und Staaten wurden entvölkert, abtrünnige Sektierer fanden großen Zulauf und gründeten [pg 187]neue Gemeinwesen, die sich zu bedrohlichen Konkurrenten der alten Puritanersiedelungen entwickelten. Als nun gar der kleine Freistaat Maine, der als erster völlige Religionsfreiheit eingeführt hatte, auffällig rasch emporblühte, begannen doch auch den starren Puritanern die Augen aufzugehen.

von Staat und Kirche.

Und so kam es, daß nach der gewaltsamen Losreißung vom alten Vaterlande die Trennung von Kirche und Staat von der Bundesregierung zum Grundsatz erhoben wurde. Im Artikel 1 des Anhangs zur Konstitution von 1778 ist dieser Grundsatz festgelegt, und seit dieser Zeit kann tatsächlich in den Vereinigten Staaten jeder nach seiner Fasson selig werden. Die Staatsgewalt schreitet nur ein in dem Falle, daß die Grundsätze einer Religionsgemeinschaft den Gesetzen zuwiderlaufen, wie zum Beispiel die Vielehe bei den Mormonen. Außerdem hat sie in weiser Voraussicht der Ansammlung übermäßigen Kirchensvermögen Grenzen gesetzt. Die Folge dieser Entfesselung der Religion war eine Spaltung des Protestantismus in unzählige Sekten, die aber keineswegs eine Schwächung, sondern vielmehr eine Stärkung des religiösen Lebens bedeuten. Philosophisches und besonders kritisches Genie ist dem Yankeevolke durchaus abzusprechen, dagegen besitzt es einen starken Hang zur Phantastik, ja auch Begeisterungsfähigkeit und

Inbrunst. Das Volk ist in seiner Allgemeinheit heute noch kindlich denkunreif, und so erklärt es sich, daß die Bibel ihm noch durchweg als Offenbarungsquelle dient. Natürlich aber liest jedes grüblerisch veranlagte Individuum aus dieser Offenbarung etwas anderes heraus. Und wer Beredsamkeit und Zähigkeit genug besitzt, vermag Anhänger um sich zu scharen und eine unabhängige Gemeinde zu gründen. Die Opferwilligkeit, die dazu gehört, eine solche Gemeinde, [pg 188]Sekte oder Kirche (*Denomination*) aus eigenen Mitteln zu unterhalten, legt beredtes Zeugnis ab für die Stärke des religiösen Bedürfnisses. Freigeister in unserem Sinne gibt es bei den Yankees nur sehr wenige, und am Christentum selbst hat noch niemand von ihnen ernsthafte Kritik geübt. Die Tradition hat die Bibelgläubigkeit der Vorväter so lebendig erhalten, daß es heute noch, ebenso wie in England, ein oberstes Gesetz gesellschaftlichen Anstandes geblieben ist, seinen Eifer für das Christentum irgendwie zu betätigen. Dieser Eifer aber tut sich etwas auf seine Freiheit zugute und nimmt daher oft die wunderlichsten Formen an. Die katholische Kirche dagegen hält fest zusammen wie überall und gibt kein Titelchen von ihren Dogmen preis. Sie gründet ihre Macht auf das irische Element und erhält ständigen Zuwachs durch italienische, polnische und slawische Einwanderer. Klug, wie sie ist, trägt sie dem in der demokratischen Luft sehr bald auch bei den geistig minderwertigsten Einwanderern üppig ins Kraut schießenden Stolz auf die persönliche Freiheit Rechnung und mischt sich nicht so aufdringlich wie in Europa in Privatangelegenheiten; politisch dagegen versucht sie mit allen möglichen Mitteln Einfluß zu gewinnen. Die bedeutsamste politische Verbindung der katholischen Irländer, die bekannte Tammany Hall im Staate New-York, übt offensichtlich eine große politische Macht aus. Ob es ihr aber wirklich gelingt, ihre Hauptabsicht, katholische Irländer in die wichtigsten Staatsstellungen zu bringen, in gefährlicher Weise zu betätigen, darüber gehen die Meinungen bei den Amerikanern selbst sehr weit auseinander. Es ist doch wohl nicht anzunehmen, daß der nüchterne, praktische Yankee, wo es sein staatsbürgerliches Wohlbefinden und seinen Geldbeutel angeht, sich von konfessionellen Quertreibereien übers Ohr hauen lassen sollte.

[pg 189]

iöflichen und die Unitarier.

Obwohl der Grundgedanke des Christentums entschieden demokratisch ist, so ist doch in der demokratischen Republik gerade die Kirche der Boden, wo sich aristokratische Absonderungsbestrebungen am lebhaftesten betätigen. Selbstverständlich wird in sämtlichen Kirchen und Betsälen Nordamerikas – man zählt gegenwärtig, wenn ich recht berichtet bin, 86, nach anderer Quelle sogar gegen 200 verschiedene Bekenntnisse – der christliche Grundsatz gepredigt, daß vor Gott alle Menschen gleich seien; in Wirklichkeit ist aber beispielsweise die bischöfliche Hochkirche nur für die Reichen und Vornehmen vorhanden. In ihren prächtigen Kathedralen kostet das Abonnement auf einen Sitzplatz sicherlich so viel wie das auf einen ersten Rangplatz in der großen Oper. Ein beliebiger Mensch der minder gut gekleideten Klasse, dem es einfallen wollte, im vorübergehen in solch eine Kirche einzukehren, würde nicht nur schwerlich einen Sitzplatz finden, sondern sich auch durch die entrüsteten Blicke der Stammgäste energisch hinausgeekelt fühlen. Die Geistlichen dieser Kirche sind feine Weltleute, verkehren in der vornehmsten Gesellschaft und verdanken ihre Karriere häufig ihren glänzenden Eigenschaften als Tischredner,

Bridgespieler, Musikdilettanten und Tänzer. Die Kirche der geistigen Aristokratie, der wohl der größte Teil der akademischen Welt angehört, ist die *Unitarian Church*. Diese hat alle Dogmen beiseite geworfen und nur den ethischen Gehalt der Bergpredigt als Richtung gebend beibehalten. Sie treibt keinerlei Kult mit dem starren Bibelwort und sucht die Themen für ihre Sonntagsbetrachtungen gerne bei den Dichtern und Philosophen, vornehmlich bei ihrem berühmtesten Mitgliede Ralph Waldo Emerson. Den größten religiösen Eifer entfalten natürlich die kleineren Denominationen, deren Prediger [pg 190]oft die seltsamsten Mittel zum Seelenfang anwenden. Die Berichte, die zuweilen nach Europa dringen von Geistlichen, die ihre Gemeinde mit Schokolade und Icecreme bewirten, vergnügte musikalisch deklamatorische Unterhaltungen oder schweißtreibende Leibesübungen veranstalten, beziehen sich wohl nur auf solche Sekten, die auf den Geschmack des kleinen Mannes spekulieren und daher auch in ihrer Reklame dem Hange des amerikanischen Humors zu grotesker Übertreibung Rechnung tragen müssen. Am spaßhaftesten muß es wohl in den Negerkirchen zugehen. Wer jemals eine Probe der geistlichen Gesänge der Nigger gehört hat, deren Eigentümlichkeit es ist, die biblischen Geschichten sowie die Vorstellung von Himmel und Hölle mit ganz modernen Zutaten, aus dem Bereich der Technik etwa, auszustatten, der wird sich auch eine Vorstellung von der Weihe eines Negergottesdienstes machen können. Der Rhythmus afrikanischer Kriegs- und Geisterbeschwörungstänze sitzt diesem kindhaft gebliebenen Volke eben noch so fest in den Knochen, daß auch seine religiösen Gefühle bis auf den heutigen Tag noch in diesem Takte schwingen.

erkirchen.

Um einen Begriff von dem Ton dieser religiösen Niggerpoesie zu geben, habe ich versucht, einige solche Kirchenlieder zu übersetzen, wobei freilich zu bedenken ist, daß die Eigentümlichkeiten des Negerdialektes schon darum jeder Wiedergabe in Deutsch spotten, weil wir ja bei uns kein Negerdeutsch kennen. Eines dieser Lieder aus der Zeit der Sklaverei lautet folgendermaßen: „Jossua fit de battle ob de Jerico".

> Josua, der schlug die Schlacht bei Jericho – so froh!
> Ei, Josua, der schlug die Schlacht bei Jericho –
> und die Mauern purzeln um – glatt um!

[pg 191]
Kommt Brüder, in die Wildnis, wo der Sturm heult, laßt uns eilen,
da soll da heilig Bibelwort uns unsern Kummer heilen.
Wir wählen uns zum Text – die Deutung, die liegt nah:
„Der Herr rief: Moses, Moses! – und der Mann sprach: Ich bin da!"
                    O Daniel!
Ei, Josua, der schlug die Schlacht bei Jericho,
und die Mauern purzeln um, glatt um.

> Nu, oll' Pharo von Ägypten – klüger war kein
>   Mensch gebor'n –
> und er kriegt die Judenkinder 'ran zur Arbeit in sei'm
>   Korn.
> Schließlich ließ der Herrgott sagen durch den Moses,
> seinen Knecht,
> daß der Pharo diese Juden schleunigst laufen lassen
> möcht'.
>   O Daniel usw.

> Sollt er aber dies verweigern! – o verdammt – dann
> ging's ihm schlimm.

Auf Ägypten wollt er leeren kübelweise seinen Grimm.
So geschah's. Und Pharos Heere waren keinen Dreier
wert.
Also, merkt, mit seinen Kindern heute noch der Herr
verfährt.

O Daniel usw.

Tolle Sachen dreht der Herrgott – und nicht nur in
alter Zeit,
nicht für Israel nur – Mitchristen, nein, die Hilfe ist
nicht weit!
Seine Liebe reicht für uns noch ... so, nun lauft nicht
und verpetzt
mich meinem Massa, daß die Predigt euch zum
Muckschen aufgehetzt.

O Daniel usw.

Besonders interessant ist es, daß, wie auch in den ältesten
Zeiten des Volksliedes der europäischen Kulturländer, das
eigentlich sinnvolle Gedicht von einem Solosänger
vorgetragen wird, während der Chor sich durch ganz aus
dem Zusammenhang fallende Ausrufe und Kehrreime
beteiligt. In obigem Lied singt also der Chor: so froh – glatt
um – o Daniel – und wiederholt am Schlusse jedes Verses die
außer Zusammenhang mit dem Inhalt stehenden
Einleitungszeilen: „Josua, der schlug die Schlacht bei
Jericho".

Ein anderes Lied, das in einen festen Rhythmus zu pressen
ich mich vergeblich bemüht habe, lautet höchst
charakteristisch:

[pg 192]

Der Vorsänger:

O der Gänsekiel kratzt in dem Kontobuch des Herrn –

Mein Herr schreibt meine Zeit ein.
Wie im Schwanze des Opossums, sind auf deinem
Schädel auch
alle Haare dir gezählt. Weißt du das nicht?
Oder meinst du, daß der Herr, der sie schuf, nicht einen
Hecht
von 'nem Walfisch unterscheiden sollte können?

Chor:

Sündige also lieber nicht, wenn du nicht magst Strafe
zahlen,
denn mein Herrgott schreibt es ein.

Vorsänger:

Und das Hauptbuch, das ich meine, das ist Gottes
Weltgericht –
mein Herrgott schreibt meine Zeit ein.
Du erwarte nicht vom Nachbar, daß er deiner Seele
durchhilft,
deine Sünden müssen braten wie die Hühnchen auf
dem Hofe.

Chor:

Also sündige lieber nicht usw.

In einem anderen Liede wird den armen Sündern angeraten, sich ja rechtzeitig einen guten Platz in dem Autobus nach dem Himmel zu belegen, denn der Andrang sei gerade in diesen Tagen enorm.

Es wäre aber ein großer Irrtum, anzunehmen, daß die groteske Form dieser religiösen Gesänge nur der Lust der Nigger an kindischer Spaßmacherei zuzuschreiben sei; sie sind im Gegenteil durchaus ernst gemeint und werden von den weniger kultivierten Schwarzen auch heutigestags noch nicht als komisch empfunden. Die meisten und eigenartigsten dieser Lieder stammen ja aus der Zeit der Sklaverei; es sind Naturlaute verängstigter Seelen in armen gequälten Leibern. Und die religiöse Inbrunst, die aus ihnen spricht, ist mindestens ebenso echt wie diejenige der Heilsarmeepoesie. Übrigens stellen diese alten Plantagenlieder so ziemlich das einzige dar, was die Vereinigten Staaten an wirklicher Volkspoesie hervorgebracht haben, sowie auch die Negermusik die [pg 193]einzige originelle musikalische Neubildung auf amerikanischem Boden bedeutet.

armee.

Das weiße Gegenstück zu der halbwilden Gottestrunkenheit der Schwarzen ist die Heilsarmee, die Kirche der Allerärmsten und Untersten. Zeichnen sich ihre Kultformen schon in Europa nicht gerade durch guten Geschmack aus, so erreicht diese Geschmacklosigkeit in Amerika schon geradezu kannibalische Dimensionen. Die Nigger sind wenigstens durchweg musikalisch und verfügen oft sogar über sehr gute Singstimmen und geschickte Instrumentalisten. Außerdem paßt der rasche Rhythmus ihrer geistlichen Gesänge, die Vorliebe für die alttestamentarische Legende und die phantastische Ausmalung von Himmel und Hölle vortrefflich zu ihren schwarzen, wüsten Gesichtern mit den sanften schwärmerischen Augen. Wenn aber weiße Menschen unter einem nördlichen Himmelsstrich ihre religiösen Gefühle in der Form einer mehr als barbarischen Musikübung mit grauenhaftem Gesang und mißtönender Pauken- und Trompetenbegleitung auf offener Straße ausüben und sich in ihren Predigten wie ihren Gesängen eines Jargons bedienen, der weder für den hohen Schwung der alttestamentlichen Sprache noch für die schlichte Tiefe der evangelischen

Darstellung das geringste Verständnis besitzt, so muß einen Kulturmenschen wirklich das Grausen anwandeln. Kein sozial fühlender Mensch wird dem idealen Zweck der Heilsarmee seine Hochachtung versagen; sie allein von allen religiösen Gemeinschaften hat es vermocht, den natürlichen Ekel jedes gesitteten Menschen vor der schmutzigen Verkommenheit, dem stinkenden Laster und dem jämmerlichsten Elend zu überwinden; sie allein wagt sich mutig unter den Auswurf der Menschheit und ringt sozusagen Brust an Brust um die Seelen der Verworfensten; [pg 194]sie speist ihre Geretteten nicht nur mit trostreichen Worten ab, sondern sie gibt ihnen Brot und Arbeit und verhilft so manchem schon gänzlich Verzweifelten, von der Gesellschaft völlig aufgegebenen doch noch zu einem menschenwürdigen Dasein. Der große Erfolg, den sie auf der ganzen christlichen Erde aufzuweisen hat, beweist, daß sie sich auf die Psychologie jener alleruntersten Schichten, auf die sie es abgesehen hat, versteht, und daß die sinnfälligen Gewaltmittel, die sie bei ihrer Propaganda anwendet, die richtigen sind.

Gerade diese Erkenntnis ist es aber, die dem kultivierten Menschenfreund so grausam ins Herz schneidet. So weit haben wir es also mit unserer gepriesenen Zivilisation, mit unserer Religion der Liebe, mit unserer Aufklärung durch die Schule und unserer bewundernswürdigen sozialen Hilfsarbeit gebracht, daß in unseren prunkenden Weltstädten überall noch Tausende und aber Tausende von Mitmenschen vorhanden sind, denen nur mit fratzenhaftem Teufelsspuk und mehr als kindlichen Seeligkeitsvorstellungen beizukommen ist! In den Vereinigten Staaten leistet zudem die organisierte Wohltätigkeit vielleicht mehr als in irgendeinem Lande der alten Welt. Die *Legal Aid Society* zum Beispiel gewährt den Ärmsten und Unwissendsten unentgeltlichen

Rechtsbeistand; die Bemühungen um die Besserung erblich belasteter Verbrechernaturen, um den Schutz entlassener Strafgefangener gegen das Zurückgleiten in ihr früheres Leben haben großartige Erfolge aufzuweisen und zeugen von tiefer Menschenkenntnis und echter Menschenliebe – und dennoch, dennoch findet die Heilsarmee mit ihrer scheußlichen Bum-Bum-Reklame gerade dort noch so viel zu tun!

des Materialismus.

Wenn man die Verbreitung und die laute Betätigung der Heilsarmee als Maßstab für die Gesittung eines Volkes [pg 195]annimmt, so müßte in dieser Beziehung das Volk der Vereinigten Staaten am tiefsten von allen Völkern stehen. Ich meine aber, daß dieser Maßstab doch vielleicht zu einem ungerechten Urteil verführt: nicht im Volkscharakter als solchem liegt wohl die größere sittliche Verkommenheit, sondern diese ist nur eine Folgeerscheinung des unerhört raschen Emporschießens einer rein technischen Zivilisation und des dadurch geförderten unnatürlichen raschen Wachstums der Städte. In der kleinen Landgemeinde findet einer am andern Halt, und die unmittelbare Berührung mit der erhabenen Natur, mit der zu Nachdenken und Andacht stimmenden Einsamkeit bietet auch dem Ärmsten edle Freuden – Seelenfrieden wenigstens –, während in der Großstadt alle diese idealen Güter nur für die Besitzenden vorhanden sind. Der Arme dagegen verliert in der Hetzjagd des Daseinskampfes jene innere Ruhe und wird so fast unausweichlich in einen krassen Materialismus hineingetrieben. Je mehr sich Riesenvermögen in den Händen weniger zusammenfinden, je mehr eine glänzende Luxuskultur sich in der Öffentlichkeit breit macht, desto sicherer verfällt der Besitzlose und dabei geistig

Unkultivierte der Verrohung. Es ist das eine Tatsache, die ein vernichtendes Urteil über den Kulturwert des technischen Fortschrittes in sich schließt. Die Arbeiter, die in steter Berührung mit den erstaunlichsten Erfindungen des Menschengeistes sind, die ihnen die Bändigung der Naturkräfte durch unseren Verstand und die subtilsten Nachahmungen eines lebendigen Organismus durch einen wunderbaren Mechanismus tagtäglich vor Augen führen, gewinnen von diesem Umgang weder für ihre Verstandesbildung noch für die Bereicherung ihres sittlichen Empfindens. Das einzige, was allenfalls dabei herausspringen kann, wäre für gut veranlagte Köpfe [pg 196]der Anreiz zu erfinderischer Eigenbetätigung. Ebensowenig wird der Herr der Maschine, der Arbeitgeber, dem sie Reichtum und folglich auch Macht, Behagen und Luxus schafft, von allen diesen schönen Dingen eine seelische Bereicherung erfahren, wenn es ihm an innerer Kultur, das heißt also an Idealismus, an einem zeitig geweckten ästhetischen und ethischen Gewissen fehlt.

Der vertierte, arbeitsscheue Trunkenbold, der sich durch die Radauversammlungen der Heilsarmee zur Bußbank locken läßt, legt also im Grunde ebenso beredtes Zeugnis wider die Ohnmacht der technischen Zivilisation ab, wie der angeblich gebildete, manierliche und reputierliche Mensch der Oberschicht, der sich von dem religiös drapierten Hokuspokus raffinierter Spekulanten und Agitatoren einfangen läßt.

Von der öffentlichen Katzenmusik der mit der großen Trommel begleiteten Bußpredigten, von dem rotgestrichenen Betteltopf am eisernen Dreifuß, vor dem die wetterharten Wachposten der Heilsarmee ihre Schelle unablässig in Bewegung setzen, bis zu den gewaltigen Marmorkathedralen mit vergoldeten Kuppeln, welche die

Christian Science in Boston, Providence und vielen anderen Großstädten des Ostens errichtet hat, scheint es ein weiter Weg – und ist doch nur ein Katzensprung! Wir Europäer sehen die durch Misses Mary Baker G. Eddy hervorgerufene religiöse Bewegung als eine geistige Epidemie an, welcher religiös veranlagte, aber denkunfähige Geister deshalb so leicht verfallen, weil sie darin eine Wiederherstellung urchristlicher Inbrunst mit magischer Wirkung erblicken. Wir zucken gleichmütig die Achseln über diese sogenannte christliche Wissenschaft und verweisen sie unter die abstrusen Erscheinungsformen moderner Hysterie.

[pg 197]

ie der Gesundbeter.

Der „American Encyclopedie Dictionary" definiert die Grundlage dieser Wissenschaft folgendermaßen: „Die Christian Science lehrt die Wirklichkeit und Allgegenwart Gottes und die Unwirklichkeit und Nichtigkeit der Materie, die geistige Beschaffenheit des Menschen und des Weltalls, die Allmacht des Guten und die Unmacht des Übels. Christian Science will die Wahrheit der ursprünglichen Lehre Christi wiederherstellen. In der Wahrheit erblickt sie das einzige Heilmittel gegen den Irrtum; Krankheit ist auch ein solcher Irrtum, eine Folge der Sünde. Bekämpfe also Sünde und Irrtum, so bekämpfst du Krankheit und Tod." – Christlich kann man diese Ideen allerdings nennen, neu sind sie nicht, und ihre philosophische Begründung ist keineswegs auf Misses Eddys eigenem Geistesboden gewachsen. Das Neue und für die große Masse der heilsuchenden Menschheit Bestehende an dieser Lehre besteht darin, daß sie Christus zum Magier macht und die magischen Kräfte seiner Gläubigen durch inbrünstige

Gebetsübungen dermaßen stärken zu können vorgibt, daß auch die Wunder zu wirken imstande sind, vornehmlich Heilung von Krankheiten. Der praktische Nutzen der neuen Religion ist also der, daß sie an die Stelle von Doktor und Apotheker die Autosuggestion als billigsten und probatesten Heilfaktor setzt. Die Welt ist erfüllt von Übeln und Schrecknissen aller Art, von Sorgen, Kummer, Not und Tod; der Gläubige aber behauptet, alle diese Dinge existierten nur in der Einbildung der noch nicht Erweckten. Sie aber vollziehen an sich durch seelische Dressur einfach eine Art Selbstblendung; sie zwingen ihren Willen, nicht mehr sehen zu wollen. Und wenn sie es glücklich zur vollendeten Blindheit gebracht haben, dann existieren allerdings weder Schmerzen noch Tod mehr. Man begreift, daß eine solche Lehre in [pg 198]Amerika, wo es so wenig philosophisch geschulte Köpfe gibt, ihr Glück machen mußte. Derselbe Optimismus des jugendlichen Volkes, der alles von ihm Hervorgebrachte für vortrefflich hält, derselbe glückliche Leichtsinn, der die schwierigsten Fragen dadurch löst, daß er einfach behauptet, sie existierten nicht (wie wir es zum Beispiel bei der Frage der Prostitution gesehen haben), dieselbe Leichtgläubigkeit, die Geheimmittelfabrikanten, Somnambulen und Horoskopsteller so rasch reich macht, haben auch der Misses Eddy Millionen in die Kasse und Hunderttausende von Gläubigen in ihre Kirche gezaubert. Das eigentliche Genie dieser merkwürdigen Frau liegt viel mehr in der praktischen als in der philosophischen Richtung. Dem Amerikaner imponiert aber nichts so sehr, als der praktische Erfolg. Wer in kurzer Frist seinen Mitmenschen so ungeheure Geldsummen aus der Tasche zu locken und mit ihrer Hilfe eine festgefügte Organisation zu schaffen versteht, der muß ein erwähltes Werkzeug Gottes sein.

der Päpstin.

Es will uns Europäern schier unfaßlich dünken, daß im zwanzigsten Jahrhundert unter dem angeblich nüchternsten aller Völker eine Frau zur Gründerin einer neuen mächtigen Kirche und von ihren Gläubigen für heilig, unfehlbar, ja selbst unsterblich erklärt werden konnte! Misses Baker Eddy war bekanntlich schon zu ihren Lebzeiten zur sagenhaften Persönlichkeit geworden. Man wollte wissen, daß sie schon seit Jahren tot sei, und daß in ihrem Wagen eine Wachspuppe spazieren gefahren werde, um ihre Anhänger nicht in ihrem Glauben an die physische Unsterblichkeit ihrer Päpstin irre werden zu lassen. Und nun ist sie zu Ende des Jahres 1910 dennoch ganz wirklich gestorben und begraben worden, und die Ärzte wußten ganz genau den Charakter ihrer Krankheit und die unmittelbare Todesursache anzugeben. Man [pg 199]hätte nun meinen sollen, daß mit diesem unzweifelhaften leiblichen Tode der magische Nymbus zerstört worden sei, der die Person der Päpstin außerhalb der Menschheit in die Reihe der Götter stellte. Aber das war keineswegs der Fall; denn alsbald nach ihrem Begräbnis verkündete eine ihrer vertrautesten Jüngerinnen, sie könne den Gläubigen mit Bestimmtheit versichern, daß nur eine verbrauchte materielle Erscheinungsform der Misses Baker Eddy begraben worden sei, sie selbst werde in erneuter Leiblichkeit, vermutlich verjüngt, vielleicht schon in vierzehn Tagen wieder auf Erden wandeln. Vorsichtigerweise setzte die Dame allerdings hinzu, es könnte eventuell auch länger dauern, vielleicht Jahre, viele, viele Jahre lang.

Die Christian-Science-Kirche ist nicht mit ihrer Gründerin gestorben; sie hat sogar, bisher wenigstens, den starken Erschütterungen ihres Ansehens standgehalten, denen sie durch den höchst unerquicklichen Zank der Auserwähltesten unter ihren Getreuen um die Besetzung ihres verwaisten päpstlichen Stuhles und die Aufteilung ihrer Millionenerbschaft ausgesetzt war. Für uns Europäer kann die Geschichte dieser Gesundbeterkirche nur eine entsetzliche Blamage der modernen Menschheit bedeuten. In den Vereinigten Staaten jedoch ist es geradezu gefährlich, über diesen Gegenstand, selbst in gut gesiebter Gesellschaft, eine ehrliche Meinung zu äußern. In der gebildetsten Stadt Amerikas, in Boston, in einer Gesellschaft, die nur aus Professoren, hohen Staatsbeamten und sonstigen geistig hervorragenden Herren bestand, war ich auf dem besten Wege, mich für ewige Zeiten unmöglich zu machen, indem ich das Thema von der Christian Science anschlug. Durch Augenwinken und bedeutungsvolles Räuspern brachten mich glücklicherweise einige [pg 200]wohlmeinende Mitmenschen zum rechtzeitigen Schweigen. Und hinterher erfuhr ich, daß mein Nachbar zur Linken und der bedeutende Herr vis-a-vis überzeugte Anhänger der Misses Eddy seien.

Wie außerordentlich verhängnisvoll dieser sonderbare Fanatismus auch für die privaten menschlichen Beziehungen sein kann, dafür wurde mir ein Beispiel aus dem Bekanntenkreise eines Freundes erzählt. Ein gescheiter und tüchtiger Geschäftsmann hatte eine recht wohlhabende Frau geheiratet und führte eine durchaus glückliche Ehe mit ihr, bis er in die Netze der Gesundbeter geriet. Von da an ließ er das Arbeiten bleiben und beschäftigte sich nur noch mit Beten und Predigen in der eigenen Familie. Es gelang ihm jedoch nicht, seine Frau zu sich herüberzuziehen. Die Nichtexistenz der Materie mit ihren Sorgen und die Allmacht Gottes legte er sich so aus, daß nunmehr auch der Herr für die Bezahlung der laufenden Rechnungen zu sorgen habe. Da dies nun trotz eifrig betriebener Gebetsübungen merkwürdigerweise nicht der Fall war, so mußte seine Gattin immer mehr und mehr von ihrem Kapital flüssig machen, bis sie eines Tages die Geduld verlor und dem frommen Eheherrn die Existenz der Materie dadurch klar machte, daß sie ihm ein Scheidungsurteil vorlegte und mit Sack und Pack sein Haus verließ.

Wir würden den Yankees schwer unrecht tun mit der Annahme, daß nur in ihrem Lande heutzutage noch ein günstiger Boden für ausgiebigen Gimpelfang auf religiösem Gebiet zu finden wäre. Christian Science zum Beispiel hat auch in Deutschland zahlreiche Anhänger, und zwar vornehmlich in jenen erlauchten Kreisen, die auf die „Kreuzzeitung“ abonniert zu sein pflegen. In meinen Händen befinden sich zwei traurige Beweisstücke für die [pg 201]engen Beziehungen zwischen amerikanisch organisiertem Schwindel und deutscher Strammgläubigkeit. Annoncierte da in den gelesensten Blättern der ganzen Welt ein Mister G. A. Mann, Rochester, New York, U. S. A., Postdepotnummer 1106: „Woher stammt diese wunderbare Gewalt! Das ganze Land ist erstaunt über die wunderbaren Taten, die Herr Mann vollbringt!

Den Unheilbaren wird wieder Vertrauen eingeflößt. Ärzte und Prediger erzählen staunend von der Einfachheit, mit der dieser moderne Wundertäter Blinde und Lahme mit Erfolg behandelt und zahlreiche Kranke den Klauen des Todes entreißt. Seine Ratschläge sind unentgeltlich für alle. Dieser Herr entbietet sich, seine Ratschläge unentgeltlich zu geben. Ärzte suchen seine außerordentliche Kraft zu ergründen ...“

Und in diesem scheußlichen Reklamestil geht es zwei Spalten lang fort. Zahlreiche Heilerfolge werden mit Namensnennung angegeben, und zum Schlusse stellt sich Herr G. A. Mann als Dr. med. und Professor der von ihm erfundenen Radiopathie vor. „Die Radiopathie hilft nicht nur bei gewissen Arten von Krankheiten, sondern sie nützt gegen alle Krankheiten, wenn die verschiedenen, magnetisch zubereiteten Tabletten, nach unserer Formel präpariert, rechtzeitig vom Patienten benutzt werden. Wenn Sie krank sind, es ist einerlei, an welcher Krankheit Sie leiden, schreiben Sie Herrn Mann, beschreiben Sie ihm die Symptome, geben Sie an, wie lange Sie krank sind, und er wird sich ein Vergnügen daraus machen, Ihnen die Krankheit zu nennen, an der Sie leiden und Ihnen ein Verfahren zu beschreiben, das Ihnen nützen wird. Dieses kostet Sie absolut nichts, und Herr Mann wird Ihnen dazu ein Exemplar des wunderbaren Buches: ‚Wie man sich selbst und anderen helfen kann‘ mitschicken usw."

[pg 202]
Herr G. A. Mann kennt seine Pappenheimer. Für das Postfach 1106 in Rochester liefen aus allen Teilen der Welt die Briefe zu Hunderten und Tausenden ein, und die Heilsuchenden, natürlich lauter arme, verzweifelte, schmerzensreiche, meist von den Ärzten aufgegebene Menschen, erhielten ein gedrucktes Schreiben, welches ihnen irgendeine Krankheit nannte und sie aufforderte, 10 Dollar, also 41,80 Mk. (!) portofrei einzusenden, wofür ihnen die wunderwirkenden radiopathischen Tabletten, natürlich eine völlig wertlose Droge, zugehen würden. Die hochwichtige Broschüre voll angeblich wissenschaftlichen Kauderwelschs wurde ihnen allerdings gratis beigepackt. Und siehe da, Tausende und aber Tausende ließen sich den letzten Hoffnungsstrahl 10 Dollar kosten und machten Herrn G. A. Mann zu einem schwerreichen Mann. Selbstverständlich ist er in Wirklichkeit weder Dr. med. noch Professor, sondern einfach ein geriebener amerikanischer Schwindler mit den eigenartigen Ehrbegriffen dieser interessanten Menschensorte. Um seinen

guten Freunden auch einen Spaß zu machen, ließ er
zuweilen besonders pikante Zuschriften aus seinem
Kundenkreis photochemisch vervielfältigen. Und durch
denselben wackeren Deutschen, der diesem niederträchtigen
Schwindler in Amerika das Handwerk legte, wurden mir
zwei solcher Faksimiles anvertraut, in denen eine preußische
Prinzessin und ein hoher Offizier der Potsdamer Garnison
dem Herrn Professor der Radiopathie in Rochester
Geständnisse ablegen, wie man sie selbst seinem Hausarzt
und seinem Beichtiger wohl nur im Zustande höchster
Verzweiflung ablegen dürfte.

be, Kirchenwahl.

Herr A. G. Mann aber machte sich, wie gesagt, einen Spaß
daraus, diese traurigen Intimitäten seinen guten Freunden
zu verraten! Angeblich soll dieser gemein[pg 203]gefährliche
Schwindler übrigens sein Unwesen heute noch von Paris
aus fröhlich weiter betreiben. Charakteristisch ist es nun,
daß die erwähnten, sozial so hoch stehenden Briefschreiber
alle beide Herrn Mann gestehen, sie hätten es unter anderem
auch schon mit der Christian Science versucht! Lernen wir
Bescheidenheit aus diesem Beispiel. Auch wir Europäer sind
noch längst nicht über den Berg des Aberglaubens hinweg;
der religiöse wie der medizinische Schwindel kommen auf
beiden Seiten des Ozeans noch auf ihre Kosten, und wenn
sie vereint marschieren, finden sie ihre Opfer in allen Zonen
bei den Angehörigen aller Bekenntnisse, aller Gesellschafts-
und Bildungsstufen. Wie weit sind wir nun im Grunde
abgerückt von dem Glauben der Wilden an die Zauberkraft
der Beschwörungstänze ihrer Medizinmänner? Dunkle
Erdteile gibt es nicht mehr, aber in den finsteren Höhlen der
Menschenseele kann der unerschrockene Entdecker noch
genug Fossilien aus dunkelster Vorzeit finden.

Bei der völligen Gewissensfreiheit, welche die Verfassung der Vereinigten Staaten gewährleistet, und der großen Anzahl der Bekenntnisse, die der heilsuchenden Seele zur Verfügung stehen, braucht die Wahl der Religionsgemeinschaft, der ein erwachsener Mensch sich anschließen will, von keinen anderen als rein idealen Erwägungen geleitet zu werden; begreiflicherweise spielen aber dennoch Nützlichkeitsgründe, allerlei komische oder betrübliche Menschlichkeiten, just bei dieser Wahl eine bedeutende Rolle. Alle Leute, die nicht selbständig denken gelernt haben, und deren Zahl ist in Amerika besonders groß, sowie alle Leute, die nicht von einer besonderen religiösen Inbrunst erfaßt sind, werden entweder einfach dem Bekenntnisse ihrer Eltern folgen oder aber sich einer Gemeinde anschließen, durch die sie wertvolle geschäftliche [pg 204]und gesellschaftliche Verbindungen zu erwarten haben. Da es in dem demokratischen Staat offiziell keine Rangeinteilung, keine Klassen- und Kastenunterschiede gibt, der Mensch aber doch von Natur so geartet ist, daß sich immer gleich zu gleich gesellt, und sich alsbald bestrebt, Schranken zwischen sich und der Außenwelt zu errichten, so kommen die Religionsgesellschaften der natürlichen Neigung entgegen. Sie stellen einfach geschlossene Vereine dar, die ihre Mitglieder aus ganz bestimmten Gesellschafts- und Bildungsschichten rekrutieren; also ein Seitenstück zu den Klubs, die aber nur den Wohlhabenden zugänglich sind und die Familie ausschließen. Der selbständige junge Mensch wird sich also unter den etlichen hundert verschiedenen Denominationen, die ihm zur Verfügung stehen, diejenigen aussuchen, in der er ausschließlich seinesgleichen in bezug auf Bildung, gesellschaftliche Stellung, Lebenshaltung und allgemeine Interessen findet.

Es ist klar, daß der religiösen Heuchelei, dem Drucker- und Muckertum durch diese Wahlfreiheit kein Vorschub geleistet

wird. Wenn auch die Respektablität es erfordert, daß man
einer christlichen Gemeinschaft angehöre, so erleidet sie
doch keineswegs einen Schaden, wenn etwa eines frommen
Quäkers Sohn zu den Methodisten übertritt oder die
Tochter des Presbyterianers sich den Baptisten anschließt.
Religiöse Überzeugung wird unter allen Umständen
geachtet, auch wenn sie äußerlich wunderliche Formen
annimmt. Und so fährt schließlich das echte religiöse
Bedürfnis bei dieser Zersplitterung doch noch am besten.
Und die Geistlichen gar dürften in keinem Lande der Welt so
viel Freude an ihren Gemeinden erleben, wie in den
Vereinigten Staaten, weil ja bei der völligen Freiheit der
Meinungsäußerung jeder Geistliche in seiner Person
gewissermaßen eine eigene Kirche dar[pg 205]stellt, deren
unfehlbarer Papst er ist. Verweigert ihm seine Gemeinde die
Gefolgschaft, so ist er deswegen noch lange nicht deklassiert
und infamiert. Ist er ein begabter Seelenfänger, so mietet er
sich eben einfach anderswo ein Lokal und versucht neue
Menschen hineinzupredigen. Hat er deren ein Häuflein
beisammen, so ist seine Ich-Kirche wieder lebendig. Der
unfähige Geistliche, dessen Persönlichkeit der suggestiven
Kraft ermangelt, wird dagegen mit Recht unter das
Proletariat derjenigen unbrauchbaren Menschen
hinabgleiten, die da brotlose Künste treiben.

fessionelle Christenkirche.

Ich will diese Betrachtung mit einem herzerquickenden
Lichtbilde schließen. Auf dem Campus der Cornell-
University in Ithaka im Staate New York erhebt sich ein
schlichter Kirchenbau, der von Andrew D. White, dem
feinsinnigen Gelehrten und allverehrten früheren
amerikanischen Botschafter in Berlin, gestiftet wurde. Das
Innere zeigt eine wundervolle Holzarchitektur in

Anlehnung an norwegische Muster, eine weichgedämpfte Farbenharmonie faßt die weitgeschwungene bunte Decke mit dem dunkelbraunen Holzton des Gestühls mild zusammen, und die farbigen Fenster dämpfen das Licht, ohne jedoch die frohe Heimlichkeit des Raumes in mystischer Dämmerung zu ersticken. Kein Altar, keine blutigen Kruzifixe oder Marterdarstellungen, überhaupt keine biblischen Schildereien finden sich in diesem, ich möchte sagen, lieblich erhabenen Gotteshause, nur eine einfache Rednerkanzel und eine wundervolle Orgel. In einer Seitenkapelle, die dem Charlottenburger Mausoleum einigermaßen ähnlich ist, ruhen in herrlichen Marmorsarkophagen die Gebeine des trefflichen Holzhändlers Cornell, der seinen Namen durch die Gründung dieser, zu den allervornehmsten zählenden Universitäten un[pg 206]sterblich machte. Hier ruht auch die erste Gemahlin Dr. Whites, und hier wird er selber seine Ruhestätte finden. Seine Kirche aber ist keinem Bekenntnisse gewidmet, sondern nur dem christlichen Gedanken, und ihre Kanzel steht jedem berufenen Redner offen, dessen Denken und religiöses Fühlen sich irgendwie unter dem Einfluß christlicher Ideen zu befinden glaubt. Es predigen also hier allsonntäglich abwechselnd eingeladene Vertreter aller erdenklichen Bekenntnisse, sowie auch außerhalb alles Kirchentums stehende bedeutende Denker und Redner.

Ist es nicht bezeichnend, daß die bisher einzige Absage, die Dr. Andrew D. White auf seine Einladungsschreiben erhielt, von katholischer Seite kam? Allerdings hätten sich wohl einzelne hervorragende katholische Prediger gefunden, die gern in diesem freien Gotteshause zu einer freien, Wahrheit suchenden Gemeinde geredet hätten – Rom aber sprach: „Quod non!"

Die Landschaft.

rischen.

Schließlich sieht es doch nicht überall in den Vereinigten Staaten aus wie in der Gegend zwischen Kattowitz und Beuthen, wenn auch freilich der Charakter der reizlos platten Ackerbaugegend und des Schönheit mordenden Industriegeländes in den Mittelstaaten von den großen Seen bis zum Missouri vorherrschend ist. Man braucht durchaus nicht etwa Tage und Nächte lang durch Kohlen- und Petroleumhöllen, endlose Steppe und Wüste bis zum Felsengebirge im fernen Westen hinüberzufahren, um auf landschaftliche Schönheiten zu stoßen. Schon die Manhattan-Insel, auf der die Fünfmillionenstadt New York auf dem solidesten Untergrund der Welt erbaut ist, liegt malerisch genug in der weiten Meeresbucht zwischen den grünen Zungen Long-Island und Staaten-Island. Auf der Fahrt am Ostufer, von New York nach Providence, glaubt man sich im südlichen Schweden zu befinden; die liebliche Wald- und Hügelszenerie mit ihren dunklen Tälern und klaren Bächen, welche zwischen Boston und Albany sich erstreckt, könnte ganz gut einem deutschen Mittelgebirge entnommen sein; die Reize ostpreußischer oder märkischer Seenlandschaften finden wir wieder auf der Bahnfahrt von

Philadelphia nach Washington; in den Alleghanies und vollends im Adirondak-Gebiete mit seinem Lake George, sowie in dem nordwestlichen Seengebiet des Staates New York, am Lake Seneca, Lake Cayuga und wie sie alle heißen; in den Tälern des Delaware, des Susquehanna, des Chesapeake und gar des Hudson ist so viel landschaftliche Schönheit herben und zarten, [pg 208]heroischen und idyllischen Stiles vorhanden, wie ein frommer Anbeter der Natur sie nur irgend wünschen kann, Schönheit genug, um Millionen abgehetzter Kopf- und Handarbeiter Ruhe und Erholung zu schaffen. Aber der europäische Naturfreund wird nirgends dieser Schönheit froh. Ich wenigstens habe alle diese Herrlichkeiten nur mit Seufzen und Fluchen an mir vorbeifliegen sehen, denn – es fehlt überall an der kulturellen Inszenesetzung „O lieber Herrgott, wie gut hast du's gemeint! Pfui Teufel, o Menschheit, wie übel hast du die Absichten der Natur verstanden!" Das ist das Stoßgebet, das sich überall in den Vereinigten Staaten dem schwergekränkten ästhetischen Bewußtsein entringt. Nirgends hat die Landschaft einen eigenartigen Stil der Wohnhäuser, die Feld- und Waldwirtschaft einen der Landschaft angepaßten, von Gau zu Gau wechselnden Charakter angenommen; überall dasselbe tödliche Einerlei plattester Zweckmäßigkeit. Wohl finden wir im Osten den schwedischen Granit in mächtigen Brocken, die tiefeingeschnittenen Meeresbuchten und hie und da sogar ein Stückchen Wald, das der erbarmungslosen Axt der ersten Ansiedler entgangen ist; aber wo sind die reizenden, buntbemalten Holzhäuser, in lustigen Blumengärten sauber aufgestellt, darinnen derbe, blonde Dirnen in roten Röcken und grünen Schürzen hantieren? Wo ist die blühende Heide, der rauschende Hochwald? Wo bleibt in den Kiefernwald- und Seengegenden das so herrlich dazu passende niederdeutsche Bauernhaus mit seinem riesigen, fast bis zum Boden hinab reichenden Giebeldach?

Wo ist in den anmutigen Flußtälern auch nur eine einzige Ansiedlung an den Ufern zu finden, die den Eindruck machte, als ob sie dort wirklich zu Hause wäre? Wo sind in den Glanzstücken der Gebirgslandschaft die romantischen [pg 209]Wege für Fußwanderer, die einsamen alten Wirtshäuser an der Landstraße, die verräucherten alten Räubernester italienischer Bergdörfer, oder gar die lustigen Sennhütten unserer Alpenländer zu finden? Nichts, nichts von alledem. Wo man nicht mit dem Automobil hinfahren kann, da ist überhaupt schwer hinzugelangen. Aber überall, wo so viel zu sehen ist, daß der Baedeker einen Stern dabei machen würde, spreizen sich die lieblosen großen Hotelbauten, die den Mann mit dem kleinen Geldbeutel in gebührender Entfernung halten. Für die reichen Sommergäste ist selbstverständlich gesorgt mit Polo-, Golf- und Tennisplätzen, mit Motorbooten und allen neuesten Mustern von Ruder- und Segelfahrzeugen, mit eleganten Restaurants zu Weltstadtpreisen, mit Icecream und Candy, und bei all diesen Futterplätzen konzertieren selbstverständlich kleine Musikkapellen, die die beliebtesten Operettenmelodien der vergangenen Wintersaison zum besten geben und den auf die Grammophonplatte gebannten Caruso begleiten.

ige Ausrüstung des Touristen.

Der Amerikaner allerdings scheint es nicht besser zu wollen. Das Bedürfnis nach Einsamkeit und Ruhe, nach einfachen Lebensfreuden, nach intimer Zwiesprache mit der Natur kennt er wohl schwerlich, denn auch bei uns sehen wir ihn ausschließlich die großen Hotels, die geräuschvollen internationalen Vergnügungsorte bevölkern, wo er von der Eigenart einer Gegend und ihrer Menschen niemals eine Ahnung bekommen kann. In unseren Gebirgen, an unseren

Flüssen und Seen erscheint er mit seiner fashionablen Ausrüstung von modernsten Sportanzügen und neuesten patentierten Sportgerätschaften. Vom jüngsten Bübchen bis zum ältesten Greise widmet er sich unter jeglichem Himmelstrich seinen nationalen Spielen, und es freut ihn offenbar viel mehr, kleine dumme Bällchen in [pg 210]Gesellschaft hübscher Misses mit Knütteln zu bearbeiten, als mit dem Rucksack auf dem Buckel schwer zugänglicher Schönheit nachzusteigen. Jeder Boy und jedes Girl muß seinen Kodak umhängen haben, um die Eingeborenen im Nationalkostüm oder das mitgenommene süße Baby in allen Lebenslagen knipsen zu können. Allerdings, die Hochtouristik findet auch unter den Amerikanern begeisterte Verehrer, aber wohl nur, weil sie aufregend und gefährlich ist und ihrer Raserei für das Rekordbrechen entgegenkommt. Die wein- und sangesfrohe Wanderlust, die sich mit einem Käsebrot und einer Streu vergnügt bescheidet, den gründlichen Wissensdrang, der am liebsten die stillen Winkel durchstöbert, die fromme innige Naturschwärmerei, die den großen Menschenansammlungen und laut gepriesenen Sensationen aus dem Wege geht, die kennt er nicht. Dem richtigen Durchschnittsamerikaner gilt für schön, was ihm durch Dimension oder Quantität imponiert und – was viel gekostet hat. Niemals habe ich einen Amerikaner sich über die gräßlichen Reklameschildereien ereifern hören, die gerade an den landschaftlich bevorzugten Bahnstrecken sich breit machen und einem im Laufe einer Fahrt von einigen Stunden, die recht genußreich für das Auge sein könnte, etliche hundert Mal in der Gestalt eines überlebensgroßen rotbunten Ochsen entgegenschreit, daß *Durham Bull* der beste Rauch-, Kau- und Schnupftabak sei, oder sonst irgendeine mächtig interessante Feststellung. Hält man ihm die Poesielosigkeit der großen Hotelbauten in seinen berühmten Ausflugsorten vor, so entgegnet er: Wem die

nicht gefielen, der könnte sich ja ein Hausboot auf einem der
Seen zulegen, oder mit Zelt und Canoe ausgerüstet in die
Wildnis ziehen. O gewiß, das würde auch unserem
Geschmack poetisch vorkommen, dieses neuerdings unter
[pg 211]den jungen Amerikanern beiderlei Geschlechts sehr
beliebte *„camping out"*. Aber auch dieses Vergnügen des
Biwakierens ist mit Kosten verknüpft, die sich nur
wohlhabende Leute leisten können, denn es versteht sich
von selbst, daß man solchen abenteuerlichen Auszug ins
wilde Hinterland nicht antritt, ohne in bezug auf die
Transportmittel, auf Kleidung, Schlafgelegenheit,
Kochgeschirr, Angel- und Jagdgerät usw. auf das
vollkommenste mit den allerneuesten Erzeugnissen auf
diesem Gebiete ausgerüstet zu sein. In den Vereinigten
Staaten freilich gibt es kaum Leute, die so wenig Geld
hätten, daß sie sich nicht einmal so etwas leisten könnten,
oder wenigstens kennt man in besseren Kreisen solche
betrübliche Armseligkeit nicht. Andererseits würde wieder
das geistige Gepäck, das unsere kultiviertesten Naturfreunde
auf ihren Wanderungen mitzunehmen pflegen, drüben für
ein außerordentlicher Luxus gelten: Sprach- und
Dialektkenntnis, geographische und ethnographische,
naturwissenschaftliche und kunstgeschichtliche gründliche
Vorbereitung. Da im eigenen Lande so wenig vorhanden ist,
was dem historischen Sinn Nahrung geben könnte, so
vermißt der Amerikaner die edle Patina des Alters durchaus
nicht, sondern findet selbstverständlich alles
Frischgestrichene, Neulackierte erfreulicher denn alles alte
Gerümpel.

arafälle.

Es ist ein wahres Wunder zu nennen, daß die guten Kinder
ihre Niagarafälle verhältnismäßig so unverschandelt

gelassen haben. Bei der kolossalen Kraft, die dort umsonst zu haben ist, wäre es doch eine Kleinigkeit, zum Beispiel über dem Horseshoe-Fall des Nachts ein riesiges Stern- und Streifenbanner aus elektrischen Glühkörpern flattern zu lassen! (Sie machen solche bewegten elektrischen Lichtreklamen famos). Und wie würden sich die Canadier giften, wenn sie jede Nacht auf dem amerikanischen [pg 212]Ufer Onkel Sams Fahne flammen sehen müßten! Sie würden vermutlich nicht lange zögern, auf ihrer Seite einen wenn möglich noch größeren, elektrisch bewegten *Union Jack* zu hissen. Und damit wäre sozusagen das Eis gebrochen: in wenigen Wochen würde der strahlende Ochse Durham das Lob des besten Rauch-, Kau- und Schnupftabaks feuerspeiend in die Nacht hinaus brüllen; über, unter, zwischen und hinter den Fällen selbst würden in genial ersonnenen Lichtspielen die köstlichen Whiskys, die beliebtesten Biere, die anerkanntesten Leberpillen und sichersten Abführmittel sich dem staunenden Naturfreund empfehlen. Und es ist, wie gesagt, nicht zu begreifen, daß nicht wenigstens die Fabrikanten von Babywäsche diese glänzende Reklamegelegenheit ergriffen haben, da doch sämtliche amerikanischen Brautpaare ihre Hochzeitsreise nach den Niagarafällen zu unternehmen pflegen. Ich vermute, daß da irgend welche schlechten Demokraten die Freiheit durch volksfeindliche Gesetze schändlich unterbunden haben müssen; anders ist dieser geradezu barbarische und schamlose Zustand gar nicht zu erklären, daß man hier die Natur so nackt und bloß wirken lassen konnte, ohne jede zivilisierte Bekleidung durch den menschlichen Geschäfts- und Erfindungsgeist! Nur der dekadente Europäer kann so etwas schön finden!

Und dennoch muß ich gestehen, daß ich dekadenter Europäer auch angesichts der Niagarafälle die feinere Regie vermißte. Ich mußte an unsern lieben Rheinfall bei

Schaffhausen denken. Wie ist da das herrliche Naturschauspiel vorbereitet, wie ist da geschickt Stimmung gemacht durch eine idyllisch romantische Landschaft, durch das uralt heimliche Schaffhausen mit seiner gewaltigen Zitadelle, seiner begrünten Stadtmauer, seinen trauten, krummen Gassen und behaglichen alten Wirts[pg 213]häusern! Wie sind auf dem Wege nach Laufen die Kraftwerke und Aluminiumfabriken – denn auch hier ist der Mensch nicht so dumm, die üppigen Schätze der Natur aus reiner Sentimentalität ungehoben zu lassen –, wie sind sie so geschickt unter dichtem Grün versteckt! Dagegen dehnt sich drüben von der furchtbar garstigen Großstadt Buffalo bis zu dem fast ebenso scheußlichen Nest Niagara-Falls-City die trostloseste Einöde am Gestade des Eriesees entlang. Das Klima ist windig und regnerisch, der Boden wenig fruchtbar, und infolgedessen sieht man überall verlassene Ansiedlungen, Trümmerhaufen, Ödland. Dazwischen massenhafte Fabrikanlagen mit ihrem schmutzigem Abfall, Schlackenbergen und mißfarbigen Rinnsalen. Lange, trübe Straßenzüge mit garstigen Arbeiterhäusern durcheilt die elektrische Bahn nach den Fällen, an wüsten Schnapskneipen und Tanzsalons mit klirrenden Drehklavieren und kreischenden Grammophons muß man vorüber, bevor man den nett gehaltenen Park erreicht, den man um die beiden Hauptfälle angelegt hat. Dann gelangt man zunächst an den kleineren dritten Fall, den die Industrie ganz und gar für sich in Beschlag genommen hat. Dicht am Rande des senkrechten Felsabsturzes ragen die Mauern und Schlote der Fabriken empor, und die gebändigten Wassermassen quellen aus einer Menge von eisernen Röhren hervor, jedoch nicht mehr im kristallenen Naturzustand, sondern gar lieblich koloriert. Es müssen wohl Farbwerke sein, denen ihre Kraft dienstbar geworden ist, denn im Winter, als ich sie sah, waren alle diese Abflüsse zu Eiszapfen gefroren, die einen pittoresken Behang über dem ganzen Abgrund bildeten und abwechselnd schön chromgelb, vitriolblau und krapprot gefärbt waren. Die großen Fälle selbst gehören ja ohne Zweifel zu den ge[pg 214]waltigsten Naturschauspielen der Welt, besonders im Winter, wenn die Bäume im weiten Umkreis in wunderbar funkelnde Kristallkandelaber verwandelt sind und wilde phantastische Schneewachten und Eisgebilde die ungeheuren donnernden und dampfenden Wasserschleier einrahmen. Leider aber fehlt es dem gewaltigen Schaustück gänzlich an Hintergrund. Der Niagarafluß verbindet eben zwei an sich wenig reizvolle große Wasserflächen, und wenn nicht zufällig der Eriesee etliche 60 Meter höher als der Ontariosee gelegen wäre, so würde es überhaupt nicht zustande gekommen sein. Wenn unser Herrgott, sagen wir mal: die biedere Warthe in irgendeinem preußischen Kartoffelacker einen solchen Bocksprung von 40 bis 50 Meter ausführen ließe, so würde das einigen Hunderttausenden Deutschen genügenden Anlaß bieten, um entrüstet aus der Landeskirche auszutreten; in Amerika aber darf sogar der Weltbaumeister geschmacklos sein, ohne sich Unannehmlichkeiten zuzuziehen.

sonstil.

Die Zeiten, wo man die absolute Geschmacklosigkeit keinem Amerikaner verübeln durfte, weil er eben zunächst für das Allernotwendigste zu sorgen, Neuland urbar zu machen und Weib, Kind, Ochs, Esel und alles, was sein war, vor wilden Tieren und roten Skalpjägern zu verteidigen hatte, die sind doch jetzt vorbei, zum mindesten für den hochkultivierten Osten, und die Zahl derer, die sich nach Schönheit zu sehnen beginnen, wächst von Jahr zu Jahr. Warum, ihr lieben Yankees, entnehmt ihr nicht eurer neuesten Schatzkammer Alaska ein paar lumpige Milliarden und stellt Landschaftsregisseure mit unbeschränktem Kredit an? Herrgott Saxendi, was ließe sich beispielsweise aus eurem Hudson machen! Ich weiß mir keinen schöneren Strom in der Welt. In seinem langen, gewundenen Lauf von New York bis Albany schlägt [pg 215]er leicht die gloriose Rheinstrecke von Bingen bis Bonn und kann es selbst mit der Donau zwischen Krems und Melk und sogar mit der Elbe zwischen Königstein und Schandau aufnehmen vermöge seiner herrlich geformten Uferberge und des imposanten Hintergrundes, den ihm die Catskillberge und noch weiter oben die Adirondaks geben. Wenn trotzdem der Hudson nicht entfernt so stark wirkt wie jene deutschen Ströme, so liegt das eben einfach daran, daß ihm die Rebenhänge mit den berühmten Weinmarken, die lieben alten Städtchen und ganz besonders die malerischen Burgruinen fehlen. Der Regisseur des Hudsons hätte also die Aufgabe, das ganze städtische und dörfliche charakterlose Gerümpel, das die Ufer des Flusses verschimpfiert, niederzureißen und durch Neubauten im Stil des Hudsontales und der Hudsonbewohner zu ersetzen. Das wäre mit viel Geld zu machen, wenn sich nicht von vornherein die Frage aufdrängte: Ja, welches ist denn der Stil der Hudsonbewohner, der Hudsonlandschaft? Das weiß eben kein Mensch! Die Hudsonleute haben eben keinen anderen Stil als die Susquehannaleute oder die Michiganleute. Es war mehr oder weniger Zufall, ob die ersten Kolonisten sich da oder dort niederließen, und jeder von ihnen hat sich an seinem Orte eingerichtet, wie sein Nutzen es erforderte und seine Mittel es erlaubten. Gewiß haben sich an unserem Rhein die Menschen ursprünglich auch nicht aus Bewunderung für die schöne Gegend niedergelassen, noch haben sie ihre Burgen auf die Höhen gebaut, um späteren Geschlechtern eine Sehenswürdigkeit durch deren Ruinen zu liefern. Nie und nirgends ist eine Landschaft späteren Dichtern und Malern zuliebe stilisiert worden, sondern das Notwendige und Zweckmäßige ist immer am Anfang der Entwicklung gestanden, in der Alten [pg 216]gerade so wie in der Neuen Welt. Erst der Edelrost der Jahrhunderte und Jahrtausende hat die Schönheit dazu getan. Aber diese Schönheit ist keineswegs ganz wild gewachsen aus der vollen Freiheit des Individuums heraus. Ein einheitlicher Stil konnte sich nur dadurch entwickeln, daß der Wille einzelner Überragender sich den Herdenmenschen aufzwang, daß die künstlerisch fruchtbaren Talente von den Herrschenden und Besitzenden erkannt und mit großen Aufgaben betraut wurden. So konnten sie die Muster schaffen, welche die Gedankenlosen alsdann aus Gewohnheit immer wieder nachmachten. Die Zünfte mußten ihren Zwang auf die Handwerker ausüben, die Stadtväter mußten Bau- und Kleiderordnungen erlassen, und durch die Engigkeit der Verhältnisse mußte ein konservatives Philisterium gezüchtet werden, damit kein individualistischer Zickzack die Gradlinigkeit der Entwicklung störte. Die Frage ist nur, ob man das alles heutzutage noch in einer großen demokratischen Republik nachahmen könnte. Gewiß, ein genialer Architekt, nennen wir ihn Meyer, könnte mit den zur Verfügung gestellten Millionen den ganzen Hudson in einem original meyerischen Stil bebauen, und das könnte vielleicht etwas sehr Schönes geben, aber dann müßten auch drakonische Gesetze erlassen werden, die die Anwohner des Hudsons zwängen, ihre notwendigen Neubauten immer wieder im meyerischen Stile zu errichten und sich überhaupt in allen Lebenslagen streng meyerisch zu benehmen. Würden sich die freien Bürger des Staates New York das gefallen lassen? Schwerlich. Sie würden jedoch nichts dawider haben, wenn spekulative Unternehmer darauf verfallen sollten, auf den schön geschwungenen Uferbergen des Hudson künstliche Burgruinen zu errichten, zu denen Zahnradbahnen oder Elevators hinaufführten. Es wäre weiterhin nur [pg

217]vernünftig, wenn in diesen Ruinen spekulative Wirte sich niederließen, die auf den Plattformen der Türme Flugschiffstationen und auf den Turnierplätzen Hangars für Äroplane einrichteten. Gewiß würden es die Hudsonleute auch gern sehen, wenn hie und da eine besonders garstige Fabrik hübschere Formen annähme und an Stelle manchen häßlichen Gerümpels reiche Mitbürger ihre Sommervillen in allen möglichen bizarren europäischen und asiatischen Stilen anlegen würden. Vermutlich wird man schon in naher Zukunft Seite an Seite mit imitierten Stolzenfelsen und Drachenburgen, japanische Teehäuser, russische Datschen und Darmstädter Eigenheime bewundern können, aber ein origineller Hudsonstil wird sich von selber auch in fernen Jahrhunderten schwerlich entwickeln. Wir sehen es ja bei uns, wie schwer es die Vereine für Denkmal- und Heimatschutz haben, unsere schönsten alten Städtebilder vor Verschandelung zu behüten, und wie auch die strengste Baupolizei höchstens unter Mitwirkung wirklich feinfühliger Künstler einigermaßen dem Eindringen der Stillosigkeit zu wehren vermag; denn die instinktive Stilsicherheit unserer Vorväter ist uns Modernen durch den Mangel an Seßhaftigkeit der großen Masse, die durch unsere Verkehrsverhältnisse erzeugt wurde, schon sehr abhanden gekommen. Drüben in der neuen Welt aber hat solche instinktive Stilsicherheit natürlich niemals bestanden; der Künstler, den man zum Landschaftsregisseur ernennen wollte, hätte es also mit Kindern und Barbaren zu tun, denen man wohl neue Moden importieren und schmackhaft machen, aber keinen Stil aufzwingen könnte. Die Yankees mit ihrem wundervollen Optimismus sind natürlich überzeugt davon, daß die Schönheit und der Stil in ihrem Lande ganz von selber sich entwickeln müßten als eine Frucht der fortschreitenden [pg 218]Geschmackskultur ihrer reichen und müßigen Leute. Ich vermag diese Zuversicht nicht zu teilen, sondern glaube vielmehr, daß sich auch im

Laufe vieler Jahrhunderte der große Unterschied zwischen
der alten Welt als einem Antiquitätenmuseum und der
neuen als einem Novitätenbazar nur wenig verwischen
wird. Jahrtausende allmählicher Kulturentwicklung sind
selbst im heutigen Fortschrittstempo nicht einzuholen.

schaftsregisseur. Aufgaben für deutsche Künstler.

So müßte ich also meinen Antrag, Landschaftsregisseure für
die Vereinigten Staaten zu ernennen, hoffnungslos fallen
lassen? Vielleicht doch nicht ganz. Im weiten Süden, im
äußersten Norden und im fernen Westen ist noch Platz
genug für Hunderte, ja Tausende von neuen Ansiedlungen.
Wenn die gesetzgebenden Körperschaften der betreffenden
Bundesstaaten es zur Bedingung für neue Gründungen
machten, daß die Pläne nicht ohne Hinzuziehung
bewährter Künstler entworfen und ausgeführt werden
dürften, so wäre von diesen neuen Städten und Dörfern des
20. Jahrhunderts doch wohl ein bißchen mehr Stil zu
erhoffen. Ich kenne das neue San Franzisko nicht; ich weiß
nicht, ob man bei dieser kostbaren Gelegenheit schon daran
gedacht hat, die künstlerische Regie in ihre Rechte
einzusetzen. Die Amerikaner behaupten ja, daß ihr neues
Frisko, ihre neue Handelsmetropole Seattle und andere
nordwestliche Gründungen von hervorragender Schönheit
seien. Nun, dann würde zum erstenmal in der
Weltgeschichte das Licht von Westen kommen. Im ganzen
Osten der Union sieht es bisher noch aus wie in einer
Kinderstube, in der unartige Buben alles durcheinander
geworfen und vor dem Schlafengehen nicht fortgeräumt
haben. Von dem großen Völkerumzug sind noch überall die
ausgeräumten Kisten, die Stroh- und Papierhüllen, die
ausgerissenen [pg 219]Nägel und zerschnittenen Stricke
liegen geblieben. Wenn erst der Osten sich vor dem Westen

zu schämen beginnt, dann findet er vielleicht auch Zeit, endlich einmal gründlich aufzuräumen. Und in der aufgeräumten Landschaft, dem gesäuberten Stadtbilde werden wenigstens die gröbsten Scheußlichkeiten so unliebsam auffallen, daß man sich um so mehr beeilt, sie gänzlich wegzutilgen und durch Schöneres zu ersetzen. Dann wird es eine starke Nachfrage geben nach solchen Regisseuren, wie ich mir sie denke, und wir Deutschen, die wir der Neuen Welt durch unsere Missionäre den Geschmack an edler Musik beigebracht haben, werden dann auch vielleicht berufen sein, als kostbarsten Importartikel Künstler hinüber zu senden, die nicht nur Architekten, sondern stilistische Universalgenies sind, so gut wie unsere modernen Orchesterbeherrscher und Theaterregisseure. Vielleicht erlebe ich es noch, vor einer neuen amerikanischen Stadt eine schöne Tafel zu erblicken, auf der unter ihrem Namen an Stelle des bei uns üblichen Hinweises auf Regierungsbezirk, Kreis und Landwehr-Bataillon zu lesen wäre: „Gestiftet von Carnegie, in Szene gesetzt von Johann Nepomuk Huber aus München-Pasing."

[pg 220]

Dollaricas infamster Schurke.

ιammel.

Ich bin niemals ein Pessimist gewesen. Ich habe den zahlreichen Leuten gegenüber, welche mir dringend anrieten, mich vor schmerzlichen Enttäuschungen dadurch zu schützen, daß ich meine Mitmenschen von vornherein jeder Bosheit und Niedertracht für fähig halten möge, stets mit Ernst und Eifer die Meinung verfochten, daß alle Kreatur von Mutterleibe an zur Ehrlichkeit und Biederkeit veranlagt sei, und daß nur widrige Umstände, zumeist gänzlich unverschuldeter Art, wie üble Herkunft, leibliche Not und ungestillte Sehnsüchte der Seele die bösen Triebe gewaltsam einzuimpfen vermöchten. Seitdem ich aber in Chicago (Illinois) Dollaricas infamsten Schurken kennen gelernt habe, muß ich gestehen, daß meine Meinung von der Unschuld der Kreatur um so heftiger erschüttert wurde, als dieser infamste aller Schurken nicht einmal ein Mensch, sondern sogar ein Vierfüßler war, jenem sanften, geduldigen, wolletragenden Geschlecht entsprossen, das der Mensch sich zum Symbol demütiger Ergebung und verehrungswürdiger Dummheit erkoren hat. Der infamste Schurke der ganzen Vereinigten Staaten ist nämlich, gerade herausgesagt – e i n H a m m e l, und zwar der Leithammel in *Armour & Co.'s*

Packing Company in den Chicagoer Schlachthöfen. Wenn ich der pessimistische Menschenverachter wäre, der ich, wie gesagt, nicht bin, so würde ich diesen Hammel eine e i n g e m e n s c h t e B e s t i e titulieren. Denn wer hätte es je für möglich gehalten, daß ein Schafskopf so viel Niederträchtigkeit beherbergen könne?! Nichts in dem vertrauen[pg 221]erweckenden Äußeren dieses Hammels deutet auf die Schändlichkeit seines Berufes hin. Sein stets vergnügtes Schafsgesicht verklärt das satte Lächeln eines gutmütigen Pfäffleins auf fetter Pfründe, und sein Gebaren und Gehaben ist ganz dasjenige eines beleibten, aber noch rüstigen alten Herren, der unter Umständen wohl noch zu lockeren Streichen aufgelegt ist. Offenbar hat ihm diese so geschickt getragene Maske der Bonhomie zu der einträglichen Stellung bei Armour & Co. verholfen.

Dieser ehrenwerte Beamte erfüllt nämlich die Aufgabe, während der Schlachtperiode Hunderte und Aberhunderte, Tausende und Abertausende seiner unschuldigen, nichts ahnenden Familienangehörigen und Standesgenossen der Menschheit ans Messer zu liefern. In langen Eisenbahnzügen treffen sie aus allen Teilen der Union in den *Stockyards* von Chicago zusammen. Die Wagentüren öffnen sich, und froh, der langen grausamen Haft entrinnen zu können, drängen sich die Scharen munterer Hammel von Ohio, Indiana, Illinois, ja selbst von Alabama, Jowa, Kentucky, von Texas selbst und Arizona auf die bequemen schiefen Ebenen, und ihren bedrängten Busen entringt sich das hoffnungsfreudige „Mäh" der Erlösung von langer Qual. Weite Hürden nehmen sie auf, die krauswolligen, weißen und schwarzen Brüder und Schwestern, Vettern und Basen aus sämtlichen Staaten und Territorien der Union. Von vollen Raufen lockt das duftige Heu, in langen Rinnen der kräftig gemischte Trank. Und doch, die rechte Freudigkeit kann nicht aufkommen, denn alle diese

Schafsseelen sind noch erfüllt von seliger Erinnerung an blauen Himmel, grüne Weide, kristallklare Bäche und muntere Spiele unter der freundlichen Aufsicht treu besorgter Hunde und frommer Schäfer; hier aber engen himmelhohe rotbraune Mauern sie ein, [pg 222]statt lustiger weißer Lämmerwölkchen wälzen schwere, schwarze Rauchschwaden sich ihnen zu Häupten daher, und statt des feierlichen Schweigens der Natur umtost das dumpfe Maschinengebrüll rastlos gieriger Menschenarbeit ihre erschrockenen Ohren. Traurig lassen sie die Schwänzlein und die Köpfe hängen, lassen sie die Trankrinne und die Futterraufe unberührt.

ssprung

Siehe, da naht sich ihnen als Bote aus dieser beängstigend fremden Welt mit freundlicher, onkelhafter Vertraulichkeit ein fetter Hammel in den besten Jahren: „Munter, meine lieben Kinder, munter!" beginnt er in humoristisch gefärbtem Bockston, und alsbald umdrängt ihn ein dichter Kreis von Zuhörern. „Ihr habt nicht die geringste Ursache, Ohren und Schwänze mutlos hängen zu lassen; oder ist es vielleicht nicht eine große Ehre für euch ungebildete Prairieschafe, in die große Millionenstadt Chicago zu Besuch zu kommen? Meint ihr vielleicht, ihr wäret die einzigen Schafsköpfe hier am Orte, mähähähä!? Hier geht es hoch her, das könnt ihr mir glauben auf mein ehrliches Gesicht, und die Zeit wird euch hier nicht lang werden, auf Eh – hähähähä – re! Ich habe es zwar nicht nötig, mich für euch aufzuopfern, denn ich befinde mich Gott sei Dank in einer auskömmlichen und gesellschaftlich angesehenen Position, aber ich will mich dennoch eurer hilflosen Ländlichkeit annehmen, weil doch nun einmal der Korpsgeist in unserer Familie so stark entwickelt ist. Auf, mir nach, ich führe euch zu einem lustigen Spielplatz, wo kein Hund und kein Hirte uns geniert." – Und leichtfüßig tänzelt der feiste Onkel voran einen glatt gedielten Steg hinauf, der so schmal ist, daß nur zwei knapp nebeneinander gehen können, aber sicher eingeplankt, so daß keines an den Seiten herauspurzeln kann. Schon dieser Anfang des Vergnügens ist vielver[pg 223]sprechend. Wie auf einer Berg- und Talbahn oder einer russischen Rutschpartie geht's auf diesen engen Bretterwegen hinauf, hinab und kreuz und quer, und die Tausende von leichten Hammelbeinchen trippeln und trappeln fein langsam hinauf und im lustigen Hui herunter, daß es klingt, wie wenn in schwülen Frühlingstagen St. Peter Erbsen siebt. Ein Auf- und Abschwellen wie Hagelrauschen in launischen Böen, ein dumpfes Wirbeln wie von gedämpften Trommeln, – als sollten durch solchen Trauermarsch den unschuldig Verurteilten die militärischen letzten Ehren erwiesen werden. Der muntere Leithammel immer an der Spitze, tapp tapp tapp, hinauf, und hurrdiburr hinunter, und zuletzt auf ein schmales Türchen in der rotbraunen Mauer zu. Gar im Galopp mit einem lustigen Bocksprung setzt er in die Seligkeit hinein. In einem Sprungtuch wird er aufgefangen und mit einem Ruck in ein gemütliches Seitenkabinett in Sicherheit gebracht, während seine Stammgenossen unaufhaltsam, einer nach dem anderen, zu Dutzenden, zu Hunderten, zu Tausenden ihm nachspringen in die finstere Todesnacht. Ein eiserner Haken erwischt sie an einem Hinterschenkel, an einer Kette fliegen sie mit dem Kopf nach unten aufwärts, ein gewaltiges Rad empfängt sie, hebt sie in weitem Bogen hoch und läßt sie auf der andern Seite rasch abwärts schweben der Stelle zu, wo der Mörder mit seinem blutigen Messer steht. Ein sicherer Stoß – und lautlos haben sie ausgelitten. Derweile läßt sich's der erprobte Beamte von Armour & Co. in seinem Privatkabinett bei frischem Maisschrot und duftigen Lupinen wohl sein, bis man ihn abruft, um auf geheimem

Gange sich abermals zu den neu Angekommenen in die Hürden hinunter zu begeben und seinen niederträchtigen Trick aufs neue auszuführen. Wenn er ein Mensch wäre, so [pg 224]würde er sicher auf seine alten Tage fromm werden, das Gebetbuch auswendig lernen, fleißig in geistlichen Kreisen verkehren und sein Vermögen wohltätigen Stiftungen vermachen; da er nur ein Hammel ist, hat er aber nicht einmal das Bedürfnis, sein Gewissen zu betäuben. Er bedarf nicht des Alkohols, um seinen Mut zur Infamie täglich neu zu entflammen, sondern sein eigentümlich hammelhafter Ehrbegriff läßt ihn vielmehr seinen Stolz drein setzen, jahrein, jahraus mit der gleichen heiteren Selbstverständlichkeit seine verräterische, gemeine Mordarbeit zu verrichten, bis er in Pension geht oder bis Herzverfettung oder versetzte Blähungen ihm unversehens den Garaus machen. – Habe ich nicht recht, diesen Oberaga der weißen Eunuchen von Chicago für den infamsten Schurken der ganzen Vereinigten Staaten zu erklären?

che Niedertracht.

Vielleicht, mein Herr, oder Sie, meine schöne Leserin, werden Sie mir entgegnen wollen, daß die Unschuld der Kreatur von Armour & Co. nur schändlich mißbraucht werde, indem der Leithammel sicherlich nicht wisse, daß seine von ihm verführten Artgenossen dem Tode verfallen seien. – Ich kann das leider nicht glauben; denn ich bin fest überzeugt, daß auch dem geistig mindestbegabten Tier der Blutgeruch, der die Chicagoer Schlachthöfe umwittert, eine Ahnung seines Schicksals aufzwingen muß, sobald es nur den Eisenbahnwagen verläßt. Und da ein Leithammel doch jedenfalls die Blüte der Intelligenz der Hammelschaft darstellt, so ist es doch schwer glaublich, daß gerade ihm der Umstand nicht zu denken geben sollte, daß alle die von ihm angeführten Herden auf Nimmerwiedersehen in dem Abgrund verschwinden, dem jener heiße Blutgeruch entströmt, und daß es immer wieder neue Bataillone von Schafen, Regimenter von [pg 225]Hammeln sind, an deren Spitze er anfeuernd dem schwarzen Loche zu galoppiert. Fraglich könnte es nur erscheinen, ob der Mensch, der sich solcher abgrundtiefen Gewissenlosigkeit einer gemeinen Hammelseele zu seinen Zwecken bedient, nicht noch eine größere Kanaille sei, als der Hammel selbst. Es ist ein beliebter Trick des menschlichen Genius, die garstig anrüchigen Handlungen, die im Interesse seiner höheren Zwecke verrichtet werden müssen, nicht selbst zu verrichten, sondern sich dafür scheinbar harmloser Umwege zu bedienen. So hat die edle weiße Haut der roten Haut ihre Spezialkrankheiten anvertraut und sie dadurch, unter freundlicher Nachhilfe des edlen Feuerwassers, langsam aber sicher vernichtet. Ja, man hat es sogar schon verstanden, eine Religion, die heiligste Ausstrahlung eines großen Herzens voller Liebe und eines tiefen, weltumfassenden Geistes, in zweckentsprechender Umgestaltung als wirksamstes Mittel zur Unterjochung und Vernichtung kraftvoller Völker zu verwenden. Solchen imposanten Großtaten menschlicher Niedertracht gegenüber will es moralisch nicht viel bedeuten, wenn die Herren Armour & Co. die Bestechlichkeit einer infamen Hammelseele benutzen, um ohne Tierquälerei und unliebsames Aufsehen ihren menschenfreundlichen Zweck zu erreichen. Und Menschenfreunde muß man doch diese genialen Unternehmer nennen, welche ganz Nordamerika tagtäglich mit leckeren Braten und die ganze bewohnte Erde mit ihren sauber in Blech verpackten, gepökelten und geräucherten Fleischwaren versehen. Wer an einem glänzenden Beispiel lernen will, wie der Menschengeist es fertig bringt, durch blutigen Mord und schnöden Verrat hindurch mit Einsatz aller seiner Erfindungskraft und körperlichen

Geschicklichkeit schließlich dazu gelangen kann, die Vollendung des Zweck[pg 226]mäßigen sogar bis zum künstlerisch Erbaulichen zu steigern, der sehe sich das Verfahren in den Chicagoer Stockyards an.

Durch Upton Sinclaires berühmten Roman „*The Jungle*" (der Sumpf) sind ja die Augen der ganzen Welt auf Armour & Co.'s Packing Company gerichtet worden. Ganz Europa ist es nach diesem Roman übel geworden. Es hat monatelang kein *corned beef* mehr gekauft, in der Meinung, daß in den hübschen, sauberen Blechbüchsen mehr Rattenschwänze, abgehackte Menschenfinger und andere leckere Zutaten vorhanden wären, als solides Ochsen- und Schweinefleisch. Wer aber selber in jüngster Zeit, wie ich, die Schlachthäuser und Packräume Armours aufmerksam durchwandert hat, der wird doch sagen müssen, daß entweder Mister Sinclaire ein arger Schwarzseher und Schwarzmaler sein, oder daß die Gesellschaft sich sein Buch inzwischen zu Herzen genommen und durchgreifende Verbesserungen gemacht haben müsse. Denn so wie das Unternehmen sich heute präsentiert, bedeutet es einfach einen bisher unerreichten Gipfel in bezug auf sinnreichste Ausnutzung der Maschine und der menschlichen Arbeitskraft, auf Reinlichkeit, strengste Disziplin und restlose Ausnutzung des verarbeiteten Materials.

An einem schönen klaren Wintertage brachte unser Chicagoer Gastfreund mich und meine Frau zu Armours und ersuchte einen ihm bekannten Beamten der Firma, uns herumzuführen. Es war zufällig derselbe Herr, der auch unseren Prinzen Heinrich geführt hatte. In der stolzen Haltung des freien Bürgers der größten Republik der Welt, d. h. die Hände in den Hosentaschen, eine ungeheure Havannanudel aus dem Mundwinkel herauslakelnd, machte uns dieser Herr zunächst einmal [pg 227]das Kompliment, daß unser kaiserlicher Prinz ein feiner Kerl – *a fine fellow* – sei. Man habe ihn vorher instruiert gehabt, den hohen Herrn mit „*Your Royal Highness*" anzureden; aber daran habe er sich nicht gewöhnen können, und es habe offenbar dem Prinzen ganz gut gefallen, einmal einfach wie irgendein anderer besserer Herr von anständiger Familie behandelt zu werden. Wir wurden darauf sofort in den Mittelpunkt der Hölle geleitet. Sehr vernünftiges amerikanisches Prinzip: denn wer dieses Schrecknis, ohne einen Nervenchok zu kriegen oder wenigstens in Ohnmacht zu fallen, aushält, dem kann überhaupt auf dieser Wanderung nichts Schlimmes mehr passieren.

lpunkt der Hölle.

Eine schwere schmale Tür wird aufgestoßen; eine heiße Welle von süßlichem Blutdunst schlägt über unseren Köpfen zusammen, und das furchtbare, wahnsinnig verzweifelte Todesgekreisch der Schweine betäubt uns die Ohren, zerreißt uns das Herz. Wir stehen auf einer hohen schmalen Holzgalerie, die dick mit Sägespänen bestreut ist, und schauen zwei Stockwerke tief hinunter. Dicht an der Mauer im ersten Stockwerk unter uns dreht sich langsam eine riesige, metallene Scheibe, über die eine schwere, eiserne Kette läuft. Aus einem dunkeln Raum unter der Galerie, den wir nicht übersehen können, werden die Schweine von riesenstarken Fäusten eines nach dem anderen gepackt und ein an der Kette schwebender Haken um einen ihrer Hinterschenkel befestigt. Im nächsten Augenblick wird das Tier emporgehoben und mit dem Kopf nach unten, aus Leibeskräften strampelnd und schreiend, über die große Scheibe weggeführt. Auf der anderen Seite dieser Scheibe steht der Metzger. In dem Augenblick, wo die unendliche, sich langsam fortbewegende Kette das Tier an seinen

Standort bringt, führt er den Todesstoß in den Hals aus. Ein dicker Blutstrom schießt [pg 228]heraus. Der Mann ist über und über mit Blut bespritzt; er hat hohe Stiefel an und steht bis an die Knöchel in einem Bluttümpel. Ein zweiter Mann in seiner Nähe hat die Aufgabe, mit einem großen Besen das Blut in ein Loch im Estrich hineinzufegen; in einem unterirdischen Bassin wird es zur weiteren Verwertung aufgefangen. Alle paar Sekunden passiert ein Schwein den Schlächter, so daß er in den wenigen Stunden, die seine Arbeitszeit dauert, Hunderten den Garaus macht. Der Mann ist der höchstbezahlte Arbeiter des Unternehmens, ein Meister in seinem gräßlichen Fache; aber unfehlbar ist seine Hand natürlich doch nicht, und manche der gestochenen Tiere zappeln und schreien noch eine ganze Weile weiter. Lange währt ihre Qual jedoch auf keinen Fall, denn die Kette führt sie in die untere Etage hinunter, und da werden sie abgeladen in ein gewaltiges Bassin voll kochenden Wassers. Darin sieht man von oben die weißen Schweineleichen in dichtem Gedränge durcheinanderquirlen, und wenn sie an der Kette wieder nach oben schweben, so sind sie bereits so sauber abgebrüht, wie man sie in unseren Metzgerläden in der Auslage hängen sieht. Kein Unterschied mehr zwischen schwarzen, gelben, grauen und gescheckten Schweinen. Blaßrosig, starr und schwach dampfend kommen sie in Abständen von etwa 2 Meter wieder in die obere Etage heraufgeschwebt. Wir verlassen die Schreckenskammer und schreiten auf unserer erhöhten Schaugalerie in einen großen, lichten Saal hinein. Da stehen auf einem schmalen Podium an der Fensterseite die Arbeiter mit ihren scharfen Messern, Äxten, Knochensägen und Lötlampen auf ihren Posten, und während die Kette in langsamer Vorwärtsbewegung das Schwein an ihm vorbeiführt, verrichtet jeder mit sicherer Hand immer dieselbe ihm zugewiesene Arbeit. Der erste [pg 229]führt einen

Bauchschnitt der ganzen Länge des Körpers nach aus, der
zweite rafft mit einem Griff die Gedärme heraus, der dritte
schneidet den Kopf durch bis auf den Knochen, der vierte
sägt den Halswirbel durch, ein anderer sengt mit der
Lötlampe die etwa noch übriggebliebenen Borsten weg –
und so fort. Am Ende des Saales beschreibt die Kette einen
Bogen, um ihn dann in entgegengesetzter Bewegung noch
einmal zu durchlaufen, und am Ende dieses ganzen Weges
ist das Schwein sauber zerlegt, die Speckseiten herausgelöst,
die Schinken, die Hacksen zur besonderen Verwendung
beiseite gepackt.

erfahren beim Rindvieh.

Ganz ähnlich ist der Hergang in dem Riesenraum, in
welchem die Rinder bearbeitet werden. Aus einer Falltür
werden sie von unten heraufgehoben und durch einen
Schlag mit einem Hammer auf den Kopf betäubt. Nach dem
Grausen der Schweineschlächterei wirkt diese Art des
Massenmords geradezu zart gedämpft, man möchte fast
sagen, liebenswürdig diskret, denn das Rind schreit nicht, es
ist betäubt, bewegungslos noch bevor es ihm zum
Bewußtsein kommt, daß es in den Tod zu gehen bestimmt
ist. Gewaltige Maschinenkraft hebt das schwere, bewußtlose
Tier an den Hinterfüßen in die Höhe, und an der dicken
Ankerkette bewegt es sich langsam durch den großen
Arbeitssaal. Am Kopfe hängt jedem Tier ein Eimer, in dem
das Blut beim Schlachten aufgefangen wird, und so
geschickt verrichten die Schlächtergesellen ihre Arbeit, daß
man in diesem Saale, mit den Augen wenigstens, fast kein
Blut gewahr wird. Da in dem mächtigen Rindskadaver die
Arbeit nicht so geschwind von statten geht, wie bei dem
Kleinvieh, so hängen die Rinder in großen Abständen an
der Kette, und jeder Arbeiter geht dem ihm zugewiesenen

Stück so lange nach, bis sein Anteil an dem Werk des
Abhäutens, Zersägens [pg 230]und Zerteilens verrichtet ist.
Der Grundsatz der Arbeitsteilung ist strikte durchgeführt.
Ein Arbeiter hat nie etwas anderes zu tun, als das Rückgrat
von oben bis unten durchzusägen, ein anderer nur das
Abhäuten zu besorgen – und wehe dem, wenn er das
wertvolle Fell durch einen ungeschickten Messerstich
verletzt; sofortige Entlassung ist seine Strafe.

ck heiligt die Mittel.

Von den Schlachträumen gelangen wir tiefaufatmend in die
frische Luft. Über hölzerne Brücken und Viadukte, auf
denen Schmalspurbahnen laufen, die die verarbeiteten
Fleischteile von einem Raum zum andern befördern, gehen
wir in die Packhäuser hinüber, wo das gekochte,
geräucherte und eingepökelte Fleisch in die bekannten
Blechdosen verpackt wird. Maschinen von fabelhafter
Präzision verfertigen vor unseren Augen die Tausende und
Abertausende von Blechgefäßen, und die einzige
Menschenarbeit, die hierbei in Anspruch genommen wird,
ist das letzte Verlöten des Deckels und das Bekleben der
Dosen mit den schönen, buntgedruckten Papieretiketten.
Das Schlußstück in der seltsam aufregenden und dennoch
bezaubernden Schau ist der Saal, in welchem nette junge
Mädchen in weißen, steif gestärkten Häubchen und
blendenden Kleiderschürzen an langen Tischen sitzen, mit
feinen weißen Händen die dünnen Fleischscheiben, die die
lautlos arbeitende Maschine vor jedem einzelnen
Arbeitsplatz im unfehlbaren Rhythmus hinstreut, in die
Blechbüchsen verpacken. Die tadellose Sauberkeit dieser
Mädchenhände wird dadurch sinnfällig gemacht, daß nicht
nur reichliche Wascheinrichtungen dem Beschauer sofort
ins Auge fallen, sondern daß in einer Ecke des Saales auf

einer erhöhten Tribüne eine artige Maniküre fortwährend an der Arbeit ist, um die Fingernägel zu säubern und streng vorschriftsmäßig im Verschnitt zu halten. Diese Maniküre [pg 231]und jener infamste Schurke Dollaricas, nämlich der Leit – hammel, stehen also als symbolische Gestalten am Eingang und am Ausgang einer der gewaltigsten industriellen Unternehmungen der Erde: brutalste Rücksichtslosigkeit und raffinierteste Delikatesse reichen sich die Hand zur Vollendung eines notwendigen Menschenwerkes. Der Zweck, nämlich die Versorgung der Menschheit mit tadellos zubereiteter Fleischspeise, heiligt die Mittel, und die Mittel heiligen wiederum auch den Zweck; denn um mir die gutgepökelte Zunge in sauberer, luftdicht verschlossener Büchse auf den Tisch zu setzen, haben Menschenwitz und Menschenfleiß ihr Letztes hergegeben und durch geniale Ausnützung des Materials und Hinaufsteigerung aller Energien zu äußersten Leistungen das blutige Chaos in vollendete und darum ästhetisch wirkende Harmonie verwandelt.

[pg 232]

Baedekereien für Amerikafahrer.

ıödien des Grünhorns.

Während meines Aufenthaltes in New York geschah es, daß ein aufgeweckter Marschbauer, irgend so ein deftiger Klaas Petersen, oder wie er nun heißen mochte, mit der ganz gescheiten Absicht herüber kam, sich für die etlichen 30 oder 40000 Mark, die er aus dem ererbten Bauerngut herausgewirtschaftet hatte, im fernen Kansas, Oklahama oder sonst einem der neuen Staaten, wo das Land noch spottbillig ist, eine große Farm zuzulegen. Der Mann war in der Vollkraft seiner Jahre, verließ sich auf seine derbe Faust, seinen klaren Dickkopf und seinen deutschen Fleiß und hatte guten Grund, anzunehmen, daß er schon in ein paar Jahren Frau und Kinder würde nachkommen und aus dem vollen an dem stolzen Herrenleben eines Großgrundbesitzers im Lande der Freiheit teilnehmen lassen können. Der Mann hatte in seiner biederen Offenheit auf dem Schiffe aller Welt erzählt, wieviel er bei Heller und Pfennig wert sei, und der Kapitän, der es gut mit ihm meinte, hatte ihm für seinen Einzug in die Fünfmillionenstadt einen sicheren Begleiter in Gestalt eines seiner Offiziere mitgegeben. Der nahm Klaas Petersen freundschaftlich unter den Arm und führte ihn zunächst einmal die Kellertreppe zur *Subway*, der Untergrundbahn hinunter, welche unter dem Bette des Hudson hindurch Brooklyn mit New York verbindet und dann in zwei Ästen die ganze Manhattaninsel bis in die ferne Vorstadt Bronx durchzieht. Als aber Klaas Petersen über das Treppengewirr und durch das Menschengewimmel hindurch in einen der Riesenwagen hineinbugsiert war [pg 233]und nun in drangvoll fürchterlicher Enge, eingekeilt zwischen hinter riesigen Zeitungen verschanzten Negern, Chinesen, Italienern, Russen und glattrasierten Yankees stand, als der elektrische Zug donnernd in die schwarze Felsenhöhle hineintauchte und dort mit unheimlicher Schnelligkeit um die Kurven schlingerte, da fing Klaas Petersen aus Dithmarsen bitterlich zu weinen an und schluchzte: „Ick will nah Huus! dor speel ick nich mit. –" Und dabei blieb's; er wollte keine Vernunft annehmen. Mit dem nächsten Schiffe kehrte er tatsächlich wieder heim.

Noch übler erging es einem anderen Grünhorn, das sich auf seinen eigenen Witz verließ und bei Brooklyn-Bridge einen Trambahnwagen bestieg, um über die berühmte Brücke nach Brooklyn zu fahren, wo er einen Landsmann aufsuchen wollte. Und er kam auch über die Brücke, aber er verstand nicht, was der Schaffner ausrief, und traute sich nicht aufs Geratewohl auszusteigen; und ehe er sich's versah, war er wieder auf der Brücke, denn die Trambahnlinie bildet eine geschlossene Schleife. Da er ein Gemütsmensch war, gedachte er in Ergebung hinzunehmen, was der Herr in seinem unerforschlichen Ratschluß über ihn beschlossen hätte. Er fuhr also auf der großen Schleife hin und her, Tag und Nacht, drei Tage lang. Schließlich mußte man ihn aus Mitleid erschießen, da er sonst verhungert wäre.

Wenn du mir diese traurige Geschichte nicht glauben magst, lieber Leser, so laß es bleiben. Deswegen bleibt es doch als unumstößliche Wahrheit bestehen, daß du in Amerika unmöglich bist, sofern der Himmel dich zu einem Junker Träuminsblau geschaffen oder deine Eltern dich mit der Zipfelmütze bis über die Nase und einem schönen Brett vorm Kopf in die Welt entlassen haben. Bist du [pg 234]aber kein Muttersöhnchen, das in der Bangbüx bebbert, sondern ein gesunder Frechdachs mit offenen Sinnen und nicht zu viel Vertrauensseligkeit, so kannst du dich dreist in das Abenteuer stürzen. Bist du ein armer Teufel, der drüben sein Glück machen will, so wappne dich mit Humor und Wurstigkeit, schäme dich keiner Arbeit und laß die Ohren nicht hängen, wenn es dir in einem Fach mißlingt. *„Let us try another chance"* sagt der Amerikaner in diesem Falle, und das sag du auch und pfeif drauf. Willst du aber zu deinem Vergnügen und zu deiner Belehrung dich drüben umschauen, so tue Geld in deinen Beutel, viel Geld – noch viel mehr Geld! Denn wisse, daß für den nicht seßhaften Menschen drüben die meisten Dinge doppelt und viele viermal so viel kosten wie bei uns. Für ein Seidel Würzburger Hofbräubier oder Pilsner, das nur 4/10 Liter hält, mußt du einen *Quarter* hinlegen, das ist *M* 1.–, und du wirst bald dahin gelangen, diesem *Quarter* nicht mehr wehmütig nachzutrauern; denn das amerikanische Bier enthält zwar Wasser, Malz und Hopfen und sieht schön braun oder goldgelb aus, hat auch wohl eine verlockende schneeweiße Rahmhaube auf und der erste Schluck geht dir lieblich ein, aber bald merkst du, daß es doch kein Bier ist. Und dann wirst du auch bald finden, daß es sehr viel leichter ist, die schmalen, schmutzigen, zerknitterten Papierlappen auf den Tisch zu werfen, als bei uns daheim ein schönes blankes Zwanzigmarkstück anzureißen; du mußt nämlich schon sehr weit westlich fahren, bevor du überhaupt Gold zu sehen bekommst. Mache dir nur ja nicht etwa die Illusion, als ob du an irgendeiner Stelle wieder hereinsparen könntest, was du an anderer Stelle großzügig verschwendet hast. Abgesehen davon, daß der Knicker und Pfennigfuchser in dem Lande der Milliardäre höchst verächtlich über die Achsel angesehen wird, kommst [pg 235]du auch schon aus dem Grunde nicht zum Sparen, weil die guten Dinge, die zum täglichen Bedürfnis des Gentleman gehören, durch die ganze Union ziemlich denselben Preis haben. Du kannst zum Beispiel nicht in einem Hotel zweiten Ranges wohnen und in einem Restaurant ersten Ranges speisen, weil es einfach kein Hotel zweiten Ranges gibt. In den großen Städten wenigstens sind alle Hotels, denen sich ein besserer Zeitgenosse überhaupt anvertrauen kann, nach unseren Begriffen erster Klasse, und was danach kommt, ist nach unseren Begriffen gleich vierter Klasse. Du kannst auch nicht im Hotel erster Klasse wohnen und dann anderswo billig essen gehen, d. h. du kannst es wohl, aber du wirst bald davon zurückkommen. Denn das billige Essen ist auf die Dauer unmöglich, und zwischen den Preisen der Speisekarte in einem guten Hotel und einem anständigen Restaurant gibt es kaum einen Unterschied. Versuche um Gottes willen auch nicht mit Trinkgeldern zu knausern, das würde dir übel bekommen; nicht nur in der Welt der Kellner, sondern in der breitesten Öffentlichkeit würde es deinem Renommee schaden. Ein werter Freund und Kollege von mir hatte sich von Eingeborenen sagen lassen, daß der übliche Satz für den Kellnertip, wie bei uns, bei kleineren Rechnungen zehn Prozent betrage. Seine erste Konsumation im Hotel bestand in einem belegten Brötchen mit einem Schnitt Bier, wofür er 70 Cent = *M* 2,80 bezahlen mußte. Gewissenhaft wie er war, suchte er 7 Cent zusammen und schob sie reinen Herzens dem *waiter* zu. Der starrte erst mit verdächtigem Grinsen auf das Sümmchen hin, dann lief er zum Oberkellner, beriet sich längere Zeit mit ihm und kehrte endlich zurück, um die 7 Cent zwar ohne Dank, aber mit den sichtbaren Zeichen einer unangemessenen Fröhlichkeit einzustreichen. Am andern Morgen [pg 236]stand es in sämtlichen New Yorker Blättern, daß der beliebte deutsche Dichter 7 Cent Trinkgeld gegeben habe. Und wo immer unser lieber Landsmann erkannt wurde, lachten ihm die Kellner frech ins Gesicht. Merke dir also, lieber Landsmann, besonders wenn du aus München kommen solltest, wo die Kati schon für drei Pfennige danke schön sagt, daß man unter zehn Cent überhaupt keiner Hilfskraft in der Ernährungsbranche anbieten darf, und daß man das Trinkgeld immer nach oben bis zur nächsten durch zehn teilbaren Ziffer abrunden muß.

rachte Sparsamkeit.

Du darfst ruhig Piefke heißen und in Schmierölen machen und brauchst dich doch keinen Moment zu besinnen, in den vornehmsten Hotels einzukehren. Wenn du halbwegs wie ein besserer Zeitgenosse aussiehst und weder die Sauce mit dem Messer aufschleckst, noch den Kompotteller ableckst, so wirst du auch in der allerprominentesten Gesellschaft geduldet werden. Für fünf Dollar bekommst du überall ein anständiges Zimmer mit Bad, und wenn du dich mit deiner Frau Gemahlin gerade gut stehst, kannst du für denselben Preis sie auch mit hinein nehmen, denn die Betten sind immer reichlich zweischläfrig. Nur wenn du vielleicht so weit gehen wolltest, auch deine Kleinen noch mit querzulegen, so würde man das vielleicht als einen Mißbrauch der Gastfreundschaft betrachten und dir einige Dollars extra tschardschen. Aber wer reist überhaupt mit Kindern nach Amerika?!

bby.

Das Hotel spielt im amerikanischen Stadtleben eine ganz andere Rolle wie bei uns. Es ist ein gesellschaftlicher und geschäftlicher Treffpunkt, und die *Lobby*, d. h. die Vorhalle im Erdgeschoß mit ihren massenhaften Schaukelstühlen, Klubsesseln, Zeitungs-, Zigarren- und sonstigen Verkaufsständen, spielt dieselbe Rolle, wie der [pg 237]Barbierladen im antiken Athen und Rom und wie das Caféhaus in Österreich. In der Lobby befinden sich auch Sekretariat und Kasse des Hotels sowie Auskunftei und Ausgabestelle für die Post. Die größeren Häuser haben sogar eine eigene Telephonzentrale für die Vermittlung des riesigen Gesprächsverkehrs innerhalb des Hauses wie mit der näheren und ferneren Außenwelt, und was man dir nicht mündlich durch den Draht ausrichten kann, das wird dir auf elektrochemischem Wege schriftlich gegeben. Selbst in den mittleren Städten haben die guten Hotels selten unter zehn Stockwerken. Eine ganze Anzahl von Lifts flitzen Tag und Nacht herauf und herunter vom Keller, wo der Barbier, die Manikure, der Wichsier dich bearbeitet, bis hinauf zum Dachgarten, wo du in schönen warmen Sommernächten bei Musik und feenhafter Beleuchtung dein Nachtmahl einnehmen kannst. In der Lobby aber und in den angrenzenden Restaurationsräumen laufen fortwährend kleine niedliche Pagen mit Zerevismützchen auf den Kinderschädeln herum und quarren die Namen der Leute aus, für die ein Besuch oder eine Depesche da ist, oder die am Telephon verlangt werden usw. usw. Da sich in der Lobby jedermann aufhalten kann, auch wenn er nicht im Hause wohnt, so kann man ruhig bei bösem Wetter dort hineinflüchten, sich eine Zeitung und eine Zigarre kaufen und in einem Schaukelstuhl Platz nehmen, bis es sich ausgeregnet oder gar ein Blizzard sich ausgetobt hat. Man trifft sich dort morgens mit seinen Geschäftsfreunden und abends mit seinem Liebchen. Bauernfänger, Detektivs und Reporter wimmeln in Scharen dort herum. Die letzteren holen sich drei Viertel ihres Stoffes in der Lobby. Sie liegen auf der Lauer bei dem Clerk, der das Fremdenbuch führt, in das jeder neu ankommende Gast sich einschreiben muß, und stürzen [pg 238]sich auf ihn, sofern er nur irgendwie prominenzverdächtig oder weit hergereist ist oder sich durch einen europäischen Titel auffällig gemacht hat. Sie haben Augen und Ohren überall, stenographieren in ihr Taschenbuch, was sie an Gesprächen der Politiker, der Spekulanten, der Weltreisenden und der Klatschbasen erlauschen können, beschreiben die Toilette und das Gepäck reisender Künstlerinnen und konstruieren sich ganze Romane aus dem bloßen Mienenspiel aufgeregt flüsternder Leute.

Jeder, der es irgend *afforden* kann, kehrt in den großen

Hotels ein, selbst Menschen, die man bei uns zu den kleinen Leuten rechnen würde, und reiche Leute, die auf dem Lande oder in den Kleinstädten wohnen, aber oft in der Hauptstadt zu tun haben, lassen sich sogar jahrein, jahraus ein Zimmer für sich reservieren. Folglich sind die Hotels immer voll und amüsant für jeden, der kein Menschenfeind ist. An Bequemlichkeiten und Luxus wird dir für deine europäischen Begriffe Fabelhaftes geboten. Bad und Telephon in jedem Zimmer sind selbstverständlich; ein Transparent leuchtet auf und zeigt dir an, daß Briefe für dich in der Office sind, und was das Allererstaunlichste ist – jeden Abend wird dein Bett frisch bezogen, als ob du ein Milliardär oder ein Erzschweinepelz wärst! Nur deine Kleider mußt du dir selber reinigen, wenn du nicht *M* 2 extra dem Hausschneider dafür bezahlen willst, und die Stiefel mußt du dir im Keller oder auf der Straße putzen lassen. Was aber das Schönste ist: du kannst ruhig abreisen ohne durch ein Spalier von Trinkgeld heischenden Bediensteten Spießruten laufen zu müssen. Dem Hausdiener, der deine Koffer dir aufs Zimmer schleppt, gibst du eine Kleinigkeit auf frischer Tat, und wenn du ein Menschenfreund bist, erfreust du gelegentlich den Liftboy mit einem Tip. Selbstverständlich kannst du [pg 239]auch im Office dein Bahnbillett und dein Gepäck besorgen lassen, und wenn du als Neuling Schwierigkeiten mit dem Zurechtfinden oder mit den Behörden hast, so wird dir ein sehr feiner Gentleman zur Verfügung gestellt, der dich sicher geleitet und für dich redet, wo du etwa mit deinem Englisch nicht auskommst. Der Gentleman behandelt dich und du ihn wie seinesgleichen, und du brauchst ihm nichts in die Hand zu drücken – er steht nachher auf deiner Rechnung. Alles, was du im Hause verzehrst, bezahlst du bar, und es steht dir vollkommen frei, deine Mahlzeiten einzunehmen, wo du willst.

rhotel.

Wenn du ein Deutscher bist, so wirst du wahrscheinlich bei
der Ankunft in New York deine Schritte zunächst ins
Astorhotel lenken, und du wirst gut daran tun, sintemal du
bei dieser Gelegenheit gleich erfahren kannst, wie herrlich
weit aus kleinsten Anfängen heraus es ein intelligenter,
tatkräftiger Deutscher drüben bringen kann. In dem Hotel
der Gebrüder Muschenheim, aus dem hessischen
Dörfchen gleichen Namens, findest du nicht nur all den hier
geschilderten Luxus und Komfort, sondern auch für dein
ästhetisches Bedürfnis in dem großen Festsaal eine der
schönsten Orgeln der Welt, die täglich von Künstlern ersten
Ranges gespielt wird, und im Grillroom etwas für deinen
historischen Sinn, nämlich ein geschmackvoll
zusammengestelltes Museum, das dir über Leben und
Treiben der Indianer in Vergangenheit und Gegenwart einen
höchst lebendigen Anschauungsunterricht erteilt. –
Kommst du aber weiter ins Land hinein, in die mittleren
und kleineren Städte, so erkundige dich ja, bevor du dich in
das Fremdenbuch einträgst, ob das Haus in europäischem
oder amerikanischem Stil geführt wird; andernfalls kann es
dir so ergehen wie mir in einer kleinen Stadt Wisconsins.
Ich [pg 240]wurde mit meiner Frau in einem der besten
Zimmer eines neuen Anbaues zu dem angeblich ersten Hotel
der Stadt untergebracht. Außer dem großen Bett stand kein
Möbel in diesem Zimmer fest auf seinen vier Beinen, das
vierte war nur angelehnt, wenn überhaupt vorhanden. Auf
der frisch gekalkten Wand prangten als einziger Schmuck
zwei interessant umrissene Flecke, der eine vom Wasser, der
andere vom Rauch herrührend; ein Bad gehörte
selbstverständlich auch zu diesem Staatszimmer, es war aber
mehr ein Badloch zu nennen, und die Wanne darin war, (ich
habe sie ausgemessen), 47 cm lang. Wenn man seine Knie bis
ans Kinn hinaufzuziehen imstande war, konnte man

allenfalls sitzend darin Platz finden. Da wir während unseres Aufenthaltes zu allen Mahlzeiten eingeladen waren, so verzehrten wir nichts außer dem Frühstück am anderen Morgen, d. h. wir hätten dieses Frühstück verzehren können, wenn man es uns noch verabreicht hätte, was aber nicht der Fall war, da wir erst nach neun Uhr im Restaurant erschienen. Wir mußten also in die Stadt gehen und in einer Konditorei frühstücken. Die Rechnung betrug 7 Dollar, also nahezu *M* 30.– für ein Bett, einen Tisch mit drei Beinen, zwei Flecken und ein Quetschbad! Ich konnte nicht umhin, meinem Erstaunen Worte zu leihen. Da entgegnete mir der Clerk im Office seelenruhig: „Ja, w a r u m   h a b e n Sie denn nichts verzehrt hier? Das ist Ihr Pech. Sie hätten für die 7 Dollar essen können, soviel Sie wollten, von morgens bis abends. Wir haben nämlich amerikanischen Plan hier." Und die ganze Menschheit in der Lobby quietschte vor Vergnügen über die lange Nase, mit der ich abziehen mußte. Jetzt also, lieber Leser, weißt du, was *american plan* ist.

ng der Eisenbahnen.

Wenn du nur einigermaßen prominent bist oder durch sonst welche auffälligen Eigenschaften die Aufmerk[pg 241]samkeit der Reporter auf dich gelenkt hast, so kannst du die Freude erleben, am Tage nach deinem Einzug ins Hotel in den Morgenblättern eine schmeichelhafte Beschreibung deines Exterieurs, eine Würdigung der Vorzüglichkeit deines eventuellen Schmieröls und außerdem deine Ansicht über Amerika zu lesen. Unter anderen Folgen solcher frisch gebackenen Popularität wird sich auch ein Gentleman in tadellosem Anzug mit liebenswürdigen Manieren befinden, der dir seinen Besuch macht und sich erbietet, dir gänzlich kostenlos deine ganze Reiseroute auszuarbeiten und die nötigen Fahrkarten nebst den Beikarten für Pullmanwagen und Bett zu besorgen. Du bist natürlich baß erstaunt über diese fabelhafte Zuvorkommenheit, beschaust dich im Spiegel und begreifst, wie Gretchen im Faust, nicht, was man an dir findet. Da läßt sich ein zweiter, ebenso eleganter und liebenswürdiger Gentleman melden, erkundigt sich ebenfalls, wohin deine Reise gehen soll und macht dich lächelnd darauf aufmerksam, daß der Herr, der vorher da war, dir eine sehr unvorteilhafte Route vorgeschlagen habe; mit seiner Gesellschaft würdest du schneller, komfortabler und sicherer reisen. Da hast du des Rätsels Lösung. Da zwischen den bedeutenden Plätzen der Union fast überall mehrere Eisenbahnlinien bestehen, so suchen sich die verschiedenen Gesellschaften ihre Kunden persönlich einzufangen, obwohl man nicht nur in allen großen Hotels, sondern auch in den verschiedensten Stadtgegenden in den eleganten Offices der verschiedenen Gesellschaften seine Billette vorausbestellen kann. Diese starke Konkurrenz hat für den Reisenden das Angenehme, daß sich jede Linie die größte Mühe gibt, ihm so viele Bequemlichkeiten und Vorteile zu bieten, wie irgend möglich. Wenn du also zum Beispiel geborener Berliner bist und als solcher [pg 242]Wert darauf legst, deiner koddrigen Schnauze Bewegung zu machen, so kannst du während deiner Reise alles bemäkeln, und wenn du dich irgendwie zurückgesetzt fühlst, den erschrockenen Oberkontrolleur anfahren: „Wissen Sie, alter Freund, mit Ihrer verdammten Linie fahre ich nie wieder, verstehen Sie mich!" Gegen Langeweile oder Magendrücken ist eine solche Erleichterung der Galle recht nützlich. Übrigens ist es immer sehr angenehm, einen reisegewöhnten Amerikaner zum Beistand zu haben, denn die Kursbücher sind für den Uneingeweihten sehr schwer verständlich; außerdem gibt es auch keine. Die einzelnen Gesellschaften legen ihre Fahrpläne in möglichst farbenfreudiger Ausstattung in den Hotels auf, und wenn man eine Reise vor hat, die einen über ein Dutzend verschiedener Linien

führt, so stopft man sich also zwölf solcher schönen bunten
Büchelchen in die Tasche; man wird aber, wie gesagt, schwer
klug daraus, obwohl sonst alles, was das Verkehrswesen
betrifft, von den Amerikanern überaus praktisch angepackt
wird. Wie prächtig glatt und rasch geht z. B. die
Gepäckaufgabe vonstatten! Durch einen Handgriff deines
Koffers wird ein Lederriemchen oder ein Spagat gezogen, an
dem eine Papp- oder Blechmarke befestigt ist, welche eine
Nummer und den Namen des Bestimmungsortes trägt, das
Duplikat dieser Marke wird dir ausgehändigt. Fertig! Und
kostet nichts, außer wenn du über einen Zentner mit dir
schleppst. An der letzten Station vor deinem Ziel geht ein
Mann durch den Zug und ruft: „Gepäck für Chicago!", oder
was es nun sein mag. Du gibst ihm deine Marke und nennst
ihm dein Absteigequartier. Fertig! Gibst du zerbrechliche
Gegenstände oder schlecht verpackte Kolli auf, so mußt du
einen Revers unterschreiben, daß du die Bahnverwaltung
nicht für etwaigen Schaden verantwortlich [pg 243]machen
willst. Willst du das nicht, so nimmt man dein Gepäck nicht
mit, oder du mußt es besonders versichern. Das ist alles sehr
vernünftig und nicht zeitraubend.

nwagen. Die Morgentoilette des Tätowierten.

Von den Bequemlichkeiten des Pullmanwagens hast du
sicher schon so viel gehört, daß ich dir darüber schwerlich
etwas Neues erzählen kann. Verwunderlich ist es nur, daß in
diesem Lande der höchst entwickelten technischen Kultur
doch noch schlechte Gewohnheiten sich erhalten können,
die so fest sitzen wie ein chinesischer Zopf. So sind
beispielsweise auch die schönsten Pullmanwagen fast immer
entsetzlich überheizt und während des ganzen Winters sind
die Doppelfenster hermetisch verschlossen. Die einzige
frische Luft, die hereinkommt, ist der Zug, der auf der

Station durch das Öffnen der Außentüren entsteht. Bevor du an deinem Bestimmungsort ankommst, nimmt dich der aufwartende Neger in Behandlung, klopft deinen Überzieher aus und bürstet dich von oben bis unten sorgfältig ab. Das ist nun sehr hübsch von ihm, und du gibst ihm gern seine 20 Cent dafür, aber – die Zurückbleibenden müssen deinen Staub schlucken! Man kann sich die Atmosphäre am Ende einer langen Reise vorstellen! In der Nacht ist die Staub- und Hitzplage natürlich noch viel ärger, weil da die Türen seltener aufgemacht werden. Ich begreife überhaupt nicht, wie europäische Reisende die Schlafeinrichtung der Pullmanwagen bewundern können. Man liegt nämlich nicht, wie bei uns, quer, sondern längs in zwei Reihen übereinander, und zwar ohne Unterschied des Standes, Alters oder Geschlechts. Für die Ruhe soll es freilich vorteilhafter sein, die Stöße des Wagens in der Längslage abzufangen, und die Betten sind auch breiter als bei uns; aber man wird ganz und gar hinter dicke, natürlich mehr oder minder staubige Vorhänge versteckt, deren Schlitz man, wenn man glück[pg 244]lich in sein Bett geturnt ist, von oben bis unten zuknöpfen muß. Ich fühlte mich einmal dem Ersticken nahe und konnte vor Atemnot kaum noch nach dem Neger schreien. Als ich den um Himmels willen bat, doch wenigstens die Ventilationsklappe zu öffnen, erklärte er achselzuckend, es sei eine Dame mit einem verschnupften Kind im Wagen, die habe sich die Ventilation strengstens verbeten. Gegen S. M. „das Kind“ gibt es keinen Appell in Amerika. Wenn das Kind verschnupft ist mögen die Großen ersticken und verrecken. Sehr zu empfehlen ist es, wenn du dir einen Schlafanzug anschaffst, weil sonst mehr Geschicklichkeit dazu gehört, das Bedürfnis nach Ausgezogenheit mit der Genierlichkeit in Einklang zu bringen, als der Anfänger zu besitzen pflegt. Allerdings befinden sich an beiden Enden der riesengroßen Wagen sehr geräumige Toiletten, in denen vier bis sechs Menschen gleichzeitig sich aus- oder ankleiden können; aber wenn man nicht praktisch im *american style* ausgerüstet ist, so weiß man doch nicht, wohin mit seinen Sachen, und wie man im Nachtzustande über eine Dame weg in seine luftleere Angstkammer kriechen soll, ohne den Anstand zu verletzen. Die Damen haben das leichter, die ziehen sich bis auf die Combinations im Toilettenraum aus und werfen einen Schlafrock drüber. Früher pflegten sie die Strümpfe anzubehalten und ihr Geld darin zu verwahren. Die schlauen Niggers wußten das und verstanden mit leichter Hand unter die Bettdecken zu fahren und tiefschlafenden Damen die Strümpfe zu erleichtern. Neuerdings rentiert sich aber dies Geschäft nicht mehr, ebensowenig wie das Ausrauben der Passagiere mit vorgehaltenem Schießeisen, weil kein Mensch mehr Geld bei sich trägt als er gerade für die Reise nötig hat. Heutzutage hat jeder Mensch sein Scheckbuch bei sich und damit kann der Räuber nichts anfangen. (Wenn du [pg 245]also nach den Vereinigten Staaten kommst, so sei dein erster Gang zu einem gut empfohlenen Bankhaus, wo du dein Geld deponierst und dir ein Scheckkonto eröffnen läßt.) Nebenbei kannst du im Pullmanwagen lernen, was amerikanische Reinlichkeit ist. Ich werde nie die umständliche Morgentoilette eines herkulischen Gentleman nach einer Nachtfahrt vergessen. Der Mann war sicherlich weder ein Gesandtschaftsattaché, noch sonst ein Kulturgigerl, sondern, seinen reich tätowierten Armen und Händen nach zu schließen, eher ein Metzger oder Viehhändler. Der Kerl wusch sich vom Kopf bis zu den Füßen, rasierte und frisierte sich, putzte Zähne, Ohren, Nägel, daß es wirklich eine Freude war, ihm zuzuschauen. Er nahm sich eine ganze Stunde Zeit dazu und behandelte seinen ungeschlachten Leib mit der Liebe und Sorgfalt eines Künstlers, der die letzte Feile an sein Werk legt. Ich vermute, bei uns gibt es Durchlauchten, die von der Akkuratesse dieses Viehtreibers profitieren könnten.

– Übrigens geht so eine amerikanische Nachtfahrt auch dadurch arg auf die Nerven für jeden, der kein geborenes Murmeltier ist, daß die Glocken und Pfeifen der Lokomotiven fortgesetzt einen greulich aufgeregten Lärm vollführen, bei dem einem angst und bange werden kann. Sie müssen nämlich alle Augenblicke Warnungssignale geben, weil es fast nirgends Schranken gibt; Fahrstraßen sowohl wie andere Eisenbahnlinien kreuzen sich auf freier Strecke ohne Unter- oder Überführung. Da wird der nervöse Europäer schwer den Gedanken los, daß ihm plötzlich ein anderer Expreßzug rechtwinklig durch seinen werten Unterleib fahren könnte. Nein, alles was recht ist, aber Nachtfahrten sind nur in Rußland, Schweden und Norwegen wirklich komfortabel.

sen und von der Höflichkeit.

Am bequemsten, sichersten und billigsten reist du [pg 246]in den Vereinigten Staaten, wenn du den Vorzug hast, weiblichen Geschlechts zu sein. Niemand dürfte es da drüben wagen, einer Dame zu nahe zu treten. Jedermann ist auf einen Wink ihr zu jedem Dienst erbötig, und wenn sie einen Kavalier bei sich hat, so ist es seine verfluchte Pflicht und Schuldigkeit, alles für sie zu zahlen. Ich habe ein einziges Mal in Amerika einen wilden Wortwechsel erlebt, der in Tätlichkeiten auszuarten drohte; das war in einem überfüllten Straßenbahnwagen in New York. Eine gut angezogene, nette Negerin des besseren Mittelstandes versuchte durch die dicht gedrängt stehenden Menschen den Ausgang zu gewinnen. Da rief eine Männerstimme: „*Let the ladys get out first!*" – und eine andere Stimme höhnte dagegen: „*Let the Niggers get out first.*" Und nun platzten über die Doktorfrage, ob eine Negerin auch zu den Damen zu rechnen sei, die Leidenschaften wild aufeinander! – Merke dir auch, mein Freund, daß du Damen deiner Bekanntschaft auf der Straße nicht zuerst grüßen darfst, das würde für eine Anmaßung angesehen werden; du mußt abwarten, ob sie die Gnade haben wollen, dich noch zu kennen. Du darfst auch ein Weib nicht bewundernd anstarren, und sei es noch so schön. Hast du aber die Bekanntschaft einer Dame in Gesellschaft oder im Familienkreise gemacht, und würdigt sie dich ihres freundlichen Interesses, so brauchst du dich auch nicht so zimperlich mit ihr anzustellen, wie bei uns. Handküsse sind nicht üblich, wohl aber ein ungeniertes festes Anpacken. Wird dir z. B. die Aufgabe zuteil, eine Dame durch gefährliches Straßengewühl zu geleiten, so packst du sie fest am Oberarm und schiebst sie wie einen Karren vor dir her; das ist sicher und für beide Teile angenehm. Hast du dir gar Freundinnen in den besseren Kreisen erworben, so kannst du sie ungeniert zum Theater [pg 247]oder zum Soupieren oder zu einem Ausflug und dergleichen einladen, ohne eine Mutter oder eine Tante als Begleitung befürchten zu müssen. Wenn du von deinen Freundinnen wohlgelitten bist, kannst du dir alle möglichen Vertraulichkeiten herausnehmen, ohne daß sie selbst oder die Familie deswegen auf deinen Antrag lauert. Nur mit dem Küssen sei vorsichtig; denn das Gesetz mancher Staaten betrachtet den Kuß als Heiratsversprechen, als tätliche Beleidigung oder Körperverletzung und brummt dir pro Stück eine beträchtliche Geldstrafe auf. Natürlich gibt es aber auch nette Amerikanerinnen, die gern und gratis küssen.

Den Hut kannst du fast überall aufbehalten, nicht nur in der Synagoge, sondern auch in der Lobby des Hotels; aber im Elevator mußt du ihn stramm herunterziehen, sobald eine weibliche Person über vierzehn Jahre hereintritt. Im übrigen wirst du durch dein teutonisches Hutabreißen und beflissenes Vorstellen nur lächerlich. Mache es dir zum

Grundsatz, von deinen Mitmenschen, solange sie dir nicht durch einen Dritten offiziell vorgestellt sind, keinerlei Notiz durch höfliche Formalitäten zu nehmen. Wenn du einem Bekannten oder Freunde gar auf der Straße begegnest, so hast du es auch nicht nötig, deinen Deckel herunterzureißen und deinen Skalp der Unbill der Witterung auszusetzen, du winkst mit der Hand und rufst lächelnd: *„Hallo, Bobby, how do you do!"*, worauf er gleichfalls winkt und ruft: *„Hallo, Fritze, how do you do!"* Das ist praktisch und macht einen guten Eindruck; denn vermutlich habt ihr alle beide keine Zeit, und ist euch auch beiden gänzlich gleichgültig, zu erfahren, wie es euch geht. Auch vor Hochgestellten brauchst du keineswegs in Wurmgestalt zu kriechen; dafür verlangt man aber auch von dir, daß du die sozial untergeordnete Menschheit nicht hochmütig von oben herunter behandelst. [pg 248]Der Schatz der amerikanischen Umgangssprache ist reich an massiven Deutlichkeiten, und wenn du dir herausnimmst, einen Bediensteten anzuschnauzen, so kann es dir leicht passieren, daß du mit einer reichlichen Blumenlese aus diesem Wortschatz beschenkt wirst. Die Quintessenz der amerikanischen Höflichkeit besteht darin, daß man sich gegenseitig nicht im Wege ist, daß man seinem Nebenmenschen nicht seine kostbare Zeit stiehlt, dagegen in Verlegenheiten sich hilfreich beisteht. Ich habe gesehen, wie blinde und andere hilflose Personen sogar auf der Untergrundbahn allein fuhren. Sie können eben sicher sein, immer jemanden zu finden, der ihnen beim Ein- und Aussteigen behilflich ist und sie vor Gefahr bewahrt. Man bekommt auch fast immer klare und knappe Auskunft, wenn man sich an den ersten besten Unbekannten wendet, und wenn man ein sympathisches, vertrauenerweckendes Äußere hat, läßt sogar ein eiliger stark beschäftigter Großstädter seine Arbeit liegen und begleitet einen bis an die nächste Ecke. In den kleinen Dingen der täglichen Notdurft des Verkehrs darf man auch

ruhig auf die Ehrlichkeit seiner Mitmenschen vertrauen;
handelt es sich dagegen um größere Summen, so reiße deine
Augen weit auf und halte deine Ohren steif wie ein
Schießhund.

ieligkeit.

Willst du in Amerika ein Geschäft eröffnen, so miete dir
irgendwo im neunten oder neunundzwanzigsten Stockwerk
ein Zimmerchen mit Telephon und Schaukelstuhl und
engagiere dir eine Typewriterin. Sie sind fast alle ungemein
gewandt und vielfach auch sehr hübsch. Alsdann ziehe
deinen Rock aus – denn das tut jeder Amerikaner, sobald er
sein Office betritt, sei es Winter oder Sommer –, zünde dir
eine Importierte an, verbreite deine Beine anmutig über
Tisch und Stühle und beginne zu telephonieren. [pg
249]Telephonieren und Briefe diktieren füllt die
amerikanischen Geschäftsstunden von 10–5 Uhr
vollkommen aus. Da die Amerikaner meistens gute
Geschäfte machen, muß das Verfahren wohl das richtige
sein. Vielleicht liegt es auch an der Hemdärmeligkeit.
Oberster Grundsatz deines Verhaltens aber sei und bleibe in
allen Lebenslagen, solange du drüben weilst: Nicht mit dem
Hut, wohl aber mit dem Scheckbuch in der Hand, kommt
man durch das ganze Land.

[pg 250]

Was können wir von Amerika lernen?

Das Land der absoluten Gegenwart ist für alle Kulturvölker ein Spiegel, in dem sie deutlich ihre Zukunft sehen können. Der Fortschrittsgedanke marschiert drüben in Siebenmeilenstiefeln und hat eine glatte Bahn vor sich, während unsere Schrittmacher der Entwicklung immer noch auf Hindernisse stoßen, die die Vergangenheit aufgerichtet hat, Berge von Vorurteilen, Abgründe von Dummheit, die nicht immer leicht zu überklettern oder zu überspringen sind. Wenn wir aber angesichts der drohenden Überflügelung durch die Neue Welt in allen Fragen der technischen Zivilisation daran gehen wollten, unsere Abgründe auszufüllen und unsere Berge abzutragen – was würden wir damit gewinnen? Eine trostlose Verflachung unserer Kultur. Ein wirklich gebildeter Mensch mit historisch und philosophisch geschultem Denken, mit ästhetischem Bewußtsein und einer idealistischen Weltanschauung ausgerüstet, wird, mit offenen Augen in jenen Spiegel hineinschauend, nur sagen können: Gott bewahre uns vor dieser Zukunft! Er wird einsehen lernen, daß wir unseren wertvollsten Besitz, nämlich unsere geistige Kultur, nicht den materiellen Errungenschaften der Gegenwart, sondern der fernen und fernsten Vergangenheit verdanken, und daß es gerade jene Hemmungen des Fortschrittstempos gewesen sind, die den Untergrund für unser gegenwärtiges Empfinden, Wissen und Können so überaus solid aufgemauert haben.

ⁱrdfieber.

Wir Europäer haben von Amerika schon mehr gelernt, als wir wissen und als uns gut ist. Seit nämlich die raum- [pg 251]und zeitverkürzenden Erfindungen sich zu überstürzen begannen, also seit drei Jahrzehnten ungefähr, ist von Amerika her der Rekordwahnsinn in die Welt gekommen. Fast alle die großen Erfindungen, vermöge deren wir jetzt Wasser, Erde und Luft beherrschen, sind in der Alten Welt gemacht und hätten unter allen Umständen die Wirkung gehabt, das allgemeine Tempo des Lebens zu steigern; in Amerika aber haben diese Erfindungen, der ungeheuren Entfernungen wegen, doch die rascheste und vielseitigste Anwendung gefunden und dadurch auch stärker als bei uns auf den Charakter der Menschen eingewirkt. Der Ehrgeiz, alles Neueste sich zu eigen zu machen und auf allen neuen Gebieten das Vollkommenste zu leisten, fand durch sie reichste Nahrung, und der amerikanische Snobismus, der ja wenig Gelegenheit hat, sich auf dem Felde der Literatur und der Kunst auszutoben, stürzte sich mit Begeisterung auf den Kultus der Schnelligkeit und machte den Wetteifer im Rekordbrechen zum vornehmsten Sport. Da dieser Sport sehr teuer und sehr gefährlich ist, so sagt er dem Amerikaner, der ja bessere Nerven besitzt und aufregende Vergnügungen in viel größeren Quantitäten vertilgen kann, ganz besonders zu. Er blieb aber mit seinen verrückten Schnellzugs-, Automobil-, Wasser- und Luftwettfahrten nicht im eignen Lande, sondern begann an allen internationalen Wettbewerben teilzunehmen. Sein Sensationsbedürfnis und seine unverbrauchte Kraft haben das Rekordfieber in der großen Welt gewaltig geschürt. Die enorm gesteigerte Schnelligkeit, der großartige geschmackvolle Luxus der transatlantischen Dampfschiffe haben die Yankees in immer größeren Scharen zu uns hinübergelockt, und wo immer sie in größerer Menge auftraten, zwangen sie durch ihren Reichtum die betreffenden [pg 252]Orte, sich ihren Ansprüchen anzubequemen. Genau so, wie ehemals die Reiselust der Engländer und ihr starres Festhalten an ihren nationalen Gewohnheiten, ihre Unlust und Unfähigkeit, Sprachen zu erlernen und sich fremden Sitten anzubequemen, auf die ganze Reise- und Fremdenindustrie einen starken Einfluß ausübte, so geschieht dies jetzt noch in höherem Maße durch die größere Kapitalskraft ihrer amerikanischen Vettern. Während die amerikanischen Hotels sich allmählich den europäischen Stil aneignen, bemühen sich jetzt unsere Hotels, sich zu amerikanisieren. Die Engländer kamen früher sehr häufig auf den Kontinent, um zu sparen, zeigten sich also hier geizig; die Amerikaner dagegen sind viel großartiger und leichtsinniger, als Emporkömmlinge auch protzenhafter. Das Geldausstreuen an sich macht ihnen das größte Vergnügen; aber sie verderben nicht nur die Preise, sondern auch den Stil bodenständiger Kultur, den guten Geschmack, weil sie überall die Sensation, das Äußerste, das Unerhörte verlangen. Da sie bereit sind, es gut zu bezahlen, so sucht man es ihnen zu bieten. Und so kommt es, daß auch bei uns immer mehr das Schönste und das Bedeutendste, was unsere Natur und unsere Kunst aufzuweisen haben, sich dem amerikanischen Snobismus anzupassen, und was das Schlimmste ist, zu einem Vorrecht des Reichtums zu werden beginnt. Ich erinnere nur an Bayreuth, Oberammergau, die Münchener Musikfeste, die großen Bilder- und Antiquitätenauktionen, die bekanntesten Schweizer Sport- und Kurorte. Nun will sich aber der europäische Reichtum nicht gern ausstechen lassen. Er strengt sich darum aufs äußerste an, es dem amerikanischen gleich zu tun, und so entsteht ein gefährlicher Wettbewerb in verschwenderischem Luxus. Da ferner die tiefste Bildung und der feinste Geschmack [pg 253]durchaus nicht immer an den Reichtum geknüpft sind, so machen sich Dilettantismus und Oberflächlichkeit immer mehr breit, und der Unbemittelte findet es immer schwerer, sein Bedürfnis nach Kunst- und Naturgenuß zu befriedigen. Wohl dürfen wir Völker Europas uns einbilden, daß anspruchsvoller Geschmack und tiefere Bildung bei uns verhältnismäßig verbreiteter seien, als in der Neuen Welt; immerhin sind doch aber auch bei uns die Ungebildeten in der Überzahl, und diese Überzahl wird leicht verführt durch die glänzende Außenseite, die amerikanischer Luxus auch den untergeordnetsten Betätigungen seiner Vergnügungssucht zu geben vermag. In den Niederungen der dramatischen Kunst, z. B. in der Operette, im Vaudeville, im Variété, im Zirkus dringt der amerikanische Geschmack selbst in Deutschland immer mehr durch. Das Vergnügen an den Sentimentalitäten, Hintertreppensensationen und Clownspäßen der Lichtbildtheater, an mechanischen Musikwerken, oder gar an den scheußlichen sechs Tage-Rennen der Radfahrer, mutet schon durchaus amerikanisch an.

ungsgefahr des Snobismus.

Der ausschlaggebende Einfluß des Reichtums in Bezirken, wo eigentlich nur die Autorität des Wissens und des Geschmacks bestimmen sollte, bringt das Kulturniveau in Gefahr. Die stete Aufstachelung zu Leistungen, die alles bisher Dagewesene rasch überbieten sollen, hindert die gesunde Stetigkeit der Entwicklung und drängt den

Tüchtigen überall zugunsten des Fixen zurück. Als Vertreter der Neuen Welt lernen wir bei uns eine glänzende Auslese von flott und sicher auftretenden geschäfts- und sportgewandten Männern kennen, in Begleitung reizender, eleganter, siegessicherer Frauen. Das erweckt in uns die Meinung, daß diese beneidenswerten Neuweltler, die es in einer kurzen Spanne Zeit augenscheinlich so viel weiter [pg 254]gebracht haben als wir, doch wohl in allen Dingen auf dem richtigen Wege sein müßten, und wir beginnen folglich uns unserer Langsamkeit, unserer bedächtigen Gründlichkeit, Sparsamkeit und Bescheidenheit zu schämen. Wir vergessen dabei, daß gerade das Zusammenwirken dieser Eigenschaften es ist, was uns heute immer noch über die glänzende Scheinkultur der Neuen Welt ein beträchtliches Übergewicht gibt. Wenn wir uns auf den atemlosen Wettbewerb mit dem Riesenkontinent über dem Ozean einlassen, so werden wir sicher den Kürzeren ziehen. Die Quellen unseres nationalen Wohlstandes sind nicht so unerschöpflich wie die drüben, und wenn unsere Industrie, unsere Kunst, unser Handwerk ihr Hauptstreben darauf richten wollten, das unerprobte Neue, das Unfertige also, nur möglichst schnell an die Stelle des Alten zu setzen, um anderen Ländern zuvor zu kommen, so würden unsere Erzeugnisse auf dem Weltmarkt bald nicht mehr die wichtige Rolle spielen wie heute. Der Grund, weshalb die Vereinigten Staaten trotz ihrer kolossalen industriellen Entwicklung immer noch so viele Dinge von uns zu beziehen genötigt sind, liegt hauptsächlich darin, daß drüben jenes Erbinventar von Talent, Geschicklichkeit und Geschmack, durch Handwerksstolz und Berufstreue von Generation zu Generation bewahrt und verstärkt, kaum vorhanden ist. Alle diese wertvollen Vorzüge würden uns aber verloren gehen, wenn wir uns von dem amerikanischen Snobismus noch weiter anstecken ließen.

Ich habe schon bei der Schilderung des amerikanischen Zeitungswesens darauf hingewiesen, daß auch unsere Presse hie und da bereits recht bedenkliche Anläufe gemacht hat, es in skrupelloser Fixigkeit, wüster Sensationsgier und Nachgiebigkeit gegen die schlechten Instinkte [pg 255]der minderwertigsten Leserschaft sogar der *gelben* Presse gleichzutun. Auch bei uns beweist die Erfahrung, daß auf dem Gebiete des geistigen Schaffens die Schleuderware, wenn sie nur recht billig und einem ordinären Geschmack entsprechend aufgeputzt ist, durch den Massenabsatz erheblich mehr einbringt, als das gute, aber teurere Erzeugnis. Die Massenproduktion von Zeitungen, welche nicht zusammengeschrieben, sondern einfach zusammengeklebt, d. h. gestohlen werden, beweist dies ebenso wie der Massenabsatz von billiger und vielfach recht minderwertiger Reiselektüre. Wir haben uns neuerdings in Deutschland erfreulicherweise dazu aufgerafft, gegen diese Verflachung der Bildung, gegen diese Herabwürdigung zumal der literarischen Arbeit zum bloßen Zeitvertreib dadurch anzukämpfen, daß wir überall, bis in die kleinsten Nester hinein, eine überaus lebhafte Vereinstätigkeit entwickelt haben, deren Ziel es ist, jedermann aus dem Volke für ganz billiges Geld wertvolle Anregung, Belehrung und gute künstlerische Unterhaltung zu bieten, indem man hervorragende Fachgelehrte und Künstler zu Vorträgen gewinnt. Außerdem blühen überall die Volksbibliotheken in erfreulicher Weise auf, und wirklich wertvolle gemeinnützige Unternehmungen, wie Reclams Universalbibliothek, stehen schon nicht mehr vereinzelt da. Durch all diese Unternehmungen wird der Drang nach Belehrung, nach künstlerischer Erbauung auch in weite Schichten unseres Volkes getragen, für die früher die Quellen des Wissens und der Schönheit unerreichbar waren.

Auch auf diesem Gebiete sind wir naturgemäß erheblich weiter als das Volk in den Vereinigten Staaten, obwohl auch dort, namentlich durch Gründung von musterhaft eingerichteten öffentlichen Bibliotheken und Museen, durch die *University Extension* und Ge[pg 256]winnung von tüchtigen Wanderrednern neuerdings sehr viel in dieser Richtung getan wird. Es ist also wahrscheinlich, daß uns in nicht allzu ferner Zeit Amerika auch auf diesem Gebiete eingeholt haben wird. Wollen wir uns nicht überflügeln lassen, so wird der Richtspruch unserer Volksbildner ebenso wie der unserer Fabrikanten heißen müssen: „*Qualität, nicht Quantität; nicht vom Neuen das Neuste, sondern vom Guten das Beste; nicht das Auffallendste, sondern das Originalste, das Persönlichste, das Deutscheste bieten.*"

: der Rassen.

Wir haben es ja so viel leichter, persönlich, original, volkstümlich zu sein, denn wir *sind* ein Volk, als Rasse zwar auch gemischt, aber in dieser Mischung doch schon seit Jahrtausenden konsolidiert. Was das alte Europa für den feinsinnigen Betrachter so unerschöpflich interessant macht, das ist die unendliche Abwechslung und Differenzierung im Charakter seiner Völker. Wie die Mundart schon in verhältnismäßig kleinen Bezirken wechselt, um innerhalb eines Gebietes, das kaum so groß ist wie der eine Unionsstaat Texas, so verschiedene Gebilde, wie etwa das Plattdeutsche und das Oberbayrische zu erzeugen, so wechselt auch von Gau zu Gau der Charakter der Bewohner und die Art, wie sich dieser Charakter in der Bauart, den Sitten und Gebräuchen widerspiegelt. Eine nordamerikanische Rasse gibt es aber vorläufig noch lange nicht, und die Behauptung vereinzelter amerikanischer Gelehrten, daß die Menschheit drüben sich deutlich dem

Indianertypus zu nähern beginne, dürfte wohl als ein wunderliches Hirngespinst zu betrachten sein. Die Menschen, die sich in der Neuen Welt zusammengefunden haben, werden wohl noch auf unabsehbare Zeit hinaus Engländer, Iren, Schotten, Deutsche, Italiener, Russen, Juden, Neger usw. usw. bleiben. Ebenso deutlich [pg 257]wie z. B. die Neger in den Vereinigten Staaten noch nach ein- bis zweihundert Jahre langem Aufenthalt alle Schattierungen der Farbe vom Milchkaffee bis zur Schuhwichse aufweisen und dadurch immer noch deutlich den afrikanischen Landstrich verraten, dem ihre Vorväter entstammten, so wird man auch den Nachkommen der weißen Einwanderer noch auf Jahrhunderte hinaus ihr ursprüngliches Vaterland ansehen, vorausgesetzt, daß sie nicht durch fortwährende Mischehen absichtlich darauf ausgehen, ihre Rassenmerkmale zu verwischen. Es sind nur die neuen Lebensbedingungen und allenfalls die klimatischen Verhältnisse, welche drüben innerhalb der verschiedenen Rassen einen eigenartigen neuen Typus erzeugen. Wenn ein Deutscher ein oder zwei Jahrzehnte lang in Argentinien oder in Südwestafrika Farmer gewesen ist, so vermag er sich auch in seinem Wesen und in seinem äußeren Gebaren so stark zu verändern, daß seine Familienangehörigen, wenn sie ihn nach so langer Zeit wiedersehen, aus dem Verwundern nicht herauskommen. Aber er ist doch nur ein anderer Typus von einem Deutschen und beileibe kein Buschmann oder Pampas-Indianer geworden! In den Vereinigten Staaten ist überdies noch die Möglichkeit, sich den Ureinwohnern zu assimilieren, dadurch ausgeschlossen, daß diese Ureinwohner bis auf klägliche Überreste vernichtet sind. Der Deutsche kann drüben dem Engländer, der Jude dem Japaner, der Neger dem Italiener dies und jenes abgucken oder unwillkürlich in fremde Anschauungen sich hineinfühlen, fremde Gebräuche übernehmen, aber aus seiner Haut kann er deswegen noch lange nicht hinaus. Es wohnt also drüben ein Völkermischmasch ohne eigne Sprache und ohne eine gemeinsame Tradition, der eben erst angefangen hat, aus den neuen Lebensbedingungen heraus gemeinsame Kultur[pg 258]ideale zu suchen. Von einem amerikanischen Volke wird man erst sprechen können, wenn die ungeheuren Ländergebiete drüben so gleichmäßig bis zur Sättigung bevölkert sind, daß die Regierung auf die Aufnahme weiterer Einwanderer dankend verzichten kann. Aber auch bei verschlossenen Türen wird der Prozeß der Durchrührung des so verschiedenartigen Geblütes viele Jahrhunderte in Anspruch nehmen. Vielleicht wird es im Jahre 3000 eine nordamerikanische Rasse geben – denkbar aber auch, daß bei der sich immer steigernden Leichtigkeit des internationalen Verkehrs und der Interessenassimilation der großen Kulturwelt überhaupt eine Rassenbildung nicht mehr möglich ist, und die ganze Änderung darin bestehen wird, daß die alten Rassen ihre charakteristischen Eigenschaften verlieren und höchstens noch, als pikante Erinnerung an die einstige schöne Verschiedenartigkeit, Farbennuancen übrig bleiben. Sollte dieser Zustand in ein- bis zweitausend Jahren wirklich schon eingetreten sein, dann könnte man davon sprechen, daß Amerika uns verschlungen habe, insofern als das Wesen des heutigen Amerikas bereits allerlei Wirkungen jener Rassen zerstörenden Tendenz bemerken läßt. Die Gewissensfrage ist für jeden einzelnen: soll ich dazu beitragen, die Entwicklung zum rassenlosen Weltbürgertum zu beschleunigen, oder soll ich mich mit all meinen Kräften dagegen sträuben?

Wenn man aus den Vereinigten Staaten nach Europa zurückkehrt, so nimmt zunächst das Auge mit wonnigem

Behagen den Eindruck der Ordnung, der Fertigkeit, der stilsicheren Harmonie zwischen Natur und Menschenwerk in sich auf. Sei es eine englische Hügellandschaft mit ihrem üppigen Wiesengrün und ihren anmutigen Heckenzäunen, sei es ein französischer alter Herrensitz mit wundervollem Schloß, umgeben von Weinbergen, [pg 259]Blumen und Obstgärten, sei es selbst nur eine arme deutsche Flachlandschaft mit ihren peinlich nach der Schnur bestellten Feldern, ihrem trauten Dörflein, so behaglich im Schatten alter Baumgruppen versteckt, sei es eine moderne Großstadt mit imposanten geraden Straßenfluchten, voll prunkender öffentlicher Gebäude, oder sei es endlich gar eine uralte, winklige, hochgieblige, vieltürmige Kleinstadt, noch durch alte Ringmauern und Wachttürmchen gegen einen längst nicht mehr existierenden Feind geschützt. Alles das sind Dinge, die wir jenseits des Ozeans schmerzlich vermißt haben und die man uns auch drüben nicht nachahmen kann. Das ist Tradition einer alten Kultur, das sind Instinktleistungen einer tief verankerten Disziplin, ästhetische Werte, die nicht nur die Sinne des anspruchsvollen höheren Menschen erfreuen, sondern auch ethisch überaus fruchtbar sind, weil in allen diesen Dingen die besten Kräfte der Rasse äußerlich sichtbar werden. Diese ethisch ästhetischen Werte sind es, die den Begriff der Heimat schaffen, und nur innerhalb solcher Heimat gibt es ein wirkliches Lebensglück. Wer gedankenlos nur der Gegenwart lebt, der kann leicht dazu kommen, die Heimat zu unterschätzen, weil er meint, daß das Glück da wohnen müßte, wo die Mittel zu einem üppigeren Dasein leichter zu erreichen sind, und wo es weniger schwer als daheim sei, in weiteren Bezirken eine erheblichere Rolle zu spielen. Für solche Leute ist es wohl angebracht, nach Amerika zu gehen; denn durch den Vergleich mit dem trostlosen Einerlei der Menschheit und der Menschenwerke da drüben werden sie erst den Wert der Heimat schätzen lernen – es sei denn, daß sie zu den blinden Seelen gehören, welche im rein materiellen Genuß ihr Genügen finden. Die Amerikaner, deren geistige Ansprüche eine vertiefte Bildung gesteigert hat, kommen ja [pg 260]jetzt mit ihrem großen Hunger nach echter Kultur zu uns nach Europa, um bei uns zu lernen, wie man zu jener herz- und sinnerfreuenden Stilharmonie gelangen könne, die ihre vorläufig noch fast ausschließlich technische Kultur ihnen nicht zu bieten vermag. Sie bekommen alle eine ehrliche Hochachtung vor unserer Wissenschaft, vor unserer Kunst, vor der Solidität unseres Handels und unserer Industrie, vor der Geschicklichkeit unserer Handwerker, vor der wohldisziplinierten Ordnung unserer Lebensverhältnisse; viele von ihnen bringen auch als Reisegewinn eine liebenswürdig verschämte heimliche Liebe zu unserer Romantik mit heim – nachahmen aber können sie auch beim besten Willen diese unsere Vorzüge schwerlich, und es bleibt ihnen weiter nichts übrig, als in Geduld abzuwarten, bis sie selbst ein einheitliches Volk mit eigner Tradition geworden sind.

d persönliche Würde.

Umgekehrt sendet Europa jahraus, jahrein eine gar buntscheckige Gesellschaft von Lebensstudenten in die Neue Welt hinüber: alle die überzähligen Esser kinderreicher Familien, unzufriedene, verärgerte, aufsässige und abenteuerliche Naturen, verkrachte Existenzen, Durchbrenner aus allen Ständen, und diese schwierige Gesellschaft lernt tatsächlich da drüben mehr, als sie irgendwo in der Alten Welt lernen könnte. Der entschlußunfähige Dummkopf, der gewohnt ist, darauf zu warten, bis eine liebevolle Obrigkeit ihn dahin stupft, wo man seine Muskeln gebrauchen kann, der langsame, ängstliche Philister, der faule Träumer, der vornehme Müßiggänger, der hochmütige Geld- oder Wissensprotz – sie alle werden zunächst einmal durch die gröblichen Fauststöße der harten Not darauf aufmerksam gemacht, daß die Parole in der Neuen Welt laute: Augen auf! nicht abwarten, sondern zugreifen! Nicht genieren! Wer essen will, muß arbeiten, [pg 261]und der persönlichen Würde tut es keinen Eintrag, ob du von Kartoffeln oder von Filetbeefsteaks satt wirst. Wer weder ein Betriebskapital mitbringt, um sofort ein selbständiges Geschäft anzufangen, noch ein Handwerk, eine Kunst, eine Wissenschaft so praktisch zu verwerten weiß, daß er in seinem Fach ohne weiteres Unterkunft und Nahrung findet, der muß sich eben ohne Zögern auf dem großen Arbeitsmarkt für jede beliebige Tätigkeit zur Verfügung stellen, die bezahlt wird. Ich habe drüben Trambahnschaffner getroffen, die erst wenige Wochen im Lande waren und bei uns maturiert hatten, adlige Offiziere in Mengen als Kellner, Reitknechte, Kutscher und Chauffeure. Hat jemand kaufmännische Veranlagung, so bringt er es unschwer dazu, Agent für irgendeine Warenspezialität zu werden; zeigt er sich hierin gewandt, so ist der Schritt zum selbständigen Geschäftsmann nicht mehr schwer. Das Gute bei dieser Härte ist, daß sich der Amerikaner durch Anmaßung, hinter der keine offensichtliche Kraft steckt, nicht imponieren läßt. Der Yankee macht sich freilich oft lächerlich durch sein übereifriges Herandrängen an unsere Höfe, an unseren Adel, und der echte Republikaner drüben ist mit Recht empört über das Bestreben seiner Emporkömmlinge, die schwere Mitgift der Töchter gegen europäische Titel und Stammbäume einzutauschen; aber man merkt bei näherem Zusehen doch bald, daß es nicht der Titel an sich ist, welcher diese faszinierende Wirkung übt, sondern vielmehr die mit altem Adel verbundene vornehme Sicherheit des Auftretens, die unnachahmliche Grandseigneur-Manier. Wo diese fehlt, wie bei den meisten drüben ihr Brot suchenden, heruntergekommenen Adligen, da versagt der Zauber völlig. Eine Persönlichkeit, die sich nicht kraft ihrer ungewöhnlichen geistigen oder physischen [pg 262]Begabung durchzusetzen versteht, muß unerbittlich in die Hackmaschine hinein und geht in der großen Gleichheitswurst auf. Aber auch mit philiströser Bedenklichkeit kennt das amerikanische Leben kein Erbarmen. Wer in der kecken Fixigkeit des Lebens den Atem verliert, der kommt elend am Wege um. Will einer das rasende Gefährt des Fortschritts unterwegs verlassen, so muß er schon sehr geschickt in der Fahrtrichtung abzuspringen verstehen – nach rückwärts aussteigen heißt unter die Räder kommen.

nd Menschenkenner.

Eine der besten Seiten der Demokratie ist es aber, daß sie selbst dem Verbrecher nicht den Rückweg zum anständigen Leben verlegt. Das Vertrauen auf die eigne Kraft ist eben so stark entwickelt, daß man sich vor den Schädlingen der Gesellschaft nicht so überängstlich fürchtet wie bei uns. Denn wer etwa im wilden Westen sich seinen Wohlstand geschaffen hat, der mußte ja immer gegen Räuber, Indianer oder Gauner in den eignen Reihen auf dem *qui-vive* stehen, und die Erfahrung hat ihn gelehrt, daß ein einziger beherzter Mann mit einem Dutzend feigen Gesindels fertig werden kann. Er hat aber auch an zahlreichen Beispielen gesehen, wie ausgemachte Lumpen durch den Zwang der Arbeit und schließlich durch den Erfolg doch noch zu brauchbaren Menschen gemacht wurden. Das Resultat dieser Erfahrungen ist, daß man sich des Verbrechers zwar sehr energisch erwehrt, ihm jedoch immer wieder Gelegenheit gibt, ein besseres Leben anzufangen, und wenn er dann etwas Ordentliches erreicht, hält man ihm seine Vergangenheit nicht wieder vor. Das ist ein großer, edel menschlicher Zug, dem viele durch falsche Erziehung und angeborene Charakterschwäche zu Verbrechern gewordene Menschen ihre Rettung verdanken. Auch die amerikanischen Richter sind [pg 263]glücklicherweise bessere Menschen- als Gesetzeskenner. Wir sind sehr geneigt, den manchmal grotesken Humor ihrer salomonischen Urteile zu verspotten, aber es ist sicher, daß diese lustigen Entscheidungen nicht halb so viel Unheil stiften und Erbitterung zurücklassen, als oft die Paragraphentreue unserer sattelfesten Juristen. Selbst der barbarische Richter Lynch hat sich wohl noch nie an einem Unschuldigen vergriffen, und die Abschreckungstheorie handhabt er jedenfalls mit praktischem Erfolg. Der Verstand von Haus aus gescheiter Menschen, den lediglich das Leben selbst mit seinen Erfahrungen in die Lehre genommen hat, ist, wenn er wirklich gesund geblieben ist, sicher ein besserer Urteilsfinder als alle Schmökerweisheit des weltfremden Ofenhockers. Und unter der gesegneten Herrschaft des Kgl. Großbritannischen *common sense* haben sich ja alle besten Charaktereigenschaften der Neuweltler so erfreulich entwickelt. Wir alten Europäer werden ihnen freilich diese Charaktereigenschaften nicht ohne weiteres ablernen können, denn ihr Optimismus, ihre prahlerische, aber tatkräftige Zuversichtlichkeit, ihr mutiger Leichtsinn sind eben Tugenden der Jugend, und andere Vorzüge, wie besonders ihre schöne Neidlosigkeit, sind durch die Gewöhnung an Verhältnisse bedingt, die wir alten Völker ebensowenig nachahmen können wie die Jugend.

Es gibt sogar rein geistige Gebiete, auf denen wir von den Yankees noch etwas lernen können, nämlich das Kirchen- und das Schulwesen. Wir werden ein rückständiges Volk heißen müssen, so lange wir nicht die Trennung von Staat und Kirche durchgeführt haben und so lange es noch möglich ist, daß ein Deutscher seines religiösen Bekenntnisses wegen gesellschaftlich verfemt und um sein Brot gebracht werden kann. Wir marschieren [pg 264]nicht an der Spitze der Zivilisation, so lange bei uns ein Vater, der seine Kinder nicht dem Christentum ausliefern will, durch Polizeistrafen und sonstige behördliche Schikanen drangsaliert werden kann, und so lange ein staatlich anerkanntes religiöses Bekenntnis vorschriftsmäßige Bedingung zur Erlangung öffentlicher Ämter und Ehrenstellen ist. In dem Lande der absoluten Glaubensfreiheit ist das religiöse Leben, trotz mancher blamabeln Auswüchse, viel reicher entwickelt als bei uns, und die starke religiöse Persönlichkeit, der agitatorisches Talent verliehen ist, kann eine Macht über die Seelen gewinnen, um die sie unsere Generalsuperintendenten und sogar unsere Erzbischöfe ehrlich beneiden dürften. Über das, was wir auf dem Gebiete des Schulwesens von den Yankees lernen könnten, habe ich an anderer Stelle mich verbreitet. Ein Volk, das Jugend in sich selber hat, versteht auch naturgemäß mit der Jugend besser umzugehen. Übrigens machen die Yankees ja andauernd praktische Proben auf Exempel, die unsere fortschrittlichen Theoretiker schon längst aufgestellt haben. Lernen wir also an ihren Erfolgen und Mißerfolgen.

ıchen Kolonisatoren.
ıangelhafte politische Befähigung.

Es gibt auch sonst noch Gebiete, auf denen die praktischen Erfolge des großen Staatenbundes uns als Vorbild dienen können: dahin rechne ich in allererster Linie die politische Macht, welche die Yankeerasse entwickelt hat. Die Yankees, also die Nachkommen der Einwanderer aus den britischen

Inseln, sind heute der Zahl nach den Nachkommen der deutschen Einwanderer nur noch um etwa zwei Millionen voraus und dennoch haben sie es verstanden, ihrer Rasse die politische Vorherrschaft dauernd zu erhalten. Die Yankees allein haben nicht nur kolonisatorisches, sondern auch staatenbildendes Geschick bewiesen, während die Deutschen nicht einmal die von [pg 265]ihnen gegründeten Gemeinwesen dauernd in der Hand zu behalten wußten. Die Deutschen haben die Staaten Pennsylvanien, Illinois, Wisconsin, Michigan, Missouri ihrer Zeit förmlich überflutet. Germantown, Milwaukee und einige andere waren einmal ganz deutsche Städte. Cincinnati, Cleveland, Chicago, St. Louis und zahlreiche andere Großstädte zeigten vorübergehend ein Übergewicht an deutschen Einwohnern, und dennoch haben sie sich überall das Heft aus der Hand winden lassen. Wohl gibt es noch hie und da einen deutschen Bürgermeister, aber er versteht kein Deutsch mehr und verdankt seine Stellung den politischen Bossen und nicht dem einmütigen Willen seiner Rassegenossen. Die Deutschen haben doch wahrlich nicht nur ihren Ausschuß über den Ozean geschickt, die große Mehrheit bildeten vielmehr tüchtige bäuerliche und handwerkliche Kräfte, und im Jahre 1848 gingen sogar zahlreiche unserer besten Intelligenzen hinüber, die den Beruf zu geistigen Führern ihrer Stammesgenossen in sich trugen. Woher kommt es denn nun, daß trotzdem diese 18½ Millionen Menschen es zu keiner politischen Selbständigkeit bringen konnten? Die Zahl jener geborenen Führer, die sich am Ende der 40er Jahre im Mississippital niederließen, und die man spottweise die l a t e i n i s c h e n   B a u e r n nannte, mag allerdings wohl der erdrückenden Überzahl der ungebildeten, politisch gleichgültigen Landsleute gegenüber zu gering gewesen sein – auch war der Vorsprung, den die britischen Eroberer vor ihnen voraus hatten, nicht ohne weiteres einzuholen; das Schlimmste aber war, daß alle diese Deutschen ein stolzes

Nationalgefühl überhaupt nicht besaßen, und daß sie ihren Partikularismus, ihre subalterne Denkungsart, ihr Spießbürgertum mit hinüberbrachten. Diese Deutschen gaben zwar sehr tüchtige Bauern, Handwerker und Kleinbürger ab, zeigten [pg 266]sich aber den besonderen Anforderungen des amerikanischen Lebens nur selten gewachsen. Viele von ihnen waren nicht einmal fähig, sich die englische Sprache völlig anzueignen, obwohl sie ihre Muttersprache verlernten. In Kriegszeiten übrigens haben auch diese Deutschen Großartiges geleistet, wie denn ja auch die von ihren edlen Fürsten verkauften Württenberger, Hessen usw. sich in Kriegen, die sie nicht das Mindeste angingen, wie die Löwen geschlagen haben. Im Sezessions- wie im Bürgerkrieg verdanken amerikanische Truppen deutschen Heerführern einige ihrer glänzendsten Siege – und dennoch waren und blieben diese Deutschen nur ein gern geduldetes und gehörig ausgenutztes Gastvolk innerhalb der riesigen britischen Kolonie. Die herrschende Rasse dachte selbstverständlich nicht daran, diese bequemen Biedermänner in ihre großen Ehrenstellen der Staats- und Gemeindeverwaltung hinein zu komplimentieren, da sie selber durchaus keinen politischen Ehrgeiz entwickelten. Es hätten den deutschen Einwanderern damals zwei Wege offen gestanden: entweder sie mußten resolut ihr Deutschtum über Bord werfen und mit Haut und Haaren Amerikaner werden, oder aber sie mußten fest zusammenstehen, sich alle in einer bestimmten, von ihnen zuerst besetzten Gegend niederlassen, einen deutschen Staat im Staate gründen und diesen mit rücksichtslosem Chauvinismus gegen das Anglo-Amerikanertum und den Zustrom anderer Rassen abschließen. Die meisten Deutschen haben aber keines von beidem getan, sie haben sich über das ganze weite Land zerstreut und sich dann in unzähligen Vereinen wiedergefunden, die sich gegenseitig nicht selten aus engeren landsmannschaftlichen oder aus gesellschaftlichen

Eitelkeitsgründen aufs gehässigste bekämpfen. Aber auch der starke Zustrom aus dem geeinigten Deutschland der [pg 267]70er und ersten 80er Jahre hat keine wesentliche Änderung in diesen Verhältnissen gebracht. Diese neuen Reichsdeutschen hätten doch alle Ursache gehabt, ihren frischen Nationalstolz der herrschenden Yankeerasse entgegenzustellen, aber auch unter ihnen war der politische Ehrgeiz eine seltene Pflanze. Wenn sie in Ruhe ihren Wohlstand begründen durften, waren sie zufrieden, und selbst diejenigen, die durch ihre Tüchtigkeit und durch ihren Besitz zu hohem Ansehen gelangten, dachten nicht daran, sich in das Parteigetriebe zu stürzen – die meisten wohl aus moralischem Reinlichkeitsbedürfnis, viele auch aus reiner Bequemlichkeit. Man muß also doch wohl sagen, daß ihnen, einige ganz wenige glänzende Ausnahmen, wie Karl Schurz, abgerechnet, Temperament und Talent für die Politik fehlten. Die Deutschen der heidnischen Vorzeit haben kolonisatorisches Talent und Staatsklugheit im hohen Maße besessen und verdankten dieser Eigenschaft die glänzende Rolle, die sie während der Völkerwanderung und noch während der Staufferzeit in der Weltgeschichte spielten. Der jahrhundertelange Jammer der Kleinstaaterei und Pfaffenherrschaft haben aber jene ursprünglichen Veranlagungen vollständig erstickt. Hingegen kamen die ersten englischen Besiedler der neuen Welt aus einem Lande, in welchem die parlamentarische Verfassung bereits Zeit gehabt hatte, die ganze Nation, bis in die untersten Schichten hinein, politisch zu erziehen. Zudem waren es neben den religiösen auch zumeist politische Ursachen, welche die Leute zum Auswandern veranlaßten, und sie alle, mochten sie Royalisten oder puritanische Revolutionäre sein, brachten den Stolz mit hinüber, Bürger einer Weltmacht zu sein, deren Flagge siegreich und gefürchtet in allen Meeren der Erde wehte. Diese Auswanderer hatten also alle Ursache, sich als ein [pg 268]Herrenvolk zu fühlen, sie waren sich aber auch der vornehmsten Pflicht bewußt, welches dieses Herrentum ihnen auferlegte – der Pflicht nämlich, ihr Blut rein zu halten. Im Gegensatz zu den romanischen Eroberern Südamerikas und Mexikos, die nichts Eiligeres zu tun hatten, als mit den eingeborenen Weibern eine recht bedenkliche Mischrasse zu erzeugen, existierte für die Anglo-Amerikaner des Nordens das rote Weib überhaupt nicht; und selbst gegen Mischehen mit den besten europäischen Einwanderern richtete das Rassenvorurteil einen starken Damm auf. Das ist das ganze Geheimnis der imposanten Machtentwicklung der keltogermanischen Rasse in Nordamerika und das ist auch das Gebiet, auf dem wir heute noch bei den Briten diesseits und jenseits des Ozeans in die Lehre gehen müssen. Das Wort Chauvinismus hat einen garstigen Klang für unsere kosmopolitischen Doktrinäre, unsere edlen Friedensschwärmer und liberalen Idealisten, es ist aber schließlich nur ein anderer Ausdruck für Kraftbewußtsein. Denn bei allen wirklich starken Rassen und Nationen ist der Republikaner so gut wie der Monarchist, der Liberale so gut wie der Reaktionär *chauvin*.

chter Nationalstolz der Deutschen.

Die Deutschen, die nach 1870 eingewandert sind, vielfach auch noch deren Kinder, besitzen nun allerdings jenen schönen Nationalstolz, von dem die vorigen Generationen noch nichts wußten. Sie lesen noch die deutschen Zeitungen und freuen sich der Berichte über die großartige Entwicklung des deutschen Handels, der deutschen Industrie, das Aufblühen seiner Weltmachtstellung zur See. Auch wenn sie die Zeitungen nicht läsen, würden sie von diesem Aufschwung einen starken Hauch verspüren, denn sie können kaum in irgendeinen Laden gehen, ohne auf die schmeichelhafte Inschrift: „*Made in Germany*" zu stoßen, und die gewaltigen Schiffe der großen Reedereien, allen [pg 269]voran Hapag und Lloyd, die sogar die englischen Meergiganten an solider, geschmackvoller Pracht und Zuverlässigkeit in jeder Beziehung übertreffen, haben für die Hebung des deutschen Ansehens über dem Ozean mehr getan, als selbst die himmelhohen Berge bedruckten Papieres, auf denen der deutsche Geist in diesen letzten vier Jahrzehnten des gesegneten Friedens sich für die Ewigkeit zu manifestieren trachtete. Die Person des deutschen Kaisers, als Symbol dieser friedlichen Welteroberung durch deutsches Wissen und deutsches Können, genießt bei den Deutschamerikanern eine fast uneingeschränkte Verehrung, und auch das Vereinsleben hat durch diesen neuerwachten Vaterlandsstolz neue Triebkraft bekommen. In New York, Brooklyn, Chicago, Indianapolis, Milwaukee und einigen anderen Städten erheben sich schöne deutsche Vereinshäuser, in denen nicht nur gekegelt und Skat gedroschen, sondern auch mit ernstem Eifer deutsche Musik und überhaupt deutscher Kulturbesitz gepflegt wird. In Cleveland haben die Deutschen in einem schönen öffentlichen Park eine Kopie des Weimarschen Schiller-Goethe-Denkmals errichtet, in Buffalo bemühen sie sich mit rührender Leidenschaft um denselben Zweck, und selbst im fernen Westen, in Kalifornien und Kansas ist dieser fromme Eifer rastlos am Werk. Der Zusammenhang mit dem literarischen Leben des Vaterlandes ist freilich nur lose, denn es ist begreiflich, daß die Bestrebungen einer ausschließlich auf ästhetische Kultur gerichteten intellektuellen Oberschicht in dem neuen Lande, wo die Sorge um Begründung und Aufrechterhaltung des materiellen Wohlstandes alle Kräfte noch fast ausschließlich in Anspruch nimmt, wenig Verständnis finden können. In dieser Beziehung sind es noch Großväterideale, welche die versprengten Landsleute [pg 270]drüben pflegen und es ist charakteristisch, daß die wenigen leidenschaftlichen Bekenner zum modernen Deutschtum in Kunst und Literatur vorwiegend eingewanderte deutsche Juden sind.

Es hat sich also nachträglich doch noch so etwas wie ein deutscher Chauvinismus entwickelt – leider, leider kommt er jetzt um mehr als ein halbes Jahrhundert zu spät, denn die Neue Welt ist fortgegeben! Es hieße unseren deutschen Landsleuten einen schlechten Dienst erweisen, wenn man sie jetzt noch zur Sonderbündelei mit prahlerischem Maulaufreißen von uns aus aufstacheln wollte; das wäre töricht und geschmacklos. Wie würden wir es wohl aufnehmen, wenn die vielen Slawen oder Juden, die bei uns zu Gaste sind, uns fortwährend ihre Nationalität und Rasse unter die Nase reiben, Fahnen schwenken, uns ihre nationalen Gesänge in die Ohren schmettern und darauf bestehen wollten, unsere Sprache nicht zu lernen? Wir würden uns ihrer mit Fug und Recht irgendwie zu entledigen trachten. Auch die Yankees, die tatsächlichen Herren der Neuen Welt, haben ein gutes Recht, zu verlangen, daß die Einwanderer aufhörten, Fremdlinge zu sein, indem sie sich bemühen, wenigstens nach Sprache und Sitte in der Wirtsrasse aufzugehen. Pflicht des Deutschtums ist es unter diesen Verhältnissen, sich stolz bewußt zu bleiben, daß sie die Erben einer tieferen und feineren geistigen Kultur als die ihrer Wirte, und daß sie dazu berufen sind, den Blütenstaub dieser geistigen Kultur, den sie, rauhhaarigen Insekten gleich, aus der alten Heimat mit hinüber nehmen, in die Seelen der neuen Landsleute befruchtend abzustreifen. Deutsche Denkungsart, deutschen wissenschaftlichen und künstlerischen Sinn, deutsche Treue, deutsches Gemüt in der neuen Heimat zum ausschlag[pg 271]gebenden Kulturfaktor zu machen, das muß ihnen als heilige Pflicht bewußt bleiben. Auf diese Weise lassen sich immer noch Siege *gegen* und, was noch wichtiger ist, auch *mit* dem Yankeetum erringen. Die stolze, erfolgtrunkene Yankeerasse mit deutschem Geiste zu durchtränken und so zu unseren innerlichst Verbündeten zu machen, das wäre ein Erfolg, wertvoller als selbst neue glänzende Waffentaten. Inzwischen dürfen sich aber die Deutschen der Vereinigten Staaten auch nicht für zu gut dünken, von den Yankees zu lernen, und ebenso wir Deutschen im alten Vaterlande, die wir solche Belehrung noch nötiger haben. Es ist nämlich leider nicht zu leugnen, daß wir trotz des großen Aufschwungs seit 1870/71 es immer noch nicht dazu gebracht haben, als Nation so respektiert zu werden, wie wir es unseren Leistungen entsprechend wohl verdienten. Wenn die Diplomaten anderer Völker irgendeine bedeutungsvolle Neugestaltung der Dinge unter sich ausgemacht haben und jemand unter ihnen die Frage aufwirft: „Ja, was wird aber Deutschland dazu sagen, wird es sich das gefallen lassen?" so wird ihm mit lächelndem Achselzucken die Antwort: „Ach, die Deutschen! Die sind ja so anständig, friedliebend und zuvorkommend, die kriegen wir schon herum." Es ist eben in der Politik eine zweifelhafte Tugend, sich aus Höflichkeit die Butter vom Brot nehmen zu lassen. Also lernen wir Alten fleißig bei den Jungen die Fehler der Jugend – in der Politik werden viele davon zu Tugenden, vornehmlich die goldene Rücksichtslosigkeit.

Man wird einwenden, daß jene nachahmenswerten amerikanischen Tugenden nicht nur in der Jugend des Volkes, sondern mehr noch in den freien Entwicklungsmöglichkeiten einer großen demokratischen Republik begründet seien. Ich für meine Person kann jedoch nicht [pg 272]glauben, daß die Staatsform wirklich diese ausschlaggebende Rolle spiele. Die aufmerksame Beobachtung hat mich gelehrt, daß die demokratische Theorie drüben, wie überall, an der aristokratischen Veranlagung der Menschennatur scheitert; ich habe zahlreiche Beispiele dafür beibringen können. Der innerlich freie Mensch kann unter jeder Staatsform frei bleiben, und was uns in Deutschland speziell noch an unseren Regierungssystemen geniert, sind alles Dinge, die sich bei gutem Willen abstellen lassen. Es ist höchst wahrscheinlich, daß die Propheten, die uns als nächstes Ziel unserer politischen Entwicklung die *Vereinigten Staaten von Europa* verheißen, recht behalten werden. Aber alsdann werden die gesunden, stolzen Rassen immer noch ein völkisches Sonderdasein führen und auch ihre Kaiser und Könige ebenso pietätvoll konservieren können, wie ihre Eigenart auf allen geistigen Gebieten. Wenn aber diese Vereinigten Staaten von Europa ein vernünftiges, zukunftsicheres Gebilde werden sollten, dann werden sie es den Lehren mit zu verdanken haben, die ihnen das Land der absoluten Gegenwart als untrüglicher Spiegel der Zukunft gegeben hat.

[pg 273]

Das Hirn Amerikas auf einer goldenen Schüssel.

Unter all den sonderbaren und gewaltigen Menschenwerken der Neuen Welt mag wohl keines so sehr den Europäer staunen machen, wie der Expreßelevator eines Wolkenkratzers, der erst am elften Stockwerk hält. Wohnungen für kochende, Kinder aufziehende Menschen pflegen sich in diesen riesigen Steinkasten nicht zu befinden, sondern ausschließlich Geschäftsräume für die Welt des Handels und der Industrie, Kanzleien für Rechtsanwälte, für Konsulate, für alle erdenkbaren Vermittler eines die ganze Welt beherrschenden Austausches von Waren und Werten aller Art. Das Herz Amerikas schlägt in den kleinen, einfachen Holzhäuschen der Vorstädte und ländlichen Bezirke; aber das Hirn Amerikas arbeitet fieberhaft in diesen gigantischen Türmen und liefert zwischen 8 Uhr früh bis 6 Uhr abends die Hochdruckspannung für den Betrieb der Dollarmaschine. Hunderte von Telephonleitungen vereinigen sich auf den Dächern, die unablässig von diesen eifrigsten Drahtsprechern der Welt in Anspruch genommen werden; im Erdgeschoß unterhält eine der Telegraphen- und Kabelkompanien ein Zweigamt und befördert unzählige Telegramme über den ganzen Kontinent, wie nach allen bewohnten Gegenden der Erde, und der gebändigte Blitz trägt Botschaften voll Hoffnung und Verzweiflung, voll wilder Gier und wildem Mut in alle Welt hinaus. Millionen strömen herein, Millionen strömen hinaus. Hier pendelt den ganzen Tag die große Wage, auf der die Gedanken erfindungsreicher Köpfe mit Gold aufgewogen werden; hier saust geräuschlos der schwere Schicksalshammer nieder, der mit einem [pg 274]Schlage Existenzen vernichtet; hier schwirren die Webstühle, an denen die schimmernden Netze für den Gimpelfang fabriziert werden; mit dem Lokalaufzug klettert der fleißige, unentwegte Streber langsam von Stockwerk zu Stockwerk hinauf, und mit dem Expreßaufzug, der erst am elften Stockwerk hält, schwingt sich das Genie über die Köpfe der armen

Durchschnittsmenschheit in atembenehmendem Tempo empor.

er Fortschritt.

In diesem Tempo offenbart sich die Energie der jungen Rasse, und dieser Expreßelevator ist das bezeichnendste Symbol der Kultur dieser Neuen Welt. Nie und nirgends zuvor hat die Menschheit so tolle Luftschlösser gebaut, wie in diesen Wolkenkratzern des amerikanischen Nordens. Ein gigantisches Eisengerippe schießt starr und nackt aus dem Boden hervor, und der Ausbau wird hoch droben mit dem Dach angefangen. Von oben herunter beginnt man alsdann die Wände von Zementguß zwischen den Rippen zu spannen, also gewissermaßen flüssigen Stein vom Dach herunter zu gießen, bis er endlich den Boden erreicht und nun mit Quadern im Grundstock verblendet wird, schwer und gewaltig, wie für die Ewigkeit bestimmt. Wir Menschen der Alten Welt aber haben zuerst in den Höhlen gewohnt, die die Natur uns zum Unterschlupf darbot; dann haben wir gelernt, uns in die Erde zu wühlen. Stein um Stein, Balken um Balken haben wir herbeigeschleppt und langsam aneinander gefügt, und Jahrtausende, ja Hunderttausende selbst haben wir gebraucht, um den stolzen, sicheren Bau unserer Kultur bis in jene Höhen hinaufzuführen, wo die Stickluft schwitzender Mühsal nicht mehr lastet, wo der frische Wind der Freiheit weht und der Blick sich weitet in die lichte Ferne. Die kühnen Abenteurer dagegen, die die Neue Welt besiedelten, brachten die eisernen Träger für den Aufbau ihrer Kultur [pg 275]gleich fertig mit. Es waren schwindelfreie Menschen, die zuerst das große Wagnis unternahmen; denn ängstliche, bedächtig am Alten klebende Ofenhocker und Duckmäuser gingen ja überhaupt nicht über das große Wasser. Die Eroberer brauchten das

Pulver nicht zu erfinden; der Knall ihrer Büchsen, der Donner ihrer Kanonen war ihr erster Gruß an die technisch hilflosen Besitzer des neuen Landes. Und als die weiße Besiedlung in großem Stile einsetzte, da war die Zivilisation des 17. Jahrhunderts das A, und die Aufgabe, sich weiter hinauf zu buchstabieren im Alphabet, verursachte keineswegs mehr einen Riesenverbrauch von Gehirnarbeit. Jedes Schiff brachte einen neuen Gedanken von der Alten Welt herüber, und diese neuen Gedanken brauchten sich nicht in hartem Kampfe erst langsam durchzusetzen gegen den widerstrebenden Willen der Alten – denn es gab keine Alten in diesem Lande, in dem Jugend und Kraft allein regierten. Da brachte einer die Idee der Dampfmaschine herüber, und alsbald erkannte man, daß die Riesengröße des Landes all ihre Schrecknisse verlieren und die zahlreichen Quellen unerschöpflichen Reichtums überhaupt erst nutzbar gemacht werden würden, wenn der rasche Dampfwagen spielend die Entfernungen überwand. 1825 lief die erste Eisenbahn in England, 1829 gelangte die erste Lokomotive nach den Vereinigten Staaten und wurde alsbald zwischen Boston und Worcester in Betrieb gesetzt. Im Jahre 1840 waren schon 2818 englische Meilen Eisenbahn ausgebaut, und im Jahre 1869 wurde die Pacificlinie vollendet, die den Atlantischen mit dem Stillen Ozean verbindet! Man wartete drüben nicht, wie bei uns, ab, bis reich bevölkerte Gegenden und große Städte die Mittel zu neuen Bahnbauten aufbrachten, sondern man legte resolut die Schienenstränge durch jungfräuliches Land, durch Wüsten und [pg 276]Einöden und veranlaßte dadurch, daß jene Gegenden besiedelt wurden, Städte und Industrien über Nacht aus dem Boden wuchsen. Kleinliche Bedenklichkeiten kannte man nicht. In jenen Gegenden hielt man sich mit dem Anlegen fester, kostspieliger Bahndämme nicht lange auf, sondern rammte die Schwellen so gut oder so schlecht es gehen wollte in den Boden ein und ließ die schweren

Lokomotiven darauf los rasen; auf ein paar Menschenleben
mehr oder weniger kam es dabei nicht an. Was ist an denen
gelegen, wenn nur die Überlebenden den winkenden Dollar
glücklich erhaschen!

ızte Möglichkeiten.

Und wie mit den Eisenbahnen, so ging es mit allen anderen
technischen Errungenschaften des europäischen Geistes.
Begierig wurden sie drüben aufgegriffen und, sobald ihre
praktische Verwendbarkeit feststand, im Nu über das ganze
Land verbreitet und in ihrer Leistungsfähigkeit durch
Verbesserungen bis an die Grenze der Möglichkeit gesteigert.
Und genau so wie mit den Resultaten der technischen,
verfuhr man auch mit denen der geistigen Kultur: man
importierte alle wichtigen Axiome der Wissenschaft
gleichzeitig mit den neusten, kühnsten Hypothesen und
flößte sie den lernbegierigen jungen Köpfen ein. Von den
sieben freien Künsten ließ man sich reichhaltige
Mustersendungen kommen und erwarb zum Schmucke des
eignen Lebens was irgend dem unreifen Geschmacke eines
noch nicht zu beschaulicher Ruhe gelangten Volkes zusagte.
Man hatte auch nicht nötig, aus dunkler Angst und
Erlösungssehnsucht langsam eine nationale Religion empor
wachsen zu lassen, sondern man ließ sich die Religionen
schockweise aus den alten Ländern kommen und von
einheimischen Köchen für die amerikanischen Seelen lecker
zubereiten. So besaß man auf einmal Religion und [pg
277]Kunst, Wissenschaft und Technik zugleich, und alles
dieses in einem auf der Höhe des Tages befindlichen
nagelneuen Zustande. Es galt für dieses absolute
Gegenwartsvolk niemals, alte Kleider aufzutragen, mit alten
Vorräten zu räumen, alte Mauern niederzulegen, alte
Münzen einzuschmelzen. Und weil jeder Anfang für die

Leute dieser Neuen Welt ein Weiterbauen auf etwas
bedeutete, das die Alte Welt bereits als ein Vollendetes
geliefert hatte, so mußte sich in den Köpfen dieser
Neuweltleute die Überzeugung festsetzen, daß es für ihre
Entwicklung keine Schranken gäbe. Der Himmel hängt
diesen Leuten voll unbegrenzter Möglichkeiten. Weil sie es
niemals nötig hatten, auf dunkeln Wendeltreppen mit
schmerzenden Knien in die Höhe zu klimmen, wie wir, so
deucht es ihnen die natürlichste Sache von der Welt, ihre
zwanzig, dreißig Stockwerke per Expreß mit höchstens zwei
bis drei Stationen hinauf zu flitzen. Und da droben, im
Genuße der schönen Aussicht und der frischen Luft, fühlen
sie sich so pudelwohl, daß sie es gar nicht merken, wie sie in
der Luft hängen. Es muß schon ein gewaltiges Erdbeben
kommen, um ihnen begreiflich zu machen, daß in ihrer
Höhe der Ausschlagswinkel der Pendelschwingung etwas
ungemütlich zu werden beginnt und daß man unten zum
mindesten sicherer wohnt. Aus eben dem Grunde aber
vermögen kultivierte Menschen der Alten Welt in jenen
stolzen Luftschlössern niemals heimisch zu werden. Sie
finden es fußkalt darin, weil die unteren Stockwerke
unbewohnt sind und alle Winde frei durch das leere
Eisengerippe streichen. Wir wurzeln eben mit unserer
ganzen Seele in der Vergangenheit. In den schweren
Kämpfen einer langen, langsamen Entwicklung sind unsere
Kräfte gewachsen; an den Steinen, die uns in den Weg
geworfen wurden, haben wir die Waffen unseres Geistes
geschärft; [pg 278]unseren Göttern haben wir Wohnungen
gebaut aus den aufgetürmten Leichnamen unserer Märtyrer;
den holden Rausch unseres Frühlings haben wir uns
verdient in eiskalten Winterstürmen, aus Schutt und Brand
die Ideale unserer Schönheit gerettet – aller Stolz auf unsere
Gegenwart, all unsere Sehnsucht in die Zukunft sind arm
und klein, an der heiligen Liebe zu unserer Vergangenheit
gemessen. Ein Mensch der Alten Welt, der

keine Romantik im Leibe hat, ist eine Mißgeburt. Und wenn die Kinder der absoluten Gegenwart zu uns herüberkommen, so wandeln sie wie in einem Museum einher: alles, was für uns lauter lebendige Quellen ewiger Werte bedeutet, sind für sie ausgestopfte Kuriositäten, patinierte Schildereien, bleiche Spirituskonserven – sie gehen staunend oder lächelnd vorbei und fragen hie und da: „Wieviel kostet das?"

O ja, wir sind auch Gegenwartsmenschen, sogar wir ehemals so verträumten Deutschen! Wir ruhen keineswegs auf unseren Lorbeeren aus, wir stellen immer noch unsere Welteroberer so gut wie zur Zeit der Völkerwanderung. Diese neuen deutschen Menschen sind aber die sonderbarsten Realisten, die die Welt je gesehen hat. Wohl sind sie modern im besten Sinne und innerlich doch noch ganz und gar angefüllt von den ererbten Eigenschaften ihrer ritterlichen oder spießbürgerlichen Vorfahren. Ihr Blut sträubt sich dagegen, reine kalte Geschäftsmenschen zu werden; sie ringen mit ihrer rührenden Gemütlichkeit, ihrer korrekten Bravheit und wohl auch mit einer streberhaften Enge der Empfindung, und ihrem mannhaften Ringen blüht der Erfolg, weil sie sich der Arbeit und der Disziplin verschrieben haben. Dies neue Geschlecht der deutschen Realisten bildet heute noch einen Staat im Staate, eine Freimaurerorganisation mit [pg 279]ungeschriebenen Gesetzen. Aber es ist sicherlich berufen, den Staat von Grund aus umzuwandeln, das Ferment der neuen deutschen Gesellschaft zu bilden – jener große, der offiziellen Welt meist fernstehende Komplex von Ingenieuren, Technikern, Kaufleuten, exakten Forschern, voraussetzungslosen Denkern und rücksichtslosen Künstlern, der heute schon die eigentliche Triebkraft zu allen tüchtigen deutschen Taten hergibt. Übermenschen sind sie darum noch lange nicht, diese neuen Deutschen, aber doch bereits wieder ein prächtiges Herrenvolk, unter dem die Ahnherrn des Übermenschen schon jetzt im Fleische wandeln dürften.

Drüben glauben sie, wie es scheinen möchte, den Übermenschen bereits zu besitzen, und zwar in der Person des Spielers großen Stiles, des Millionen aus der Luft greifenden und auf eine Karte setzenden kalten Geschäftsmannes. Hören wir ein Stückchen Yankeephilosophie aus dem Munde eines ihrer besten Schriftsteller, J a c k L o n d o n[5]: „Zu Zehntausenden und zu Hunderttausenden sitzen Menschen die Nächte durch und planen, wie sie zwischen die Arbeiter und deren Erzeugnisse sich hineinquetschen können; das sind die Geschäftsleute. Die Kleinen von ihnen, Krämer und dergleichen, greifen sich aus dem Erzeugnis des Arbeiters irgend etwas heraus, woran sie verdienen können; aber die großen Geschäftsleute benutzen diese kleinen Geschäftsleute, um die Werterzeuger für ihre Zwecke herzurichten. Den ganz großen Leuten aber liegt nichts daran, den einzelnen Arbeiter auszubluten, ihm seinen Profit wegzuschnappen, sondern sie suchen sich zwischen die Hunderte und Tausende von Arbeitern und ihre Erzeugnisse hineinzuschieben. Diese [pg 280]Art von Glückspiel nennt man ‚die hohe Finanz‘. Ursprünglich bestand das Geschäft nur darin, den Arbeiter auszuplündern; dann aber taten sich die großen Räuber zusammen und jagten einander die aufgehäufte Beute ab. Unter den Übermenschen der Geschäfts- und Finanzwelt gibt es, mit einigen seltenen mythischen Ausnahmen, kein *noblesse oblige.* Diese modernen Übermenschen sind eine Gesellschaft von Banditen, welche die erfolgreiche Frechheit besitzen, ihren Opfern Gebote von Recht und Unrecht zu predigen, an die sie sich selber nicht kehren. Bei ihnen heißt es, eines Mannes Wort soll gelten, so lange als er gezwungen ist, es zu halten. Du sollst nicht stehlen, ist ein Gebot, das nur den ehrlichen Arbeiter angeht; sie selber stehlen selbstverständlich und werden von ihresgleichen der Größe ihrer Beute entsprechend geschätzt. Obwohl jeder Räuber stets auf der Lauer liegt, um jeden anderen Räuber zu berauben, so ist doch die ganze Bande wohl organisiert. Sie hat tatsächlich die Kontrolle über den politischen Mechanismus der Gesellschaft. Sie bringt Gesetze durch, die ihr das Privileg zum Rauben geben, und sie verschafft diesen Gesetzen Achtung durch die Polizeiorgane, die Gerichte und die Armee. Des Übermenschen Hauptgefahr liegt in seinem Mitübermenschen, nicht etwa in der dummen großen Masse des Volkes – die kann man durch den lächerlichsten Bluff zum Narren halten – die zählt nicht mit. Die hohe Finanz ist nur ein Pokerspiel auf höherer Basis, aber man kann sehr wohl die Betrügereien und Vortäuschungen dabei durchschauen, ohne sich sittlich darüber zu entrüsten. Es ist eben die Ordnung der Natur, daß die gigantische Nichtigkeit alles menschlichen Strebens von den Banditen organisiert und ausgenutzt wird. Auch zivilisierte Menschen berauben einander, weil sie eben so [pg 281]geschaffen sind. Sie rauben, wie die Katze kratzt, der Frost beißt und der Hunger kneift. Der große Finanzier lernt sein Geschäft bald sportmäßig betreiben. Arbeiter und kleine Leute beschwindeln, das ist zu leicht, zu dumm, das ist ebensowenig ein Sport, wie etwa die Jagd auf die fetten, in der Nudelkiste aufgezogenen Fasanen, wie sie in England noch betrieben werden soll. Der große Sport besteht darin, den erfolgreichen Räubern einen Hinterhalt zu legen und ihnen die Beute wieder abzunehmen. Das gibt Aufregung, das spannt, und zuweilen setzt es dabei Klopffechtereien, an denen der Teufel seinen besonderen Spaß hat.“

rei als guter Sport.

Die Übermenschen von Wallstreet tragen mit ihren genialen Taten allerdings dazu bei, die Physiognomie der Neuen Welt charakteristisch auszuprägen, besonders wenn man ihr Treiben so auffaßt, wie jener witzige Engländer, der einem Yankee auf die Behauptung: so smarte Geschäftsleute wie in den Vereinigten Staaten hätten sie drüben in England doch nicht, kaltblütig erwiderte: „O ja, die haben wir auch – aber bei uns sitzen diese Herren alle im Zuchthaus." Der Amerikaner hat eben den guten Humor, die Taten seiner großen Spitzbuben, wie Jack London, mit sportlichem Interesse zu verfolgen. Er versteht aber einen sehr feinen Unterschied zu machen zwischen den großen Tieren, über die er sich amüsiert, und denen, auf die er stolz ist. Es gibt einige sehr vornehme Klubs drüben, in deren Mitgliederverzeichnissen man die Quintessenz des amerikanischen Genius suchen darf, xfach durchgesiebte Auslesen von Herren- und Höhenmenschen. So existiert z. B. in New York der alte, hoch angesehene Century-Klub, in welchen nur Männer aufgenommen werden können, die irgendeine bedeutungsvolle Leistung auf irgend welchem Gebiete aufzuweisen [pg 282]haben. Am 26. Februar des Jahres 1902 aber ergriff ein Komitee, dem ein Dutzend der weltbekannten Industriefürsten angehörte, die Gelegenheit eines festlichen Frühstücks im Straßenanzug, um unserem Prinzen Heinrich von Preußen das Hirn Amerikas auf einer goldenen Schüssel darzubieten. Ungefähr 150 Einladungen ließen sie ergehen an jene *Captains of Industrie*, wie Thomas Carlyle sie genannt hat: „Jene Ahnherrn einer neuen, wirklichen, nicht bloß eingebildeten Aristokratie!" Bei diesem denkwürdigen Frühstück wurde nicht die Schwere des Geldsacks in Betracht gezogen; ausgeschlossen waren die bloßen smarten Geschäftsleute, die tollkühnen Spieler des großen Spiels; ausgeschlossen waren auch Leute, die nur vermittels ihres hohen Ranges eine Augenblicksbedeutung haben; es waren vielmehr nur wirkliche Feldherrn in dem gewaltigen Heere der modernen Welteroberung durch Wissenschaft, Technik, Handel und Industrie zur Huldigung entboten. Dem Prinzen wurde vorher ein kleines gedrucktes Heft überreicht, in dem die Eingeladenen dem Alphabete nach aufgeführt und die Bedeutung jedes Einzelnen in einer ganz knapp gefaßten Notiz erläutert war. Die „New Yorker Staatszeitung" sagte von diesem Frühstück: „Der erlauchte Bruder des deutschen Kaisers und mächtigen Beschirmers friedlicher Bestrebungen hat heute echte und wahre Amerikaner kennen gelernt, Leute von dem Schlag der Augsburger Fugger, Fürsten des Handels, Baumeister unserer Größe. Es waren nicht lauter Millionäre, die da saßen, aber sie gehörten ausschließlich zu der Klasse jener Arbeiter, die die unerschöpfliche Produktionskraft der Neuen Welt in Millionen umzumünzen verstehen und die unseren Nationalwohlstand begründen halfen."

[pg 283]

en Exzellenzen.

Ich besinne mich vergeblich auf eine Gelegenheit, bei der ein Fürst der Alten Welt in ähnlicher Weise gefeiert worden wäre. Wenn unsere gekrönten Häupter reisen, so bekommen sie überall dieselben Exzellenzen, Geheimräte, Spitzen der Behörden, Kriegervereine usw. zu sehen; zweifellos lauter wackere und verdienstvolle Staatsbürger; aber die wahrhaft führenden Köpfe, die genialen Organisatoren, die Träger der modernen Ideen – jene Exzellenzen im eigentlichen Wortsinne – jene Hervorleuchtenden – sie finden sich nur in vereinzelten Exemplaren unter den Aufwartenden. Und der Eifer der intimen Hüter des Thrones, der Höflinge und Büreaukraten sorgt dafür, daß von wirklich geistigen

Potenzen diejenigen das Antlitz des Herrschers niemals zu sehen bekommen, deren Gedankenschwung sich keck über die Grenzen des beschränkten Untertanenverstandes erhebt. Auch drüben in dem Märchenlande der absoluten Gegenwart fehlten in der Liste der Eingeladenen die großen Philosophen, Künstler und Dichter, die Verkünder einer neuen Sittlichkeit und einer neuen Religion, die kühnen Umwerter und gefährlichen Fackelträger – sie mußten fehlen, weil sie drüben noch nicht vorhanden sind, diese Kulturblüten schwer von dem Honig einer glorreichen Vergangenheit.

Wann wird für Deutschland die Stunde schlagen, in der ein Kaiser vor seinem Volke den Tanz der sieben Schleier tanzt, wobei seine Majestät eine Hülle alter Vorurteile nach der andern abwirft, um schließlich zum Lohne das Hirn Deutschlands auf einer Schüssel zu fordern? Vielleicht wird diese Schüssel nicht, wie drüben in dem Lande der unerschöpflichen Naturschätze, von purem Golde sein können – aber das Hirn wird sich sehen lassen dürfen!

[pg 284]

Einige für dies Werk benutzte und empfehlenswerte Bücher:

Dr. Otto Ernst Hopp „Bundesstaat und Bundeskrieg in den Vereinigten Staaten". Zwei Bände. Verlag G. Grote. Berlin 1886.
Mc. Laughlin, „History of the American Nation". Verlag Appleton & Co. New York 1903.
Paul Bourget „Outre Mer". Verlag Alphons Lemerre. Paris 1905.
Georg von Skal „Das amerikanische Volk". Verlag Egon Fleischel & Co. Berlin 1908.
Dr. Hintrager, „Wie lebt und arbeitet man in den Vereinigten Staaten?" Verlag F. Fontane & Co. Berlin 1904.
Wilhelm von Polenz „Das Land der Zukunft". Verlag F. Fontane & Co. Berlin 1905.
Ludwig Max Goldberger, „Das Land der unbegrenzten Möglichkeiten." Verlag F. Fontane & Co. Berlin 1903.
A. von Ende „New York". Verlag Marquardt &

Co. Berlin.

Neger <u>95</u> ff., <u>99</u>, <u>173</u>.
Negerkirchen <u>188</u> ff.
Neidlosigkeit <u>183</u>.
Nervosität <u>11</u>.
Niagarafälle <u>209</u> ff.
Niggerlied <u>128</u>, <u>188</u>, <u>191</u>.
Niggerpoesie <u>188</u> ff.

Oper <u>136</u> ff.
Operette <u>146</u> f.
Optimismus <u>21</u>, <u>32</u>, <u>108</u>, <u>215</u>, <u>263</u>.
Osborn, Prof. Dr. Henry F. <u>149</u> f.
Orden <u>53</u>, <u>176</u>.

Pagen <u>237</u>.
Papiergeld <u>234</u>.
Parsifal <u>128</u>.
Päpstin, Tod der <u>198</u> f.
Philister <u>260</u>.
Photographie <u>126</u>.
Pilgerväter <u>21</u>, <u>75</u>, <u>186</u>.
Pinsky, David <u>139</u>.
Plastik <u>127</u>.
Poet, der neuweltliche <u>130</u>.
Polenz, Wilhelm v. <u>1</u>.
Politik <u>65</u> ff., <u>271</u>, <u>264</u> f., <u>154</u>.
Polizei <u>67</u>, <u>72</u>, <u>74</u>, <u>171</u>.
Postgraduates <u>51</u>.
Prachtbauten <u>122</u> f.
Presse, deutsche <u>167</u>.
Presse, gelbe <u>149</u>, <u>153</u>, <u>161</u>, <u>164</u>, <u>255</u>.
Privatgelehrte <u>50</u>.
Proletariat, gelehrtes <u>50</u>.
Professor, der <u>53</u> f.
Professor, der, als Mädchen für alles <u>103</u>.

Radiopathie <u>199</u> f.

Ragtime <u>128</u>.

Rasse, amerikanische <u>20</u> ff., <u>256</u> ff., <u>268</u>.

Rassestolz <u>23</u>.

Raubritter <u>179</u>.

Rauchplage <u>68</u>.

Reception <u>9</u>, <u>12</u> ff.

Redegabe <u>10</u> f., <u>39</u>.

Refinement <u>47</u>.

Reinhardt, Max <u>142</u>, <u>147</u> f.

Reinheit, erotische, der Männer <u>75</u> f., <u>82</u>.

Reklame <u>156</u>, <u>208</u>, <u>210</u>.

Rekordfieber <u>251</u>.

Rekrutierung <u>177</u>.

Reliquienverehrung <u>50</u>.

Renommage <u>33</u>.

Rentiers <u>81</u>.

Reporter 8, <u>241</u>, <u>237</u>, <u>160</u> f.

Richter <u>262</u> f.

Rockefeller jun. <u>74</u>.

Romantik <u>87</u> f.

Salat <u>116</u> f., <u>117</u>.

Schaukelstühle <u>125</u>.

Scheidung, die <u>89</u>.

Schlachtverfahren für Schweine <u>227</u>.

Schlachtverfahren für Rinder <u>229</u>.

Schlangenfraß, intellektueller <u>157</u>.

Schliff, der letzte <u>47</u>.

Schnitzler <u>86</u>.

Schönheit, körperliche <u>26</u>.

New Yorker Staatszeitung:
(Aus einem mehrere Spalten füllenden Feuilleton.)

Dr. Hintrager hat in seinem Buche: „Wie lebt und arbeitet man in den Vereinigten Staaten?" ein gutes Werk geliefert; er hat geraume Zeit in den Vereinigten Staaten zugebracht und sich bei seinen wiederholten Besuchen des Landes nicht darauf beschränkt, die Außenseite der Dinge anzusehen. Er hat nicht nur auf einer Farm in Jowa gewohnt, sondern dort auch einige Monate mitgearbeitet. Er hat die Schulen gründlich studiert, ist im Bureau eines Rechtsanwaltes tätig gewesen, hat die meisten der größeren Strafanstalten besucht und geprüft und juristische Vorlesungen gehalten. Kurzum, er hat einen Blick in das innere Leben des Volkes getan und weiß hübsch und interessant davon zu erzählen.

Sehr gut und lesenswert – auch für Deutsch-Amerikaner, die über diesen Punkt wenig unterrichtet sind – ist das Kapitel über die Amerikanerin. Man fängt doch an, einzusehen, daß die amerikanische Frau nicht bloß das Sofakissen ist, für das man sie so lange gehalten hat.

[pg 291]

[pg 292]

Verlag von F. Fontane & Co., Berlin/Dahlem

Das Land der Zukunft

oder:

Was können Amerika und Deutschland voneinander lernen?

Anmerkungen

Das Wort Yankee kommt von einer mißhörten indianischen Aussprache des Wortes „english" her und wurde in den Befreiungskriegen den Amerikanern von den Engländern als Spottname angehängt.

2.

Der Unterschied zwischen diesen beiden Gattungen ist schwer zu umgrenzen. Professor Münsterberg von Havard definiert ihn dahin, daß sich das College mit der Ansammlung von Wissen, die Universität dagegen mit dessen kritischer Würdigung und mit exakter Forschung beschäftigen soll, doch fließen die Grenzen schon deshalb oft ineinander, weil eben an den meisten Universitäten auch noch nicht viel von selbständiger Forschung und wissenschaftlicher Systematik zu finden ist.

3.

„A drink with a wink" heißt das. In den Staaten, wo die Prohibition streng durchgeführt ist, fordert man unter möglichst unmerklichem Augenzwinkern ein Glas Milch und bekommt alsdann in einem undurchsichtigen Gefäß sein Bier, wobei die weiße Schaumhaube die Milch vortäuschen muß.

4.

„The Book of Daniel Drew" by Bouck White.

5.

Aus dem Roman „Burning Daylight", S. 159 ff.